謹以此書紀念
先師　梁秉鈞教授

感謝家人一路陪伴
感謝劉燕萍教授
感謝姚道生博士

中華書局

社會・作家・文本

南來文人的香港書寫

沈海燕——

著

「星晚」編輯歐陽天，對社會大眾
尤其關心，個人價值觀盡見於《歐
陽天隨筆》（香港三達出版公司，
年份不詳）。

4

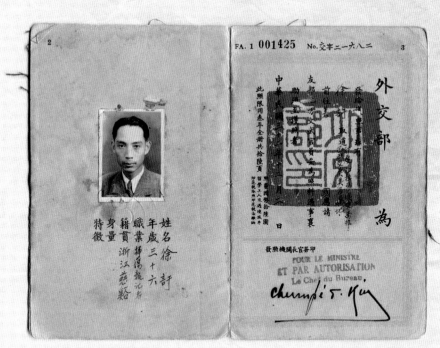

外交部

此照限用壹年全冊共拾陸頁

發照機關長官簽字
POUR LE MINISTRE
ET PAR AUTORISATION
Le Chef du Bureau,

姓名　徐訏
年歲　三十六
職業　掃蕩報記者
籍貫　浙江慈谿
身量
特徵

南京國民政府外交部發給徐訏的護照資料頁，其中職業一欄為「掃蕩報記者」。
（鳴謝徐尹白小姐提供圖片）

徐訏單人照。
（鳴謝徐尹白小姐提供照片）

2014 年劉以鬯先生獲嶺南大學頒發文學榮譽博士學位，由
太太羅佩雲女士陪同出席。
（鳴謝劉太太提供照片）

劉以鬯夫婦與作者合影。
（攝於 2017 年 2 月 15 日）

歐陽天〈人海孤鴻〉於《星島晚報‧星晚》
1956 年 8 月 20 日首天連載。

〈人海孤鴻〉由 1956 年 8 月 20 日至 11 月 24 日連載於
《星島晚報‧星晚》，結集為《親情深似海》。香港海濱圖
書公司出版了兩款封面，左一是 1958 年 3 月版，中間版
本年份不詳；右邊為 1961 年由台北中行書局出版。

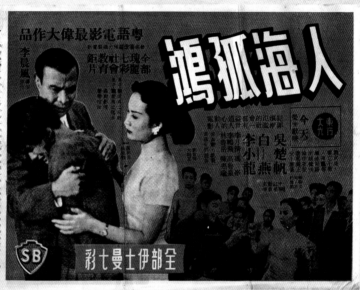

〈人海孤鴻〉的同名改編電影由李晨風執導、吳楚帆改編，香港華聯影業公司出品，首映於 1960 年 3 月 3 日，屬五、六〇年代的名作。慈父吳楚帆、良師白燕令人印象深刻，李小龍的「阿飛」形象，則不難看到美國電影《阿飛正傳》(*Rebel without a Cause*, 1955) 中占士甸 (James Dean, 1931-1955) 的影子。
（鳴謝容世誠教授提供電影海報）

9

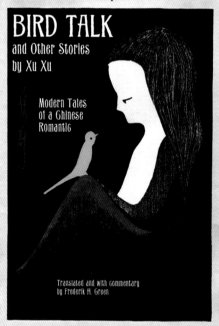

"Stories that illuminate and captivate." —Howard Goldblatt

BIRD TALK
and Other Stories
by Xu Xu

Modern Tales
of a Chinese
Romantic

Translated and with commentary
by Frederik H. Green

2020 年，徐訏小說的第一個英譯本終於出版了，題為 *Bird Talk and Other Stories*。譯者 Frederik H. Green 早年曾來香港搜集徐訏的資料。譯本書名中的 "Bird Talk" 就是連載於《星島晚報・星晚》中的〈鳥語〉。

鳥語　徐訏

打開郵包，我發現是一部金銅鑪，是大本、木刻，用過火紙印倒很陳舊的版本。郵包上的字跡很生疏，但我從郵知這還是從我故鄉鎮郵寄來的。我仿彿許久，緊呆地翻動着箱底本，看到圖騰的紅珠，我心裏有一種莫明其妙的憂傷與害怕，我失去正常的生活，期待我應當知道的一點消息。

六天以後我接到一封也是從故鄉鎮來的信，是生的，寫得極其潦草，時叫我們寄你的……平湊，他說：「

我踏上看到她倒一個人影，一個漂釘的圓臉，肩上垂滿那辮子，花布的上衣，袖子稍舊，灰色的褲子，腳露着的小腿，跑近時我不知怎麼，覺用手熱搜鋼她地站起。

「吃飯了，」她囔囔叫我來叫你……」

我踏上看到她倒一個人影……

于陰曆八月十五日仙逝，覺寒師已……

她死了嗎？」我站起來，望着她的後影。
我奇怪起來。我追過滿村已經一段路，望過有沒有遇見她。
她在哪兒呢？還是鋼鑪，在飯桌上，我問我的外祖母，

「她不愛同人接觸，常常躲在沒有人接觸的地方。」
我還想問些什麼時，有人過來，大概間外祖母像一陣寒流，我的話就此打斷。以後我也沒有再慢慢看見這個女孩，我就忘記了這回事情。

「一個白鴿。」我奇怪了……「一個白鴿。」

「她怎麼一直沒有講見她的……」

「你怎麼一驚，反身起起了。」
她吃了一驚，反身起起了。

「白鴿？」
「韓花枕頭。」

，頓致清淨，對瘡郱封粗劣的陋起來。我在桌上的圓鏡中看到自己，一瞬我發覺我十幾年的生命，鏡面是圓的，在夜橫樑的惯，獨，草亂勁雜的字跡，玻璃瘡瘡隨間竟平面地鋪在鏡面上了。

我坐在泡邊一塊白石上，這回事情。

徐訏〈鳥語〉於《星島晚報・星晚》1950 年 11 月 6 日首天連載。

劉以鬯《酒徒》四本合照，由左至右分別為：1979
年台北遠景出版事業公司、1993 年香港金石圖書貿
易有限公司、2003 年香港獲益出版事業有限公司修
訂版、2015 年台北行人文化實驗室。

劉以鬯先生為作者於不同版本的「《酒徒》」內頁簽名。

1950 年，徐訏從國內到香港，一切重新開始。上圖為徐訏與妻張選倩於
1979 年合照，下圖為他與女兒徐尹白合照。

（鳴謝徐尹白小姐提供此兩頁照片）

徐訏於 1970 年代出席香港年青作家協會成立典禮。右邊站立者為徐訏。

徐訏於 1970 至 1980 年任職香港浸會書院（現為香港浸會大學）中文系系主任，1976 至 1980 年更兼任文學院院長，可謂「十年樹人」。照片為 1972 年，徐訏與中文系畢業生合照。

婦女淪落的敘事結構

圖例：
- ⇠ 回應
- ⋯⋯> 導致
- ⟶ 情節發展

社會問題在社會政治語境中的故事性模擬

社會問題 ⋯⋯> 所導致的結果（社會問題）

失去經濟支柱 ⟶ 掙扎求存 ⟶ 淪落風塵

父母	女兒
問題引入者	問題面對者
引入社會問題	面對社會問題

婦女淪落

社會問題在個人語境中的虛擬解決方案

解決社會問題

伸出援手 ⟶ 重獲新生

善心者	女兒
拯救者	獲救者
協助解決社會問題	克服社會問題

拯救婦女

甲　現實取材：

乙　故事情節的安排：

丙　關鍵人物：
　　角色敘事功能：
　　社會效益功能：

丁　故事主題：

孤兒失養失教的敘事結構

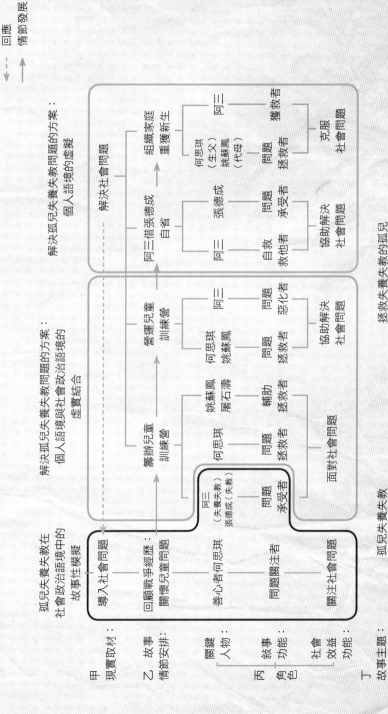

回應
情節發展

解決孤兒失養失教問題的方案：
個人語境的虛擬

解決孤兒失養失教問題的方案：
個人語境與社會政治語境的
虛實結合

孤兒失養失教在
社會政治語境中的
故事性模擬

解決社會問題

阿三惜張德成 → 組織家庭
自省　　　　　重獲新生

阿三　張德成　　何思琪（生父）
　　　　　　　　姚蘇鳳（代母）
　　　　　　　　　　　　　阿三

救他者　　承受者　　　　　　拯救者
問題　　　問題　　　　　　　問題

協助解決　　　　　　　　克服
社會問題　　　　　　　　社會問題

拯救失養失教的孤兒

籌辦兒童　　營運兒童
訓練營　　　訓練營

何思琪　姚蘇鳳　　何思琪　　阿三
　　　　屠石濤　　姚蘇鳳

拯救者　輔助　　　拯救者　　惡化者
問題　　　　　　　問題　　　問題

面對社會問題　　協助解決　　解決
　　　　　　　　社會問題　　社會問題

孤兒失養失教

導入社會問題

回顧戰爭經歷：
關懷兒童問題

善心者何思琪

問題關注者

關注社會問題

阿三
（失養失教）
張德成（失教）

問題
承受者

甲
現實取材：

乙 故事
情節安排：

丙
關鍵
人物：

角
色　敘事
功能：

社會
效益
功能：

丁
故事主題：

序

　　《社會・作家・文本——南來文人的香港書寫》，主要討論三位「星晚」連載作家：歐陽天、徐訏和劉以鬯。這三位都是「星晚」的重要作者，連載數目也多：1950-1969 年間，歐陽天佔了 31 部；徐訏佔 21；劉以鬯佔 26。[1]

　　本書的探討背景為二十世紀五、六〇年代，這是個重要、轉變、很值得研究的年代。1841 年，「南京條約」簽署前一年[2]，香港沒成為英國殖民地前，人口為 5,650[3]。據 1952 年《香港年鑑》載：1945 年，香港人口為五十萬左右。[4] 1949 年中華人民共和國成立，香港人口激增至 1,857,000。[5]

1　見本書〈緒論〉「『和平文人』在『星晚』上的連載」，頁 37。

2　1842 年 8 月 29 日簽訂「南京條約」。

3　吳灞陵主編：《香港年鑑》（香港：華僑日報，1950 年），上卷頁 24。

4　吳灞陵主編：《香港年鑑》（香港：華僑日報，1952 年），上卷頁 73。

5　吳灞陵主編：《香港年鑑》（香港：華僑日報，1950 年），上卷頁 24。

至 1952 年，香港人口已上升至 2,250,000。[6] 由 1945 年至 1952 年七年間，香港人口激增了一百七十五萬。南來作家面對的亦是複雜、變動，並非富裕的香港。

《南來文人的香港書寫》以寫實主義（realism）討論歐陽天的作品別具意義，文學作品具備反映現實的功能。作者在「星晚」的連載至結集至改編為電影，反映了文化產業（culture industry）的運作。克蘭恩（Diana Crane）認為不同媒體自有其目標受眾，文化產業通常重複成功的元素。[7] 由連載至拍成電影，一方面擴大了受眾的層面，另一方面亦加深了受眾對問題的關注。《人海孤鴻》便探討了當時的房屋問題、求職困難、兒童失教、失養、失學諸問題。1958 年《香港年鑑》載：當時私娼普遍存在，私娼中「幾乎全部是本來自己不願意」，受了生活所逼而賣淫的。[8] 本雅明（Walter Benjamin）説：藝術作品因科技而重複製作，改變了藝術與受眾的關係。[9] 不同媒體，吸納不同受眾，亦擴大了文本對社會的影響。

本書另有一點值得關注的是對劉以鬯的研究。作者仔細分析不同版本的《酒徒》，歸納了增、刪、調、換四個修訂

6　吳灞陵主編：《香港年鑑》（香港：華僑日報，1956 年），頁（甲）九。

7　*The Production of Culture: Media & The Urban Arts* (Newbury Park, Calif: Sage Publications, c1992), pp. 41, 62, 100.

8　吳灞陵主編：《香港年鑑》（香港：華僑日報，1958 年），第二篇頁 100。

9　*The Work of Art in the Age of Mechanical Reproduction,* translated by J.A. Underwood (London: Penguin Books Ltd., 2008), p. 26.

方式；對《酒徒》的研究，提供一個新方向。為何「海濱版」刪去多段編輯、社長追稿的文字？控訴會否因而減弱？批評對象會否變得隱晦呢？這些都是值得探討的問題。

研究貴乎有己見而非成見，並能拓闊視野。是書採納跨文類研究法，能從不同角度思考問題。研究徐訏一章，以文化落難者，探討〈鳥語〉和〈結局〉等作品所表現流落在香港的文人之無奈、寂寞鬱悶和個人生活感受。此外，以跨文類方法，從文學與電影角度研究《傳統》，對照文本與電影的異同，亦能從不同角度作出分析。

《南來文人的香港書寫》，以文本細讀（close reading）入手。研究者在搜集資料、表列、分析等方面十分用心，研究基礎很是穩固。

海燕這本書稿，經歷不尋常的十年辛苦。2010 至 2013 年，海燕在梁秉鈞教授（也斯）指導下，確立題目和研究範圍。2013 年梁教授告別人世，由我承接博士指導之責，真是兢兢業業，不敢辱命。修讀博士期間，海燕在學業、工作、家庭的良性壓力下，勤奮、認真地完成優秀的論文，沒愧對梁師，實在令人感到欣慰！

劉燕萍

嶺南大學中文系教授

2020 年 7 月 27 日

目錄

緒論

　　1949 年的政治變動吸引了當時香港的左派文人北上，而歐陽天（原名鄺蔭泉，1918-1995）、徐訏（原名徐傳琮，1908-1980）和劉以鬯（原名劉同繹，1918-2018）等「和平文藝」作家卻南來香港。就如其他南來文人一樣，「和平文藝」作家最擅長的謀生技能主要是創作和編輯報章副刊或雜誌，[1] 又或是二者兼之，例如歐陽天與劉以鬯就分別編輯過

1　1955 年曹聚仁在新加坡《南方晚報》副刊發表的〈海外文壇〉中提出了「和平文藝」這個名稱：「大陸解放，把一大批文人都吸引回去了，接替這一文壇的防務的，乃是『和平文藝』。這是我個人杜撰的名詞，並不是『和平主義的文藝』，而是『和平日報的文藝』。」由曹聚仁「杜撰」的「和平文藝」並非日偽時期的「和平文藝」，而是指一九三、四〇年代在中國《和平日報》（原名《掃蕩報》）工作，並於 1949 年前後南來香港的文化人創作的文藝作品。共同擁有「和平文藝」這個背景的諸位南來文人，本書稱為「和平文人」。見劉以鬯：〈香港文學中的「和平文藝」—— 一九八八年十二月八日在《香港文學國際研究會》上總結發言〉，《星島晚報》，1989 年 1 月 2 日，版 5。曹聚仁的説法後來得到劉以鬯的追認。

《星島晚報》與《香港時報》的副刊，同時又在多份報章副刊創作連載小說。可以說，南來文人、副刊雜誌編輯、作品刊登三者構成了三位一體的緊密關係。一九五、六〇年代是南來文人活躍於文壇，創作豐盛的年代，劉以鬯的〈酒徒〉、徐訏的〈彼岸〉等名著就是當時《星島晚報》副刊「星晚」（後簡稱「星晚」）上的連載。劉以鬯曾指出「和平文藝」對 1949 年後的香港文學的影響是重要的關鍵，理由在此。[2]

在副刊或雜誌上刊登作品是當時南來文人的普遍現象。今天的研究者如果要勾勒五、六〇年代的香港文壇面貌，就難免要兼顧作家、作品及刊登園地三者。因此本書將採用作家研究、文類研究中的小說研究、副刊研究等角度綜合論述「和平文藝」作家刊登於「星晚」的連載小說。

2　劉以鬯：〈香港文學中的「和平文藝」──一九八八年十二月八日在《香港文學國際研究會》上總結發言〉，《星島晚報》，1989 年 1 月 2 日，版 5。

一、南來文人的研究

南來文人自二十世紀開始，便是香港文學研究的熱點。學者嘗試從不同的角度研究南來文人，例如梁秉鈞就從「文化」的角度作探討、[3] 盧瑋鑾與黃繼持、鄭樹森等則從事歷史文獻整理。[4] 大致而言，研究方向有以下幾方面：1. 南來文人眼中的香港；2. 南來文人在香港的生活與感受；3. 作品的電影改編；4. 作品的傳播與接受。此四者在不同程度上本書都有涉及，並以作者個案研究的方式作重點探討。

（一）南來文人眼中的香港

南來文人基於不同的理由，從大陸來到香港。他們眼

3　梁秉鈞是對一九五〇年代文學及文化充滿興趣並持續研究的學者。從 2005 年開始，他主持的人文學科研究中心開展「五〇年代香港文化」研究計劃，持續舉辦多個講座，又舉行「一九五〇年代的文學及文化研究」圓桌會議（2007 年 4 月 28 日），從多方面討論五〇年代的香港文化。另一個「一九五〇年代的香港文學與文化」研究計劃，先後在 2011 年至 2013 年期間舉辦十六個講座，講題涉及香港五〇年代的衣服、建築、文學、文化等多層面，部分講者的論文結集為《痛苦中有歡樂的時代：五〇年代香港文化》（香港：中華書局［香港］有限公司，2013 年）。

4　例如盧瑋鑾與黃繼持及鄭樹森等合作，由香港天地圖書有限公司出版，編輯《早期香港新文學資料選：1927-1941》（1998）、《早期香港新文學作品選：1927-1941》（1998）、《國共內戰時期香港本地與南來文人作品選：1945-1949》（上下冊，1999）、《國共內戰時期香港文學資料選：1945-1949》（1999）等。

中的香港及香港人並不正面。1927 年魯迅眼中的香港「是一個畏途」，不論是平民或知識分子，有道理沒道理，遇上西人總會遭殃；遇上其僱用的內地同胞，則是貪得無厭，眼中只有蠅頭小利之人。[5] 吳灞陵認為香港的文藝相對落後，比不過上海；許地山批評香港的高等教育有待提倡。[6] 稍後的易文從上海到香港，感受是「一是地太小，二是人太笨」，無不展現出南來文人的優越感。[7] 三〇至五、六〇年代的香港，艱苦的生活環境並沒有太大變化，掙扎求存的生活點滴繼續成為文人筆下的題材。例如大量難民南下，造成香港房屋、失業等社會問題，在侶倫（原名李霖，1911-1988）的〈窮巷〉中不但成為故事背景，更成為窮人與富人的矛盾催化劑。[8] 三蘇（1918-1981）在《新生晚報》

5　魯迅：〈略談香港〉（1927）、〈再談香港〉（1927），見盧瑋鑾編：《香港的憂鬱：文人筆下的香港（1925-1941）》（香港：華風書局，1983 年），頁 3-10；11-17。

6　吳灞陵：〈香港的文藝〉（1928）、許地山：〈一年來的香港教育及其展望〉（1939），見盧瑋鑾編：《香港的憂鬱：文人筆下的香港（1925-1941）》，頁 23-27；133-141。

7　楊彥岐（易文）：〈香港半年〉，（上海）《宇宙風》乙刊第 44 期，1941 年 5 月 1 日，頁 30。

8　侶倫的《窮巷》（又名《都市曲》）於 1948 年 7 月 1 日至 8 月 22 日連載於《華商報・熱風》，後因報社人事更動而中斷；小說創作期達五年之久，出版商也二度更易，終於在 1952 年 1 月及 3 月分上下冊，由香港文苑書店初版，書中插畫由其弟李向陽繪畫。出版商因怕書名的「窮」字較敏感，故起另一書名《都市曲》，同時抽去卷首的〈序曲〉，兩個書名按不同地區分別使用。見侶倫：〈說說《窮巷》〉（1979），《向水屋筆語》（香港：三聯書店香港分店，1985 年），頁 220-223。1958 年由香港文淵書店出版《窮巷》的上下卷合為一冊的新訂本，1987 年由三聯書店香港分店再版。

連載的〈經紀日記〉通過角色經紀拉四處游走，揭示生活艱難，侷促於利逐蠅頭的香港社會面貌。[9] 又如左派作家洛風的《人渣》（1951）描寫了高等白華的生活，右派作家趙滋蕃（1924-1986）的《半下流社會》（1953）就寫了低等難民的生活，兩派作家雖然政治立場迥異，但都同樣通過作品來描述罪惡叢生的香港。[10]

他們對香港的看法引起了後來學者對文人筆下的「香港」的研究興趣，有關香港本土意識的研究也因而產生。[11] 本書第一章正是藉歐陽天的連載討論作家筆下的香港。

（二）南來文人在香港的生活與感受

研究南來文人筆下的「香港」固然有價值，但還可以再進一步追問：為何他們筆下的「香港」是這樣的？探討這個問題，無疑就是探討南來文人的居港心態。

9　三蘇原名高德雄（或作高德熊），其他筆名如史得、高雄等。〈經紀日記〉於 1947 年 4 月 20 日至 1955 年 1 月 26 日刊連載於《新生晚報》副刊「新趣」版；後改名〈拉哥日記〉繼續連載，由 1955 年 1 月 27 日至 1957 年 12 月 22 日結束，兩者實為故事的上下篇。1953 年由香港大公書局出版《經紀日記》。

10　洛風（阮朗）：《人渣》（香港：求實出版社，1951 年）；趙滋蕃：《半下流社會》（香港：亞洲出版社，1953 年）。

11　例如張詠梅：〈論香港《文匯報・文藝》副刊所載小說中的「香港」〉，（台北）《中外文學》總 334 期「香港文學專號」，2000 年 3 月，頁 142-161。又如樊善標：〈「香港意識」的生產和傳播──以香港《新生晚報》副刊短篇小說為例〉，《現代中國》（第 9 輯）（北京：北京大學出版社，2007 年 7 月），頁 218-243。

南來香港的文人多從事筆耕的工作，辦理或編輯文藝副刊、雜誌等，筆下的文藝作品良多，不少反映了他們在香港的生活及感受。盧瑋鑾早已關注三、四〇年代南來香港的作家及他們的文化活動，作了資料整理和研究。[12] 南來文人對香港的感受，不論是生活在三〇年代或是戰後五、六〇年代，大抵都可以用樓適夷的〈香港的憂鬱〉作概括：戰火的氛圍下，充斥鴉片煙霧、小報連載淫穢小說、跳舞廳的燈紅酒綠與騎樓下的捲蓆而眠形成強烈的貧富對比。[13] 本書所討論的歐陽天、徐訏和劉以鬯，都在不同層面上寫出了他們作為南來文人在香港的生活與感受——筆耕謀食、冷暖自知。第二章集中探討了徐訏的居港心態。若把他與歐陽天和劉以鬯並觀，更能見出南來文人的心態對他們的居港生活及創作的影響：既有格格不入的徐訏，也有完全適應的劉以鬯。

（三）作品的電影改編

五、六〇年代文學作品與電影關係很緊密，既有五四文學作品、鴛鴦蝴蝶派作品被改編，也有中外名著等被改

12　例如盧瑋鑾：《香港文縱：內地作家南來及其文化活動》（香港：華漢文化事業公司，1987 年）、盧瑋鑾編：《香港的憂鬱：文人筆下的香港（1925-1941）》。

13　適夷（樓適夷）：〈香港的憂鬱〉（1938），盧瑋鑾編：《香港的憂鬱：文人筆下的香港（1925-1941）》，頁 125-126。

編為電影，情況非常普遍，甚至出現如李晨風（原名李秉權，1909-1985）般多拍改編文學作品為電影的導演。[14] 商人如羅斌（1923-2012）者，更創立出版社、報紙與電影「一條龍」的流行文化事業，為旗下作家的作品先刊登、再出版，後改編電影。[15] 副刊的連載小說既然受到讀者歡迎，電影商也就挑選當中出色的著作，或買下深受讀者歡迎的著作，然後改拍成電影牟利。原著作家有時還會參與電影製作，或寫文稿協助電影宣傳，或參與電影編導工作，甚至參與演出，工作跨越了不同的媒介。

學者也注意到連載小說改編成電影是一個重要的研究方向，既有資料的整理，也有作品的論述，更有專書出版。[16]

14　李晨風編導五四文學主題的電影作品為最多，例如：曹禺原著的《日出》（1953）、巴金原著的《春》（1953）、《寒夜》（1955）、《憩園》（1959，電影片名為《人倫》）；也有鴛鴦蝴蝶派的作品如：徐枕亞原著的《玉梨魂》（1953）、張恨水原著的《啼笑因緣》（1957）等。

15　羅斌在 1950 年憑一籐箱的小說手稿從上海來到香港，把上海的環球出版社在香港照樣搬演，陸續出版《東風畫報》、《家庭生活》、《環球文庫》、《環球文藝》、《環球電影》、《武俠世界》、《藍皮書》、《迷你》、《黑白》等多份刊物，後來又創辦《新報》、《新星報》、《新夜報》、《新知》等，1961 年更成立港聯影業公司（繆康義合組）、仙鶴港聯影業公司（獨資），把環球雜誌小說改編為電影，締造報紙、出版社與電影的「一條龍」流行文化事業。可參考黃靜：〈流行文化王國之崛起──環球出版社創辦人羅斌的傳奇故事〉，香港電影資料館節目組編輯：《七彩都會新潮：五、六十年代流行文化與香港電影》（香港：香港電影資料館，2002 年），頁 15-16。黃靜、沈海燕與張競心等於 2002 年 6 月 21 日，在香港電影資料館訪問羅斌。

16　例如李歐梵：《睇〈色，戒〉：文學・電影・歷史》（香港：牛津大學出版社［中國］有限公司，2008 年）。梁秉鈞、黃淑嫻、沈海燕、鄭政恆合編：《香港文學與電影》（香港：香港公開大學出版社、香港大學出版社，2012 年）。

由此可見五、六〇年代的連載小說在報業、出版業、電影業三個香港文化產業中擔當了非常重要的角色。然則，連載小說對出版業、電影業的生產有何影響？反過來，二者對小說的生產又有何影響？小說、出版和電影三者之間的互動關係很值得探討。本書以歐陽天和徐訏為對象，除了探討他們筆下的香港和居港心態之外，也討論了他們的小說改編電影，特別是徐訏的跨媒介參與。探討作家們如何把文藝創作與謀生工作結合起來，或可視作五、六〇年代香港文化產業的個案研究。

（四）作品的傳播與接受

作品的傳播與出版關係密切。五、六〇年代連載小說既是改編成電影的前置文本，更是小說結集成單行本的基礎。作家多先在副刊或定期刊物連載小說吸引讀者，待連載完結（當然也有半途腰斬）後就結集單行本出版，以確保一定的銷量。

連載與出版對作品的傳播非常重要。五、六〇年代的連載小說結集不但在香港出版，更受東南亞市場歡迎。本來，連載小說為適應刊物特性而剪裁篇幅字數，為迎合讀者閱讀喜好而調整內容、加插情節，在很大程度上是適應報刊市場的做法。連載小說受刊物性質、讀者閱讀喜好等市場條件所限制，其內容就不免繁雜、小高潮過多，容易做成小說內容支離破碎的弊病。所以，連載小說雖有廣泛傳閱的優長，但因為上述的限制，與結集作品要求小說

內容的整體性就產生了衝突，作者若不對副刊連載加以修訂，結集單行本時便會把支離破碎的弊病表露無遺。劉以鬯和歐陽天的某些連載小說便是經過修訂後才結集出版的，這是為了應付副刊與成書兩種不同載體的緣故。

作家有意為之的修改，既是對作品完美要求的表現，同時也是出於對讀者市場的考慮。因此，結集成書的版本對後續的研究就極具影響性了。劉以鬯的《酒徒》所引起的學術研究的層次及規模都有目共睹，然而，研究者所根據的小說版本卻與副刊連載版本有很大出入，這就無疑影響到研究的成果了。本書第三章即以〈酒徒〉的報紙連載為研究對象，比較了連載本與修訂本的差異，剖析了劉以鬯修訂的原因。兩個版本在意涵上的差異，亦可視作文化產業對作家創作及作品傳播的影響。

二、「星晚」與「和平文人」的連載小說

　　報刊對現代文學影響至深，早在廿世紀初就有人提出「自報章興，吾國之文體，為之一變」的看法。[17]文人主編報紙副刊直接促進現代文學的發展，報刊既是民主科學的思想宣揚地，更是連載現代文學作品的發表地，五四時期的「四大副刊」是最有力的例證。陳平原就曾闡釋報刊的「體式」與「文學」的關係，[18]較早嘗試探討報刊生產過程以及報刊連載形式對作家寫作心態、小說結構和敍事方式的影響。[19]本書所作的正是這方面的研究。

（一）一個有待開拓的園地：五、六〇年代的《星島晚報》副刊「星晚」

　　香港的報紙副刊地位特殊，尤其在五、六〇年代，缺乏大型文藝雜誌而報業蓬勃的背景下，南來文人就以報紙

17　〈中國各報存佚表〉，（橫濱）《清議報》第 100 冊，1901 年 12 月 21 日，作者不詳，沒頁碼。

18　陳平原：〈文學視野中的「報刊研究」——近二十年北大中文系有關「大眾傳媒」的博士及碩士學位論文〉，陳平原主編：《現代中國》（第 11 輯）（北京：北京大學出版社，2008 年 9 月），頁 164-165。

19　陳平原：《中國小說敍事模式的轉變》（上海：上海人民出版社，1988年）、《二十年世紀中國小說史》（第 1 卷）（北京：北京大學出版社，1989年）。

副刊作為文學作品的主要發表園地。報章副刊對於五、六〇年代南來文人的研究而言，是很重要的，近年有不少資料整理及研究成果問世，或專注於某副刊某編輯，或截取獨特的歷史時段，藉以從不同的角度探討五、六〇年代副刊中「南來文人」筆下的「香港」文化與文學。[20]

　　五、六〇年代的報紙副刊是香港文學研究的一個重鎮：《華僑日報》、《大公報》和《文匯報》的同名副刊「文藝」、《新生晚報》的「新趣」、《香港時報》的「淺水灣」等重要的副刊都有研究者涉足；「星島」報系[21]中卻只有《星島日報》是重點報紙，一直受該報社重視，三、四〇年代的副刊「星座」和四、五〇年代的副刊「文藝」不但有資料整

20　例如：《現代中文文學學報》8.2 及 9.1 期「香港文學的定位、論題及發展」專號，2008 年 12 月；側重研究某個副刊的如：何杏楓、張詠梅、黃念欣、楊鍾基主編：《〈華僑日報〉副刊研究（1925.6.5-1995.1.12）資料冊》（香港：香港中文大學中國語言及文學系《華僑日報》副刊研究」計劃，2006 年）；側重研究某位編輯的如：何杏楓、張詠梅主編：《「劉以鬯主編《香港時報・淺水灣》（1960.2.15-1962.6.30）時期研究」資料冊》（香港：「劉以鬯主編《香港時報・淺水灣》（1960.2.15-1962.6.30）時期研究」計劃出版，2004 年）；側重某時段的如張詠梅：〈香港淪陷時期文藝副刊研究──試論《華僑日報・文藝週刊》〉，見《〈華僑日報〉副刊研究（1952.6.5-1995.1.12）資料冊》，頁 63-74。

21　「星島」報系由南洋商人胡文虎（1882-1954）創立，先後創辦了《星島日報》（1938 年 8 月 1 日創刊）、《星島晚報》（1938 年 8 月 13 日 -1996 年 12 月 18 日）、《星島晨報》（屬「一仙報」，1938 年 11 月 11 日創刊）、新加坡的《星洲日報》（1929 年 1 月 15 日創刊）、汕頭的《星華日報》（1931 年 7 月 10 日創刊）、廈門的《星光日報》（1935 年創刊，日期不詳），及英文報紙《香港虎報》（1949 年 3 月 1 日創刊）等。

理，還出現研究成果。[22] 至於《星島晚報》（1938 年 8 月 13
日至 1996 年 12 月 18 日），研究者卻側重於八〇年代劉以
鬯主編副刊「大會堂」時期，既有資料整理，也有以此為基
礎的研究文章。[23] 然而，五、六〇年代的《星島晚報》副刊
的研究仍付闕如。劉以鬯說「和平文藝」對 1949 年後的香
港文學的影響至關重要，而研究現況竟是如此的不相稱。
這對於了解南來文人眼中的「香港」及其背後的心態來說，
無疑是一個缺憾。

　　《星島晚報》是五〇年代第一份銷路過十萬份的報紙，[24]
正版新聞固然得到讀者認可，副刊內容的素質也不容忽

22　可參考樊善標：〈香港報紙文藝副刊研究資料初編〉，刊於「香港文學研究中
　　心」網站「文學隨筆」，網址：http://hklit.chi.cuhk.edu.hk/collection.html，
　　瀏覽日期：2012 年 3 月 29 日。

23　整理資料如：劉靖之主編的《〈星島晚報‧大會堂〉目錄》（香港：嶺南學院
　　文學與翻譯研究中心，1997 年）、盧瑋鑾編的《〈星島晚報‧大會堂〉目錄
　　及資料選輯》（香港：香港文學資料蒐集及整理計畫，1996 年）；研究文章
　　如：梅子的〈過了百期的《星島晚報‧大會堂》文藝週刊〉（《文藝雜誌》第
　　7 期，1983 年 9 月，頁 43-44）、陳德錦的〈關於《大會堂》〉（《快報》，
　　1991 年 4 月 13 日，版 21）、邵德懷的〈懷念《大會堂》〉（《香港文學》第
　　103 期，1993 年 7 月 1 日，頁 90-91）。劉以鬯也以主編身份參與論述，發
　　表了〈從《淺水灣》到《大會堂》〉（《香港文學》第 79 期，1991 年 7 月 5
　　日，頁 11-14）。

24　力匡：〈五十年代的香港「副刊文學」〉，《香港文學》第 25 期，1987 年 1 月
　　5 日，頁 92-93。劉以鬯亦稱自己投「一日完小說」給《星島晚報‧星晚》的
　　時候，《星島晚報》是全港銷量最高的報紙。見何杏楓、張詠梅訪問，鄧依韻
　　整理：〈訪問劉以鬯先生〉，《文學世紀》總第 34 期，2004 年 1 月，頁 12。

視。「和平文人」[25] 在五、六〇年代所發表的多部連載作品都刊於「星晚」，當中劉以鬯的〈酒徒〉、徐訏的〈彼岸〉更是素質極高的連載小說，被今人視為名著，受研究者的青睞。除此之外，研究者並沒有關注這段時期「星晚」的連載小說，更遑論以「和平文人」為背景的研究了。這是香港文學研究缺了的一塊拼圖；缺它，圖像就少了一抹色彩。

在「星晚」中，能讓讀者追看的副刊連載小說風格不一，既有文學氣質濃厚的作品，也有言情、嘲諷的流行小說。當時有不少著名文人在此發表作品，例如熊式一（原名熊適逸，1902-1992）發表了〈天橋〉（1960）[26]，張愛玲（原名張煐，1920-1995）發表了〈怨女〉（1966 年，根據《金

25　請參考註 1「和平文人」定義。根據曹聚仁及劉以鬯的說法，「和平文人」共十位：歐陽天、徐訏、劉以鬯、易文（原名楊彥岐，1920-1978）、南宮搏（原名馬漢嶽，1924-1983）、易君左（原名易家鉞，1899-1972）、李金石、周綠雲（1924-2011）、鍾文苓（筆名李嘉圖）、張文達（原名張孝權），資料見劉以鬯：〈香港文學中的「和平文藝」──一九八八年十二月八日在《香港文學國際研究會》上總結發言〉，《星島晚報》，1989 年 1 月 2 日，版 5。

26　熊式一：〈天橋〉，1960 年 1 月 1 日至 9 月 29 日連載於《星島晚報‧星晚》。

鎖記》改編)[27] 等。一批來自《和平日報》[28] 的文人尤其積極發表作品，使「星晚」成為同期副刊當中，文學氣息較濃的創作園地，具研究價值。五、六〇年代「星晚」是香港文壇一個重要而目前尚未有充分研究的文藝園地，特別是當中的連載小說。本書正聚焦五、六〇年代「和平文人」在「星晚」的連載小說，了解他們筆下的「香港」、作品背後的心態，還有作家對其小說文本從連載到結集出版的修訂，藉以涉足這個有待開拓的園地。本書試發噶矢，希望學者對《星島晚報》副刊「星晚」能多加注意。

（二）「和平文人」在「星晚」上的連載

「和平文人」的作品不少見於「星晚」，這與歐陽天任

27　張愛玲：〈怨女〉，1966 年 8 月 23 日至 10 月 26 日連載於《星島晚報・星晚》。

28　《和平日報》原名《掃蕩報》，創於 1931 年 3 月，始於南昌，初名「掃蕩」三日刊，由國民黨主持政治訓練及宣傳工作的賀衷寒（1900-1972）創辦並命名。報名為「掃蕩」，明顯衝着共產黨，是國民黨的政治宣傳工具。1932 年 6 月，由三日刊擴充為日報，至 1934 年篇幅增為兩小張，並附帶刊行《掃蕩旬刊》（共出五十四期）。1935 年《掃蕩報》由南昌遷移漢口，1938 至 1945 年期間，報社多番遷移，又先後增設分社至重慶、桂林（後停刊）、昆明，也在金城江、獨山兩地發行過臨時版。抗戰結束後，國民黨與共產黨有合作之意，遂把軍報去「掃蕩」之名而改為《和平日報》，於 1945 年 11 月在漢口復刊。《和平日報》把總社遷至首都南京，稍後，上海版、蘭州版陸續出現，廣州版、瀋陽版、台灣版、海口版等相繼發行。1949 年 7 月，《和平日報》遷至台灣，恢復《掃蕩報》之名，1950 年 7 月停刊。有關《掃蕩報》的歷史，可參考黃少谷〈掃蕩報的時代背景與奮鬥歷程〉及編者〈掃蕩二十年大事紀略〉二文，刊於中華文化基金會編：《掃蕩二十年──掃蕩報的歷史紀錄》（台北：中華文化基金會，1978 年），頁 1-14；400-418。

職「星晚」編輯有莫大關係。歐陽天在廣州法政專門學校畢業，抗日戰爭期間，在桂林《掃蕩報》主編電訊。戰爭結束後來到香港，進了「星島」報系工作，1948 年任職《星島晚報》編輯主任並編輯副刊，於是號召了「和平文人」如徐訏、劉以鬯、易文、易君左、南宮搏等好友，組成副刊的主要寫作班底，長時間為副刊提供不同類型的文稿。直至 1963 年「星島」報系分支《快報》（1963 年 3 月 1 日至 1995 年 12 月 16 日；復刊號 1996 年 10 月 28 日至 1998 年 3 月 15 日）創刊，歐陽天才前往出任總編輯。

　　1949 年前後來港的「和平文人」從事文字與電影的工作。他們大部分在不同報章刊物發表小說、散文、詩、評論，但在「星晚」撰寫連載小說的人卻不多，從下表可看到他們在五、六〇年代「星晚」連載作品的情況：

和平文人	連載小說首見於「星晚」的時間	作品數目		連載數目總計
		1950-1959 年	1960-1969 年	1950-1969 年
易文	1949 年 5 月 17 日	6	0	6
歐陽天	1950 年 1 月 4 日	29	2	31
徐訏	1950 年 6 月 9 日	20	1	21
南宮搏	1952 年 1 月 7 日	22	20	42
劉以鬯	1952 年 3 月 27 日	10	16	26

　　「和平文人」共十位，其中李金石、周綠雲、鍾文苓等人並沒有在五、六〇年代的「星晚」連載小說。易君左雖然有發表作品，但以散文居多，同樣沒有發表連載小說。張文達於八〇年代才來港，並不在五、六〇年代的時段中。1949

年前後來港並曾在五、六〇年代於「星晚」連載小說的作家，只有易文、歐陽天、徐訏、南宮搏、劉以鬯等五位。他們於三、四〇年代在內地《和平日報》擔任不同的工作崗位，來香港後，雖然面對新的生活環境衝擊，各自摸索創作的方法和方向，彼此的風格也很不一樣，但「和平文藝」的共同背景（並非流派）與私人交情卻有助他們互相交流。[29]

把「和平文人」在五、六〇年代於「星晚」連載小說，結合「南來文人」研究的四個方向來思考，本書擬提出以下三個研究問題：

1.「和平文人」在「星晚」上連載了不少作品，當中所呈現的一九五、六〇年代的香港社會面貌是怎樣的？

2.「和平文人」的連載作品透現出他們怎樣的心態？

3.「和平文人」的連載作品是小說結集與電影改編的前置文本，報業因此與出版業和電影業組成了緊密的生產線，然則，連載小說與這些文化產業的互動情況具體又是怎樣的？

用這三個研究問題來檢視上表的「和平文人」及其作品之後，本書選取歐陽天、徐訏和劉以鬯三位作家為研究對象。本書不討論南宮搏，因為南宮搏的連載小說多為「歷

29　異於一九二、三〇年代中國的文學社團如「創造社」，「和平文藝」的文人並沒有強烈的組織社團的自我意識，也沒有主動辦刊物、寫發刊詞等以宣揚社團宗旨，更莫說由此引起的實驗性小說作品，及有機會形成的文學潮流。

史小說」，很難從中看到五、六〇年代香港社會的面貌，也難以看到他南來之後的心態，所以不納為研究對象。至於易文，他在「星晚」發表的連載小說最少，僅有六部作品，發表時段也只有四年，首部連載〈一丈紅〉發表於 1949 年 5 月 17 日（同年 3 月已開始發表專欄「香港私語」），1953 年 6 月便全職投身電影界；相較而言，歐陽天和劉以鬯的作品比易文的作品更具五、六〇年代的香港本土色彩，因此，本書也不擬把易文納為研究對象。

如果從南來作家研究和香港文學研究的視角看五、六〇年代的「星晚」，歐陽天、徐訏和劉以鬯三位極具典型性和代表性。他們的連載展現了五、六〇年代香港社會不同階層的面貌，當中不少作品不但結集成書，而且被改編成電影。這涉及跨媒體的文化產業再生產：從副刊連載到結集發行、從連載小說到電影改編。如果研究小說的同時能夠兼及電影和出版兩項文化產業，對作家及作品的認識一定更有裨益。因此，本書立足連載作品，以作品的解讀為本位，再按論題的需要兼及電影和出版，以之作為研究的參照。

三、三張臉：本書的章節安排

　　這三位作家都各具個人風貌，各有自己的特點，而他們的特點可以在不同程度上回應到本書的三條研究問題；哪位作家最能回應哪條問題，本書即以該位作家為討論中心，設置獨立專章詳加論述，正面及重點回應問題。換言之，本書以特定的作家為中心，重點探討特定的研究問題。當然，這位作家及其作品也能在某程度上回應到另一個研究問題，只是不如另一作家那樣深刻而已。本書以作家為綱，專章專論，各章自有重點，又互相補足，如此一來，讀者對作家及研究問題的認識亦隨着章節的開展而豐富起來，形成一個網絡式的知識結構。

　　要認識一個時代，便要認識該個時代的不同面貌。本書所討論的三個作家，便是這個時代的三張臉。歐陽天所牽涉的是一個較大的面貌：五、六〇年代普羅大眾所面對的社會生活難題。徐訏則牽涉作家面對社會時，為了回應生活挑戰而選擇的一張臉，或者說，是他的自畫像，也就是他為自己經營了一個展示於人前的形象。至於劉以鬯，他在連載及結集出版時，為了適應文化產業的商業運作，為了適應市場需要，於是調整文本，使得結集的文本不同於連載，呈現出一個新的文本面貌。這方面也值得探討，文本面貌便是第三張臉。

　　三位作家都是南來作家，都是「和平文人」、同樣都在「星晚」發表連載。他們從不同的層面反映了五、六〇年代

的香港面貌：從社會到個人，再到文本，由廣至狹，他們都涵蓋了，而本書研究的正是「連載小說的三張臉」。以下再略加簡介。

（一）第一張臉：香港社會的面貌

本書第一章聚焦於五、六〇年代「香港社會的面貌」，藉歐陽天在連載小說中用寫實筆法描述的社會境況，回應第一個問題：

> 「和平文人」在「星晚」上連載了不少作品，當中所呈現的一九五、六〇年代香港社會的面貌是怎樣的？

歐陽天的連載小說極具當時的社會意識。他的連載與當時的社會實況結合緊密，部分小說的情節與當時的時事相似甚至相同。連載小說取材自當時的社會實況，也就是普羅大眾所面對的生活難題。歐陽天對當時的生活狀況的描寫就如一枝畫筆，描繪出五、六〇年代的社會面貌，是平民生活的呈現。如果把他的連載小說一系列地排列出來，便是一幅社會風俗畫，不但活靈活現，而且色彩豐富，讀者能從中感受到普羅大眾貧窮的苦況，既生動，又深刻。

歐陽天的連載作品集中在五〇年代（六〇年代僅有兩部作品），主題多元。不過，相對之下，他那些本着同情態度寫成的寫實作品就得到較高評價。他這類作品所選取的

題材極具時代色彩，尤其關注戰後香港低下階層和孤兒的生活，寫得非常深刻，受到讀者及電影商的青睞。他最著名的〈人海孤鴻〉所呈現的太平洋戰爭及五〇年代的香港下層的社會面貌，就是從寫實的角度描繪戰後「失養失教的孤兒」狀況。此章將以歐陽天為討論對象，看作家如何在文本中反映當時香港社會的面貌。

（二）第二張臉：作家的自畫像

本書第二章以「作家的自畫像」為標題，藉着徐訏及其連載的討論來回應第二條研究問題：

「和平文人」的連載作品透現出他們怎樣的心態？

徐訏的連載小說展現了自我一面。連載小說所塑造的角色形象、遭遇、經歷與現實中的徐訏有極具相似之處。連載小說取材自徐訏戰時的顛沛流離、戰後所面對的艱苦生活。角色的心態表現出因中港兩地文化差異而不適應，因今昔對比而失落。徐訏的連載就像畫家對鏡自照而畫下的自畫像，這與現實的徐訏並不盡同，兩相對照，就映照出一幅「文化落難者」的彩繪。

徐訏在「星晚」上的連載作品流露出頗多個人心態，對香港的人和事都有一番批評。南來作家所表現的心態，涉及他們是否能融入香港生活，各人融入程度不一，所表現的心態亦不同。徐訏是三位作家中，由始至終都拒絕融入

香港生活的人。此章將以徐訏為討論對象，看作家如何在文本及行為上反映出個人的心態，以及他因拒絕融入香港生活而經營出怎樣的一個形象面貌。

（三）第三張臉：文本的變顏

本書第三章討論的是劉以鬯的〈酒徒〉文本的原貌與新顏。文本的面貌變了，所以題為「文本的變顏」，藉以回應第三條研究問題：

> 「和平文人」的連載作品是小說結集與電影改編的前置文本，報業因此與出版業和電影業組成了緊密的生產線，然則，連載小說與這些文化產業的互動情況具體又是怎樣的？

這章的討論焦點是劉以鬯如何在不同的文化產業之間（報業與出版業）求存：修訂連載小說，以達到出版的目的。最具代表性的作品便是〈酒徒〉。〈酒徒〉是劉以鬯一篇著名的意識流小說，這篇「娛己」不「娛人」的作品最初連載於 1962 年 10 月至 1963 年 3 月，是他面對當時香港商業與娛樂的觀感反映。〈酒徒〉為往後香港的文學道路另闢新途。這部小說本來是一篇逾十萬字的大作，劉以鬯並沒有着力於小說情節的刻劃，故事中醉漢的瘋言瘋語亦不為當時讀者所明白。這篇寫法異於一般連載作品的〈酒徒〉，因為得到副刊主編歐陽天的支持，才得以面世。小說

在 1963 年由香港海濱圖書公司結集出版。雖然此版本保留了最能「娛己」的文藝元素，但同時刪去了不少醉漢對文藝界最無理事情的控訴。作者總共作了超過二千項修訂，海濱版的《酒徒》已不復原刊面貌，甚至影響後來的文評家對作品的評論焦點：側重討論寫作技巧，輕視作品「宣言」式的主題。[30] 這樣的影響源於文本的修訂。第三章討論的，就是從〈酒徒〉到《酒徒》文本的變化，亦即〈酒徒〉文本的變顏。

　　本書的章節安排已簡述如上，接下來就回到五、六〇年代的香港，走進「星晚」這個園地，找上這三位作家，翻閱他們的小說，重溫他們的改編電影，細辨這三張臉。

30　修訂數據及詳情請參閱第三章正文。

一眾《和平日報》的報人（和平文人），以《星島晚報》副刊「星晚」為園地，為 1949 年後的香港文學作出努力。上圖為《星島晚報》1946 年 1 月 3 日新一號，太平洋戰爭後復刊的「報頭」；下圖為劉以鬯的〈香港文學中的「和平文藝」〉，刊於《星島晚報》1989 年 1 月 2 日，細說 1949 年後「和平文藝」的重要性。

1951 年 2 月 23 日，劉以鬯在《星島晚報‧星晚》刊登「走行」的〈神秘女郎〉，同版面右方為徐訏的〈彼岸〉，下方則是歐陽天的〈難為了媽媽〉。

社會‧作家‧文本：南來文人的香港書寫

第一章

香港社會的面貌：

歐陽天寫實主義連載小說的脈絡化解讀*

歐陽天

---

* 本章部分內容曾以〈社會問題的綜合與聚焦——寫實
主義視閾下歐陽天的《人海孤鴻》與電影改編〉為
題，發表於《文學論衡》總第 24 期，2014 年 6 月，
頁 51-73。

一、引言：寫實的香港社會的面貌

　　戰後的香港是怎樣的一個社會？翻開一九五、六〇年代的《香港年鑑》，可以查看到不少數字統計。數字隱藏着社會問題，例如：人口暴增、房屋短缺、兒童失學等等。問題嚴重，卻抽象。抽象，就無法感人。只有將問題具體化為可見可感的畫面圖像，甚至市民百姓的生活細節，才令人明白問題的嚴重性，由可見可感進而可思可慮。歐陽天的連載小說，正展現出五、六〇年代的香港社會面貌，讓讀者見之感之，思之慮之。

　　歐陽天是「星晚」的主要作家之一，從 1950 年至 1963 年，總計有三十一部連載小說。他的連載小說大部分刊登於五〇年代，只有兩部見於六〇年代，〈賀蘭山的蛇神〉（1963）是最後一部連載於「星晚」的小說。如果以刊登連載小說的密度計算，歐陽天創作的黃金時期是 1951 年至 1959 年，每篇小說相隔大約一個月。[1] 1963 年後，他便專注於《快報》的工作，不再為《星島晚報》寫連載小說。

　　歐陽天的連載小說多元化，既有言情，也有反映社會實況，當中以後者的價值較高。歐陽天反映社會實況的小說正揭露了香港當時的社會問題。本章通過研究歐陽天的

1　請參考本章附表「歐陽天『星晚』連載小說列表（1950-1969）」，當中僅有三部小說與上一部連載作品相隔超出一個月，包括相隔一個半月才連載的〈歸宿〉（1952）和〈痴心結〉（1956），還有相隔半年才連載的〈蓮孃〉（1958）。

此類作品，嘗試回答緒論提出的研究問題：

> 「和平文人」在「星晚」上連載了不少作品，當中
> 所呈現的一九五、六〇年代的香港社會面貌是怎樣的？

（一）社會問題的界定與展現

何謂社會問題？本章這樣界定：社會問題就是普羅大眾都要面對的問題，具有「普遍性」的特點。

1949 年大陸政權易手，南來香港者甚多。突然而來的人口膨脹引發了住屋、就業等民生問題。1950 年因韓戰導致西方國家對大陸的禁運，波及香港的工商業，令戰後還未恢復元氣的香港雪上加霜。當時的港英政府必須處理民生、經濟等不同範疇的社會問題，或是成立專責部門，或是增加社會福利，甚至設立法例以紓緩問題。由華商、教會等成立的慈善團體對紓緩社會問題起重要作用。[2]

2　早期港英政府並不重視華人需求，由華商促發起先後成立的東華醫院、保良局和九龍樂善堂等協助解決民眾的社會和福利問題。慈善團體如保良局，1878 年由一群旅港東莞商人及全港紳商促請港府成立，時以「保赤安良」為宗旨，防止誘拐，保護婦孺，期後一九三〇年代港英政府禁娼和禁止蓄婢，誘拐之風大減，但日本侵華後，難民來港，婦孺被虐待及遭遺棄的問題隨之而來，保良局的工作便轉為收容和教養婦女，使她們成為有能力的人。參考香港電台電視部策劃，陳天權撰寫：〈華商的崛起〉，《香港歷史系列：穿梭今昔 重拾記憶》（香港：明報出版社有限公司，2010 年），頁 139-154。又如 1949 年後調景嶺的難民問題，東華三院便率先收容災民七千人，後來港英政府介入，先後將難民安置西環摩星嶺和調景嶺，至 1953 年停止派發飯票，不同的教會團體和傳教士如戴瑞蘭（Gertrud Tragradh）、西

當年《華僑日報》出版的《香港年鑑》正好把香港歷年的變遷，社會問題、政經各界所發生的大事、港英政府的對策、訂立的法例、教育與福利等轉變包羅在內。以此資料對照歐陽天 1950 至 1963 年間的連載小說，不難尋得小說所反映的社會實況。從《香港年鑑》記錄得知，1950 年的「婦女」與「兒童」事項同樣被港英政府重視。港英政府的華民政務司於 1950 年 12 月 13 日提倡，並於 1951 年 1 月 4 日實施的「一九五〇年保護婦孺條例」，正是通過修訂 1938 年的婦女保護法，而充實對兒童、青年及婦女之法律保護，更達五十條之多。[3]

　　綜觀歐陽天的連載小說，他採用了綜合和聚焦（focalization）[4] 的表現手法展現當時的社會問題，而他在五〇年代書

門英才（Gertrude A. Simon）等便支援難民的日常生活，包括衣食、謀生、醫療和教育等。參考香港電台電視部策劃，陳天權撰寫：〈中國巨變下的香港〉，《香港歷史系列：穿梭今昔 重拾記憶》，頁 183-195。

3　「兒童」的項目包括兒童教育事項、孤兒教養、保護兒童工作、兒童犯罪之處置、兒童福利設施等內容，可參考吳灝陵主編：《香港年鑑》（香港：華僑日報，1951 年），上卷頁 113-114；「婦女」項目主要見於「一九五〇年保護婦孺條例」，當中多條法例與婦女被強姦或被迫賣淫有關，見吳灝陵主編：《香港年鑑》（1951 年），中卷頁 44-46；吳灝陵主編：《香港年鑑》（香港：華僑日報，1952 年），中卷頁 21-27。

4　「聚焦」一詞源自於攝影與電影，巴爾（Mieke Bal）把它應用於敘述理論，認為「聚焦是『視覺』（即觀察的人）和被看對象之間的聯繫」，被聚焦的對象不限，包括客觀對象、風景、事件等，所有成分都可；或由外在式（external）聚焦者（focalizor）或由內在式（internal）聚焦者（focalizor）進行聚焦行為。相關論述可參考 Mieke Bal, *Narratology: Introduction to the Theory of Narrative.* (Second Edition) (Toronto: University of Toronto Press, 1997), pp. 142-161. 中譯本可參考［荷］米克‧巴爾著、譚君強譯：《敘述學：敘事理論導論》（第二版）（北京：中國社會科學出版社，2003 年），頁 167-192。

寫的婦女題材和孤兒題材的小說最能表現這兩種處理。所謂「綜合」，是指歐陽天的婦女題材的小說，綜合呈現了當時的民生、經濟等社會問題。戰後五〇年代的弱勢婦女在失去家庭經濟支柱後，面對社會無法謀生，當中不免有人要淪為歌女、舞女，最終出賣肉體，淪落風塵。雖然女性淪落為妓女只是個人的選擇，並非社會問題，但淪落風塵的背後原因卻是社會問題。此類小說如〈鴛鴦血〉（1950）、〈阿牛新傳〉（1951）、〈地下夫人〉（1952）、〈花雕〉（1954）和〈太平山下的悲歌〉（1955）等，當中以〈阿牛新傳〉和〈花雕〉女主角的淪落過程最能展現當時的社會問題，最具代表性，所以本章將採用這兩篇為討論中心。所謂「聚焦」，是指歐陽天的孤兒題材的小說，集中呈現了五〇年代的失學兒童問題，尤其具有孤兒身份的兒童更是嚴重影響社會治安。從孤兒角度出發的連載小說例如〈孤雛淚〉（1950），從父母角度出發的小說例如〈落花流水〉（1951）和〈人海孤鴻〉（1956）等，都是反映兒童問題的例子，尤其以〈人海孤鴻〉最為著名及具代表性，所以本章將採用這部小說為討論中心。

（二）寫實主義與本章的解讀

歐陽天展現社會問題的小說，以當時戰後香港的社會實況為故事背景，直接或間接道出社會問題，表現了他對現實社會的關懷。若以社會歷史的角度切入，當然有助釐清作品內容的真實性，不過，若進一步探討作者的創作動

機及價值取向，則五四時期的寫實主義精神，即是安敏成（Marston Anderson）所謂的「社會和文化效益」（social and cultural benefits）[5]就更適用於本章的研究。因此，本章將採取「寫實主義」的視角來解讀這類作品。

　　「寫實主義」（Realism）[6]起初是法國的一場文藝運動，

5　"As I have suggested, Chinese intellectuals endorsed the call for a new literature, not for intrinsic aesthetic reasons, but because of the large social and cultural benefits literary innovation seemed to promise." by Marston Anderson, *The Limits of Realism: Chinese Fiction in the Revolutionary Period*（Berkeley: University of California Press, 1990），p. 25. 安敏成的原著以不同的寫法表達「文化及社會效益」或「社會效益」的意思，譯者姜濤翻譯時多譯作「效應」或「功效」，例如："For Hu Shi, Ibsen's egoism is likewise defensible not for its intrinsic value but for its positive effect on society."（原著頁 35），姜濤譯作「社會功效」；又例如 "what is the work's effect on society at large?"（原著頁 74）和 "but it does succeed in suggesting the passionate determination with which Chinese writers pursued the goal of social efficacy in their literature"（原著頁 200），姜濤皆譯作「社會效應」；姜濤甚至用描述句子翻譯原文，例如此註的引文便譯作「中國知識分子對新文學的召喚，不是出於內在的美學要求，而是因為文學的變革有益於更廣闊的社會與文化問題」。見姜濤譯、安敏成著：《現實主義的限制：革命時代的中國小說》（南京：江蘇人民出版社，2001 年），頁 38、77、205、27。本人認為「效益」比「效應」更準確，故統一譯作「效益」。

6　"Realism" 的譯法多變。「五四」前後譯為「寫實主義」，至 1932 年瞿秋白的文章宣稱「寫實主義」定為 "Realism" 的舊譯，新譯是「現實主義」；其後周揚進一步把「寫實主義」與「社會主義現實主義」掛勾。自此，「寫實主義」多了另一重左翼意義。本章論及 "Realism" 時，將統一稱為「寫實主義」，此乃依五四文人闡釋的「寫實主義」為本質，與蘇俄的社會主義現實主義區分開來。溫儒敏：《新文學現實主義的流變》（北京：北京大學出版社，1988 年）仔細梳理了寫實主義在中國 1917 至 1949 年間的發展，俞兆平：《寫實與浪漫：科學主義視野中的「五四」文學思潮》（上海：上海三聯書店，2001 年）以科學角度切入，交代了「五四」的兩大思潮，兩書析述了寫實主義在中國的流變歷史，值得參考。

後來演變成世界性的文藝思潮，影響遍及繪畫、文學等不同的媒介。[7] 這場文藝思潮的時空跨度極大，其意義也隨時間與地域而變化。[8] 寫實主義傳到中國，其意義已大異於西方。知識分子在晚清及「五四」啟蒙運動時期引進西方的寫實主義，希望藉着寫實主義作品激勵讀者（人民）關注民族危亡的社會政治問題，以期產生「社會和文化效益」，藉文學達到改革政治及改變社會的目的。[9] 魯迅的〈狂人日記〉（1918）是最先發表在《新青年》雜誌的白話新小說，及後陸續發表的〈孔乙己〉（1919）、〈藥〉（1919）、〈一件小事〉（1920）、〈風波〉（1920）、〈阿 Q 正傳〉（1921）

7　"Realism" 的定義可從廣狹二義作解釋。從狹義的角度看，指十九世紀中葉興起於法國，其後蔓延各國，發展成一場西方文藝運動，當中宣揚以精確的觀察目光表現大眾以及他們的日常現實生活，尤以畫家庫爾貝（Jean Desire Gustave Courbet, 1819-1877）的畫作為代表。王德威精簡地指出寫實主義是「泛指十九世紀風行歐洲的一種文藝運動」，並指出通過文字、繪畫、雕塑等藝術媒介，以重現主客觀世界的原貌或真相為寫實目標，正是狹義的定義。見王德威：〈寫實主義是甚麼？〉，（台北）《聯合文學》第 9 卷第 3 期，1993 年 1 月，頁 215。從廣義的角度看，則視寫實主義為一種理念（idea），涉及視覺、心理等不同的範疇，更與表現主義（Expressionism）、超現實主義（Surrealism）、自然主義（Naturalism）等相關。Maryanne Cline Horowitz ed. , *New Dictionary of the History of Ideas*（Farmington Hills, MI: Charles Scribner's Sons, 2005），p. 2014.

8　韋勒克（René Wellek, 1903-1995）梳理了寫實主義在法、英、美、德、意、俄等國的發展，卻忽略了在中國的流變。他並沒有進一步考察亞洲國家如何接受並發展寫實主義，卻從政治出發，視中國為蘇聯的衛星國，直把「寫實主義」等同於「社會主義現實主義」。René Wellek, "The Concept of Realism in Literary Scholarship," *Concepts of Criticism*（New Haven: Yale University Press, 1963），pp. 222-255.

9　Marston Anderson, *The Limits of Realism: Chinese Fiction in the Revolutionary Period*, p. 25.

等，目的正是要畫出「沉默的國民的靈魂」。[10] 茅盾（《蝕》[1928]、《子夜》[1932]）、葉紹鈞（《倪煥之》[1928]）、老舍、沈從文、張天翼、巴金、錢鍾書等眾多作家以不同的寫作類型、題材及技巧創作，目的也是要揭示中國社會的現實。夏志清認為「五四到大陸淪陷那一時期較好的小說家，差不多全是着重諷刺和富有同情心或人道主義精神的寫實主義者（satiric and humanitarian realists）」。[11] 王德威認為對當時的知識分子和文人而言，「『寫實』相對於蒙昧不義，充滿解放和啟蒙意義，儼然奉了『寫實』之名，真相得以顯現，真情得以流露，真理得以昭彰。」[12] 知識分子具有強烈的使命感，自覺有責任去批判社會、期望達到「啟蒙」、「救國」等目的。這正好印證了安敏成對中國知識分子的觀察：知識分子之所以擁抱寫實主義是因為它似乎能夠提供一種創造性的「文學生成」（例如產生動機）與「接受模式」（例如社會效應），以滿足文化變革的迫切需要；

10　見魯迅：〈俄文譯本阿Q正傳序及著者自敘傳略〉，（北京）《語絲》第31期，1925年6月15日，頁83。

11　夏志清：〈姜貴的兩部小説〉，夏志清原著、劉紹銘等譯：《中國現代小説史》（香港：友聯出版社有限公司，1979年），頁481。

12　王德威：〈中文版序〉，《茅盾，老舍，沈從文：寫實主義與現代中國小説》（台北：麥田出版、城邦文化事業股份有限公司，2009年），頁5。

知識分子的着眼點是非常功利的。[13]

　　寫實主義在中國「本土化」（localization）的結果，就是強調作品的社會效益。五四前後的寫實小說的社會批評或反映現實，只是作品的內容，而非最終目的，小說家最終的理想是希望作品能改善文化和社會。[14] 今天，我們回顧五四時期挖掘靈魂的小說，就知道小說家主要考慮的是：為何寫（目的／動機）、寫甚麼（內容題材）、怎樣寫（手段）。他們對當時中國社會現實充滿關懷（動機），期望小說能達到如救國、改革社會、改善生活等社會效益（目的）。在此前設下，選擇合適的題材內容（如禮教吃人、階級鬥爭等主題；舞女、金錢等題材），運用適當的手法（生動傳神的描寫、敍事結構），令「寫實題材」更有真實感，達至更佳的社會效益。為着更有效地達到目的，小說家更會選擇以貌似客觀的手法，並作不同程度的介入，以說明故事主題或教育意義等。五四時期至三、四〇年代的寫

13　"Instead realism was embraced because it seemed to meet Chinese needs in the urgent present undertaking of cultural transformation by offering a new model of creative generativity and literary reception." & "May Fourth critics continued to focus, not on techniques of representation, but on questions of the work's origin（i.e. on the basis of what authority is the work generated?）and of its reception（i.e. what is the work's effect on society at large?）." by Marston Anderson, *The Limits of Realism: Chinese Fiction in the Revolutionary Period*, pp. 37 & 74. 此處因原文為 "work's effect on society"，故本人另外處理，譯作「社會效應」。

14　寫實主義引進中國後才是如此發展，其他國家未必如此。若要了解寫實主義在其他國家的發展，可參考 René Wellek, "The Concept of Realism in Literary Scholarship," *Concepts of Criticism*.

實小說本來就有此特定的社會任務和使命。

　　後來寫實主義在中國發展成社會主義現實主義，強調了小說的政治功能，[15] 而 1949 年前後南來香港的作家卻較少政治的考慮，反而繼承了五四時期重視社會效益的寫實主義的一脈。歐陽天便是其中之一。然而，當時的香港是英國的殖民地，休斯（Richard Hughes, 1906-1984）稱為「借來的空間，借來的時間」[16]，政治及社會文化環境與內地不同，作家面對的不再是急於被喚醒的中國廣大的民眾，而是戰後英屬殖民地居民；創作目的不再是文學的社會革命，而是要回應貧困的生活以及不同階層的生活狀況。從直接呈現社會問題，企圖改善現實生活的角度看，歐陽天確實繼承了五四作家的寫實主義精神。不過，面對社會語境的轉變，作家就需要重新考慮寫作的主題和選材，方能更有效地發揮寫實主義的社會效益。所謂寫實主義的社會

15　三〇年代，寫實主義在中國大陸已由瞿秋白、周揚等引入左翼意識而發展為「社會主義現實主義」，四〇年代更發展為「無產階級現實主義」。毛澤東：〈在延安文藝座談會上的講話〉，載《毛澤東選集》（北京：人民出版社，1966 年），頁 804。

16　Richard Hughes, *Hong Kong: Borrowed Place - Borrowed Time*（London: André Deutsch, 1968）. 休斯在 "Acknowledgement" 指出此書的副題（Borrowed Place - Borrowed Time）源自 1959 年韓素音刊於《生活》（*Life*）的〈香港十年奇蹟〉（"Hong Kong's Ten-Year Miracle"），當中寫道："Squeezed between giant antagonists crunching huge bones of contention, Hong Kong has achieved within its own narrow territories a co-existence which is baffling, infuriating, incomprehensible, and works splendidly — on borrowed time in a borrowed place." Richard Hughes, "Acknowledgement," *Hong Kong: Borrowed Place - Borrowed Time*, no page number.

效益，可以從上文所提到的「為何寫（目的／動機）、寫甚麼（內容題材）、怎樣寫（手段）」等三方面來探討。

二、寫實主義小說的脈絡化解讀框架

　　歐陽天的反映社會實況的小說呈現了社會面貌的陰暗面，即社會問題，並進一步提出解決社會問題的方案。必須注意的是，從作品的敍事結構看，可再分析作者的敍事策略，看他如何通過角色和情節具體呈現社會問題。故此，本章擬從這三方面對照閱讀歐陽天連載於「星晚」的社會實況的小說，具體言之，即討論以下三個問題：

　　第一、歐陽天的連載小說闡述了香港當時哪些社會問題？

　　第二、小說提出了甚麼解決問題的方案？

　　第三、作者是怎樣呈現社會問題和解決方案？

　　歐陽天的作品如何反映他眼底下的香港？以《香港年鑑》、舊報紙、香港歷史資料所記錄的社會實況看，[17] 即當

17　相關的香港歷史資料，英文著作可參考：G. B. Endacott, *A History of Hong Kong*（Hong Kong: Oxford University Press, 1964）. K. C. Fok, *Lectures on Hong Kong History: Hong Kong's Role in Modern Chinese History*（Hong Kong: The Commercial Press（Hong Kong）Ltd., 1990）. David Faure, *Colonialism and the Hong Kong Mentality*（Hong Kong: Hong Kong University Press, 2003）. David Faure ed., *Hong Kong: A Reader in Social History*（Hong Kong: Oxford University Press（China）Ltd., 2003）. Alexander Grantham, *Via Ports: From Hong Kong to Hong Kong*（Hong Kong: Hong Kong University Press, 1965 and 2012）. Richard Hughes,

時大眾所面對具普遍性的社會問題，與歐陽天的作品加以印證，藉以分析作品所呈現的社會問題、解決方案及敘事結構，更可以進一步探討作品背後作家的道德價值取向，如何體現安敏成所謂的社會效益。

文本（text）有其自身的意義，文本細讀（close reading）是首要工作，然而，文本在不同的時代脈絡（context）中可被解讀出不同的意義，這便是脈絡化（contextualization）。所以，若把作品的解讀結果重置於作者身處的歷史脈絡，就更能讓讀者加深理解文本的深層意義。脈絡可從三種不同類型的語境切入。巴里（Peter Barry）這樣闡釋：

1. 社會政治語境（socio-political），也就是特定的社會背景和政治狀況；

2. 文學歷史語境（literary-historical），憑此可以看

Hong Kong: Borrowed Place - Borrowed Time（First and 1976 Second Edition）。中文著作可參考：丁新豹：《善與人同：與香港同步成長的東華三院（1897-1997）》（香港：三聯書店［香港］有限公司，2010 年）、丁新豹主編：《香港歷史散步》（香港：商務印書館［香港］有限公司，2008 年）、王賡武主編：《香港史新編》（上下冊）（香港：三聯書店［香港］有限公司，1997 年）、王國儀：《調景嶺滄桑五十年》（香港：中華救助總會，2008 年）、余繩武和劉存寬編：《十九世紀的香港》（香港：麒麟書業有限公司，1997 年）、余繩武和劉蜀永主編：《二十世紀的香港》（香港：麒麟書業有限公司，1998 年）、林友蘭編：《香港史話》（香港：香港上海印書館，1978 年增訂本）、香港博物館編：《香港歷史資料文集》（香港：市政局，1990 年）、高添強：《香港今昔》（香港：三聯書店［香港］有限公司，1994 年；2005 年新版）、梁濤（筆名魯金、魯言）主編及參與撰寫的「古今香港系列」（香港：三聯書店［香港］有限公司，1988-1995 年）、張曉輝：《香港華商史》（香港：明報出版社，1998 年）、魯言等著：《香港掌故》（第 1-13 集）（香港：廣角鏡出版社、廣角鏡出版社有限公司，1977-1991 年）。上述著作呈現了當時不同範疇的社會面貌，具參考價值。

出作品中其他作家的影響，或者某種特定體裁／文類的
構造；

　　3. 個人語境（autobiographical），它取決於作家個
人生活和思想上的細節。[18]

　　所謂「社會政治語境」的解讀，就是將作品重置於當
時的社會背景和政治狀況，然後作出解讀。本章將以《香港
年鑑》對照歐陽天寫實小說中展現的社會問題。其次，所謂
「個人語境」的解讀，就是將作品與作家個人生活和思想上
的細節作對照。歐陽天的寫實小說中，往往有作家自設的
一套救治方案，正好表現他以虛擬的小說回應社會現實。
再者，本章將調整巴里對文學歷史語境的焦點。五〇年代
的南來文人不乏創作社會寫實作品，本章論述歐陽天的社
會寫實小說，正是嘗試勾勒當時的文壇面貌；以同時代的其
他作家相同題材的小說略作比較，以加強呈現歐陽天小說
的時代意義。即使本章無法追尋歐陽天的師承、無法判斷
其他作家、特定體裁和文類直接對他的影響，但對研究者
了解當時的文學歷史語境仍有一定意義。不過，本章將會
分析作品的敘事結構，因為敘事手法直接影響作品內容的
呈現，尤其是社會問題的展現。在此，本章將會處理作品

18　[英] Peter Barry, *Beginning Theory: An Introduction to Literary and Cultural Theory*（Manchester: New York: Manchester University Press, 2009），p. 17. 中譯本見彼得・巴里著、楊建國譯：《理論入門：文學與文化理論導論》（南京：南京大學出版社，2014 年），頁 17。

的敘事結構，藉此解答第三個探討問題。綜上所述，本章將用以下的框架閱讀歐陽天的小說：

解讀角度		某社會問題
脈絡化	社會政治語境	社會政治語境的解讀結果
	個人語境	個人語境的解讀結果
	文學歷史語境	文學歷史語境的比較結果
敘事結構		敘事結構的解讀結果

　　以下即以此框架分別分析〈鴛鴦血〉、〈阿牛新傳〉、〈地下夫人〉、〈花雕〉和〈太平山下的悲歌〉五部婦女淪落為題材的故事，當中以〈阿牛新傳〉和〈花雕〉為中心；還有兒童失學為題材的小說〈人海孤鴻〉。

三、婦女淪落：社會問題的綜合呈現
——以〈阿牛新傳〉和〈花雕〉為論述中心

　　早在四〇年代，歐陽天的小說已表現對低下階層的關注，尤其是受戰爭影響的婦女，例如〈苦難的女人〉（1941）。[19] 作品雖較粗糙，卻是歐陽天描寫社會實況的開始。他總計三十一部的「星晚」連載小說，當中七部小說涉及五〇年代低下階層的婦女題材，除了〈落花流水〉是一個寡母尋兒的故事外，其餘六部小說都是以婦女的不幸遭遇為敍述的主題。〈難為了媽媽〉（1951）是一部悲慘的婦女題材的作品，[20] 小說尚未刊登便大賣兩天的廣告，強調「這

19　〈苦難的女人〉的背景是中日戰爭，故事並不直接寫日軍對婦女的殘害，而是通過婦人在丈夫死後的生活及對下一代的絕望，間接帶出中日戰爭對婦女的影響。見鄺蔭泉（歐陽天）：〈苦難的女人〉，（廣州）《廣東婦女》第 2 卷第 9-10 期，1941 年 5 月 15 日，頁 45-48。

20　歐陽天著、李凌翰圖：〈難為了媽媽〉，1951 年 1 月 22 日至 4 月 29 或 30 日連載於《星島晚報・星晚》。基於現存的《星島晚報》報紙微縮並沒有 1951 年 4 月 29 及 30 日，〈難為了媽媽〉僅連載至 4 月 28 日，故事未完。然而，從 4 月 28 日同一版面刊登的徐訏〈星期日〉及歐陽天〈媽娜〉為首天連載，至 5 月 1 日已顯示為第四天連載的資料得知，中間欠缺的 4 月 29 及 30 日的《星島晚報》仍有發行，故此可推算〈難為了媽媽〉是在這兩天連載完結。從李輝蕚一文，可得知此連載小說曾結集出版單行本：「『難為了媽媽』是歐陽天先生最近出版的一本著作，當我作為一個讀者閱讀時，我只是有這樣一種感覺，那便是，非要一口氣把它讀完不可。」只可惜現時沒法找到〈難為了媽媽〉的單行結集本。引文見李輝蕚：〈一篇極盡曲折的故事『難為了媽媽』讀後感〉，《難為了媽媽》電影特刊（香港：林瑞英印務局承印，

是一部描寫家庭倫理的大悲劇」[21]。所謂的「家庭倫理」實指女主角小虹的悲慘命運：經過父母雙亡、兄長出賣等悲慘經歷之後，小虹在伍家先做侍婢，後做男主人伍一群的妾侍，遭正室不斷虐打，懷胎十月也被迫離家出走，其後做女傭撫育孩兒，因難以接受孩子被拐帶及丈夫死去的事實而跳河自殺。這是歐陽天眾多小說中僅有一部涉及婢妾題材的小說。自從香港的蓄婢制度在二、三〇年宣告廢除後，[22] 社會上被迫做他人婢女或妾侍的例子就漸漸減少，在五〇年代便算不上普遍的社會問題。不過，這篇小說仍可印證弱勢婦女一旦失去家庭經濟支柱，就難以在社會謀生

年份不詳），頁 16。此刊為香港電影資料館藏本。小說其後改編為同名電影，由關文清導演，趙偉編劇，新大陸影業公司出品，1951 年 11 月 15 日首映。此故事的背景並非設在香港，在歐陽天的小說中屬於少數。故事起首僅以「距離 C 城不遠的一個鄉鎮，原是華僑的故鄉」一句交代地點，後來才說明是「唐山」，見歐陽天、李凌翰圖：〈難為了媽媽〉，《星島晚報·星晚》，1951 年 1 月 22 日及 4 月 12 日，同是版 3。

21　預告內容：「歐陽天先生前在本報發刊之連圖小説『孤雛淚』，極獲讀者好評。茲蒙歐陽先生續賜大作，題爲：『難爲了媽媽』，這是一部描述家庭倫理的大悲劇，故事曲折動人。」見〈難為了媽媽〉預告，《星島晚報·星晚》，1951 年 1 月 19 及 20 日，版 3。

22　香港自從在 1923 年 2 月 15 日通過《家庭女役則例》宣告廢除蓄婢制度，條例規定「無人得用十歲以下之家庭女役，除是註冊之妹仔方可」、「十歲或十歲以上之妹仔，其服役應得工值」等，可是一些富戶更改「妹仔」的名目，條例形同虛設；直至 1938 年 6 月頒佈《家庭女役（修訂）則例》才嚴格執行妹仔登記，法才見成效。見區志堅、彭淑敏、蔡思行合著：〈廢除妹仔制度——《家庭女役則例》〉，《改變香港歷史的六十篇文獻》（香港：中華書局［香港］有限公司，2011 年），頁 134-142。有關蓄婢史可參考麥梅生編：《反對蓄婢史略》（香港：福興中西印務局，1933 年）；楊國雄〈香港「賣身史」——兩本有關蓄婢的專書〉，見魯言等著：《香港掌故》（第 10 集）（香港：廣角鏡出版社，1985 年），頁 52-65。

的事實。

　　雖然女性不再被賣為婢女或妾侍，可是為了養活自己及家人，不免有人為勢所逼地走上做歌女、舞女，最終淪落風塵，出賣肉體的道路。固然小說中的女性遭遇綜合了社會上不同的材料，不過，歐陽天認為：「一篇小說之產生，它寫的不一定有其人有其事，但原則上，必須社會上有那種的人和那樣的事，才說得上真實。」[23] 按他的說法，女性淪落風塵正屬於「有那種的人，有那樣的事」，這才成為小說題材。

　　即使女性淪落風塵是屬於個人無可奈何的決定，可是，其背後的理由卻直接與社會問題相緊扣。歐陽天筆下涉及先做歌女或做舞女伴舞，最後出賣肉體的小說例如：〈鴛鴦血〉、〈阿牛新傳〉、〈地下夫人〉、〈花雕〉和〈太平山下的悲歌〉。從 1950 至 1955 年之間，以歐陽天每年創作二至四部小說為參考基數，他差不多每年都會生產一部婦女淪落為題材的小說。這既反映他非常重視這類題材，同時反映受眾對這類題材感到興趣。當中以〈阿牛新傳〉的小波兒、〈花雕〉的楊翠環的淪落遭遇最為典型，展現背後較多及較明顯的社會問題，故本節主要以這兩部小說為論述中心，並以其他小說為輔助例子加以論述。

23　歐陽天：〈關於寫作〉，《歐陽天隨筆》（香港：三達出版公司，年份不詳），頁 91-92。

（一）社會政治語境之解讀：社會問題

　　歐陽天的〈阿牛新傳〉連載於 1951 年的「星晚」，是一部連圖小說。[24] 故事名稱有意上承連載小說〈孤雛淚〉（主角是章超，又名阿牛）及改編電影的熱潮，欲以「阿牛」為號召，賦以「新傳」為招徠吸引讀者。然而，〈阿牛新傳〉並非以「孤兒」為題材，而是以婦女淪落為題材，敍述司徒敏兒（又名小波兒）因家累而淪落風塵的小說。故事的背景是戰後五〇年代的香港，用第三人稱敍事，起首貼近阿牛的視角作一番回憶，其後則貼近小波兒的視角敍述故事發展。小說故事可分為三部分。第一部分通過阿牛結識小波兒，交代小波兒的身世：因戰爭跟隨家人從上海南來香港，父親因金號生意失敗，精神受到打擊而病倒，一家便從羅便臣道的公寓搬往北角健康村蓋木屋，節衣縮食，維持了兩年生活，之後無以為繼，再加上弟弟患上肺病，小波兒便負起養家重擔做舞女伴舞，對家人則訛稱在富戶家做家庭教師。第二部分，小波兒因舞場生意慘淡，伴舞難以謀生，加上父親離世，弟弟病重，因此拒絕阿牛和歐醫生所介紹的工作，甘心被舞女大班小金鳳欺騙及利用，淪

24　歐陽天著、李凌翰圖：〈阿牛新傳〉，1951 年 9 月 24 日至 1952 年 1 月 21 日連載於《星島晚報・星晚》。現存的《星島晚報》微縮缺 1951 年 11 月 7 日、13 日、12 月 18 日、23 日、1952 年 1 月 1 日、11 日和 13 日的資料，故未能閱覽上述日期的報紙微縮。另外，1951 年 11 月 21 日因李凌翰抱恙，當天沒有連載小說。此連載小說並沒有結集。小說其後改編為同名電影，吳回編導，香港永業公司出品，1952 年 9 月 19 日首映。

落至出賣肉體養家。第三部分，小波兒因墮胎流血不止，幸得阿牛和歐醫生幫忙醫治，更從牧師口中得知神已赦免她的罪，故此重新做人，與阿牛成為情侶。

南來的父親投資失敗、家境轉變、女兒做舞女的故事發展同樣見於 1954 年連載的〈花雕〉。[25] 男主角邵際光因召妓而認識了出賣肉體僅幾天的楊翠環，不但愛上她，還在經濟上幫助她和家人，供她讀書，最後娶她為妻。楊翠環的身世與小波兒無異：她是外省人，原籍浙江紹興，起初一家跟隨父親在上海做生意，後來移居香港，初時家境不錯，有一兩百萬港幣，住洋房，開汽車，不過父親炒金失敗，投資做娛樂場的生意也蝕光，於是家境變差，不但「住的房子愈住愈小，坐的汽車愈坐愈大」，父親更不堪受刺激死了。[26] 一家的擔子便落在楊翠環身上，她想做舞女，可惜遇着舞場生意淡，最後只能「出賣肉體與靈魂」。

1. 社會問題之一：炒金炒股投資失利

故事中南來者因投資炒金炒股的失敗而導致家境轉變，這是當時香港經濟問題的實況反映。〈阿牛新傳〉中小波兒的父親司徒伯貴，雖然帶着充足的資金來到香港，願意花三萬元在羅便臣道購買一幢公寓，購買汽車，但他明

25　歐陽天：〈花雕〉，1954 年 10 月 12 日至 11 月 22 日連載於《星島晚報・星晚》。此小說並沒有結集。

26　歐陽天：〈花雕〉，《星島晚報・星晚》，1954 年 10 月 21 日，版 7。

白大陸政局不穩，一時三刻不能回去，故此盤算在香港營商謀生。[27] 經過再三研究和考慮，司徒伯貴終於和一位過氣政客合伙開了一間金號：「這金號起初很有點生氣，他看K金的上落，十分準確，但等到他自己下手，却偏偏不爭氣。」[28] 最後，金號結束，不但手持的現金沒有了，還債台高築。面對生意失敗，司徒伯貴僅是「精神受到打擊」，〈花雕〉的楊翠環父親卻受刺激過度而死。前者即使艱難，尚可維持兩年生活；後者的生活環境卻非常迫切。小說中迫使小波兒和翠環做舞女的主要原因是父親金號生意失敗，導致富裕的家庭經濟逆轉。

面對南來者投資失利、繼而迫使婦女下海的類同命運，〈花雕〉的敍述者「我」以同情憐憫的語調道破其「普遍性」：

> 楊小姐，你的經歷是南來者普遍的經歷，你的遭遇也是南來者普遍的遭遇，許多以前顯赫一時的達官X賈，他們都走着你爸爸同一的路線，他們自己有些打石子，有些做泥工，而妻女們却和你一樣的出賣肉體與靈魂。[29]

27 歐陽天著、李凌翰圖：〈阿牛新傳〉，《星島晚報・星晚》，1951年10月5日，版3。

28 同上。「却」字等，報紙原文如此，不改。下同。

29 歐陽天：〈花雕〉，《星島晚報・星晚》，1954年10月21日，版7。本章引述小說之正文，以《星島晚報・星晚》微縮連載版本為據，若遇上個別字詞模糊，難以辨認，則以「X」代替。若小說具結集存世，則據結集補回內文，並在該填補文字外加方框表示，具體例子見〈人海孤鴻〉。

由此敍述可見，南來者不乏因投資炒金炒股的失敗而導致家境轉變的事例。

事實上，1949 年前後，大量來自大陸的移民因政局不穩南來香港，或暫居香港等候回國，或等候轉往台灣，他們被統稱為「南來者」。當中既有難民，也有手持豐厚資金的富商政客，在暫居的香港投資，喜愛炒賣 K 金和股票。這是當時的真實情況。從中國大陸來的資金數目到底有多少？1947 至 1957 年就任香港總督的葛量洪（Sir Alexander Grantham, 1899-1978）憶述來自大陸的資金「與中國來的難民數量一樣多」。[30]《香港年鑑》則記錄了較具體的數字：1949 下半年至 1950 年上半年，大陸流來的資金不下四億元，除部分經香港轉往外地，部分投放工業外，大部分投資於金融業。[31] 當中炒賣 K 金和股票蓬勃，尤其是前者：「專營『對敲』的金號，（專做炒賣）如雨後春筍的出現，十個月來竟增設了三十餘家，但此類營業，風險至大，因虧蝕而頂讓或增資改組者已超過半數以上，投機事業，實在并不易為。」[32] 1951 年，此類炒賣 K 金號生意遠不如前，因經營失敗虧蝕或倒閉更時有所聞。[33] 南來者因投資炒金失

30　Alexander Grantham, *Via Ports: From Hong Kong to Hong Kong*（Hong Kong: Hong Kong University Press, 1965），p. 167. 葛量洪謂當時的難民數目佔去全香港人口的三分之一，大約一百萬，這是 1950 年前尚未實施入境限制的人口數目。見該書 p. 154.

31　吳灞陵主編：《香港年鑑》（1951 年），上卷頁 43。

32　同上，上卷頁 17。

33　吳灞陵主編：《香港年鑑》（1952 年），上卷頁 9。

敗的情況普遍，故此，歐陽天小說中像小波兒和楊翠環的父親因投機而觸礁，甚至債台高築，並不罕見，是一種有跡可尋的社會實況。歐陽天對南來者的刻劃是有事實根據的。

2. 社會問題之二：住屋問題

歐陽天筆下，貧窮者多住在木屋等地方。〈地下夫人〉的古嘉薇十二歲時與母親和兩個弟弟因遭父親拋棄，僅堪糊口的生活費用迫使四人共住一間板間房。[34]〈茶杯裏的愛情〉（1953）的艾町以微薄的薪金與友人小張合伙租的一個狹小的房間，房裏只有兩張小鐵牀、一個書櫃和一張書桌。[35]〈痴心結〉（1956）的高俊仁在學校合作社工作，每月僅得二十元薪金，母親做針縫工作，兩人相依為命，住在

---

34 歐陽天著、李凌翰圖：〈地下夫人〉，《星島晚報·星晚》，1952 年 7 月 24日，版 3。歐陽天著、李凌翰圖：〈地下夫人〉，1952 年 7 月 5 日至 9 月 12日連載於《星島晚報·星晚》。歐陽天因胃病原故，在連載最後一天向讀者交代小說急速收結的原因，後來出版的單行本《私情》則把小說結尾加以擴充。見歐陽天：《私情》（香港：大公書局，1954 年），頁 126-164。

35 歐陽天著、李凌翰圖：〈茶杯裏的愛情〉，《星島晚報·星晚》，1953 年 3 月8 日，版 5。歐陽天著、李凌翰圖：〈茶杯裏的愛情〉，1953 年 3 月 1 日至6 月 16 日連載於《星島晚報·星晚》，後來結集為單行本小說《茶杯裏的愛情》，由香港海濱圖書公司出版，年份不詳。此著作同時名為《茶與同情》（台南：華南書局，1959 年）、《死吻》（台灣：文友書局，出版城市及年份不詳）、《情與債》（台灣：大方書局，出版城市及年份不詳）。

半山骯髒的木屋區。[36]〈孤雛淚〉和〈人海孤鴻〉中無家可歸的孤兒（如阿牛）甚至只能瑟縮樓梯一角席地而睡。

當時香港的房屋因人口急升而供不應求，不論租買均費用昂貴。小說〈阿牛新傳〉便提及：「在現在的香港找房子談何容易，莫說頂一層房子要一萬八千，就是租一兩個房間也要腳金啦，介紹費啦，上期租啦等等，非花上二三千元，你休想入伙。有些房子是不用頂費的，但一間房就要三四百元租金，這那裡是普通人可以住得起的。」[37]

〈阿牛新傳〉中小波兒一家尚可在北角蓋一所木屋，獨自居住；〈花雕〉的楊翠環與母親卻與他人共住一間木屋，而且環境惡劣。那是一間三層的木房子，樓梯發出臭霉的味道，加上因天熱而散發的熱氣，令人難以忍受。小說對木屋的陳設有這樣的描繪：「那些間房的木板白的曬黑，黑的曬霉，板間上橫拉着一串鐵線，上面搭上許多灰黑而破破爛爛的內衣褲。」楊翠環所住的尾房不時飄來陣陣尿臭味，而且空間狹窄：「房裡丁字式的擺着兩張床，空出來的地方祇能夠擺一張甚麼都得用它的桌子，旁邊放着一張和

36 歐陽天：〈痴心結〉，《星島晚報・星晚》，1956 年 3 月 7 日和 3 月 16 日，均是版 7。歐陽天：〈痴心結〉，1956 年 2 月 16 日至 8 月 5 日連載於《星島晚報・星晚》，後來結集為同名單行本小說，出版資料不詳。小說後來改編為電影《痴心結》，分上下集，由周詩祿導演，陳雲編劇，邵氏兄弟（香港）有限公司出品，分別於 1960 年 6 月 22 日及 26 日首映。

37 歐陽天著、李凌翰圖：〈阿牛新傳〉，《星島晚報・星晚》，1951 年 12 月 6 日，版 3。

整個環境不相配的沙發椅。」[38]

　　木屋的住屋環境已是惡劣，一旦遇到火災，災民便得席捲而逃，〈阿牛新傳〉這樣敍述：「災民們扶老攜幼的擁進她們住的木屋區。那些災民們衣衫襤褸，身邊僅帶着一張棉被與零星的衣物。」[39] 不但發生火災的災民害怕，附近木屋的居民也怕火災殃及池魚。

　　戰後五〇年代的香港，社會背景相當複雜，經濟蕭條，苦況不堪，大量外來難民令人口迅速增長。根據港英政府統計處的統計，至 1949 年 5 月底全港人口約有一百八十五萬七千人[40]，到了 1951 年人口已增至二百三十萬人。[41] 即使港英政府於 1950 年 4 月 21 日宣佈限制華人從澳門來港，5 月 1 日取消華人自由來港的特權，[42] 又於 1951 年設定出入境限制，[43] 仍無法控制人口增長。上述數據尚未計算非法來港的移民，數字還在不斷增長。因難民引致人口急速膨脹，「屋荒」嚴重，住屋成為生活的一大難題。葛量

38　此段落的引文均見於歐陽天：〈花雕〉，《星島晚報・星晚》，1954 年 10 月 30 日，版 7。

39　歐陽天著、李凌翰圖：〈阿牛新傳〉，《星島晚報・星晚》，1951 年 12 月 5 日，版 3。

40　據「香港人口歷年統計表」顯示，1948 年人口是 1,180,000，1949 年的人口是 1,857,000。見吳灝陵主編：《香港年鑑》（1950 年），上卷頁 24。

41　吳灝陵主編：《香港年鑑》（1952 年），上卷頁 2。

42　見吳灝陵主編：《香港年鑑》（1951 年），上卷頁 5。

43　港英政府於 9 月 6 日頒佈非廣東籍華人離港之後再度入境時，須有居港三年證件，由此加強對華人出入境限制。見吳灝陵主編：《香港年鑑》（1952 年），上卷頁 3、76。

洪坦言「寮屋居民」（squatter）比「難民」（refugee）一詞
在當時更為通用，間接道出難民與住屋問題的緊密關係。[44]
居民被迫入住租金昂貴、地方狹窄、環境擠迫的樓房，幾
家人同住一層樓（即板間房）是常見的事。窮苦大眾只能
屈居木屋或鐵皮屋等寮屋區，[45]不但治安、衛生環境惡劣，
供電及排水系統混亂，更經常發生火災。以 1951 年人口約
有二百多萬計算，（至三月份）居住木屋的人已達三十三萬
人之多，當時即平均每六個人便有一人居住木屋。[46]可是，
木屋區火災頻頻發生，1951 年最嚴重的是 11 月 21 日九龍
城東頭村大火燬木屋五千間，死傷災民二萬餘人，可見因
屋荒所引起的木屋問題。[47]港英政府有見及此，迅速行動：
1952 年 1 月 15 日至 18 日，衛生局發表整頓木屋區新計
劃，由衛生局主席廣播木屋徙置法則，並劃定十九區安置

44 Alexander Grantham, *Via Ports: From Hong Kong to Hong Kong*, p. 154. 雖
然葛量洪同時指出並非所有難民都住在寮屋，但從上述言論已可窺見難民與
住屋問題的緊密關係。

45 鄭寶鴻列舉：「由大坑區虎豹別墅起，迄至銅鑼灣、天后、北角、筲箕灣的
山頭，包括芽菜坑、中山坑、炮台山、馬山、名園山及東大街後山的綠寶村
等，有數以萬計的木屋。」見鄭寶鴻：《默默向上游——香港五十年代社會
影像》（香港：商務印書館［香港］有限公司，2014 年），頁 78。另外也
有研究者舉出其他例子，如九龍西貢道、柴灣等木屋區，新蒲崗的鐵皮屋區
等。見鍾文略攝影、周佳榮、鍾寶賢、黃文江編撰：《戰後香港軌跡——社
會掠影》（香港：商務印書館［香港］有限公司，1997 年），頁 52-65。

46 見吳灞陵主編：《香港年鑑》（1952 年），上卷頁 2-3。

47 其他火災例如：1951 年 1 月 16 日的花墟侯王廟兩木屋區大火燬屋三百餘
間、5 月 20 日天后廟道木屋區大火焚屋三百、10 月 25 日九龍仔華山木屋
區大火焚屋數十、12 月 2 日掃桿埔木屋大火焚屋六十等，報導見吳灞陵主
編：《香港年鑑》（1952 年），上卷頁 76-77。

社會‧作家‧文本：南來文人的香港書寫

7
2

三十五萬木屋居民。[48] 不過，人口持續上升使屋荒的問題一時三刻之間未能解決，例如原來只得六千難民的調景嶺，於 1953 年已增至一萬人；[49] 單就石硤尾四十五英畝的木屋區內便住了六萬多人等，1953 年聖誕夜所發生的火災，令五萬三千名居民頓失家園 [50]，更促使港英政府直接介入房屋的供應。[51] 由人口暴增而產生的屋荒問題可見一斑。

歐陽天在〈花雕〉裏，進一步藉楊翠環與邵際光的討論，批評香港的住屋問題嚴重，居住於如此惡劣環境的人，為數甚多：

> 其實許多人外表都穿得漂漂亮亮，家裡的環境還不是跟我們一樣麼！我以為這是香港最畸形的事。那些來遊歷的人都說香港是世界最美麗的城市，他們的眼睛都被外層的美麗弦暈了！那裡還知道裡面許多地方鄙醜呢！ [52]

48　相關報導及「徙置區規則」見吳灞陵主編：《香港年鑑》（1953 年），上卷頁 83-84、中卷頁 38-40。

49　鄭寶鴻：《默默向上游——香港五十年代社會影像》，頁 16-18。

50　〈香港政府新聞稿：展覽細述香港公共房屋史〉，2004 年 6 月 1 日。網址：http://www.info.gov.hk/gia/general/brandhk/010604c3.htm，瀏覽日期：2014 年 11 月 14 日。

51　港英政府為了安置災民，用兩個月時間以水泥和磚塊興建鮑寧平房（Bowring bungalows），並於 1954 年成立徙置服務處（Resettlement Department），籌辦以混凝土興建 6 至 7 層高的公屋安置居民。這便是香港公屋歷史上的第一型（又稱 H 型或工型）的公屋。見龍炳頤：〈香港的城市發展和建築〉，王賡武主編：《香港史新編》（上冊），頁 234-235。

52　歐陽天：〈花雕〉，《星島晚報‧星晚》，1954 年 10 月 30 日及 31 日，版 7。

由此可知，住屋問題在歐陽天眼中是另一種「那樣的事」，普遍存在於當時的香港。

因為大陸難民而突然出現的人口膨脹，令香港出現「屋荒」問題，由此引發樓價高昂，貧窮者（包括由富變貧的南來者）只能住在木屋、寮屋或天台屋等地方。然而，火燒木屋的新聞每年都會發生，這些住屋問題成為《香港年鑑》的記錄重點。這就是歐陽天小說的社會現實依據。

3. 社會問題之三：求職困難

本來，即使家境貧窮，婦女也不一定淪落做舞女，大可外出尋找工作。可是，香港工商業衰落，市況不佳，不論是男性或女性都難以找到工作，這是小說中見到的第三個社會問題。

〈阿牛新傳〉的小波兒的父親是生意人，投資前懂得先分析香港的營商環境：「這兩三年來香港的生意着實不行，做出入口沒有出路，做普通生意也沒有甚麼落行。」[53] 隨後父親生意失敗，小波兒曾希望找到普通的一份工作，幫補家計，不過，「在這人浮於事的社會裡，找一份職業談何容易。」[54] 最後她才無可奈何地選擇當舞女。

53　歐陽天著、李凌翰圖：〈阿牛新傳〉，《星島晚報・星晚》，1951 年 10 月 5 日，版 3。

54　歐陽天著、李凌翰圖：〈阿牛新傳〉，《星島晚報・星晚》，1951 年 10 月 8 日，版 3。

另一部小說〈太平山下的悲歌〉的女主角花蕊珠同樣是因為生活不濟才去當舞女。[55] 她孑然一身從廣州來到香港，沒有家人或親友幫忙，差點淪落，幸好及時遇上善心者——中印混血兒「差伯」收養，長大後結婚嫁人。後來，當花蕊珠不幸離婚，再次面對「帳單、房租、飯錢、零用」等生活問題。[56] 她曾盼望做作家以賣文為生，可是一個月僅得一百幾十元，而且收入不穩定，文稿不一定獲編輯採用，只能算作貼補生活的費用。[57] 她嘗試到商行求職，希望得到一份售貨員的工作，然而多間商行的老闆的答覆相同：「生意冷淡，還準備裁員減薪。」[58] 最後，她只能當舞女。

戰後的香港百業蕭條，本來一切有待復元，可是世界政局動盪，持續影響經濟民生。1950 年韓戰爆發，新中國政府實施經濟和船務控制，貿易額大幅下降；美國對參與韓

---

55 歐陽天著〈太平山下的悲歌〉，1955 年 6 月 1 日至 10 月 30 日連載於《星島晚報・星晚》。此連載並不常設插圖，即使設有插圖也不標示繪圖者。此連載後來結集為單行本小說《花蕊珠之戀》，出版資料不詳。歐陽天於連載第一天的正文前作詩一首，似概括花蕊珠的一生，結集版卻沒有了。詩文為：「死之神端坐在檀木車中，前面掛着螢火代替燈籠，兩個侍女交手抱着玉壺，一貯眼淚一貯奈河水漿。死神的來意她早已預知，怎麼也不能把死期改過，縱然親友搖頭嘆息灑淚，難造成斷絕西歸的天塹。殯儀館裡靈前香煙繚繞，木魚聲响僧尼唸着梵經，黃色的帳幔前飄過陰風，可是她含恨的最後伸訴。灰色的天空中半明半暗，火化爐內永遠四壁通紅，人到終極無分貴賤等級，一爐烈火萬事轉眼成空！」見歐陽天：〈太平山下的悲歌〉，《星島晚報・星晚》，1955 年 6 月 1 日，版 7。

56 歐陽天：〈太平山下的悲歌〉，《星島晚報・星晚》，1955 年 9 月 20 日，版 7。

57 歐陽天：〈太平山下的悲歌〉，《星島晚報・星晚》，1955 年 9 月 13 日，版 7。

58 歐陽天：〈太平山下的悲歌〉，《星島晚報・星晚》，1955 年 9 月 20 日，版 7。

戰的中國實施全面禁運；聯合國對中國實施戰略及半戰略物資禁運，這兩項措施嚴重影響香港的轉口港經濟收益。[59] 香港的出入口生意和工商業貿易轉衰，社會百業蕭條，失業人數持續增加，港英政府的勞工司在 1951 年 9 月的工作季報中指失業問題是該季重點。[60] 市民為着謀生，甚麼都願意做，[61] 趙滋蕃的《半下流社會》曾這樣描繪：「揹麪粉的、揹洋灰的，檢［撿］煙屁股的、擺公仔書的、做腳夫的、鎚石子的、做泥工的、担火柴的。」[62] 可是無處容身的仍大不乏人，當中包括了知識分子。婦女在如此背景下，無法找到合適職業而做舞女，實是無可奈何的事。

當舞女與淪落出賣身體到底只是一線之差。〈阿牛新傳〉的小波兒和〈花雕〉的楊翠環純潔地想着：「伴舞是一種藝術工作」，[63] 卻不知道舞女的性質跟隨舞場而漸漸改變。〈太平山下的悲歌〉中舞女方湄娓娓道來舞場性質的轉變：

59 Alexander Grantham, *Via Ports: From Hong Kong to Hong Kong*, pp. 165-167.

60 吳灞陵主編：《香港年鑑》（1952 年），上卷頁 19-20、26。

61 五〇年代初，香港具規模的工廠不多，一般人除了在碼頭做苦力和在街上做小販外，便依靠手工技藝謀生，如造鐵桶、磨鉸剪劏刀、「搣面（毛）」、補衣、補鑊、補鞋擦鞋等，在難苦環境中過活。見鍾文略攝影、周佳榮、鍾寶賢、黃文江編撰：《戰後香港軌跡——民生苦樂》（香港：商務印書館［香港］有限公司，1997 年），頁 68-69。

62 趙滋蕃：《半下流社會》（香港：亞洲出版社，1953 年），頁 9。同名電影由屠光啟導演，易文編劇，亞洲影業有限公司出品，於 1957 年 3 月 8 日首映。

63 歐陽天著、李凌翰圖：〈阿牛新傳〉，《星島晚報・星晚》，1951 年 10 月 8 日，版 3。

以前，舞場是很紳士派的，大多數人到舞場跳舞都是想尋求娛樂，散散心，因此，舞女都很被人尊重，而身價也很高貴。如今舞場已經變了質，跳舞的人彷彿都為了色情而來，他們在尋求某種慾望的發洩，而不是尋求正當的娛樂，舞小姐們為了招徠，也就不惜犧牲自己迎合他們的需要，這麼一來，舞場的風氣就壞透了。[64]

日子一久，當小波兒等察覺到舞客貪婪淫穢的目光、過多的手部動作時，已經太遲了。

　　舞場由盛轉衰，實際上受到當時的經濟蕭條和禁運影響。南來者對舞場情有獨鍾——「因為外省籍同胞來港者多，他們大都雅好此道」，曾令舞場興旺了一段時間。據1950年的統計，港九兩地的新建舞場超過十家以上。[65] 不過，由1951年開始，一方面舞場多舞女多，形成「粥多僧少」，另一方面，禁運的影響漸現，香港的商場業務轉差，跳舞的人也少了，於是舞場業務轉差，舞女多要坐冷板凳。[66] 婦女由伴舞而淪落為出賣肉體，是有原因的。

64　歐陽天：〈太平山下的悲歌〉，《星島晚報・星晚》，1955年9月7日，版7。

65　吳灞陵主編：《香港年鑑》（1951年），上卷頁110。

66　1951年開始直至1953年，舞廳的生意持續冷淡，1954年至1955年出現「跳舞學院」，實質仍與舞廳無異，被警署取締，不過，1955年舞廳開設下午茶舞，生意稍為回升。見吳灞陵主編：《香港年鑑》，1952年版上卷頁70、1953年版上卷頁78、1954年版上卷頁96、1955年版上卷頁96、1956年版頁（甲）104。有關妓女、舞女和舞廳的歷史可參考魯言：〈香港娼門滄桑〉，《香港掌故》（第2集）（香港：廣角鏡出版社，1979年），頁103-115；魯言：〈香港跳舞制度發展史話〉，魯言等著：《香港掌故》（第9集）（香港：廣角鏡出版社，1985年），頁1-17。

歐陽天認為創作小說時，題材必須有「正確感觸」和「真實性」：作家以「合乎人情，合乎正義法則」為依據，把握對於社會的某一事某一現象所產生的寫作衝動，寫成作品；取材是否真實將關乎作品是否成功與有否「傳世」價值。[67] 他以魯迅〈阿 Q 正傳〉為例：「魯迅先生覺得中國人的一個共通的缺點，往往自己吃了虧偏要找一點精神勝利來自解，為這種缺點而慨嘆是正確的感觸。」[68] 魯迅的小說取材自病態社會中人們的不幸，目的是想用小說的力量來改造社會，「揭出病苦，引起療救的注意」[69]。這是一種關懷社會的舉動，具有安敏成的社會效益功能。歐陽天所說的正確感觸的題材，直接揭露社會的黑暗面，其背後關懷社會的用心，與魯迅同出一轍，可見歐陽天繼承了五四精神的寫實主義精神。

　　歐陽天寫作婦女淪落的題材時，故事裏綜合反映了社會民生及經濟問題，正體現了他暴露社會問題是「合乎人情，合乎正義法則」的觀點。首先是南來者炒金炒股失敗，原來富裕的家庭環境發生巨變；然後是香港的住屋問題；最後，難以找工作謀生的問題。歐陽天小說的女主角常因「家累」最終為娼，其「累」皆因失去經濟支柱。不難發現，不同的故事，不同的人物，其實都有着相同的情節安排：藉某

67　歐陽天：〈關於寫作〉，《歐陽天隨筆》，頁 91-92。

68　同上，頁 91。

69　魯迅：〈我怎麼做起小說來〉（1933），《魯迅全集》（第 4 卷）（北京：人民文學出版社，1956 年），頁 393。

個角色引入社會問題，讓女主角去承擔受苦。這個角色一無例外都是家長，而通常是父親。這一認識很重要，實有助於小說敍事結構的分析。

上文以《香港年鑑》為主要史料所呈現的五〇年代的社會語境，可印證歐陽天小說取材是有社會現實為依據的。進一步推想，歐陽天選擇採用時代材料實際已表現出個人態度：他以作家身份關心社會。這當然是小說的社會效益的功能展現，而他採用與社會語境相關的題材，已隱見他的個人取態，所以，以下再從他的個人語境探討他的取態。

（二）個人語境之解讀：解決方案

五四時期，魯迅以病態社會中人們的不幸為小說題材。正如魯迅的〈藥〉、〈阿Q正傳〉般，歐陽天的〈鴛鴦血〉和〈太平山下的悲歌〉只暴露社會問題，其悲慘的結局希望引起「療救的注意」。〈鴛鴦血〉的滿玉梅遭人騙財騙色，最後發瘋自殺；〈太平山下的悲歌〉的花蕊珠同樣遭人騙財騙色，最後因肺病死亡。可是，歐陽天的〈阿牛新傳〉、〈地下夫人〉和〈花雕〉除了暴露社會問題，還會提供解決方案。這離不開他的「個人語境」，現試析述如下。

1.善心者

〈阿牛新傳〉、〈地下夫人〉和〈花雕〉等故事設計了善心者的角色，以人類偉大的同情心拯救淪落婦女。善心者

在故事中有兩個作用，第一是周濟婦女的生活，第二是鼓勵和幫助婦女讀書就業。如果沒有善心者這角色，這兩個作用就無從談起。

歐陽天認為「幫助別人」實可與「自我犧牲」相比，前者在意義上雖不及後者偉大，然而卻有同等的價值。[70] 他在〈談助人〉一文中說：

> 一般人或以缺乏動人的精神，大抵是不曾深切地意味到助人的價值；或者，不曾感受過受人幫助的好處。有一種經驗，最足以給我們以深刻的印象和感動的，比方，你家裏不幸有了病人，病狀忽然惡化，在舉家惶然，手足無措的時候，忽然來了一個朋友，他以視人事如己事的精神立刻替你奔走：想辦法或買藥或請醫生。不管能否挽回危機，但是他那種幫助你的行為，將會使你永久不忘，而且永久以感謝的心情去記憶他。[71]

歐陽天上述的看法體現於〈阿牛新傳〉中。阿牛初相識小波兒，得知她家庭狀況，立即帶同歐醫生前往木屋為她生病的弟弟治療。歐醫生說出這一番話：「人類是有同情心的！」[72] 後來小波兒因墮胎而流血不止，歐醫生和阿牛送

---

70 歐陽天：〈談助人〉，《歐陽天隨筆》，頁 15。

71 同上，頁 15-16。

72 歐陽天著、李凌翰圖：〈阿牛新傳〉，《星島晚報‧星晚》，1951 年 10 月 30 日，版 3。

她到醫院，給予她很多實際的幫忙，是另一個互相幫助的明證。[73] 阿牛與歐醫生都是「曾感受過受人幫助的好處」的人：阿牛在〈孤雛淚〉中得到歐醫生的幫助，不但醫治其身，更供養讀書；歐醫生自己也是一個孤兒，同樣得到修道院姑娘收養供書教學。[74] 除了這種得人幫助繼而幫助他人，也有報答曾幫助自己的人的例子，〈難為了媽媽〉中黃映霞與小虹相濡以沫、互相幫忙，體現了黃映霞所言「人類本來是互相幫助」的無私精神。[75]

淪落的女性面對異性的「善心者」，很大機會發展成為夫婦或情侶。〈阿牛新傳〉中的阿牛與小波兒在結尾處發展為情侶。〈花雕〉的邵際光經過一番掙扎，終於克服自己和朋友歧視妓女的目光，再改變父母歧視外省人的想法，娶楊翠環為妻。〈太平山下的悲歌〉的花蕊珠得到差伯的幫忙，供養衣食，提供住宿，故事發展下去，二人雖然並沒有成為情侶，差伯卻對她表達了愛慕之心。[76]

值得注意的是，在不同題材的小說中，善心者的拯救對象沒有性別的設定，只有角色的設定。〈難為了媽媽〉的小虹獲得同性的幫助是一個例子。即使女性也可以幫助男

73 歐陽天著、李凌翰圖：〈阿牛新傳〉，《星島晚報·星晚》，1952 年 1 月 12 日，版 3。

74 歐陽天著、李凌翰圖：〈孤雛淚〉，《星島晚報·星晚》，1950 年 9 月 12 日至 21 日，都是版 3。

75 歐陽天著、李凌翰圖：〈難為了媽媽〉，《星島晚報·星晚》，1951 年 1 月 26 日，版 3。

76 歐陽天著：〈太平山下的悲歌〉，《星島晚報·星晚》，1955 年 7 月 26 日，版 7。

性，如〈痴心結〉中，黃晚霞幫助窮苦男子高俊仁讀書做生意。在孤兒故事中，善心者更被設定了一種大我精神。〈落花流水〉（1951）的高志成與李美君極力爭取開設平民醫院、產婦科醫院等慈善機構來義務醫治窮人；[77]〈人海孤鴻〉的何思琪開設孤兒院，無不抱着人類互相幫忙的善心，甚至有奉獻自己的精神。（下一節的〈人海孤鴻〉將有論述）

這種以善心者拯救貧窮可憐的人實是作者的刻意設計。劉以鬯曾讚賞歐陽天：

> 連圖小說在形式上是很通俗的一種，但是臨到歐陽天先生，通俗還嫌不夠，劍拔弩張的啟示連篇都是，「孤雛淚」如此，「落花流水」亦復如此，而「難為了媽媽」則更多。
>
> 「難為了媽媽」的作者並不頹廢，事實上他却積極地在尋索人性的核心。他有一枝靈活的筆，通過了這一種為廣大讀者群所接受的形式，選擇了一批精練的文字，用冷眼去攝取世故現實，寫來生動有力，猶如空谷足音，聲聲皆叩人心絃。[78]

77 小說中二人有以下言論：「在不健全的社會裡，儘管有許多醫生和醫院，但到處都充滿了失醫的病人。今日的醫藥似乎祇成為有錢無病的富人所佔有和生活的點綴。」見歐陽天著、李凌翰圖：〈落花流水〉，《星島晚報・星晚》，1951 年 6 月 15 日，版 3。歐陽天著、李凌翰圖：〈落花流水〉，1951 年 5 月 15 日至 9 月 3 日連載於《星島晚報・星晚》。改編電影《落花流水》由關文清導演，史舒編劇，新大陸電影公司出品，1954 年 10 月 7 日首映。

78 劉以鬯：〈人性的探求——「難為了媽媽」改編電影有感〉，《難為了媽媽》電影特刊，頁 4。

劉以鬯謂歐陽天「用冷眼去攝取世故現實，寫來生動有力」，正是指出他具寫實主義特色。小說〈阿牛新傳〉通過先暴露社會問題，再提供解決方案的敘事方式，呈現當時的社會現實，可見歐陽天的獨特之處。引文中所謂「啟示連篇」正是指〈孤雛淚〉、〈落花流水〉、〈難為了媽媽〉等故事具有正面訊息，角色直接面對社會問題，幫助弱者，正是為了給讀者以「啟示」。

　　歐陽天小說先設計善心者，首先周濟婦女的生活，為淪落婦女提供金錢援助。〈阿牛新傳〉的阿牛初結識小波兒，除了帶歐醫生醫治弟弟，還給她二百元的金錢援助；[79]〈花雕〉的邵際光除了無條件負擔楊翠環一家每月五百元的生活費用，[80] 更協助她們搬離木屋區，還供養楊翠環繼續升學。[81]

　　其次，善心者還會在讀書和就業方面幫忙淪落婦女。〈地下夫人〉的古嘉薇在故事結尾，得到敘述者「我」提出就業的建議，以自己的天賦美麗的歌喉謀生，成為歌唱家，這才脫離因為金錢而成為他人外室的命運。[82]〈阿牛新傳〉中歐醫生為小波兒尋得一份醫院的辦事員的工作，工時和工作環境不錯，歐醫生更特別強調工作定時，小波兒下班後可自

79　歐陽天著、李凌翰圖：〈阿牛新傳〉，《星島晚報‧星晚》，1951 年 10 月 30 日，版 3。

80　歐陽天：〈花雕〉，《星島晚報‧星晚》，1954 年 10 月 26 日，版 7。

81　歐陽天：〈花雕〉，《星島晚報‧星晚》，1954 年 11 月 5 至 9 日，版 7。

82　歐陽天著、李凌翰圖：〈地下夫人〉，《星島晚報‧星晚》，1952 年 9 月 12 日，版 3。

修讀書，認為對她有很大的幫助。[83]〈花雕〉的邵際光希望楊
翠環讀畢大學，如此，藉此提高她的學歷，恢復個人尊嚴，
使人忘記她妓女的身份，說服父母贊同二人婚事。[84]

　　在歐陽天的小說中，善心者以「拯救者」的姿態出現，
為女性提供金錢援助，但這只是治標的方法；只有讀書或工
作才是治本的方法。讀書能提升個人知識水平，是婦女改
變現況、自食其力的有效方法。婦女淪落小說如〈阿牛新
傳〉和〈花雕〉都表現了作者這種意圖；〈人海孤鴻〉更是
一個為失學兒童提供讀書和住宿的故事。作者甚至以故事
中的敍述者「我」，讚賞善心者的助學行為，間接反映了作
者的態度。[85]

83　歐陽天著、李凌翰圖：〈阿牛新傳〉，《星島晚報・星晚》，1951 年 12 月 1
　　日，版 3。

84　歐陽天：〈花雕〉，《星島晚報・星晚》，1954 年 11 月 4 日，版 7。

85　〈痴心結〉的敍述者「歐陽先生」，聽罷王晚霞與高俊仁的故事後，高度評價
　　她的助學行為：「在經濟上並不寬裕的環境下，你偷偷地用錢供給他讀書，
　　你本來是一個富家小姐，竟然破除了家庭間傳統的階級觀念，同情他，憐憫
　　他，甚至和他做朋友，這充份發揮了人類同情互助的心理，也表現出你偉大
　　崇高的人性。在這一個時期，我非常欽佩你，贊美你。」見歐陽天：〈痴心
　　結〉，《星島晚報・星晚》，1956 年 7 月 22 日，版 7；歐陽天：〈痴心結〉（出
　　版資料不詳），頁 333。歐陽天的〈痴心結〉，1956 年 2 月 16 日至 8 月 5
　　日連載於《星島晚報・星晚》，後來結集為同名單行本小說《痴心結》，出
　　版資料不詳。結集版刪去了連載首天所引的「我們根本就生活在一個悲劇的
　　時代──勞羅斯」，見歐陽天：〈痴心結〉，《星島晚報・星晚》，1956 年 2
　　月 16 日，版 7。

2. 宗教治心

如果說，在故事中，善心者是實際問題的拯救者，則宗教就是治療心靈的靈丹妙藥。

〈阿牛新傳〉的故事裏天主教的色彩濃厚：小波兒不但在教堂認識阿牛，而且遇着難過的事，總會得到阿牛或歐醫生在言語上的安慰或實際上的幫忙，當中不時與宗教掛勾，令她覺得這是主耶穌的恩賜。[86] 故事發展至結尾，有兩處最關鍵的情節：第一，小波兒在教堂告解後，得到神父轉告耶穌對她「赦罪」；[87] 第二，她的弟弟慧兒原來因鄙視其行為而反目，終於在教堂中願諒了她。[88] 由此見到宗教在故事中實有救助心靈的作用，是小波兒放下妓女包伏，願諒自己，重新做人的設計。

綜觀歐陽天多部連載小說都充滿宗教色彩，不過，若從連載小說的刊登年份加以追溯，便會發現作者對不同宗

---

86 小波兒為父親的死節哀時，阿牛以聖德肋撒為例加以開導，見歐陽天著、李凌翰圖：〈阿牛新傳〉，《星島晚報·星晚》，1951 年 11 月 17 日，版 3。阿牛與歐醫生為小波兒介紹醫院的辦事員工作，處處為她設想，小波兒受感動並歸功於宗教：「這些話每一個字都打動了小波兒的心弦，她感到在香港這個人情淡薄的地方，能夠知遇到這樣愛護自己的人，這一定是主耶穌的恩賜了。」見歐陽天著、李凌翰圖：〈阿牛新傳〉，《星島晚報·星晚》，1951 年 12 月 1 日，版 3。

87 神父聽波兒的告解後，說道：「波兒，你犯的罪業並不怎麼嚴重，因為你為了家累才做舞女。」又說：「主耶穌已將你的罪赦了，你該感謝天主。」見歐陽天著、李凌翰圖：〈阿牛新傳〉，《星島晚報·星晚》，1952 年 1 月 18 日，版 3。

88 見歐陽天著、李凌翰圖：〈阿牛新傳〉，《星島晚報·星晚》，1952 年 1 月 17 至 21 日，版 3。

教尊崇之餘，並不一定存在對特定宗教的信奉。1951年〈阿牛新傳〉和1952年的〈歸宿〉，角色都是信奉天主教，尤其是〈歸宿〉具濃烈宣傳宗教的味道，以女子成為修女告終。[89] 如此宣傳天主教的原因與作者胃病期間大量閱讀天主教書籍相關。[90] 隨後，1953年〈心疚〉的徐文森婚姻受挫時，也提及不同宗教的信仰選擇。[91] 1956年聲名大噪的〈人

89　歐陽天著、李凌翰圖：〈歸宿〉，1952年11月3日至1953年2月5日連載於《星島晚報‧星晚》。〈歸宿〉的女兒與母親每月從父親處得到僅能維持生活的費用，父親對再娶的妻子一家卻常常大灑金錢，形成強烈對比。女兒由始至終信奉聖母，最後進入修道院，不再憎恨父親。此文後來結集為同名單行本小說，由香港海濱圖書公司出版，本人手持1963年9月版。

90　歐陽天連載小說〈歸宿〉時，作者先在引言交代「我」在病期間，常常翻閱古新聖經，研讀有關宗教的書籍：「我感受了許多啟建性靈的理蘊，與超卓的玄妙道理，我明白了人類一切思想的真正歸宿，一切痛苦與福樂的真偽。」然後才開始敍述〈歸宿〉的故事。見歐陽天著、李凌翰圖：〈歸宿〉，1952年11月3日，版3。若加以追溯歐陽天上一部連載作品〈地下夫人〉，在1952年9月12日最後一天連載時，歐陽天向讀者坦白因胃病而無法執筆，故草草收結小說：「作者附告：地下夫人寫到昨天，故事剛發展到高潮　本來預算還要寫萬多字　但是最近我胃XX發　無法執筆　因此草草把它結束　我內心感到非常遺憾　好X本書的單行本X不日發X　我無論怎樣也在短期內把它寫好補進去，希望讀者們給我指示並鼓勵。」見歐陽天著、李凌翰圖：〈地下夫人〉，《星島晚報‧星晚》，1952年9月12日，版3。歐陽天的胃病發作及養病期間的閱讀情況相當可信。

91　歐陽天敍述徐文森婚姻受挫時的想法：「他曾經想到拋棄家庭潛入名山大川，皈依我佛，長在佛殿學習大乘法義，廣結佛緣。或者認識天主，虔奉天主，獻身於聖院，做一個苦行修士，感領啟迪性靈的理蘊，與超卓的玄妙道理，把靈魂融化於另一種神秘的境界。」見歐陽天著、李凌翰圖：〈心疚〉，《星島晚報‧星晚》，1953年12月24日，版7。歐陽天著、李凌翰圖：〈心疚〉，1953年11月4日至1954年2月14日連載於《星島晚報‧星晚》，小說並未在首天標示繪圖者，直至11月6日才見「李凌翰圖」字樣。此連載後來結集為同名單行本小說，分正集和續集，沒有繪圖，由星洲（即新加坡）世界出版社出版，年份不詳。同時，作者分別以《七情六慾》和《情囚》等不同名稱，由台南華南書局於1959年3月出版，三書內容一樣。

海孤鴻〉的角色信奉基督教（下一節的〈人海孤鴻〉將會詳述），直至作者中後期的作品，卻出現不少皈依佛教的故事，例如佛教背景的〈菩提恨〉（1954）、摘自佛經《法苑珠林》的故事〈蓮孃〉（1958）、〈壺中的女人〉（1959）和〈狠心的媳婦〉（1959）等。小說中宗教對角色的作用，就如〈痴心結〉敍述者歐陽先生在文首勸導王晚霞信奉宗教說的：「不管有沒有神，但是信仰卻是精神的最好寄託。」[92] 宗教對小說角色的作用只是一種心靈寄託，目的是治療人心。

在歐陽天的小說裏，天主教和基督教成為救治人心的解決方案之一。五〇至六〇年代，宗教對窮人幫助極大，調景嶺的難民是最好的例子。以當時天主教的救濟工作為例，天主教堂代表天主教福利會、雲先會及其他慈善團體，為難民分發衣服、麵粉、白米、奶粉、奶油、煉乳、藥品等，數量龐大，單就 1952 年便先後進行三次大規模的放賑行動，多人獲益。[93] 基督教方面，許多基督教的國際性救援組織，如普世教會難民服務處、世界信義宗聯會、基督教世界服務處、美國援助中國知識分子協會等，為救助調景嶺居民而提供大量資源，委託在調景嶺的教會處理救濟品派發工作。[94]

自 1950 年至 1955 年為止，有二千多人接受天主教信

92 歐陽天：〈痴心結〉，《星島晚報・星晚》，1956 年 2 月 24 日，版 7。

93 梁家麟：《福音與麵包——基督教在五十年代的調景嶺》（香港：建道神學院基督教與中國文化研究中心，2000 年），頁 129。

94 同上，頁 131、145。

仰，另有三千多人接受基督教信仰，兩數相加即佔去全調景嶺的人口的十分之二。[95] 這個皈依的比率在整個中國近代基督教歷史裏，令人觸目。研究五〇年代調景嶺基督教興衰史的梁家麟承認：「不少傳教士及華人牧者確實是利用救濟作為吸引人加入教會的餌，又或者將救濟資源較多分配給加入自己教會的信徒。」於是，「救濟產生促進傳教的效果；在不少居民心中，入教亦是獲得救濟或獲得優先救濟的條件，教會於是擠滿大量吃教者。」[96] 如此，傳教與救濟難民合二為一，「麵粉信徒」[97] 成為不爭的事實，在六〇年代後期，不少居民的生活改善了，教會的救濟工作逐漸減少，參與聚會的人數大幅滑落。[98]

　　宗教團體救濟難民，教會及教徒數目因而高速增長，出現為求吃飽、為求獲得救濟而信教的信徒。當時宗教團體救濟難民，是一個不爭的社會現實，而歐陽天選擇宗教，是因為宗教團體救濟窮人的事實，也符合他「幫助別人」的宗旨。

　　歐陽天在故事中安排善心者和宗教等解決方案，實與他的個人語境有關係。他認為：

95　同上，頁 199。
96　同上，頁 146。
97　同上，頁 132。
98　同上，頁 213。

人生以服務為目的，不管你所從事的是什麼職業或工作，直接或間接也不外為社會服務。個人與社會是息息相關的；我們多做一件事或少做一件事，以及我們工作效率的高低，無形中對社會人羣都發生着互相間有機性底微妙的影响。[99]

歐陽天強調「人生是為社會而服務」，人從事任何職業或工作，都應該以此為目的。這個觀念不妨視作歐陽天創作小說的動機，因此，在小說中他除了暴露社會問題以期達到警世目的（〈鴛鴦血〉和〈太平山下的悲歌〉）之外，還會在某些作品中提出解決方案（〈阿牛新傳〉、〈花雕〉和〈地下夫人〉）。其實，從個人語境和社會政治語境就可以推敲到作家的寫作動機（「為何寫」），就是安敏成所謂的「社會效益」，而從小說的內容（「寫甚麼」）更見到歐陽天以小說反映現實的用心。

（三）小說的敍事結構的模式

歐陽天的五個婦女淪落的小說，若按故事情節的順序發展，實可歸納出五個情節，前三個情節在五部小說中是相同的。

第一個情節是通過某個角色，無一例外是家長，以引

99　歐陽天：〈談處事〉，《歐陽天隨筆》，頁9。

入社會問題，讓婦女面對和承擔。例如〈鴛鴦血〉和〈太平山下的悲歌〉通過母親迫女兒嫁給不喜歡的人，令女兒離家出走，面對住屋問題、尋找工作困難等社會問題。又例如〈阿牛新傳〉和〈花雕〉因為父親投資炒金炒股的生意失敗，因而家境轉變，令女兒面對上述生活問題。〈地下夫人〉的父親沉迷名伶不理妻子兒女，同樣令女兒面對住屋、尋找工作等問題。父母是「問題引入者」，女兒（及家人）因此而失去原有安穩的生活環境。父親一角結合當時最熾熱的炒金炒股投機失敗的社會現象，其下場不是病倒便是發瘋，最後必是死亡，由此達到批判「問題引入者」的社會效益功能。

第二個情節是婦女面對社會問題的衝擊，努力掙扎求存。〈鴛鴦血〉和〈太平山下的悲歌〉的女兒離開家庭後，必須養活自己。〈阿牛新傳〉、〈地下夫人〉和〈花雕〉的女兒除了自己，還需要擔家承責，養活母親、弟弟、祖母輩等家庭成員，代替父親成為家庭經濟之柱。家庭成員在此的敘事功能是社會問題的「劇化者」，迫使家中唯一有養家能力的「女兒」出外謀生。作者以木屋、寮屋、板間房等呈現當時生活及住屋等問題，使問題具體化。

第三個情節是婦女淪落風塵。作者以百業蕭條的經濟大背景，烘托婦女尋找工作的困難。五部小說的婦女，不論是為自己或為家人，最終成為舞女，出賣肉體。女兒在此的敘事功能是「問題面對者」，其角色由傳統依賴男性，轉變為自力謀生的現代女性，展示了時代性的另一個側面。

上述三個故事情節可如此表示：

婦女失去經濟支柱→掙扎求存→淪落風塵

　　這三個情節之間的邏輯關係是：先引入各種社會問題，然後婦女面對問題，解決不了，結果淪落風塵。以上的敘事策略是為了反映綜合的社會問題，歐陽天期望悲慘結局的故事，引起讀者關注社會的作用。這種寫法是常見的套路，在五四時期的魯迅小說已作了很好的示範。

　　如果說魯迅的小說已引起讀者療救的注意，那麼，歐陽天的寫實小說被改編成電影，同樣見到作品引起了別人的注意。不過，改編電影最大的改動是大團圓的故事結局，例如電影《難為了媽媽》在原來小說的角色小虹投河自殺的結尾，加設樂天（吳楚帆飾演，1911-1993）救起投河的小虹（紅線女飾演，1924-2013），還與她步入教堂結婚，皆大歡喜。[100] 然則，歐陽天是否有美好結局的小說？答案是肯定的，〈阿牛新傳〉、〈地下夫人〉和〈花雕〉便是很好的例子。這三個故事重複了上述首三個情節，然後，再安排一個善心者出現，並設置美好結局。現試述如下。

　　故事安排善心者出來拯救婦女，是第四個情節。善心者向婦女伸出援手，首先是用金錢解決婦女生活所需，再提供讀書機會或幫助就業，提升個人知識及謀生能力。〈阿

100 歐陽天在《星島晚報‧星晚》的連載小說共有七部被電影商購買並改編，當中五部均屬低下階層題材的孤兒和弱勢婦女主題的作品。改編自同名小說的電影《難為了媽媽》由關文清導演、趙偉改編，香港新大陸影業公司出品，在 1951 年 11 月 15 日首映。

牛新傳〉為小波兒設置了阿牛和歐醫生,〈花雕〉為楊翠環設置了邵際光都是例子。〈地下夫人〉中的敍述者「我」則鼓勵古嘉薇就業:以歌唱為終生事業,自力更生。

第五個情節是婦女克服綜合的社會問題,重獲新生。由於善心者的出現,婦女得以獲救,脫離妓女或外室身份。〈阿牛新傳〉的小波兒和〈花雕〉的楊翠環甚至因此覓得如意郎君,幸福過活。婦女從社會問題的「面對者」轉變為社會問題的「克服者」。小說正有「療救」的社會效益功能。

值得注意的是,如果婦女只遇上了為肉體而付出金錢的「假意」善心者,是不能獲救的,故事也不會發展出下一個情節。婦女即使得到短暫的金錢援助,仍然會繼續淪落,成為對方的情婦、地下夫人。〈鴛鴦血〉的滿玉梅因為生活而淪落舞女,雖然遇到善心者偉如,卻因對方已婚而同樣成為外室,因此滿玉梅繼續淪落,最後發瘋及跳海自殺。〈太平山下的悲歌〉的花蕊珠淪落後,只是遇到假意善心者,成為別人的外室,得到短暫時間的照顧,沒有得到讀書與就業的機會。〈地下夫人〉的古嘉薇做歌女時,遇到假意的善心者丁光前,無法得救,繼續淪落;再遇到同類角色林百陵,成為他的地下夫人,同樣無法得救;直至遇上敍述者「我」,即真正的善心者,鼓勵婦女就業才「重獲新生」。假意善心者只會增加悲劇性,真正的善心者才能拯救淪落的婦女。

上述兩個故事情節可如此表示:

善心者伸出援手→婦女重獲新生

當然，在現實世界中是難以找到這些善心者的，所以這些解決方案，是作者以其個人語境虛構出來的。

　　綜合的社會問題通過敍事結構來呈現，而敍事則體現於故事情節。綜觀這五部小說的婦女淪落的情節，作者的個人語境、社會語境和作品的敍事結構，其實可以歸納整理成以下的敍事結構的模式，即「婦女淪落的敍事結構」（見彩圖頁 14）。

　　歐陽天在婦女淪落的故事的敍事結構模式可分為兩部分：以紅色實線框架表示的「社會問題在社會政治語境中的故事性模擬」和綠色實線框架表示的「社會問題在個人語境中的虛擬解決方案」。第一至第三個情節取材現實，反映社會問題和由此導致的結果（當中以藍色虛點箭號表示兩者的因果關係），這部分是作者以小說模擬社會的現實問題。第四至第五個情節是歐陽天自擬的解決方案，屬作者虛構。虛構的方案或可視為作者的建議，藉此解決社會問題所導致的結果，甚至進一步根治社會問題（當中以綠色虛線箭號表示解決方案的目標）。「社會問題在個人語境中的虛擬解決方案」並非常設，當中只有〈阿牛新傳〉、〈地下夫人〉和〈花雕〉是紅色框架和綠色框架的組合；〈鴛鴦血〉和〈太平山下的悲歌〉原則上只有「社會問題在社會政治語境的故事性模擬」，女性最終未能通過善心者得救。如果從故事主題來看這個敍事結構，便是「婦女淪落」和「拯救婦女」的組合。〈鴛鴦血〉和〈太平山下的悲歌〉只有「婦女淪落」，沒有「拯救婦女」。讀者通過固定的敍事模式，分析出情節和角色所具有的社會效益功能，隱見作者故事設計背後的

價值觀及教化意味。

　　歐陽天多次利用婦女淪落的題材，呈現背後影響深遠的社會問題，形成模式化的故事，而綜合呈現的手法可以把不同的社會問題結構化。社會問題並非獨立存在，關係千絲萬縷，或呈蛛網狀，或牽一髮動全身。再者，故事的重複演繹更可見到作者重視社會問題的態度，貫徹他作家的自我定位：「為社會而服務」。小說「模式化」的敍述也表現出作者「怎樣寫」的理由──如此才能反映他心目中的現實。

　　除了關注婦女淪落背後所產生的社會問題，歐陽天還對兒童失學非常重視，尤其是孤兒身份的兒童，更容易成為罪犯。以下再分析歐陽天筆下以「孤兒」為題材的小說，及其所呈現的社會實況。

四、兒童失學：社會問題的聚焦呈現
——以〈人海孤鴻〉為論述中心

　　歐陽天揭露的第二種社會問題是兒童失學，失養失教的孤兒更是現實社會的一個大問題。

　　1950 年連載於「星晚」的〈孤雛淚〉是一個重要的作品。七歲的章超（又名阿牛），在母親死後跟隨父親章震和繼母小金鳳生活，常受二人掌摑，終於忍無可忍離家出走。作者用很多篇幅，仔細描寫阿牛先做「售報童」，然後做「擦鞋童」的生活，有意讓讀者看看在香港以此謀生的兒童的生活苦況，對自力求生的「孤兒」（流浪兒童）表現同情。[101] 1951 年的〈落花流水〉敍述寡母謝玉英出獄後，尋找在獄中誕下、被他人領養的兒子高志成的過程。故事雖然以謝玉英的視角為主，但故事的主角實際是已經長大成人的高志成和女伴李美君，作者更有意站在貧苦者的角度，把他們塑造成一對同情貧苦大眾的情侶。[102]

　　歐陽天積累了相關題材的經驗後，1956 年的連載小說〈人海孤鴻〉在各方面都處理得較成熟。雖然〈孤雛淚〉故

101　歐陽天著、李凌翰圖：〈孤雛淚〉，1950 年 8 月 2 日至 10 月 21 日連載於《星島晚報・星晚》，全文已齊，獨欠 1950 年 10 月 3 日第 183-186 回的微縮膠片。小說其後被改編為同名電影，由關文清導演、趙偉改編，香港新大陸影業公司出品，1951 年 3 月 2 日首映，是該公司的創業作。

102　歐陽天著、李凌翰圖：〈落花流水〉，1951 年 5 月 15 日至 9 月 3 日連載於《星島晚報・星晚》。小說其後改編為同名電影，關文清導演，史舒編劇，新大陸影業公司出品，1954 年 10 月 7 日首映。

事有「孤兒」經歷的敍述，但止於售報童及擦鞋童的生活經驗，沒有其他低下階層市民的眾生相及相關的生活環境描寫。再者，此小說雖然隱見作者嘗試解決社會的孤兒問題的傾向，但僅以偶然出現的善心人達到拯救一個孤兒為目的。〈落花流水〉的寡母孤兒故事表現了歐陽天的救助孤兒及貧苦大眾的想法，初見一個較宏大的理想社會的故事藍本。〈人海孤鴻〉則是孤兒主題的代表作品，集前兩部小說大成，以下即以此小說為中心作論述。

歐陽天的〈人海孤鴻〉是一部引人注意並深受讀者歡迎的連載小說，[103] 故事的題材內容與當時的社會背景密切相關。小說前半部先述太平洋戰爭概況，藉此導入戰後社會的低下階層問題，如住屋、謀生；後半部集中孤兒失養失教，有心人如何籌辦和營運兒童訓練營等問題。

（一）社會政治語境的解讀：兒童失學問題

〈人海孤鴻〉的主題是「拯救（失養失教的）孤鴻」。[104]

---

103 身兼作家和編輯的許定銘曾提到〈人海孤鴻〉是他「第一篇追讀的連載小說」。見許定銘〈歐陽天〉，《大公報・大公園》，2012 年 2 月 4 日，版 B13。

104 歐陽天著、關山美圖：〈人海孤鴻〉，1956 年 8 月 20 日至 11 月 24 日連載於《星島晚報・星晚》。歐陽天〈人海孤鴻〉其後結集為《親情深似海》。現存有兩個香港海濱圖書公司的版本。第一個是 1958 年 3 月的版本。此書封面色彩鮮艷，半身男女子四周圍繞八位小孩子，表現了六〇年代三毫子小說封面的特徵；書本扉頁「內容介紹」寫道「《親情深似海》原名《人海孤鴻》，曾經拍成電影，在港九及南洋各地獻映」；在正文開始前，小說加插六頁共十一幀的電影劇照附文字介紹，由此可推斷改編電影《人海孤鴻》

作者運用太平洋戰爭、香港的低下階層貧民如孤兒、黑幫、妓女等為題材，豐富地表現出特定時空的寫實性。故事以抗戰前後的香港為時代背景，以全知角度敍述，貼近角色何思琪的視點，以他的經歷為敍述主線，而作者則不時介入作評論。

小說的內容可劃分為五部分。第一部分是何思琪藉回憶太平洋戰爭，敍述妻子慘死、長女和幼子失散，以個人的不幸經歷反映戰爭的慘況，關懷因戰亂而流浪的兒童及孤兒。第二部分，何思琪為籌辦「兒童訓練營」，先覓得志同道合的朋友——屠石濤和姚蘇鳳。三人都在戰火中痛失家園及至親，並懷着相同信念，有心協助如阿三般因戰爭而失去家人，並糾結黑社會的流浪兒童（失養失教）。然後，何思琪再向社會上流階層籌錢興建營舍。其間發生了富商張吉祥的兒子張德成偷錢離家出走一事，最終得到孤兒阿三幫忙而尋回德成，藉此揭示富人的孩子也有「失教」的問題，突出了兒童教育的迫切性。第三部分，敍述兒童訓練營開辦後的情況，孤兒阿三因為與姚蘇鳳發生衝突，最終離營，重回黑幫。第四部分，一方面敍述何思琪與姚蘇鳳的感情發展迅速，另一方面敍述離營後的阿三受黑社

雖然在 1960 年首映，不過，在 1958 年 3 月之前已完成一部分甚至全部的拍攝工作。本人用的是另一個未能確認出版年份的版本，封面設計相對單調，以線條畫出女子頭像。其他尚有 1961 年台北中行書局出版的同名結集版本，同樣沒有加插電影劇照，封面更見簡單，多個男女頭像剪影以綠色襯底，跟前兩本不一樣。坊間還有朱白水〈親情深似海〉，屬廣播劇選集，非歐陽天作品。見朱白水《親情深似海》（香港：中廣周刊社，1959 年），頁 1-32。

會大哥指使誘拐張德成。阿三後來良心醒覺，想救張德成一起逃走不果，被賊人割去耳朵；再次逃走時，發覺張德成病重而自行逃脫，再與何思琪報警，救出張德成。第五部分，阿三發現原來何思琪就是自己的父親，何思琪與姚蘇鳳結婚，二人更刻意安排在兒童訓練營一週年的日子舉行婚禮，與阿三組成新的「家」。

斯特恩（Joseph Peter Stern，1920-1991）認為寫實主義出入「文學」與「生活」之間，「不單具備文學術語的意義，更與整個『生活』相互輝映」，是一種「雙重存在」。[105] 斯特恩強調寫實主義是「描述世界」（甚至認為描述世界即是寫實主義），[106] 而「政治」作為「世界」（生活）的一部分，無處不在，還衍生出眾多社會大事，作為文學作品的素材，寫實主義必然對它感到興趣。[107] 歐陽天親身經歷戰爭，故事所敍述的太平洋戰爭對個人、家庭、社會的影響，自有其個人經驗的影子。他戰後來到香港，面對的是戰後五〇年代的社會問題。他先着力描寫低下階層的生活，然後才敍述戰後的兒童問題。

105 Joseph Stern, *On Realism*（London: Routledge and Kegan Paul, 1973），p. 37. 單德興譯：《寫實主義論》（台北：成文出版社有限公司，1979 年），頁 56。

106 Joseph Stern, *On Realism*, pp. 31-32. 單德興譯：《寫實主義論》，頁 48。

107 Joseph Stern, *On Realism*, p. 53. 單德興譯：《寫實主義論》，頁 77-78。

1. 社會問題的背景：孤兒成長地——品流複雜的貧民窟

　　小說帶讀者窺看品流複雜的貧民窟。藉着尋找離家出走的張德成，作者以何思琪的敍述之眼帶讀者看貧民的天台木屋區和戰時遺下的舊防空洞。[108] 文中描述的天台木屋區，既是龍蛇混雜之地，也是低下階層的生活之所。作者帶着主觀感情描述兩種對立的貧民，刻意劃分善惡，不但居住地理位置相對，而且臉貌、外觀都是善惡二分。

　　一類是普通的市民。作者這樣描述：「那兒的地方似乎比較乾淨」，抽長煙筒的長者「樣子顯得非常安祥」、臉孔「有一種和藹可親的色澤」。[109] 藉老人與何思琪的對話，見到鄰居之間相互熟稔，老人還一臉和善、友好，勸說何思琪不要去「品流複雜」、「三山五嶽」的地方，以免吃虧。[110]

　　另一類是黑社會操控下的貧民窟，集童匪、流鶯、鴉片煙檔於一起。作者有意描繪「全景」予讀者知道：

　　　　那些建築簡陋，骯髒凌亂的木房子，他［何思琪］
　　　　還是第一次看到全景。一間間矮屋子參差地並排着，像
　　　　一間間狹窄侷促的白鴿籠，污臭的氣味隨風吹來，撲鼻

108　集中於 1956 年 10 月 3 日至 10 月 13 日的〈人海孤鴻〉連載。

109　歐陽天著、關山美圖：〈人海孤鴻〉，《星島晚報·星晚》，1956 年 10 月 7 日，版 7。

110　歐陽天著、關山美圖：〈人海孤鴻〉，《星島晚報·星晚》，1956 年 10 月 8 日，版 7。

欲嘔。

　　他看到許多孩子赤裸着身體在天台嬉戲，有些鼻孔
吊着一把鼻涕，有的污手黑臉，有的蹲着，有的睡在骯
髒的地上。

　　在這些居民裡面，何思琪看見許多婦女都穿着得很
漂亮，燙髮，旗袍，高跟鞋……他想不出穿得這麼漂亮
的女人會住在木屋區，雖然他曾在報章上看到天台木屋
區有甚麼「流鶯」。

　　前面，在一間獨立的木屋左右，忽然有幾個大漢
站着，這木屋吊着一塊破破爛爛黑如墨布的門簾，偶然
有些烟霧從裡面冲出來。何思琪不知好歹的探首進去望
望，發覺有些瘦骨嶙峋的人躺在木板上吹鴉片，有的在
「打波仔」。[111]

人口過度密集，貧民窟齷齪、惡劣的環境，以及戰後衍生
的社會問題如妓女、賭檔，甚至當時的流行毒品鴉片、「打

111 引文見歐陽天著、關山美圖：〈人海孤鴻〉，《星島晚報・星晚》，1956 年 10
　　月 6 日，版 7。本章引述〈人海孤鴻〉之正文，以《星島晚報・星晚》微縮
　　連載版本為據。若遇上個別字詞模糊，則據結集《親情深似海》（香港：海
　　濱圖書公司，年份不詳）補回內文，並在該填補文字外加方框表示。例如：
　　「一間間矮屋子參差地並排着，像一間間狹窄侷促的白鴿籠，污臭的氣味隨
　　風吹來，撲鼻欲嘔。」由於報紙連載版於「窄」與「促」之間從缺，故參
　　考《親情深似海》（頁 101-102）並據以補回「侷」字。往後遇上字體模糊
　　或字詞從缺，將以同一方式處理。前頁 84 註 85 已作此處理。

波仔」（即吸食「紅丸」）[112] 等，都可以在小說略見一斑。值得注意的是，上述社會現象在婦女淪落題材的小說中，被敍述成綜合的社會問題，但在此處卻被描寫成一個畫面，呈現為一個空間。這些社會現象和太平洋戰爭一樣，都是小說中失養失教的兒童的成長背景，卻非推動情節的元素。兒童在龍蛇混雜的環境下長大，耳濡目染，對黑社會分子早已習以為常，加上未能及時上學，認識正確的價值觀，容易成為年幼的犯罪者「童匪」。何思琪要尋找因離家而流浪的張德成就在此空間中；而他要拯救的孤兒（以阿三為代表）也是在此空間中成長。作者用此背景，來突出一個社會問題，就是孤兒失養失教的問題，並以阿三為代表。

2. 社會問題的聚焦書寫：失教失養的孤兒及流浪兒童

作者着力描寫孤兒及流浪的兒童，道出他們要幹偷雞摸狗的事情才能維生。

> 這些兒童都是奇怪百出的，有些彼此搭着肩膊走着，有的拿着一個擦鞋箱左轉右轉。有的蹲在地上執烟

112「紅丸」早在清末民初與鴉片同樣流行，分紅、白兩種。鴉片大煙還要通過煮燒等工序，紅白丸卻可直接吸食，「形似豌豆大小，裏面除了鴉片，還含有大量葡萄糖，有很強的粘性。」參考張蔭庭〈鴉片在亳縣的流行和危害〉，《文史精華》編輯部編：《近代中國煙毒寫真（上）》（石家莊：河北人民出版社，1997 年），頁 301。四〇年代，望雲連載於《大眾報》的〈人海淚痕〉也有提及紅丸毒害社會。望雲〈人海淚痕〉原刊 1940 年香港《大眾報》，後結集出版《人海淚痕》（香港：祥記書局，年份不詳）。

頭，有的托着報紙隨街叫，有的跟着一些粗眉大漢對每一個行人——特別是婦孺——右顧左盼，彷彿要獵取甚麼目的物似的。

他〔何思琪〕看見三三二二的兒童蹲在路邊打「十五糊」紙牌，打「羅宋」。他們多是捲起褲筒，口啣香烟的。[113]

文中既有自力更生的兒童，如〈孤雛淚〉中賣報童、擦鞋童，甚至藉執煙頭謀生的人為數不少；可是，也有受黑幫操控，跟隨他們謀生的童匪。在此，兒童的惡習如因賭錢而爭吵打架的情況盡入眼簾。

對於兒童因戰爭而失去家庭，導致失養失教的問題，作者有意用童匪阿三的個人行為及受黑幫操控兩方面敍述。作者不時帶着主觀感情描繪阿三，從何思琪第一次見到阿三，便塑造他可憐形象：「一個衣衫襤褸的小童，手裏拿着一襲西裝上衣在街上亂跑」、「閃閃縮縮的躲在牆角」、「臉孔呈現一片驚惶的慘白，兩隻小眼睛露出乞憐的眼光。」[114]可是，他的行為卻是不討好的：「一邊說一邊吐了一口痰涎在地板上，跟着伸手去抓大腿上發了紅點的皮

113 歐陽天著、關山美圖：〈人海孤鴻〉，《星島晚報・星晚》，1956 年 10 月 3 日，版 7。

114 歐陽天著、關山美圖：〈人海孤鴻〉，《星島晚報・星晚》，1956 年 9 月 6 日 及 7 日，版 7。「兩隻小眼睛露出乞憐的眼光」一句，《星島晚報》微縮寫為「乞憐的光」，《親情深似海》一書卻作「乞憐的眼光」。見歐陽天：《親情深似海》，頁 40。

膚」;經常用袖口揩嘴、揑鼻子、愛抽煙、捲褲筒等行為被作者形容為「下流社會的惡習」。[115] 阿三受到黑幫操控,不但去偷竊別人財物,後來更受到唆使去擄人勒索。阿三若偷不到東西或不聽話,便會捱餓及受到黑幫大哥拳打腳踢。[116]

小說有時隱去敍述主體,作者代入何思琪的視角,藉「敍述」他的思維而介入評價:

> 像所有年輕的孩子一樣,阿三本來是一個無罪的孩子,但,因為他沒有家庭的愛護,獨個兒流浪街頭,受到壞社會的不良誘惑,參加了可怕的組織,偷竊,搶掠,滿身都烙上犯罪的印記。他的純潔靈魂被污辱,人格給毀滅了,如果不及時加以適當的改造,他一生就這樣完結了,完結了……[117]

歐陽天與角色何思琪合二為一,主觀刻劃人物,引起讀者同情。即使阿三的惡習看在姚蘇鳳眼裏是「極不順眼」、「極其下流」、「惡心」、「厭惡」,作者也會即時以另一角色——何思琪的角度,投以同情的一瞥:「沒半點討厭,反而很慈

---

115 歐陽天著、關山美圖:〈人海孤鴻〉,《星島晚報・星晚》,1956 年 9 月 7 日及 8 日,版 7。

116 歐陽天著、關山美圖:〈人海孤鴻〉,《星島晚報・星晚》,1956 年 9 月 8 日,版 7。

117 歐陽天著、關山美圖:〈人海孤鴻〉,《星島晚報・星晚》,1956 年 9 月 9 日,版 7。

愛地抱着他」，立即平衡讀者負面的觀感。[118] 作者選擇以貌似客觀的態度，對作品作不同程度的介入，藉以說明故事主題、教育意義。由此可見，社會效益在作者的敍述過程中凌駕了一切。角色難免因此平面化：何思琪是一貫的「拯救者」、阿三是不節不扣的壞孩子。從寫實的角度看，如此一來，社會效益強調了，但真實感卻減弱了。

值得注意的是阿三的代表性。阿三是因戰爭而成為孤兒，出現先失養，後失教的行為；張德成卻是脫離家庭「獨個兒流浪街頭」的人，不難想像，如果他沒被尋獲，他將會和阿三一樣：「受到壞社會的不良誘惑，參加了可怕的組織，偷竊，搶掠，滿身都烙上犯罪的印記。」所以，孤兒阿三所代表的失養失教問題，已包括如張德成為例的失教的流浪兒童。正因如此，故事結局以何思琪和姚蘇鳳結婚，為孤兒阿三提供具象徵性的「新」的家庭，便非常重要。這一認識對小說敍事結構的分析是很有幫助的。

歐陽天對戰後孤兒的刻劃、戰後的社會問題和教育問題的敍述，是有事實根據的。戰後香港人口激增，五〇年代的孤兒、流浪兒童數目很龐大，即使 1949 年被慈善機構所收容的孤兒有二千一百餘名，實際流浪在街頭的數目更

118 歐陽天著、關山美圖：〈人海孤鴻〉，《星島晚報・星晚》，1956 年 9 月 18 日及 19 日，版 7。

多。[119] 1950 年保護兒童的慈善機構漸多：基督教福幼孤兒院、保護兒童會、香港扶輪會等社福機構設立救濟所、施食站、兒童體育所等為教養孤兒和保護兒童出力；香港小童群益會更設立赤柱兒童營，營內設木作、編織、籐器等科目，待貧苦兒童學習完成便介紹他們出外工作。[120] 然而，籌建一所兒童訓練營和維持日常營運的費用龐大，即使上述的大型社會福利機構亦經常以賣花、時裝表演、話劇表演、音樂遊藝會等募捐籌款，維持所設立的孤兒教養服務。[121]

兒童的數目很龐大，學額卻嚴重不足。五〇年代初，由於官立學校少而私立學校學費昂貴，所以學位不足，失學兒童極多。[122] 同時，學校收生有限制，當時官立學校多主張收香港出生的兒童，有剩餘學額方收外來兒童（也有如高

---

119 見吳灞陵主編：《香港年鑑》（1950 年），上卷頁 116。此種兒童福利機構在當時共十四所，包括：粉嶺孤兒院、法國嬰堂、夏蒙紀念院、寶血孤兒院、聖心育嬰院、香港仔兒童工藝院、意大利堂、兒童樂園、京士柏兒童救濟所、聖類斯兒童工藝院、沙士仙孤兒院、大埔鄉村兒童救濟所、政府馬頭涌兒童救濟所、赤柱兒童營。

120 吳灞陵主編：《香港年鑑》（1951 年），上卷頁 113。

121 同上。

122 私立學校如華仁書院下午校，每月收費達 60 元，是上午校（政府補助學校）的六倍至十倍之多，而當時香港大學的年費只是 750 元，相比之下，可見學費昂貴。見吳灞陵主編：《香港年鑑》（1950 年），上卷頁 89-90、92。由 1949 年 4 月與 1950 年 4 月的官校與私校的新增數據比較，全港的官私立學校共增設了 69 所，其中官立學校僅佔 7 所，其餘少數為補助學校、津貼學校，數量最多為私立學校。學生人數方面，則由 1949 年的 129,712 人增加為 159,523 人，可是學位仍有不足。見吳灞陵主編：《香港年鑑》（1951 年），上卷頁 92。

級工業學校，非本地兒童不收），對於 1949 年前後舉家到香港的兒童實在未有足夠學額應付。雖然教育司羅威爾氏（Thomas Richmond Rowell）曾建議增設官立漢文小學，但港英政府基於資源調配問題，又估計當中國政局稍穩便會有大量人離開香港等因素，於是未有採用建議。[123] 雖然港英政府曾於 1950 年統計失學兒童的總數共有 21,906 人，[124] 可是數據未能顯示實況。[125] 因此，即使港英政府決定翌年的財政年度的教育經費總額為 18,862,455 元；[126] 又於 1951 年聘請英國教育官菲沙先生（N. G. Fisher）專責考察教育發展，並公開發表報告，以調整改善正在實施的十年教育計劃；[127] 甚至計劃在七年內增加學額三萬，以容納失學兒童等，[128] 都未能完全解決兒童失學問題。對於適齡入讀小學的兒童數

123 見吳灞陵主編：《香港年鑑》（1950 年），上卷頁 89-90。羅威爾氏（Thomas Richmond Rowell）於 1945-1950 年任職香港教育司。

124 港英政府於 1950 年 9 月 18 日至 22 日於香港及九龍設分站，登記 5-6 歲、7-8 歲、9-10 歲、11-12 歲的失學兒童，登記人數共 21,906 人。見吳灞陵主編：《香港年鑑》（1951 年），上卷頁 113。

125 此數據並未顯示全部失學兒童數字。第一，正如《香港年鑑》所言：若干下層工人、小販等兒童因為需要協助父母做買賣而未有登記，見吳灞陵主編：《香港年鑑》（1951 年），上卷頁 113。第二，當時港英政府並未在新界設分站登記，而新界人口佔二十萬人，即大約全港人口十分之一，包括疍民二萬零九百人，見吳灞陵主編：《香港年鑑》（1951 年），上卷頁 2。這些人口中相信有不少兒童並未登記（如需幫助父母謀生的兒童，甚至孤兒）。故此，真實的失學兒童數字可能更多。

126 見吳灞陵主編：《香港年鑑》（1951 年），上卷頁 113。

127 見吳灞陵主編：《香港年鑑》（1952 年），上卷頁 55。

128 同上，上卷頁 56。

目，教育司高士雅（Douglas James Smyth Crozier）早已作出估算，1955 至 1961 年間將由廿一萬人增至卅六萬六千人。[129]

　　小說寫於 1956 年，直至當年的 10 月，香港的兒童數目可能達三十萬人以上，然而尚待教育及救濟的貧苦兒童仍有二十餘萬人，得到救濟的孤兒和流浪兒童僅有數千名。[130] 同時，學位不足做成兒童失學的問題日趨嚴重，進一步影響社會治安。[131] 對於貧苦之輩集中的徙置區，兒童人口雖然佔總徙置區人口的三分之一，但當時港英政府卻鮮有設置學校。[132] 兒童失養失教，容易受到黑社會犯罪集團的不良分子誘惑，受到操控，淪為童匪。[133] 1956 年出版的《香

---

129 見吳灞陵主編：《香港年鑑》（1956 年），頁（甲）86。高士雅於 1956-1961 年任職香港教育司。

130 基督教兒童福利會各兒童院收容之孤兒約二千三百名，其他兒童機構所收容的兒童亦不過數百名，合共三千餘名；小童群益會在各處招集的街頭流浪兒童三千餘人；專門協助無依的犯罪兒童、提供教育的香港兒童安置所收容的兒童僅有四百二十名。《香港年鑑》（1957 年），頁 112。1957 年 1 月出版的《香港年鑑》，以數據顯示 1956 年 1 月至 10 月的香港狀況。

131〈兒童失學與兒童犯罪〉，《星島晚報》，1956 年 2 月 20 日，版 3。當時不少報導提及官立學校學費雖較平，但學校及學額過少，如〈橫巷帳篷難民應予適當安置〉，見《星島晚報》，1956 年 3 月 24 日，版 10。私立學校即使得到港英政府津貼，但仍然牟利，濫收學費雜費，如吳灞陵主編：《香港年鑑》（1956 年），頁（甲）85-86。一般貧苦兒童不能負擔，更有校長違反法條收取超額學費而被控，如〈超額收學費　一校長受爵〉，《星島晚報》，1956 年 1 月 27 日，版 4。

132〈徙置區的教育問題〉，《星島晚報》，1956 年 1 月 30 日，版 3。

133 五〇年代起黑幫勢力擴展，更參與 1956 年雙十暴動，港英政府需要認真對付。見魯言：〈黑社會百年發展史〉，魯言等著：《香港掌故》（第 13 集）（香港：廣角鏡出版社有限公司，1991 年），頁 44-76。

港年鑑》指：「在港九兒童法庭之兒童罪案，其數目之多，幾使人不置信，罪案包括有非禮、強搶、盜竊、販毒、藏毒、恐嚇、勒索、教唆他人犯罪等，不勝枚舉，此誠屬一般熱心福利者不宜漠視的問題。」[134] 更有《星島晚報》報導兒童犯罪者百分之百都是失學兒童。[135] 可見孤兒、流浪兒童是一個很嚴重、急於解決的社會問題。

　　日趨嚴重的兒童失學問題，引起了歐陽天關心，這就成為小說〈孤雛淚〉、〈人海孤鴻〉等的寫作題材。[136] 歐陽天的寫作目的，正是以「健全的主題」[137] 向讀者揭露及放大由戰後到 1956 年不斷惡化的社會問題，甚至有意利用戰事增強寫實性，以此吸引曾經歷戰爭哀痛的讀者，目的是期望小說可以發揮社會效益：喚起讀者關心社會、注重兒童的教育。

（二）個人語境的解讀：失教失養的解決方案與作者的淑世情懷

　　作者的個人語境在上一節討論婦女淪落的小說中已作

134 吳灞陵主編：《香港年鑑》（1956 年），頁（甲）107。

135 〈兒童失學與兒童犯罪〉，《星島晚報》，1956 年 2 月 20 日，版 3。

136 歐陽天在〈寫在孤雛淚上映之前〉一文，交代小說〈孤雛淚〉是取材自真實的事件，並有意「滲入部份的人生道理，我想將它寫成一部有教育意義與正確意識的作品」。見歐陽天：〈寫在孤雛淚上映之前〉，《星島晚報・星晚》，1951 年 3 月 1 日，版 3。

137 歐陽天寫道：「一個具有健全主題的小說，雖然不一定含有甚麼說教意味，然而內容至少總有點甚麼要傳達給讀者。」見歐陽天：〈關於寫作〉，《歐陽天隨筆》，頁 88。

論述，善心者和宗教治心同樣在此故事出現。〈人海孤鴻〉的角色何思琪既是善心者，同時設計成基督教的傳道者，[138] 最終得到宗教團體的資金幫助，成功建立兒童訓練營，孤兒因此有一個住宿地方及受教育的機會。故事講述主角何思琪在戰爭下的個人經歷、籌建孤兒院的過程，最後和姚蘇鳳結婚，為孤兒的代表阿三重組一個新的家庭，成為最終解決問題的方案。故事情節透露了歐陽天的淑世情懷。

1. 解決失教問題：籌建孤兒院

五〇年代的香港有不少慈善團體興辦孤兒院，為教養孤兒和保護兒童出力。[139] 歐陽天把這個真實素材寫進了小說。

籌建一所兒童訓練營和維持日常營運的費用甚大，[140]〈人海孤鴻〉的何思琪就為了籌建兒童訓練營（模仿赤柱兒童營的形式）而覓人及籌錢。在覓人方面，屠石濤和姚蘇鳳

---

138 歐陽天在〈人海孤鴻〉連載時，曾兩處列引《聖經》經文，包括：「聽智慧人的責備，強於聽愚昧人的歌唱。——傳道書第七章第五節」（《星島晚報・星晚》，1956 年 8 月 20 日，版 7）和「哥林多後書裡說：『施捨錢財，賑濟貧窮，他的仁義存到永遠，那賜種給撒種的，賜糧給人吃的，必多多加給你們種地的種子，又增添你們仁義的果子，叫你們凡事富足，可以多多施捨……』」（《星島晚報・星晚》，1956 年 9 月 24 日，版 7），由此增加基督教的博愛精神。然而，第一段經文在小說結集時已遭刪除。

139 吳灞陵主編：《香港年鑑》（1951 年），上卷頁 113。

140 同上。

是理想人選。屠石濤在戰爭中失去了所有家人；[141] 姚蘇鳳的丈夫也遭日軍殺死，只剩下自己及六歲的女兒。[142] 二人和何思琪有着相似的命運，都是慘受戰爭的毒害，他們非常贊同何思琪的理念，為失養失教的「孤鴻」提供教育的機會。

何思琪把握時機去籌募經費，藉教堂裏講道的機會，向吝嗇成性的張吉祥講述「勸人為善，救助孤寡」的道理。[143] 張吉祥起初只願意捐助五千元，後來因為何思琪替他尋回偷錢外出玩樂的兒子張德成，再捐五千元。[144] 他捐款的數目根本不能幫助何思琪籌建訓練營。張吉祥是社會人士中最有能力提供實際幫助的富翁巨賈一類，作者曾藉何思琪的角度批評社會人士，指控他們對兒童教育漠不關心，對兒童教育工作者冷漠無援。[145] 兒童訓練營還是依靠聖公會的資助才能成功開辦。[146]

何思琪要克服覓人和籌錢的困難，過程中遇上了不少

141 歐陽天著、關山美圖：〈人海孤鴻〉，《星島晚報・星晚》，1956 年 9 月 11 日，版 7。

142 歐陽天著、關山美圖：〈人海孤鴻〉，《星島晚報・星晚》，1956 年 9 月 13 日，版 7。

143 歐陽天著、關山美圖：〈人海孤鴻〉，《星島晚報・星晚》，1956 年 9 月 24 日，版 7。

144 歐陽天著、關山美圖：〈人海孤鴻〉，《星島晚報・星晚》，1956 年 9 月 28 日和 10 月 15 日，都是版 7。

145 歐陽天著、關山美圖：〈人海孤鴻〉，《星島晚報・星晚》，1956 年 10 月 30 日，版 7。

146 歐陽天著、關山美圖：〈人海孤鴻〉，《星島晚報・星晚》，1956 年 10 月 5 日，版 7。

挫折，如此不避艱難，甚至吃苦，為的是要解決一個嚴重的社會問題。他的付出與奉獻，頗有傳統士人淑世情懷的意味，而這種情懷，又剛好與寫實主義的社會效益脗合。

歐陽天如此設計何思琪這角色，應該是他所欣賞的獻身精神的投射。歐陽天一向有這種想法，並見於同類型的小說，例如〈孤雛淚〉的歐醫生受到修女無私的照顧，推己及人，把愛心放在廣大的貧苦無依的婦孺和孤兒身上。〈落花流水〉中作者已把眼光放遠，藉男女角色表現出救治貧苦大眾的決心：李志成希望創辦平民醫院，救治貧苦的病人；李美君的理想是自己開設產婦科醫院，幫忙貧苦大眾的婦女，期望解決「失醫」病人的社會問題。[147]〈人海孤鴻〉更進一步，歐陽天通過何思琪在戰爭下的個人歷練，成就了他拯救孤兒的獻身精神，更通過籌建孤兒院的過程（覓人和籌錢），以個人之力，表現拯救孤鴻的決心。這種無私奉獻的想法其實可見於他的〈談助人〉：

> 在世道人心已為自私自利思想所籠罩的時代，所謂自我犧牲的行為，便顯得格外珍貴，而它的精神價值也顯得格外崇高了。[148]

作者正是以其小說之筆寫出這種淑世情懷。歐陽天明白在

---

147 歐陽天著、李凌翰圖：〈落花流水〉，《星島晚報・星晚》，1951 年 6 月 7 日和 6 月 15 日，都是版 3。

148 歐陽天：〈談助人〉，《歐陽天隨筆》，頁 14。

自己所生活的真實世界裏,這種自我獻身以成全別人的事情太少了,因此小說中這種理想才會令人感動,目的是為了喚醒讀者的同情心,這自然是社會效益的考慮了。

2. 解決失養問題:重組家庭

這種善心者拯救孤兒的故事,正表現出作者關懷現實社會的善心。小說雖然着意把家庭問題、教育問題和社會問題結合處理,不過,作者卻讓善心者何思琪先以兒童訓練營為重,直至故事第四部分才營造他和姚蘇鳳相戀的可能性。[149]作者描繪二人的愛情由小說前半的淡然到後半發展迅速,正是由於阿三是問題的核心,解決他的失養失教的問題後,才有發展私情的空間。然而,發展私情的目的仍然不離主題——拯救孤鴻——為阿三尋找代母、重投生父

---

149 原著中姚蘇鳳是一個平凡人,年約三十歲,香港出生、唸書,廿三歲結婚,獨力養育女兒。作者特別強調她與何思琪有着同一遭遇,伴侶在戰爭中犧牲了,她留戀亡夫的感情,正如何思琪留戀前妻一樣,堅拒第三者的介入。何思琪、姚蘇鳳初相識時並沒有特別的情感,其後故事發展至第六十天時,待兒童營的事情稍為穩定,作者藉分述何、姚二人的想法,通過姚蘇鳳感覺到何思琪在行為和態度方面與前夫相似,營造二人愛情發展的可能性,直至第七十三、七十四天,二人的感情突然發展迅速。見歐陽天著、關山美圖:〈人海孤鴻〉,《星島晚報‧星晚》,1956年9月14日、10月18日、10月31日和11月1日,都是版7。

懷抱，重新組織一個新的「家」[150]。

　　作者更設計阿三藉張德成被拐一事而改錯。阿三先誘拐張德成，然後協助警方救出肉參，讓眾人眼中的壞孩子，姚蘇鳳眼中的童匪，得到一個自省改過的機會。兒童訓練營雖然可以安頓兒童食宿和教育，可是面對失去父母的孤兒，受創的心靈難以復原。何思琪、姚蘇鳳具有解決孤兒失養失教問題的拯救者身份，阿三則是失養失教的代表。因此，由何思琪（生父）與姚蘇鳳（代母）相戀結婚，直接成為孤兒的代表阿三的「父母」，為孤兒重建另一個家，讓孤鴻覓得新的鳥巢，藉此解決孤兒失養失教問題。拯救者與阿三所組織的家庭，仍是解決失養失教的兒童問題的方法。

　　〈人海孤鴻〉所敍述的太平洋戰爭對個人、家庭、社會的影響，不無作者的個人體會。戰爭結束後，他便來到香港，進入「星島」報系工作，任《星島晚報》編輯主任兼編

---

150 李焯桃對後來李晨風導演、吳楚帆編劇的電影《人海孤鴻》的分析，正是從「家庭」出發，以失去父愛解釋李小龍變壞的原因。他認為：「六〇年代的《人海孤鴻》可以代表傳統粵語片的一個典範，就是通過父權中心的『家庭』觀念來理解現實——李小龍淪為扒手是因為失去了家庭的溫暖，尤其是一家之主的父親，所以他要托庇於另一個『家』（扒手集團作為一個家庭單位，首領馮峰便扮演了父親的角色）。吳楚帆出現後，便不斷勸李小龍進入他開辦的孤兒院（另一個大家庭）接受教育；白燕飾演的女教師也是一個母親型角色——總之，青少年學好或學壞，責任全在上一代的成年人身上。」見李焯桃：〈香港電影「典範」的轉變——比較新、舊版《人海孤鴻》〉（1989），《八十年代香港電影筆記》（下冊）（香港：創建出版公司，1990年），頁128。

副刊。[151] 往後任職編輯期間不忘創作，連載於「星晚」的小說仍有不少關懷現實。他提到〈孤雛淚〉是一個真實故事。1949 年夏天，他與孩子們在天台納涼時見到一個十二三歲的擦鞋童在樓梯角流淚，於是上前問個究竟，而這真實故事就是〈孤雛淚〉的藍本。

> 由於他［擦鞋童］父親迷戀女色，他終於被遺棄了，從此，他流落街頭，開始在罪惡的社會掙扎，以自己的力量營Ｘ自己，然而，他微弱而有限的體力，戰勝不了多方面的無情襲擊，他終於病倒了，病倒了。

> 在寫作的過程中，我特別強調書中主人翁章雲，和小金鳳的荒淫與無恥，特別歌頌歐醫生慈祥，仁愛的偉大個性，特別鼓舞阿牛自力更生的向上志願，透過我拙劣的寫作技巧，滲入部份的人生道理，我想將它寫成一部有教育意義與正確意識的作品。[152]

151 歐陽天在「星島」報系的其他工作，如：1951 年 11 月 15 日《星島週報》創刊（至 1958 年 10 月 9 日停刊），他與劉以鬯、陳良興、梁永泰等人任執行編輯（主要作者為南宮搏、上官寶倫、蕭安宇等）；1963 年《快報》創刊，他出任總編輯。有關歐陽天生平資料，可參考劉以鬯編：《香港文學作家傳略》（香港：市政局公共圖書館，1996 年），頁 131-132；潘一工：〈小說家開報業先河——憶平生風義兼師友鄺蔭泉〉，《作家雙月刊》第 2 期，1998 年 7 月，頁 152-157。

152 歐陽天：〈寫在孤雛淚上映之前〉，《星島晚報·星晚》，1951 年 3 月 1 日，版 3。歐陽天在電影《孤雛淚》上映前發表此文，當時他已看過 Ａ 拷貝的試影，藉此文解釋故事的構思和念頭的由來。

正因歐陽天具有〈談助人〉中幫助別人的用心，才會慰問擦鞋童，展示對他的關懷。他以自己的「溫暖的家」與擦鞋童孤苦伶仃的可憐身世對比，由此引發把這個真實事件寫成小說〈孤雛淚〉，更要強調主角阿牛自力更生的向上志願。從創作這小說的動機和用意已可見他淑世情懷的一面。〈人海孤鴻〉的阿三即是〈孤雛淚〉的阿牛，同樣孤苦無依卻仍願意自力更生，阿三只是再一次演釋阿牛的向上志願。

現實中的擦鞋童，因為父親沒有盡責而流落街頭，於是小說就為孤兒提供一個「溫暖的家」，以彌補真實中的缺憾。作者既要令故事發揚正確意識、教育意義，故讓無家可歸的人再次擁有一個家，讓錯了的人改正過來，讓讀者重燃希望。「重組家庭」的故事設計是個人意識的展現。歐陽天不但藉小說反映真實社會的一面，更有意教育和鼓舞社會大眾，這無疑是小說的社會效益的又一示範。

（三）小說的敍事結構

若按故事情節的安排看，歐陽天的〈人海孤鴻〉可歸納出五個情節。

第一個情節是通過何思琪的回憶戰爭經歷，導入戰後孤兒失養失教的社會問題。何思琪是「問題關注者」，準備作出拯救行動。

第二個情節出現面對社會問題的兩類人，分別是問題的「承受者」和「拯救者」。「拯救者」何思琪，尋找「輔助拯救者」姚蘇鳳和屠岸濤，確認被拯救對象，即問題的

「承受者」：阿三（失養失教代表）和張德成（失教）。二人正是社會問題的代表。

第三個情節講述「拯救者」開始運作兒童訓練營，期望達到解決社會問題的目的。不過，以阿三為代表的問題兒童情況出現「惡化」：阿三不但挑釁拯救者姚蘇鳳，還逃離訓練營，重投黑幫。

第四個情節是阿三藉張德成被拐一事自省。阿三即阿牛，具向上志願，情節以他先自救後救人，表示惡化的社會問題得以改善。阿三藉此由第二個情節的「問題承受者」轉變為「自救救他者」，變為好孩子，與何思琪等「拯救者」站在同一陣線。阿三在面對社會問題時，情況先惡化然後逆轉，這與何思琪面對戰爭傷痛，必須經過個人歷練然後覓得出路同出一轍。

第五個情節是「拯救者」何思琪（生父）、姚蘇鳳（代母）在兒童訓練營一週年紀念日結婚，與阿三（孤兒）重組家庭。阿三因此「獲救」，故事藉此達到拯救失養失教的兒童的目的。

上述五個故事情節可如此表示：

> 何思琪回顧戰爭經歷，關懷兒童問題→籌辦兒童訓練營（確認阿三為失養失教的代表、覓同道者）→營運兒童訓練營→阿三藉張德成自省→組織家庭重獲新生

五個情節間既有自然發展的邏輯關係，如戰爭令何思琪關懷兒童問題，所以籌辦孤兒院；也有巧合的設計，例如阿三

是何思琪兒子。作者如此設計故事，目的只有一個：反映兒童失養失教的社會問題。歐陽天在〈人海孤鴻〉中，期望通過兩方面解決問題：第一是「真實解決方案在社會政治語境中的故事性模擬」，模仿當時的政府和慈善機構為孤兒建立的訓練營提供膳食和教育作為解決方法；第二是「個人語境的虛擬解決方案」，以虛構角色何思琪為了孤兒不惜千辛萬苦的奉獻精神、阿三自救救人表現其向上志願，以阿三重新得到一個家庭的情節，解決孤兒失養失教的社會問題。小說的孤兒失養失教的情節，作者的個人語境、社會政治語境和作品的敘事結構，可以整理成以下的「孤兒失養失教的敘事結構」（見彩圖頁 15）。

歐陽天在〈人海孤鴻〉的敘事結構可分為三部分：以紅色實線框架表示的「孤兒失養失教在社會政治語境中的故事性模擬」、以黃色實線框架表示的「解決孤兒失養失教的社會問題的方案：個人語境與社會政治語境的虛實結合」和綠色實線框架表示的「解決孤兒失養失教的社會問題的方案：個人語境的虛擬」。第一個情節，孤兒與流浪兒童問題取材現實，導入社會問題，在第二個情節中確認阿三和張德成便是該問題的代表人物。這部分便是作者以小說模擬社會現實問題——「孤兒失養失教在社會政治語境中的故事性模擬」。第二個和第三個情節的籌辦與營運兒童訓練營，是現實社會中存在的事情：基督教福幼孤兒院、保護兒童會、香港扶輪會、香港小童群益會都是例子。作者參考社會現實中解決兒童失養失教的方案，以此模擬於故事情節中，同時，此方案可見作者個人語境的獻身精神，故此這部分

是「個人語境與社會政治語境的虛實結合」。第四個和第五個情節，先讓阿三藉張德成被拐而自省，再讓阿三得到新的家。這是歐陽天自擬的解決方案，屬作者虛構，表現作者的淑世情懷和為孤兒重組家庭的想法，即「解決孤兒失養失教的社會問題的方案：個人語境的虛擬」。作者結合第二部分的黃色實線框架和第三部分的綠色實線框架的解決方案，解決第一部分紅色實線框架的社會問題（當中以綠色虛線箭咀表示解決方案的目標）。如果從故事主題來看這個敘事結構，便是「孤兒失養失教」和「拯救失養失教的孤兒」。

　　歐陽天把孤兒失養失教的社會問題用作小說的選材，更於故事中參考真實的解決方案，再自設一套解決問題兒童的方案，表現他盼望提供對策以解決社會問題，以虛擬的小說回應對現實社會的關懷，不離他「為社會而服務」的作家定位。如此，小說對呈現孤兒問題及解決方案的敘述結構，與婦女淪落的小說相似，同樣表現出作者「怎樣寫」的理由——反映他心目中的現實。[153] 孤兒小說與婦女淪落的小說，同樣見到歐陽天繼承了五四文人的寫實精神，體現出安敏成所謂的「社會效益」。

153 本章附表已把涉及「社會問題」和「救治方案」的小說加以區分。

五、與同代作家的比較

盧瑋鑾在〈侶倫早期小說初探〉提及：

> 一個作家的作品風格，與他本身的性向、生活際
> 遇，有極大關連，但我們仍需要看作家受甚麼前輩作
> 品，或同輩友人的作風影響，同時也該審察作家所處的
> 社會背景、文化氣氛，才能找出一條清楚的文學淵源和
> 它的發展脉絡。[154]

這段文字正好印證作家必然受身處的語境影響，分析作品
時不能忽略上述考慮。研究五、六〇年代的南來文人是脫
離不了政治影響（來到與離開香港）；五四時期的寫實筆觸，
深深影響他們的創作題材與當中所呈現的社會面貌。不少
南來作家，以戰後香港的現實情況為小說題材，歐陽天只
是其中之一。侶倫在 1948 年創作的長篇小說代表作〈窮
巷〉，正是他自稱一改早期作品如《永久之歌》、《黑麗拉》
所表現的「感傷主義」作風，〈窮巷〉的題材傾向於社會範
圍。[155] 小說描寫戰後香港的都市貧困和南來避難的小人物

---

154 盧瑋鑾：〈侶倫早期小說初探〉，《八方文藝叢刊》第 9 輯，1988 年 6 月，
頁 61。

155 侶倫：〈不算自傳──致答四川大學一講師〉，《大公報‧大公園》，1983 年
1 月 22 日，版 16。

的掙扎，對資本社會的人情冷暖作出批判。趙滋藩《半下流社會》寫流落香港的知識分子的匱乏生活，這些都是五〇年代具代表性的敍述香港的寫實作品。短篇小說亦然。文則靈（易文）的〈木屋夜話〉（1951）[156] 和海辛的〈偷水賊〉（1956）[157] 則描寫木屋區貧民的情況。除了描寫難民，也有描寫本土低下階層的生活：舒巷城（1921-1999）的〈香港仔的月亮〉（1952）[158] 寫漁民生活的困苦、秦牧的〈香港海的網罟〉、〈豬仔館的買賣〉（《黃金海岸》第三、四章，1954）[159] 以1951年華工回國的事跡為藍本，敍述李灶發在香港尋工不易，更被人賣豬仔到美國做「契約華工」。歐陽天是同代人，身兼連載小說作家與副刊編輯，對同時期的小說有一定認識。同時代不同作家不約而同地以戰後香港的現實為題材，他們筆下的香港是一個現實、以利為先的勢利小城。

當時以婦女淪落為題材的小說有三種較常見的方向。第一種是注重情節描寫，以商業為先，讀者的愛惡是首要的考慮，屬通俗娛樂的作品。高雄的作品雖然沒有專寫妓女的小說，當中卻總有一兩個妓女角色，《經紀日記》的周

---

156 文則靈（易文）：〈木屋夜話〉，《星島晚報・星晚》，1951年6月7日，版3。

157 海辛：〈偷水賊〉（1956），劉以鬯編：《香港短篇小説選（五十年代）》（香港：天地圖書有限公司，1997年），頁136-139。

158 舒巷城：〈香港仔的月亮〉（1952），《市聲・淚影・微笑》（香港：萬里書店，1961年），頁12-17。

159 秦牧：〈香港海的網罟〉、〈豬仔館的買賣〉，《黃金海岸》（香港：自學出版社，1954年），頁19-38；38-50。

二娘、林吉蒂便屬例子。[160] 再者，他以「小生姓高」、「許德」等筆名署之的艷情小說較露骨，以點到即止的筆法描寫男女性交之事，例如〈愛光畏暗〉（1945）寫男女性交情況[161]，又着意寫女性肉體，如〈底褲風波〉（1946）中交際花秦美美被撕旗袍後的境況[162]，以爭取讀者數量。交際花、妓女在他的小說中並非受迫害的角色，並不苦着臉訴說生活的困苦。黃仲鳴稱高雄這類「艷情小說」，並無如何「猥褻」，也無性器官的赤裸裸描述，卻繪出一眾男女色相，求讀者的「收視率」。[163]

　　第二種是道德批判，教化讀者。曹聚仁的《酒店》（1952）[164]是一例。故事集中描繪因亂世而南來的舞女與嫖客。正如黃谷柳（1908-1977）的《蝦球傳》（1947-1948）、趙滋藩《半下流社會》把香港形容為罪惡的都市，誘拐良家婦女、迫良

160 經紀拉：《經紀日記》（第一、二集）（香港：大公書局，1953 年）。

161 引文為「大德力矢誓，小華乃呷酒以哺大德，送舌輸香，大德不飲已醉矣，則抱小華於榻，輕解羅襦，玉女峰頭，彷如凝雪，香風蝕骨，媚態迫人」、「一室燦然，鬚眉畢現，此時大德如醉如癡，神魂搖蕩。小華以久曠之身，反為雲覆為雨，顛顛倒倒，花樣翻新。大德如登仙界。」見小生姓高：〈愛光畏暗〉，《新生晚報・新趣》，1945 年 12 月 28 日，版 4。

162 引文為「旗袍已裂，怛然露於一之眼前者，則美美大腿之上，詎竟赤裸，鬚眉畢現，乃一八卦之圖也。」見小生姓高：〈底褲風波〉，《新生晚報・新趣》，1946 年 1 月 26 日，版 4。

163 黃仲鳴：〈既艷且謔而不淫——林瀋與高雄筆下的男女色相〉，《文學研究》第 3 期，2006 年 9 月 30 日，頁 124。

164 曹聚仁的《酒店》於 1952 年 2 月 19 至 8 月 26 日連載於《星島日報》，同年 9 月由現代書店初版，1954 年香港創墾出版社再版，1999 年由三聯書店（香港）有限公司再版。

為娼、黑幫橫行的地方，《酒店》描寫的香港也是如此。《酒店》敍述黃明中起初以賣身救母為目的出賣肉體，後來陷落在慾海，無法自拔，更主動下海做舞女；她在失去錢財和小白臉滕志傑後，為求報復而喪失理智，最終變成瘋婦。故事描寫男女之事或隱或露，不乏讓讀者想像的空間。[165] 小說不時批評香港是金錢至上的地方，直接改變黃明中本來厚道的本性，以嘲諷的筆調對嫖客和舞女的想法作透闢剖析，「痛陳人性的卑怯」[166]。文末對於年輕一輩闖下的禍，最後由具有儒家思想的老一輩人收拾殘局，由此展示傳統道德的救贖作用。

　　第三種是結合上述兩種，前半部着重情節，後半部着重道德，例如侶倫的《窮巷》。《窮巷》的女主角白玫因父母雙亡，本來打算從上海到廣州投靠已變成高官太太的親姊姊，卻被拒諸門外，窮途末路之時受鴇母所騙，隨之來

165 曹聚仁寫滕志傑初會黃明中一段則是較含蓄的例子，他以角色遊覽景色為喻：「他盡情遊散，就在一片淺草的大廣場上踟躕着，向那廣漠的前程走了。他嗅到一種從原野中吹送過來的春天氣息；這氣息中，夾着淡淡的花香，使他十分地興奮。再往前走，他的面前，又是一座高山，那高山是一處山崗，像大的鐘乳石般倒垂下來，成為大半個的橢圓形，從視線所不能到達那高高的頂上，到他的眼前，是一片玉色的潔白；那白色就像凍結了的脂膏，恰如映在雪裏的月光一般，微微地浮着一層青影。」另一段作者寫黃明中失身於李老闆則較露骨：「他掌心覆蓋着那滿圓的乳房，輕輕摩撫着，那中心的芡實，慢慢地凸了起來。他把她摟得緊緊地，這時，他掌握着這位少女的青春。他不自禁地，低着頭靠在她的胸口伸着舌尖舐那圓小的芡實；他幾乎想把她整個兒吞到肚子裏去，一隻小狗似的，幾乎舐遍了她的胸膛。」兩段引文見曹聚仁：《酒店》（香港：現代書店，1952年），頁28、44。

166 見艾曉明：〈慾望的酒店〉，曹聚仁：《酒店》（香港：三聯書店〔香港〕有限公司，1999年），頁203。

到香港，被迫接客。白玫與同樣來自大陸的高懷、羅建、杜全，還有莫輪共住，互相幫助，直至因無錢交租而被趕走，大伙各散東西。文末，作為五人之首的高懷，帶着白玫，即使前路未明，歸宿未知，口中仍說道：「我們是有前途的！」[167] 這個「前途」並不在香港，而是指向遙遠的理想國度！侶倫雖屬左翼，但他看待文學作品時並沒有與政治宣傳畫上等號。[168] 他更重視文學作品主題的正確性，表示文學創作要從個人的感念出發：「感觸到甚麼就寫甚麼」、「一個文學作品只要主題純正，內容清潔，不低級趣味，不導致讀者墮落，這是起碼條件，也便是健康的作品。」[169] 這與歐陽天的創作態度抱持相似的看法。

歐陽天的小說與侶倫的《窮巷》相似，其婦女淪落的小說屬第三種：既注重情節以引起讀者注意，同時宣揚道德、拯救社會！歐陽天的婦女淪落小說是寫實的。他筆下的淪落的婦女每當遇到善心者便會得救，婦女的出路指向當時當地的香港，並不是向侶倫筆下那遙遙虛空的理想。相對侶倫，歐陽天小說救治婦女較實際，並不空口而談。

167 這句話在小說末處多番出現，甚至是杜全自殺死了，遺書仍寫上「我們是有前途的！」見侶倫：《窮巷》（香港：三聯書店香港分店，1987 年），頁 222、254、258、262。

168 侶倫承認：「文學是時代的反映，是社會生活的反映，但文學畢竟是文學，它本身應該具有的思想性和藝術性，有着不可抹煞的感染力，但是把文學作為一種鬥爭的宣傳工具，我懷疑它是否比一本理論的小冊子更有效果。」見《讀者良友》記者：〈作家侶倫暢談小說創作〉，《讀者良友》創刊號，1984 年 7 月，頁 66。

169 同上。

歐陽天以宗教代替道德批判，婦女在心靈上可從此處得到治療，宗教救贖是一個重要的心靈出路。以當時的社會背景，尤其在調景嶺難民的眼中，宗教的濟世實力，或許比空洞的口號來得更切身、更實際。

五、六〇年代不乏關於孤兒、青年在香港掙扎求存的小說。黃谷柳的連載小說《蝦球傳》是重要例子。[170] 且不論第二、第三部的本土性，即以第一部而論，蝦球如何在香港求存掙扎，成為黑幫爪牙等經過，直是一部社會寫實的小說。蝦球面對一般文人筆下的香港——如斯罪惡的地方，他的出路仍是面向祖國，翻山越嶺走向遙遙未知的理想國度。黃崖（1932-1992）的〈小鬼〉（1956）中，兒童小鬼本性善良，因戰時與父母失散，唯有留宿主人的家，他四處得本地街坊幫忙，融於社會，可惜最後與主人姐姐不合而離開「家」。[171] 相對《蝦球傳》、〈小鬼〉，歐陽天小說〈人海孤鴻〉的阿三得到父母為他組織的一個家，受教於宗教資助的兒童訓練營，此出路對於無處為家的年輕人來說，來得更實際。

---

170 黃谷柳用筆名「谷柳」，其作《蝦球傳》最初分開三部於《華商報》連載。第一部曲〈春風秋雨〉（1947）和第二部曲〈白雲珠海〉（1948 年 2 月 8 日至 5 月 20 日）刊於副刊「熱風」；第三部曲〈山長水遠〉（1948 年 8 月 25 日至 12 月 30 日）刊於改名後的副刊「茶亭」。前兩部曲於 1948 年分別結集，第三部曲於 1949 年結集，由特偉插畫，香港新民主出版社出版；1958 年由香港生活・讀書・新知三聯書店合集為《蝦球傳》出版；2006 年由新民主出版社再版。

171 黃崖：〈小鬼〉，《中國學生週報》第 189 期，1956 年 3 月 2 日，版 6。

雖然五、六〇年代的評論者並沒有專論歐陽天的小說，可是，他的寫實小說受到讀者歡迎，更因此受電影商垂青，改編為電影。由此觀之，他的寫實作品得到大眾的正面反應。他在「星晚」的連載小說共有七部被電影商購買並改編，當中五部均屬低下階層題材的孤兒和弱勢婦女的主題作品，如小說〈孤雛淚〉（1950）、〈難為了媽媽〉（1951）、〈落花流水〉（1951）等由關文清導演，分別在 1951 年及 1954 年上映；〈阿牛新傳〉（1951）由吳回於1952 年改拍成電影。[172] 寫於 1956 年的〈人海孤鴻〉更是一部備受讚賞的作品，其後由導演李晨風改拍成電影。[173] 小說作品被電影商選中必然有很多理由。首部電影《孤雛淚》的監製袁量權因為鑑於當時電影趣味低下，失諸神怪色情，所以獨看重原著小說的主題及教育意義：「因其能針對實現

172 電影《孤雛淚》和《難為了媽媽》同樣由關文清導演、趙偉改編，香港新大陸影業公司出品，分別在 1951 年 3 月 2 日及 11 月 15 日首映；《落花流水》屬同一間電影公司出品，只改為史舒編劇，1954 年 10 月 7 日首映。《阿牛新傳》則由吳回編劇，香港永業影片公司出品，1952 年 9 月 19 日首映。至於另外兩部改編為電影的小說，其中一部是仿紅線女與馬師僧事跡的《苦吻》，由楊工良導演，盧雨岐編劇，香港嶺南影業公司出品，1955 年 6 月 23 日首映。另一部是關於貧男富女的愛情故事《痴心結》，分上下集，由周詩祿導演，陳雲編劇，邵氏兄弟（香港）有限公司出品，分別於 1960 年 6 月 22 日及 26 日首映。

173 電影《人海孤鴻》在 1960 年 3 月 3 日首映，由李晨風執導、吳楚帆改編及監製的同名電影也是香港五、六〇年代的名作，華聯影業公司攝製，投資巨大，拍攝經年，當中吳楚帆、白燕（1920-1987）和李小龍（1940-1973）所飾演的角色形象，在今天看來，仍然令人有很深刻的印象。華聯影業公司是中聯電影企業有限公司（簡稱「中聯」）的分支，同樣貫徹中聯的「人人為我，我為人人」精神，改編電影與原著小說一樣，都是直面生活，面向大眾。

而具有諷刺社會，箴砭末俗之氣息於教育輔導方面言。」[174]
可見原著的題材與當時的現實相關、故事主題正大及有教育意義等，都成為電影監製選材的考慮因素。觀眾對電影《孤雛淚》的反應很好，鼓勵了袁量權二度改拍歐陽天的小說。[175]

歐陽天的小說對人生持正面積極的態度，這實在是反映了作者的人生觀。在歐陽天眼底，經歷戰爭之後，眾人應該更有同情心，更懂得互相幫助。他寫道：

> 誠然「現實」是太惡劣了，太令人不滿足了；世界一直在動亂着，到處是戰爭的聲浪，威脅着人類的安寧；而個人的生存競爭又麼劇烈，生活把人壓得喘不過

---

174 引文為：「孤雛淚一片，原由星島晚報連載圖畫改編而成為歐陽天君得意之作［，］其取材純以社會現實為對象，頗富於倫理感，悲歡離合之間，尤深具世故人情味，縱不敢自詡為獨標新諦之製品，然因其能針對實現而具有諷刺社會，箴砭末俗之氣息於教育輔導方面言，似亦不無小補也。」袁量權：〈監製者言〉，見《孤雛淚》特刊，封面背頁，出版資料不詳，無頁碼。此刊為香港電影資料館藏本。袁量權看待電影為教化觀眾的工具，認為：「電影原為輔導教育之工具，啟迪智識，開發愚蒙」，甚至認為作用比文學為大「而其寫教育於娛樂之中，收默化潛移之效，且視文字刊物為勝」、「推而廣之，且可期掃蕩文盲，由斯足証電影與教育兩者之聯繫」。資料出處相同。

175 從電影《難為了媽媽》的特刊中可得知，第一部電影《孤雛淚》的票房紀錄和觀眾的反應：「新大陸公司，因為去年在自由片場拍攝第一部作品『孤雛淚』，打破粵語片有史以來影期最優紀錄（影出地點在勝利戲院，連映二拾天）。」見〈飲水思源　新大陸不忘招財片場〉，《難為了媽媽》電影特刊，作者不詳，頁32。監製袁量權的謝辭也是明証：「『孤雛淚』是我開始步入電影圈裡的第一部出品［……］僥倖地獲致社會人士的良好批評和指示的，這！無疑是使我感覺了極大的鼓勵和興奮的。」見袁量權：〈監製者言〉，《難為了媽媽》電影特刊，作者及出版資料不詳，頁1。

氣；整個現實都被一片緊張氣氛所籠罩，個人生活已不容再有半點「詩趣」。[176]

不過，儘管香港的社會充滿罪惡，充滿不幸，他仍抱着人心未冷、關懷大眾的想法：「這個苦難的時代，人類畢竟是有同情心的。」[177] 這是因為：

> 一個時代有一個時代的缺陷，同樣，一個時代也有一個時代的滿足。
>
> 值得珍貴的還是「現實」。無論對時代對人生，都該如此看法和認定。[178]

只有關懷當下、關心眼前人，人才能把握現在，改變未來。南來文人只要能融入香港的生活，絕境也能逢生。

176 歐陽天：〈「過去」的迷戀〉，《歐陽天隨筆》，頁27。

177 歐陽天：〈《痴心結》後記〉，《星島晚報・星晚》，1956 年 8 月 5 日，版 7。

178 歐陽天：〈「過去」的迷戀〉，《歐陽天隨筆》，頁 28-29。

六、結論

　　歐陽天小說的角色所面對的社會難題，最終的解決方案可在本土得到，重點是角色如何融入香港：或藉助同是南來人的幫助，或依靠自己，或與本地人結合等。這種解決方案並不像左派或右派作家的看法：角色必須離開香港到遙遠的他方（大陸、台灣甚至海外），才能尋找一條出路。由此推知，在歐陽天眼中，儘管香港是一個勢利小城，但只要人心未冷，必然有出路，重點是南來者能融入本土，重建生活。

　　歐陽天的社會寫實小說呈現了五○年代香港社會大眾所面對具普遍性的社會問題。作者藉作品中虛擬的解決方案及敘事結構，進一步呈現作家背後所抱持的道德價值取向，具有安敏成所謂的社會效益。

　　歐陽天這些小說把《香港年鑑》中的抽象統計演繹為生動的故事。這些故事交織成一幅五、六○年代香港普羅大眾的生活畫面，是香港經濟起飛之前，一張令人印象深刻的臉。

附表：歐陽天「星晚」連載小說列表（1950-1969）

連載小說	連載日期	社會問題	救治方案
1. 鴛鴦血	1950.1.4- 1950.2.12	婦女無以維生，淪落風塵	/
2. 孤雛淚	1950.8.2- 1950.10.21	兒童失學、年幼工作	善心者歐醫生收養助學
3. 難為了媽媽	1951.1.22- 1951.4.29/30	女子被賣為婢、為妾	善心者黃映霞幫助
4. 嫣娜	1951.4.28- 1951.5.11	/	/
5. 落花流水	1951.5.15- 1951.9.3	病人因貧窮失醫	善心者創辦平民醫院
6. 阿牛新傳	1951.9.24- 1952.1.21	南來者炒金炒股、住屋問題、尋工困難	善心者幫助；宗教治心
7. 歸來吧，媽媽！	1952.2.11- 1952.6.7	/	/
8. 地下夫人	1952.7.5- 1952.9.12	住屋問題；尋工困難	善心者建議工作
9. 歸宿	1952.11.3- 1953.2.5	/	/
10. 茶杯裏的愛情	1953.3.1- 1953.6.16	/	/
11. 銀色的誘惑	1953.7.9- 1953.10.10	/	/
12. 心疚	1953.11.4- 1954.2.14	/	/
13. 菩提恨	1954.3.16- 1954.8.1	/	/
14. 色狼	1954.8.16- 1954.10.3	/	/
15. 花雕	1954.10.12- 1954.11.22	南來者炒金炒股、住屋問題、尋工困難	善心者提供金錢、讀書機會，更成為婦女的丈夫

（續上表）

連載小説	連載日期	社會問題	救治方案
16. 苦吻	1954.12.1- 1955.5.5	/	/
17. 太平山下的悲歌	1955.6.1- 1955.10.30	住屋問題、尋工困難	/
18. 荒誕的故事	1955.11.1- 1955.11.24	/	/
19. 爸爸求壽記	1955.11.26- 1955.12.26	/	/
20. 痴心結	1956.2.16- 1956.8.5	住屋問題	/
21. 人海孤鴻	1956.8.20- 1956.11.24	戰後貧窮苦況、兒童失養失教	善心者；宗教治心
22. 心魔	1957.1.2- 1957.4.30	/	/
23. 情人	1957.5.9- 1957.7.17	/	/
24. 牛馬生涯	1957.8.27- 1957.10.31	/	/
25. 荒謬的愛情	1957.11.24- 1958.4.18	/	/
26. 蓮孃	1958.10.16- 1959.1.23	/	/
27. 壺中的女人	1959.2.16- 1959.2.23	/	/
28. 狠心的媳婦	1959.2.24- 1959.3.1	/	/
29. 我與她	1959.4.1- 1959.5.17	/	/
30. 被損害的女人	1960.10.24- 1961.1.19	/	/
31. 賀蘭山的蛇神	1963.5.4- 1963.6.14	/	/

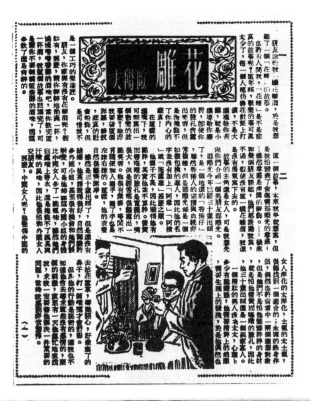

歐陽天的〈阿牛新傳〉和〈花雕〉不約而同 述女性無可避免成為妓女的悲慘遭遇，側面反映香港五、六〇年代的生活現實苦況。圖片為歐陽天〈阿牛新傳〉於《星島晚報‧星晚》1951年9月24日和〈花雕〉於《星島晚報‧星晚》1954年10月12日首天連載。

（方框內「作者附告」文字見頁 86 註 90）

歐陽天因胃病原故，在〈地下夫人〉於《星島晚報‧星晚》連載的最後一天（1952 年 9 月 12 日），文末以「作者附告」形式向讀者交代小說急速收結的原因。1954 年香港大公書局出版，易名為《私情》的單行本，則把小說結尾加以擴充。

歐陽天〈太平山下的悲歌〉於《星島晚報‧星晚》1955 年 6 月 1 日首天連載。

作家的自畫像：

徐訏的心態
及其「文化落難者」形象的經營 *

＊本文部分內容在 2013 年 7 月 31 日以〈文化落難者的心態展現：論徐訏《星島晚報・星晚》連載及改編電影〉為題，發表於「第十二屆國際青年學者漢學會議：華語語系文學與影像」，得到講評陳碩文博士及主持須文蔚教授指正，獲益良多，謹此致謝。

如果人家想知道我想什麼，他應該看看我的書。因為我只有在作品裏才表達自己。——徐訏

一、引言：自畫像與作家的心態

只有讀了徐訏的作品，才可以知悉他的想法。讀者確實可以通過小說中的角色，了解到徐訏的某些想法、某些心態。如果以小說角色對照現實中的徐訏，就不難發現兩者的形象、遭遇、經歷等具相似之處。然而，徐訏筆下的素描，並不純粹。徐訏為小說中的角色畫像，而鍾玲就這樣為現實中的徐訏畫像：

> 嘴堅定地抿著，一雙眼珠灰黝黝的，注視著樓外的雨絲，像是深潭一般，蓄滿了落寂。[1]

不過，鍾玲之所以如此為徐訏畫像，或者更準確的說法是，徐訏之所以展現這個形象供人描畫，恐怕與他的心態密切相關，因為看了徐訏的書就可以知道他想甚麼，更何況鍾玲曾經親身接觸徐訏其人？她描畫的徐訏形象，應該是頗準確的吧。可以設想，徐訏在塑造小說角色的同時，也應該在為自己畫像。然則，探討小說角色的心態，應該是通向徐訏心態及其自畫像的可行路徑了。

《星島晚報》副刊「星晚」是徐訏 1950 年到香港後，受

1 鍾玲：〈三朵花 送徐訏〉，《中國時報》，1980 年 10 月 28 日，版 8。

主編歐陽天的邀請，隨即連載小說的版圖。[2] 四〇年代徐訏在上海曾收到歐陽天的邀稿書信，二人因此認識。[3] 內地的因緣令徐訏來港後，覓得一塊發表小說的園地。他在內地已有一定名氣，不但創作經驗豐富，[4] 更以抗戰小說〈風蕭蕭〉（1943）贏得「徐訏年」的美名。[5] 儘管文學史家對徐訏的評價很極端，亦無害於徐訏是二十世紀中國重要的作家。[6]

2　據徐訏他妻子葛福燦及女兒葛原所述，徐訏在 1950 年 5 月 15 日從上海到香港，而他第一篇連載於《星島晚報‧星晚》的作品〈期待曲〉，首刊日期為 1950 年 6 月 9 日，可見徐訏到港不足一個月便在《星島晚報‧星晚》發表連載小說。參看王璞於 2003 年 2 月 26 日訪問葛福燦及葛原，網址：http://commons.ln.edu.hk/oh_cca/21/。瀏覽日期：2013 年 9 月 10 日。徐訏受歐陽天之邀一說，見於徐訏：〈漫談報紙副刊〉，《門邊文學》（台北：釀出版，2019 年），頁 290。

3　徐訏：〈先知與牧童〉，《星島晚報‧星晚》，1950 年 9 月 1 日，版 3。

4　徐訏來港前在內地已有一定名氣。奇情小說〈鬼戀〉連載於上海《宇宙風》半月刊第 32 和 33 期（1937 年 1 月 1 日及 16 日）引起國人注目，同年還有〈阿剌伯海的女神〉連載於上海《東方雜誌》第 34 卷第 5 號及 6 號。1940 至 1941 年間，上海夜窗書屋出版《鬼戀》、《吉布賽的誘惑》、《荒謬的英法海峽》、《精神病患者的悲歌》、《一家》等多部作品，令徐訏的名氣大升。

5　徐訏：〈風蕭蕭〉，1943 年 9 月 14 日至 1944 年 11 月 5 日連載於陸晶清編輯的《掃蕩報‧掃蕩副刊》。徐訏自稱這部小說寫到二十幾萬字的時候才應重慶《掃蕩報》之邀連載，由 1943 年 3 月 1 日寫第一個字開始，到 1944 年 3 月 10 日夜半脫稿，中途經歷無數次的剪斷和擱淺。見徐訏：〈《風蕭蕭》後記〉，（上海）《上海文化》月刊第 9 期，1946 年 10 月 1 日，頁 59-61。此書在 1946 年由上海懷正文化社出版，同年香港夜窗書屋也出版、1949 年上海夜窗書屋、1956 年亞洲出版社、1964 年香港吳興記書報社再次出版；1954 及 1961 年台北長風出版社出版，1966 年收於台北正中書局出版《徐訏全集》（第 1 集）。《徐訏全集》（台北：正中書局，1966-1970 年）及《徐訏文集》（上海：上海三聯書店，2008 年）更把〈風蕭蕭〉放於首冊，可見此作的重要性。

6　徐訏是二十世紀中國重要的作家，但學者對他的評價很極端。四〇年代是徐訏的成名期，但大陸出版的現代文學史作家如王瑤卻不把他納入論述範

圍。見王瑤：《中國新文學史稿》（上下）（上海：新文藝出版社，1953 年及
1954 年；香港：波文書局，1972 年增訂版；上海：上海文藝出版社，1982
年修訂版）。海外學者夏志清對聲名大噪的徐訏不置一詞，卻把同期的張愛
玲、錢鍾書推崇備至。見 C. T. Hsia, *A History Of Modern Chinese Fiction
1917-1957*（New Haven: Yale University Press, 1961）中譯本由劉紹銘等
譯：《中國現代小說史》（台北：傳記文學出版社，1979 年）。東北作家李輝
英編著的《中國現代文學史》批評徐訏的〈鬼戀〉、〈吉布賽的誘惑〉等小
說沒有抗戰意識：「縱任空虛幻想的奔放，把荒謬，把人鬼，把吉布賽的讚
賞等等都攤了出來，既怪誕又發揮了某些所謂『情調』。」認為徐訏只是藉
虛想招徠好奇、享樂的讀者，投其所好，諷刺他「鬼才」之譽。見李輝英：
〈小說創作與抗戰〉，《中國現代文學史》（香港：東亞書局，1970 年），頁
269-270。司馬長風的《中國新文學史》對徐訏的評價與李輝英大異其趣，
他稱讚徐訏的〈風蕭蕭〉結構嚴密完整，成就在茅盾（1896-1981）的《子
夜》（1933）、老舍（1899-1966）的《四世同堂》之上。見司馬長風：《中
國新文學史》（下卷）（香港：昭明出版社有限公司，1978 年），頁 95。香
港的文學史著者以採用大量篇幅評價徐訏的著作，卻未有細述上海時期及香
港時期的作品差異及造成差異的原因。璧華對徐訏有如此評價：「在海外的
中國作家群中，不論就作品的數量和質量而言，我認為徐訏都是最傑出的一
個。這是因為他能始終如一的忠於文藝，把整個生命投入藝術創造之中。」
見璧華：〈忠於藝術　忠於人生──徐訏論〉（1981），《香港文學論稿》（香
港：高意設計製作公司，2001 年），頁 3。王劍叢認為璧華對徐訏的評價
最忠誠恰當，見王劍叢：《香港文學史》（南昌：百花洲文藝出版社，1995
年），頁 109。袁良駿認為徐訏來港後的作品特點，一方面是浪漫主義的延
續與升華，成為香港小說史上浪漫主義的領軍人物，另一方面向現實主義傾
斜，精當描繪上海、香港的社會人情。見袁良駿：〈香港小說史上的徐訏〉，
（北京）《新文學史料》，2009 年 01 期，頁 73。文中相關部分亦在 1999 年
深圳海天出版社出版的《香港小說史》（頁 274-290）出現。大陸及台灣的
學者對於徐訏上海時期的作品作出評價。吳福輝認為徐訏是「帶有現代主義
傾向的後期海派作家」，〈風蕭蕭〉把海派的現代性提到了一個前所未有的位
置，又認為應把他的作品歸入「新市民傳奇」。見吳福輝：〈新市民傳奇：
海派小說文體與大眾文化姿態〉，（青島）《東方論壇》，1994 年第 4 期，頁
1-12；〈評徐訏：把海派的現代性，提到了一個前所未有的位置〉，蘇州大
學海外漢學（中國文學）研究中心網站：http://www.zwwhgx.com/content.
asp?id=2442，瀏覽日期：2014 年 5 月 16 日。陳碩文認為不能忽略徐訏上
海時期的作品對「現代」生活的省思，用「以傳奇志現代」來定位。見陳碩
文：〈以傳奇志現代──論徐訏上海曼司的文學特質與文化意涵〉，（北京）
《勵耘學刊》（文學卷）2012 年 02 期，頁 120-140。

對於徐訏在香港時期的短篇小說，吳福輝以城鄉對比為切入點展開討論，認為徐訏在香港時期的總體心態是「想由上海進入香港不可得才返回慈谿的一種深沉嘆息」[7]；計紅芳則認為徐訏在香港撰寫的鄉村和上海故事，是通過回憶往事「忘卻被放逐的痛苦」[8]。專注於徐訏香港時期作品的學者，大多綜觀作家的小說作品集來作概述評論，卻忽略從刊登作品的版圍及發表的時間，剖析他南來香港後的心態。陳智德是少數探討徐訏來港初期小說的評論家，以徐訏在 1950 至 1951 年間發表的三篇小說開筆和收筆的時間為切入點，藉此探討作家初到香港的感傷和理想幻滅，可是，該文後段續以 1958 年的《過客》為例，未免脫離「來港初期」的作品生產時段，即使有獨特見解，討論仍存在擴充的空間。[9]

　　劉登翰的《香港文學史》（1997）稱讚徐訏是「全才作家」之餘，[10] 對他居港三十年的著作有綜觀的評價：「不管

7　吳福輝：〈都市鄉間的永久徘徊——徐訏香港時期小說論〉，《現代中文文學評論》第 2 期，1994 年 12 月，頁 70。

8　計紅芳：〈回憶是為了忘卻——徐訏香港小說的懷鄉情結和身份建構〉，（桂林）《廣西師範大學學報》（哲學社會科學版）第 46 卷第 1 期，2010 年 2 月，頁 35。

9　陳智德：〈失落的鳥語：徐訏來港初期小說〉，（台北）《文訊》第 278 期，2008 年 12 月，頁 25-30。陳智德的另一篇文章〈徬徨覺醒：徐訏的文學道路〉同樣有相關的論述，見於徐訏：《個人的覺醒與民主自由》（台北：釀出版，2016 年），頁 I-XII。

10　劉登翰稱讚徐訏：「在香港的南來作家群中，不論是作品的數量還是質量，都是最傑出的一個，被稱為『全才作家』。」又認為他的文藝才能是多方面

是追憶大陸生活，還是以香港為小說的背景，他的作品所敍述的人生故事總是蘊含着許多情思和感喟，透出幾許蒼涼和苦澀。隨着時日漸長，閱歷增加，他的小說中浪漫的情調逐漸少了，現實的思考逐漸多了。」[11] 徐訏或多或少在小說作品中流露出離開大陸流落香港的心態，若要了解劉登翰所謂「作品所敍述的人生故事是蘊含着許多情思和感喟，透出幾許蒼涼和苦澀」，那麼，徐訏連載在「星晚」的中篇及短篇小說，便不能忽略，更可說是這種情感的一個開始。應該說，劉登翰的評論是對徐訏居港心態的整體描述，當中或許可以有更細緻的分析，特別是徐訏「星晚」時期的心態。徐訏曾經表明「文學是離不開個人的」，文學與作家的關係極之密切，讀者要了解徐訏，必須從他的作品開始。[12] 因此，本章擬探討他在「星晚」連載的作品及親自改編的電影所反映的個人心態。以下先討論他的「星晚」連載作品，然後再探討他親自改編的電影，藉着分析作品角色的心態來透視徐訏的心態，進而探討他如何為自己畫像。

的，但以小說的成就最高。見劉登翰：《香港文學史》（香港：香港作家出版社，1997 年），頁 182。司馬長風早就稱讚徐訏「是多產作家，也是全才作家」。見司馬長風：《中國新文學史》（下卷），頁 93。劉登翰實是引司馬長風的評價。

11　劉登翰：《香港文學史》，頁 184。

12　「文學是離不開個人的」原句為提及「文學的本質是表達，所以這是離不開作者個人的」。見徐訏：〈自由主義與文藝的自由〉（1956），《個人的覺醒與民主自由》，頁 114。

二、「星晚」與徐訏的心態

　　徐訏在「星晚」的連載作品總數二十一篇，主要集中在 1950 年 6 月至 1951 年 12 月：首年有六篇，次年有十四篇（另有一篇在 1960 年連載），二十篇作品可謂一篇接一篇刊登在副刊上。〈期待曲〉（1950）[13]、〈爐火〉（1950）[14]、〈彼岸〉（1951）[15] 屬中篇小說。前兩篇的主角對愛情各有不同的「追尋」，而〈彼岸〉則被認為是追尋的極至，既可算是哲理小說，也可算是徐訏的心靈史。[16] 部分小說帶有奇

13　徐訏：〈期待曲〉，脫稿日期和地點不詳，1950 年 6 月 9 日至同年 7 月 11 日連載於《星島晚報・星晚》。連載資料完整，只是 1950 年 6 月 12 日、7 月 10 日沒有標示回數「四」和「三十二」。

14　徐訏：〈爐火〉，1950 年 6 月 7 日脫稿於香港，1950 年 7 月 14 日至同年 10 月 7 日連載於《星島晚報・星晚》。連載資料基本完整，只是 1950 年 9 月 1 日因《星島晚報》週年紀念而停刊一天，1950 年 10 月 3 日沒有報紙微縮。另外，1950 年 9 月 21 日錯印回數為「四十八」，實應為「六十八」。

15　徐訏：〈彼岸〉，脫稿日期和地點不詳，1951 年 1 月 19 日至同年 3 月 27 日連載於《星島晚報・星晚》。由於連載版本比 1967 年《徐訏全集》（第 6 集，頁 387-578）的內文略短，唯 3 月 27 日文末沒有刊完聲明；3 月 28 日沒有報紙微縮，故此連載的最後一天刊登的日期難以確定。其他沒有報紙微縮的日期還包括：1951 年 2 月 24 日、25 日和 3 月 11 日。另外，1951 年 1 月 20 日、2 月 1 日沒有標示回數「二」和「十四」。1951 年 2 月 18 日小說停刊一天。

16　吳福輝：〈都市鄉間的永久徘徊——徐訏香港時期小說論〉，《現代中文文學評論》第 2 期，1994 年 12 月，頁 76。

情色彩，〈有后〉（1951）[17]的掌珠借姐夫的種懷孕、〈壞事〉（1951）[18]的「我」教導僕人與主人英國太太相好、〈無題〉（1951）[19]的詩人普沙設計為太太介紹男朋友，令她墮入另一個情網。最值得注意的是，多部短篇小說以內地和香港為背景，敍述內地移民在兩地生活的差異，通過人物的際遇，對香港的人和事加以貶抑。在 1950 至 1951 年期間，徐訏是「星晚」其中一個主要而穩定的稿源，作品連載不斷。[20]即使香港並不是他願意居留的地方，他仍然很快地投入創作，並進入一個「較為穩定的豐產時期」[21]。

徐訏在「星晚」連載作品中的角色四處流浪，最後流落在香港，與自己的現實際遇相仿。角色對香港的批評、對

17　徐訏：〈有后〉，1951 年 9 月 2 日脱稿於香港，1951 年 9 月 10 日至同年 10 月 5 日連載於《星島晚報・星晚》。連載資料基本完整，只是 1951 年 9 月 19 日至 21 日、10 月 2 日沒有報紙微縮。另外，1951 年 9 月 24 日錯印回數「十六」，實應為「十五」，其後的連載回數也因此而順延下去。

18　徐訏：〈壞事〉，脱稿日期及時間不詳，1951 年 10 月 6 日至同年 10 月 17 日連載於《星島晚報・星晚》。連載資料完整。

19　徐訏：〈無題〉，1951 年 10 月 18 日脱稿於香港，1951 年 10 月 19 日至 11 月 10 日連載於《星島晚報・星晚》。連載資料完整，僅個別回數錯誤，包括：1951 年 10 月 21 日錯印回數為「五」，實應為「四」；11 月 5 日錯印回數為「十七」，實應為「十八」，並影響 11 月 6 日和 7 日的回數標示。

20　除了 1960 年〈舞蹈家的拐杖〉一篇，徐訏連載於《星島晚報・星晚》的作品，相距的日期一般是數天，較長的兩次是 15 及 16 天。請參考附表一：徐訏「星晚」連載小說列表（1950-1969）。

21　黃萬華用語。他更以 1966 年至 1970 年台北正中書局為徐訏出版的《徐訏全集》，推算徐訏創作的巔峰時期是 1940 年代中期到 1960 年代中期。見黃萬華：〈1950 年代文學「懸置」中的突圍：歷史轉折和作家身份的變動〉，《戰後二十年中國文學研究》（北京：人民文學出版社，2008 年），頁 52。

香港人的厭惡，也似是徐訏的心聲。作品悲劇的結局要呈現的是角色的無奈、寂寞與鬱悶，頗有自況的意味。

南來作家來港後一般都無奈地接受既成事實的生活，為了謀生而投入香港的筆耕市場。徐訏在內地早已成名，流落到香港後的生活與在內地時相比，自然有很大的落差，難免在作品中流露出種種的心態。

（一）無奈：流落香港

徐訏連載於「星晚」的小說中，有好幾篇的結局都是「流落香港」[22]，包括〈鳥語〉（1950）[23]、〈結局〉

22　徐訏發表在《星島晚報・星晚》的小說，如〈鳥語〉、〈結局〉、〈劫賊〉等小說，作者直接用「流落」及「流浪」等詞描述自己漂泊的遭遇。小說〈鳥語〉用「都市裏流落」、「流浪各地」，更用上「如今我流落在香港」表達「我」無奈的情感。見徐訏：〈鳥語〉，《星島晚報・星晚》，1950 年 11 月 29 日，版 3。〈結局〉的「我」被啟文批評「你的流浪貧窮不安孤獨，實在都由於你文章的悲觀」。見徐訏：〈結局〉，《星島晚報・星晚》，1950 年 12 月 22 日，版 3。〈劫賊〉中「我」在車中設想史抱偉「不會像我這樣多年來都在流浪，他一定有個美麗溫暖的家」。見徐訏：〈劫賊〉，《星島晚報・星晚》，1951 年 4 月 7 日，版 3。另一方面，評論者不約而同用上「流浪」、「流落」等詞評價徐訏及其小說，例如吳福輝認為「徐訏小說是一部生命流浪的史跡」，見吳福輝：〈都市鄉間的永久徘徊──徐訏香港時期小說論〉，《現代中文文學評論》第 2 期，1994 年 12 月，頁 78；黃康顯則認為：「徐訏是流落在香港，所以他寫香港，便有流亡在香港、放逐至香港的影子。」見黃康顯：〈旅港作家的流放感──徐訏後期的短篇小說〉，《香港文學的發展與評價》（香港：秋海棠文化企業，1996 年），頁 143。

23　徐訏：〈鳥語〉，1950 年 11 月 3 日脫稿於香港，1950 年 11 月 6 日至同年 11 月 29 日連載於《星島晚報・星晚》。連載資料完整，僅 1950 年 11 月 20 日沒有標示回數「十五」。

（1950）[24]、〈刼賊〉（1951）[25]、〈爸爸〉（1951）[26] 等。〈鳥語〉、〈結局〉內文着重敍述角色在內地的生活，對「流落」香港之前有一定的鋪排，更能突顯角色箇中無奈之感，故本節以此兩篇為例，綜合比較故事的情節結構及角色心態來分析徐訏心態。[27]

〈鳥語〉講述女主角芸苧是故事中唯一聽懂鳥語，能與「鳥」溝通的人。雖然她品性純樸，超凡脫俗，但因為在鄉村不會讀書、不懂管家務；在大都市上海不愛打牌、說空話、交際、娛樂、購物，更不愛時髦，一切都異於世俗，所以被人認為是一個白癡。起初，知識分子「我」因為患上神經衰弱必須留在鄉村靜養，因此認識芸苧。「我」自言自己的心同鳥一樣，與芸苧溝通無阻。這時候他與芸苧的心靈最接近。兩人的相處更令「我」的身體迅速恢復健康，神經不再衰弱，心靈得以平靜。但是，當二人離開純樸的江南鄉村，進入大城市上海後，「我」忙於人際間的應酬，

24　徐訏的〈結局〉，1950 年 11 月 29 日脫稿於香港，11 月 30 日至同年 12 月 22 日連載於《星島晚報・星晚》。連載資料完整，只是 1950 年 12 月 15 日至 12 月 18 日沒有報紙微縮。

25　徐訏：〈刼賊〉，1951 年 3 月 5 日脫稿於香港，1951 年 3 月 30 日至同年 4 月 11 日連載於《星島晚報・星晚》。原刊用「刼」字，非「劫」；1970 年《徐訏全集》（第 14 集，頁 187-219）則用「刼」字。本文依原刊。連載資料基本完整，只是 1951 年 3 月 30 日、4 月 3 日和 8 日沒有報紙微縮。

26　徐訏：〈爸爸〉，1951 年 3 月 15 日脫稿於香港，1951 年 5 月 9 日至同年 5 月 17 日連載於《星島晚報・星晚》。連載資料完整。

27　〈刼賊〉和〈爸爸〉將在「（二）厭惡：對香港和上海都市生活的觀感」部分討論。

芸芊卻陷於孤獨狀態。直至芸芊離開城市，回到青山綠樹曠野流水的大自然，跟雀鳥一起後，才回復以往愉快的心境。最後，芸芊歸依佛門，表現得聰慧與脫俗。「我」雖有私慾，很想與芸芊結婚，卻自知沒法改變她的意願，無力挽留，於是決定放手，獨自離開。佛門是芸芊最理想的去處，可謂適得其所；相反，失去芸芊的「我」，此後四處漂泊，沒有容身之所，最後是：流落香港。

> 以後，我一直在都市裡流落，我迷戀在酒綠燈紅的交際社會中，我困頓于病貧無依的斗室裡，我談過庸俗的戀愛，我講着盲目的是非，我從一個職業換另一個職業，我流浪各地，我結了婚，離了婚，養了孩子；我到了美洲歐洲與菲洲，我一個人，買唱，買文，買我的衣履與勞力⋯⋯！如今我流落在香港。[28]

芸芊象徵了「質性自然」，「我」失去她，就像失去追求自然的機會、失去一種堅持、失去追求崇高的人性，甚至是喪失了人生目標。「我」對芸芊的去留原來有選擇及影響的權利，可是，「我」為着芸芊而放棄個人私慾，選擇放手。儘管這個抉擇並非「我」所期望的，「我」卻仍然必須承受此決定所帶來的後果——放逐自己，四處流浪。「我」並沒有因此後悔這「錯誤」的決定，更沒有嘗試作出任何彌補。「我」

28　徐訏：〈鳥語〉，《星島晚報・星晚》，1950年11月29日，版3。

離開芸芊後，人已經變得庸俗，變得與「一般人」無異──困頓於生活所需、婚姻家庭，更無從掌握自己的命運。

　　對於角色無法把握自己的命運，小說〈結局〉有較多的敍述和鋪排。小說男主角「我」隨着大時代的政局變動，不斷流浪各地，先在中國北平讀書，然後旅居英國、巴黎；隨着二戰爆發，又回到國內。

　　故事中「我」是一位作家，在桂林重遇好友司馬柄美和卓啟文夫妻，並寄居在他們家中。這時候，故事情節安排「我」為生活而創作小說，希望賺得版稅，改善大家的生活。「我」所創作的小說正是敍述一對青年男女因逃難而分離，女子先後遭遇被貨車司機姦污、作他人姘婦、作書店老闆外室，人物性格慢慢變成貪圖苟安，重視「吃飯」多於愛情。對於這篇小說的情節發展和女子性格刻劃，卓啟文認為「我」寫得黑白混淆，是非倒置，建議修改成善惡分明。雖然「我」認為啟文的批評有道理，但沒有改動原文情節，原因是：「這好像改動我們做過的事情一樣，一動就要重新投胎做人，我只能聽其自然發展。」[29] 於是，這個小說稿件就這樣交予司馬柄美兼任編輯的書店。誰知因為小說的情節與書店老闆及他的姨太太相似，因此遭書店老闆燒毀原稿。雖然「我」最終討得稿費賠償，卻連累司馬柄美失

29　徐訏：〈結局〉，《徐訏全集》（第 14 集，1970 年），頁 137。由於 1950 年 12 月 15 至 18 日的《星島晚報》微縮膠片闕如，所以依據《徐訏全集》（第 14 集）的內文。若按連載於《星島晚報・星晚》的〈結局〉內文推算，此句應刊於 12 月 15 或 16 日。

掉工作。「我」嘗試幫助啟文燒飯洗衣抱孩子，減輕他們家庭經濟負擔，卻總是把事情做得更糟糕。

「我」雖然與啟文對小說的情節及人物性格有爭論，但卻選擇現成已有的文字故事，而導致「我」要承受朋友失去工作，居住環境、經濟狀況變壞的結果。情節發展的結果是負面的。「我」在事後嘗試彌補，並不成功。最後「我」感到不能再就在他們家，於是去了重慶、上海等，總是東奔西走，前吃後空，沒有穩定職業，生活無緣安定，最後流落在香港：「我只得繼續賣文，我到了香港。」[30]

兩個故事內容不同，結局也不同，但情節結構卻頗多相同之處。首先是主角有一段流浪的經歷，最後必定流落香港。其次，因為某一事件的出現而導致主角要作出抉擇，抉擇的結果就是「流浪」。〈鳥語〉中，「我」明白芸芊留在庵裏是最好的選擇，因而尊重芸芊的決定，「我」於是要承受這決定所帶來的後果，此後四處流浪；〈結局〉中，「我」在桂林原已找到可以短暫安身的地方，卻因為無意修改小說的決定而導致朋友家境變壞，「我」只得繼續流浪。故事情節的發展往往迫使角色「我」作出抉擇，而這些抉擇及往後要面對的遭遇，是「我」無法控制的，更不是「我」所期望或願意見到的。這樣的情節安排，無疑是寫出了人無法掌握自己的命運，所謂「抉擇」，也只是一個被安排的情節而已，就如〈結局〉中的「我」所說：「我只能聽其自然發展。」角色其實別無選擇，只能承受和面對抉擇所帶來

30 徐訏：〈結局〉，《星島晚報‧星晚》，1950 年 12 月 19 日，版 3。

的後果。人不能掌控自己，卻又要抉擇，並且要承受一切後果，這樣的情節安排不啻是造物弄人，也可說對生活的無奈、對生命的無奈的生動演繹。

角色別無選擇，而且「流落香港」，都是兩個故事的共同情節。不過，這與其說是偶然，不如說是作者徐訏把個人的實際遭遇寫進小說。事實上，徐訏南來香港，連載於「星晚」的小說，很多故事都有徐訏個人實際經歷的痕跡，不論是內地流浪的經歷、南來香港的決定、在香港面對的人和事等等，在〈鳥語〉和〈結局〉都有不同程度的反映。小說角色的無奈其實透現了徐訏的無奈，以下將從他個人的經歷切入加以論述。

徐訏流落香港之前是經歷過一番流離的。徐訏在太平洋戰爭爆發後，因流離而貧病交迫，對於前景的無從把握，都在散文〈從上海歸來〉（1942）透露出來。當中徐訏細述從上海輾轉到大後方桂林的經過，時刻提防便衣敵憲的盤問、關閘偽警恣意勒索的為難、「和平救國軍」收取買路錢、強盜劫船等，再加上路途顛簸，火車、汽車、腳划帆船、汽輪等令「我」早已疲憊不堪。[31] 滿以為到桂林後生活會變好、較安定，卻想不到小說《荒謬的英法海峽》被文獻出版社盜版，平白養活了一個出版商，自己卻要四出借

31　徐訏：〈從上海歸來〉脫稿於 1942 年，連載於 1943 年。徐訏在桂林時手抄此文給熊佛西《文學創刊》，後到重慶時誤以為文稿遺失，遂投稿《時代生活》，無奈兩個期刊相繼發表文稿。故此文最早收於（桂林）《文學創作》第 1 卷第 4 期（1943 年 1 月 15 日），分三期續完。稍後見於（重慶）《時代生活》創刊號（1943 年 2 月 20 日），分三期續完。本文依《蛇衣集》（香港：夜窗書屋，港一版，年份不詳）為據，頁 245-328。

錢籌盤費，更要販賣三思樓月書版權還債。[32]〈從上海歸來〉文中的徐訏，在時局動盪下的經歷，包括居無定所、經濟拮据、生命懸危、遇到見利忘義的人等，都給徐訏留下了負面印象。當中的經歷在「星晚」故事中有不同程度的反映，特別是〈結局〉中「我」的漂泊流離，無從把握自己命運，流落至香港賣文為生[33]，可說是徐訏再一次無力對抗時勢的明證，盡見他對現實生活的無奈之感。

徐訏連載「星晚」的小說，部分在內地四處流浪時創作，也有流落香港後創作，當中難免有自身經歷的投射，甚至有很大程度的自傳成分。從這一角度看，〈鳥語〉中「我」對芸芊（象徵質性自然）的尊崇，可看作是作者對內地生活的留戀。他的詩作〈原野的呼聲〉（1958）有明確的表示：

> 我在廣大的原野中生長，
> 日夜在無垠大地中馳騁，
> 開闊的天空緊貼我面龐，
> 柔軟的草原偎依我夢魂。
>
> 和煦的陽光照着山谷，
> 皚皚的白雪掩埋着荒村，

32　徐訏：〈《從上海歸來》後記〉（1943），《蛇衣集》，頁 329-334。

33　徐訏甚至利用當時與星晚編輯歐陽天相識的事實，作為小說〈結局〉情節轉變的工具，藉此交代司馬柄美夫婦與自己一樣輾轉來到香港：「前些天，星晚的編輯轉來一封信，誰也想不到這是誰寫給我的！不是范學成。不是外埠，而是香港，不是新朋友，而是老朋友。」見徐訏：〈結局〉，《星島晚報・星晚》，1950 年 12 月 19 日，版 3。

我在浩渺的天地間往來，
昂然無依于男友女朋。

于是我流落在狹小的都市，
高樓小街裡都是電燈，
陽光被擠在污穢的牆角，
清風受阻于緊閉的窗門。

我視線限于鄰居的簾幃，
耳朵但聞男女的紛爭，
呼吸的都是污濁的空氣，
行動要依靠各種的車輪。

從此我需要友誼的慰藉，
還需要愛情的溫存，
我要紙煙安慰我寂寞，
還要醇酒調劑我淒冷。

如今我已在緘默中冉冉老去，
人人都說我有顆寂寞的靈魂，
但無人知我在寧靜的夜晚，
始終在諦聽原野的呼聲。[34]

34　徐訏：〈原野的呼聲〉（1958），《原野的呼聲》（台北：黎明文化事業股份有
限公司，1977年），頁54-56。

這首詩的第一二節表達了「我」在大自然中成長，可謂天人合一，生活美好，與朋友平等相處。這是徐訏在內地生活的心境寫照。第三至五節正是徐訏離開那片「自然」——中國內地，流落至「狹小的都市」——香港之後，生活變得庸俗、污穢、狹窄，失去在內地尊崇的地位，沒有友誼，只有煙和酒。最後一節表達徐訏孤獨寂寞的心境，始終嚮往舊日在內地生活及文化價值的種種。徐訏在五年前的詩作〈原野的理想〉（1953），用上「污穢的鬧市」、「海水裡漂浮着死屍」、「茶座上是庸俗的笑語」、「此地已無原野的理想」等詩句表現自己流落到香港後理想的幻滅，流露自己強烈的感情：激憤及失望。[35] 五年後的〈原野的呼聲〉雖與前詩遙相呼應，讚賞內地文化價值之餘，卻多了一份含蓄、因年邁而倍感寂寞之感。然而，徐訏在 1977 年出版《原野的呼聲》同名著作時，〈後記〉中再次如往常般強調：「同我別的作品一樣，都反映我生命在這些年來的感受，而詩作似乎更直接流露了我脆弱的心靈在艱難的人生中的歎息呻吟與呼喚。」[36] 可見作者通過作品表達自己的想法始終如一。

〈鳥語〉的「我」離開芸芊（象徵質性自然）——等同徐訏離開中國內地後，便無法掌握自身的命運，四處流浪。「我」無法挽留芸芊，就像不得不離開內地的徐訏，一

35　徐訏：〈原野的理想〉（1953），《時間的去處》（台北：正中書局，1977 年），頁 88-89。

36　徐訏：〈後記〉，《原野的呼聲》，頁 277。

切都不是「我」或徐訏可以改變或掌握，只有無奈接受眼前事實。這種無從把握現實的遭遇和心境，在徐訏首篇連載於「星晚」的〈期待曲〉，當中的主角許行霓所創的樂曲不容於美國，未幾未婚妻無故離他而去等便已表現出來。其後，〈刼賊〉的「我」和史抱偉需要典當度日，四處張羅衣食的處境；〈爸爸〉的鄧化遇因戰爭而由富變貧，遭妻子離棄，想盡方法才能與兒子相認等，這些角色都依隨大時代的社會環境而轉變，無力爭取更好的生活條件，對現實生活只能妥協及感到無奈，最後來到香港。徐訏在「星晚」連載小說中的主角以文人（〈鳥語〉和〈結局〉的「我」）、藝術家（〈期待曲〉的作曲家許行霓、〈爸爸〉的舞台劇及電影製作家鄧化遇）等身份，很多都無法掌握自身的命運，淪為社會的弱勢分子；而〈結局〉則有更多徐訏自身的經歷，四處流浪，最後流落香港，賣文為生，就如現實中的徐訏一樣。

綜觀這些連載作品的角色遭遇及其心態，可以透視到：徐訏無奈地來到香港，來到香港之後更倍感無奈。徐訏於來港的一年半內，在「星晚」連載了二十篇小說。當中的角色具「流落香港」經驗的，有〈鳥語〉、〈結局〉、〈刼賊〉和〈爸爸〉四篇，佔了總數的百分之二十，比例上並不算少。在報章上連載小說總不能只寫一種經驗，不然，讀者就容易生厭。連載名家徐訏對此豈有不懂之理？如果深明讀者的閱讀期望而仍然寫了四篇「流落香港」的作品，一個可能的解釋就是：徐訏自己對「流落香港」有深刻的感受，無奈的感受。

（二）厭惡：對香港和上海都市生活的觀感

　　徐訏部分連載「星晚」的小說是以香港為故事背景的。
這些作品省略了「流落」的過程，卻仍然見到南來香港的
角色有「無奈」的心態。面對香港的都市生活及各方面的需
求，故事角色當然也表現出無奈，但更多的是厭惡。此節
將集中探討故事角色的厭惡心態。

　　故事角色埋怨香港的生活，如〈刼賊〉、〈爸爸〉、〈凶
訊〉（1951）[37]；在他們眼中，香港人盡是負面的形象，這從
〈舞女〉（1951）[38]、〈祕密〉（1951）[39] 等作品中就可以見到。
即使是南來的人，久居香港之後，也會變得如香港人般勢
利，〈一九四〇級〉（1950）[40] 的角色就是最佳例子。凡此
種種都反映出徐訏對香港、香港人抱持負面的態度。另一

37　徐訏：〈凶訊〉，1951 年 11 月 23 日脫稿於香港，1951 年 11 月 26 日至同
　　年 12 月 7 日連載於《星島晚報・星晚》。連載資料完整，僅 1951 年 11 月
　　27 日沒有標示回數。

38　徐訏：〈舞女〉，1951 年 7 月 3 日脫稿於香港，1951 年 7 月 7 日至同年 7
　　月 24 日連載於《星島晚報・星晚》。連載資料完整。

39　徐訏：〈秘密〉，1951 年 5 月 6 日脫稿於香港，1951 年 5 月 18 日至同年 5
　　月 30 日連載於《星島晚報・星晚》。連載資料完整，僅 1951 年 5 月 25 日
　　錯印回數「九」，實應為「八」。

40　徐訏：〈一九四〇級〉，1950 年 12 月 13 日脫稿，地點不詳，1950 年 12 月
　　24 日至 1951 年 1 月 4 日連載於《星島晚報・星晚》。連載資料完整，僅
　　1950 年 12 月 28 日錯印回數「四」，實應為「五」，此後回數一直順延至完刊。

方面，除了香港，〈私奔〉（1951）[41]、〈傳統〉（1951）[42] 的角色也批評了上海的繁忙和上海人的庸俗，認為生活在上海的上海人並不如生活在鄉村大自然的人純樸。值得注意的是，雖然故事角色所厭惡的是上海，但與厭惡香港之作有着相同的性質。下文將先論香港，再論上海，然後討論兩地相同的性質。

先看徐訏寫角色厭惡香港的小說。小說〈刼賊〉的敍述焦點並不是「我」在香港的生活，反而是從多角度描繪「我」在香港柳家所遇見的劫賊——上海的中學同學史抱偉當時的狀況。故事僅以一小段交代「我」多年來四處流浪，直至現在還是沒有婚姻、沒有家、沒有職業，而在上海時期甚麼都比「我」強的史抱偉，現在的情況更差，他經歷炒金失敗、長期失業，甚至依靠欠債借當度日。史抱偉夫婦二人生活潦倒，原來的兩個年長的孩子因貧窮相繼死亡，現在太太又臨盆在即，生活可謂苦不堪言。為了維持生計，他

---

41 徐訏：〈私奔〉，1951 年 4 月 5 日脱稿，地點不詳，1951 年 4 月 12 日至同年 4 月 27 日連載於《星島晚報‧星晚》。連載資料基本完整，只是 1951 年 4 月 14 日、4 月 15 日和 23 日沒有報紙微縮。

42 徐訏：〈傳統〉，脱稿日期及地點不詳，1951 年 6 月 13 日至同年 7 月 5 日連載於《星島晚報‧星晚》。連載資料基本完整。雖然 1951 年 7 月 5 日沒有報紙微縮（7 月 6 日已刊完），不過，參考各版本及 1969 年《徐訏全集》（第 13 集，頁 283-346），已可推算出 7 月 5 日為最後一天連載。另外，1951 年 7 月 4 日錯印回數「十九」，實應為「二十」。〈傳統〉於 1951 年香港夜窗書屋初版（同書收錄〈殺妻者〉），1954 年台北長風出版社發行台灣第一版，1955 年香港亞洲出版社重版。經過 1969 年收入台北正中書局出版《徐訏全集》（第 13 集）後，1978 年正中書局再次發行《傳統》單行本（同書收錄〈殺妻者〉）。

第二章：作家的自畫像

1
5
5

們只好把房屋分租他人，自己居於較惡劣的廚房旁邊，侷促在狹窄的板間房中：

> 灰黯的走廊上，有零亂的椅子木凳，上面都放着小孩的衣鞋等東西，兩個女人在說話，三四個孩子在鬧，一個五六歲的孩子嘴裏含着糖在哭，但看見我們進去，一瞬間都停止了；我們走過兩個房間，一個門關着，一個開着，我略一瞥目，看到裏面半截的板壁下兩邊放着兩張床，一張床上睡着一個男人，手裏拿着撲克牌，嘴裏在哼廣東戲。
>
> 於是我們從廚房的門口經過，我看到裏面三四隻煤爐上面都冒着氣，有四五個人擠在裏面，看到了我們突然都擠到門口來看。[43]

板間房、寮屋、調景嶺難民聚居的惡劣環境等，都是香港五〇年代低下階層生活的實況。作者不厭其煩地在短篇小說中用上約二百字描寫香港當時普遍的板間房，這種做法在徐訏其他的小說中並不常見。徐訏初到香港便能寫出當時的生活實況，自是他個人觀察所得，感受至深。雖然角色在上海讀大學時修讀「經濟學」專科，卻仍然炒金失敗，足見內地的專業知識不但令人難以在香港謀生，而且令人

43　徐訏：〈劫賊〉，《徐訏全集》（第 14 集），頁 209-210。1951 年 4 月 8 日的《星島晚報‧星晚》微縮膠片闕如，未能引用原載，故引 1970 年《徐訏全集》（第 14 集）代替。

陷入借債典當的困局。小說進一步通過史抱偉夫婦在上海居住時美麗俊俏的容貌、舒適的居住環境等，對比他們在香港的轉變：臉色萎黃，身軀嶙瘦，衣着陳舊帶污漬，住屋環境狹窄等，暗示生活在香港的人並不快樂。

　　值得注意的是，「我」在小說中極力述說史抱偉的不幸，可是，「我」在香港的情況又如何呢？小說沒有正面交代。「我」在確認史抱偉夫婦的狀況後，向他們承諾「去設法」；[44] 然而，怎樣設法？為甚麼要求史抱偉隔天才來找「我」？這些作者都留白了。不論讀書玩樂，甚至追求女性都比「我」強的史抱偉，生活尚且面對如斯困境，「我」的情況難道比他好？所謂「設法」，無非是「我」以那兩天的時間重複史抱偉四出向朋友借當的舉措而已。「我」的經濟環境雖沒有直接道出，卻可以通過史抱偉一事從側面反映出來。「我」面對香港生活的困境，更是不言而喻了，難怪經常成為較富裕的柳家的座上客。小說表面上以史抱偉一家無以糊口的情況，引領讀者投以同情目光，但更深層的是，一向表現較史抱偉遜色的「我」，才是小說中更可悲的人物。

　　又如〈爸爸〉中的鄧化遇也有着類似史抱偉的經歷。他在上海生意失敗後嘗試在香港重新建立一切，但香港是充滿生機更是充滿危險的地方，炒金賺到的錢一下子全部輸光，弄得貧窮潦倒。投機的想法只能換來慘淡收場。又如

44　徐訏：〈刼賊〉，《星島晚報・星晚》，1951年4月10日，版3。

〈凶訊〉中的楊大原本來「烟也不抽，酒也不喝，但是到香港來了以後，被朋友帶帶，不知怎麼，竟忘不了賭跑馬」[45]。楊大原是母親眼中的好孩子，最後不但在馬場輸去很多金錢，更在石澳泳灘被大浪奪走生命。在香港投機、賭博最終只招徠難以承受的結局。這是這幾篇小說結局的共通之處，是徐訏的刻意安排。

從對比手法的運用可以看到徐訏對香港的態度。徐訏頗愛把角色昔日在內地的生活和眼前在香港的生活作比較，描寫出角色精神面貌的改變，進而突出香港是一個生活困苦，只會令人失掉金錢及生命的地方。另一方面，徐訏又愛把敍事者「我」與故事中的其他角色作對比，同樣面對生活困難，敍事者「我」與其他角色卻有着不同的選擇。例如〈刼賊〉中「我」的生活無論怎樣不濟也不會像史抱偉般墮落偷竊，〈爸爸〉和〈凶訊〉的「我」也不認同鄧化遇和楊大原的投機和賭博行為。敍述者不苟同其他角色的偷竊行為、投機行為。南來香港生活的人固然不快樂，土生土長的香港人更是面目可憎。例如〈舞女〉中香港人程冠葆是一個「穿着香港衫，露着棕色手臂的男人」（內文沒有細說甚麼是「香港衫」），「臉上浮着諂諛的笑容」；[46] 他愛對小姐調笑、獻殷勤、行為機靈，背後總是有目的。程冠葆的形象極討厭，更與從內地到香港的主角「老于」形成鮮明對比。由此不難

45　徐訏：〈凶訊〉，《星島晚報‧星晚》，1951年12月6日，版3。

46　徐訏：〈舞女〉，《星島晚報‧星晚》，1951年7月10日，版3。

見到徐訏在故事中流露出對香港人的厭惡感。

在徐訏的眼中，香港和香港人都是討厭的，即使是南來的內地人，在香港生活久了，也會染上勢利、錙銖必較的惡習。例如〈一九四〇級〉中的「我」在來往港九的渡輪上，見到很多以前生活在內地的人來到香港後有很大的轉變，當中有不少人受不住生活折磨而變得憔悴、打恭作揖、緘默低嘆；生活環境較好的人也並不正面：豪客是「驕氣凌人」、虛心的女伶變成富人外妾。[47]「我」重遇二十年前相識於重慶的學生江上雲，他本來是哲學研究所的研究員，學問不錯，論文經常刊登學報，卻有創作興趣，不但修讀「我」的創作課，更讓「我」評閱一部根據弗洛伊德、行為主義學等心理學而創作的小說〈一九二〇級〉。二人重遇，不免細說當年，談文藝，論寫作。江上雲在內地的時候，那部〈一九二〇級〉的初稿，現在已易名為〈一九四〇級〉，主角由原來的四十多名學生變成現在只有他的妻子李翠蘭；不過，依舊沒有脫稿。以往「衣裳不講究，頭髮很亂，鬍髭常常不刮」的江上雲，[48] 現在已變成一名紳士，變成自號「江底秋雲」的命相家，其妻則是一位女高音，準備在酒店開音樂會。在香港謀生委實不易。「我」原以為二人會送贈音樂會的免費門票，卻突然聽到李翠蘭要求收取二十元港幣。故事也就此結束。

47　徐訏：〈一九四〇級〉，《星島晚報‧星晚》，1950 年 12 月 24 日，版 3。

48　同上。

江上雲夫婦來港三年，不但藉命相家與女高音的身份謀生，更利用與「我」是舊相識的情誼取巧地硬銷門票，騙取收入，難怪二人容光煥發，衣着光鮮。「我」冷不防被他們騙了，但「我」對騙局的反應卻留白了。眼見在香港生活每事總以利為先，作者「留白」的做法更恰當地代表「我」對這對南來香港夫婦的無言以對。在徐訏的小說中，久居香港的人，難免染上「香港人」勢利的習性或其他惡習，若是土生土長的香港人更會受到作者的批評。徐訏對香港及香港人的心態很清楚：厭惡。

　　徐訏也批評上海。城鄉對照的主題常見於五四新文學作品中，徐訏也承用了這個主題，作品的角色對上海城市生活的厭惡藉着對鄉村的歌頌對比出來。例如〈私奔〉的敍事者是一位十二歲的小弟弟，他住在上海，卻討厭上海，包括狹小的城市空間及城市人的矯揉造作（跟描述香港相同）。他喜愛鄉村曠野的稻場和溪河，更喜愛不塗脂粉穿粗布麻衣的鄉村姑娘翠玲。翠玲到上海後的摩登轉變令他產生抗拒。城鄉好壞的觀念在小弟弟眼中與一般人完全相反，對立的價值觀讓讀者感受到徐訏對鄉間簡樸生活的歌頌。在不久以後的連載小說〈傳統〉中，角色曉開從上海回來，不但學會妖艷的打扮，更學會抽煙，失去了以前的純真。徐訏更藉她的口說上海「沒有一個好人」、「做正當生意不講規矩」、「是一個吃人的世界」。[49] 住在都市的女人更

49　徐訏：〈傳統〉，《星島晚報・星晚》，1951年6月24日，版3。

會養出怪病。例如〈祕密〉中的家禾雖然是一名闊太太，但她眼見別的女人擁有的漂亮東西，像口紅、玻璃絲襪、香水、胸別針等，自己也會產生擁有的慾望，於是養成了一股偷竊的行為，是一名病態竊賊。

與其說敘事者在這三篇小說批評上海，不如說是批評都市生活、批評都市中的人和事。作者在這三篇小說與本節所舉的其他小說，都流露出對「都市生活的厭惡」，與這一節的其他小說是相同的。無獨有偶，香港和上海這兩個城市都為西方國家所主宰：上海是列強的租界，香港是英國的殖民地。徐訏對這兩城市有負面的觀感，與其家國情懷不無關係。[50] 徐訏從內地到香港後，對以前曾居住的都市如北京、重慶，甚至國外的巴黎、紐約等都懷有深刻的感情，甚至稱北京為第二故鄉 [51]，但對上海和香港卻充滿討厭感。[52] 他在回憶上海時不乏令他厭惡的經驗：於抗戰時期逗留在淪陷的上海，辦理多重煩複的手續才能到內地去；[53] 抗

50　徐訏在不少文章中流露出愛國情懷，例如〈威尼斯之月〉（1936），見《西流集》（上海：夜窗書屋，1940 年），頁 122-138；〈魯文之秋〉（1936），見《海外的鱗爪》（上海：夜窗書屋，1941 年），頁 9-18。

51　徐訏在〈書籍與我〉（1965）中寫道「以北平為第二故鄉」以表示自己對北平（北京）的喜愛。徐訏：〈書籍與我〉，《思與感》（台北：文星書店，1965 年），頁 96。

52　徐訏在香港居住時，曾提及對自己以前居住過的地方，「常常有深的感情，每次離開時候，我總覺得會重新回來，但事實上我沒有一次辦到。」可是當中細數北京、重慶、巴黎、紐約等地方時，卻從不提上海。可見徐訏並不列上海為喜愛的地方之一。見徐訏：〈談約會〉（1952），《傳薪集》（香港：創墾出版社，1953 年），頁 42。

53　徐訏：〈等待〉（1952），《傳薪集》，頁 61。

戰勝利後的上海，則是人口與通貨一樣膨脹、交通堵塞、寬闊的馬路上都擠滿車輛和人，無論做甚麼事情，都要花千倍萬倍的時間和精神等待。[54] 他到香港後，凡事都須「等待」的情況更嚴重，[55] 對香港的觀感也就可想而知了。這就難怪他用對比的手法處理繁華的上海和香港了。

　　無論對小說的敍事者來說，還是對作家徐訏而言，從上海來到香港都是一個「淪落」的過程。小說中敍事者與其他角色雖然同樣具有南來香港的背景，可是，敍事者不願意為外在環境而改變自己的價值觀，作出像其他角色的投機行為，甚至為非作歹的事情。不論故事的場景是在上海或在香港，對於故事中其他角色或為生活而出現的人性墮落，敍事者往往不能苟同。〈刦賊〉的史抱偉、〈爸爸〉的鄧化遇、〈凶訊〉的楊大原、〈一九四〇級〉的江上雲夫婦，甚至是〈私奔〉的翠玲等，為了在城市生活而選擇投機、選擇成為竊賊、選擇成為庸俗的一群，都是一種人性的墮落。他們都受到作者的批評，他們的結局都是可悲的。這隱隱看到作者徐訏在流落香港之後，不管生活的困局如何，仍抱持着一個道德標準。儘管他後來參與了電影《盲戀》（1956）的製作，卻並非違反道德標準，只是把文學作品從崇高的地位降至商品的位置。在現實生活裏，徐訏仍

54　同上，頁63。

55　「如今在香港，醫生說我應當打針，我就每天必須在候診室等，朋友要來看我，我需要等，我約朋友，也需要等。過海，要等，坐巴士，要等。看電影，要等。不用說，辦任何事情，看任何人，都得等。」同上，頁65。

是一個有一定道德要求的文人。

這節提及的幾篇小說，從層次上而言，香港不如上海，上海又不如純樸的鄉村。然而，故事中的墮落者都在城市——主要是香港，其次是上海——淪落者面對人性變質的墮落者（尤其具相同南來背景者），心裏並不好受。他們由此怪罪於外在環境而厭惡城市是一種非常合理的心態。這數篇小說雖然題材不同，可是作者同樣採用了對比手法。不論是城鄉的對比，或是昔日上海與今日香港的對比，實際的主題其實是相同的：讚賞質性自然與批評人性墮落。作者徐訏從質樸的眼睛看墮落的人性，從而生出無奈和厭惡的心態，是合理的。

（三）寂寞鬱悶：個人的生活感受

徐訏經常在作品中描寫到角色的寂寞與鬱悶，作品〈爐火〉、〈期待曲〉、〈筆名〉是當中的例子。

〈爐火〉中的葉臥佛殺死親兒後在爐前燒畫，並回憶二十多年來的生活，包括四段愛情。然而，每一段愛情都沒有好結果。沈其蘋的出軌令葉臥佛認清了她並非如畫像般神聖與純潔；白玉珠短暫的嫵媚溫柔最終仍是為了榮華而離棄他；華貴莊麗的李舜言表裏不一，婚後才露出刻薄的真性情；熱情外向的外國女子衛勒容易移情別戀。故事尾段，葉臥佛有意藉阻撓兒子葉美兒與陳韻丁的愛情，令二人各自留在自己身邊，可惜最終失敗。葉美兒更因為想離開葉臥佛而被他殺害。每一次藉畫像所回憶的片段只會加強葉

卧佛的空虛，最後只剩孤伶與寂寞。故事藉葉卧佛把畫作一幅接一幅投進爐火中，帶出一個接一個的故事，具有非常明顯的連載小說痕跡。[56]

〈期待曲〉中的許行霓異於常人。他有寥落的面孔，談鋒很健，具機智與幽默，但他的行為和娛樂與一般留學生不同：不到外邊吃飯，不玩，即使喜歡音樂也不會花錢聽音樂會、只聽無線電唱片，不跳舞，不看歌劇和電影，只是偶爾到海邊散步。他收拾房子的習慣有點怪，每週只在星期日上午收拾，其他時候不論是用餐後的碗碟或咖啡杯等一概扔在廚房，不置理會，直至另一個週日上午。他常常流露出深沉的鄉愁和對未婚妻的愛。許行霓用古典音樂比喻自己對愛情的感覺，可是他創作的〈期待曲〉"Piano Concerto" 被批評充滿過濃的中國內地氣氛，未婚妻亦離他而去，人與音樂同樣得不到別人的欣賞，唯有發瘋和自殺以渲洩自己鬱悶的心情。

---

56 〈爐火〉的故事結構以四段愛情故事為劃分：撇除首三天的小引，第一段是 1950 年 7 月 17 至 8 月 4 日敍述葉卧佛與沈其蘋的愛情故事、第二段是 8 月 4 日至 9 月 10 日敍述葉卧佛與李舜言的愛情故事、第三段是穿插於 8 月 14 日至 9 月 4 日葉卧佛與白玉珠的愛情故事、第四段是 9 月 11 日至 19 日敍述葉卧佛與衛勒的愛情故事。最後一段故事是刊於 9 月 20 日至 10 月 7 日，敍述葉卧佛與兒子葉美兒及陳韻丁三角戀，葉卧佛在殺死兒子後自殺。五段故事實際上是獨立成篇，主要角色除葉卧佛外更是沒有關係，即使葉美兒是葉卧佛與李舜言所生，可也是李舜言死後才交代出來的角色，只屬於另開一則故事的引線。由此見到整個故事單篇接駁的特點，也就是顏琳提及連載小說往往出現「節外生枝，推出新人物，或轉到另一人物、情節」。見顏琳：〈二十世紀初期連載小說興盛原因探析〉，（臨汾）《山西師大學報》（社會科學版）第 29 卷第 3 期，2002 年 7 月，頁 134。

〈筆名〉（1950）[57] 中的王褒泉夫婦各以筆名創作，分別善寫小說與新詩，卻同樣要求編輯保守真實身份，結果二人因對方的文筆才情而「移情別戀」。丈夫更為了寫一篇海洋冒險故事而出海遇難，妻子獨坐空樓，倍感寂寞。再如〈癡心井〉（1951）[58] 的道文也因為從上海遲了回杭州，才來不及阻止銀妮投井，最終剩下自己一人。〈星期日〉（1951）[59] 的女主角正為年事漸高，感情未有着落而鬱悶。在無人約會的日子，回憶初中、高中、大學到成年後一段又一段的感情生活，無形的敍事者不斷對「你」（女主角）痛陳厲害，六十歲的公司老闆可能是最後的希望。〈殺妻者〉（1951）[60] 中的「我」時刻追思前妻，為間接殺害她而自責，即使流浪各地也無助解除心中鬱結，唯有盡吐前事才得以抒懷。

57　徐訏：〈筆名〉，1950 年 9 月 3 日脫稿於香港，1950 年 10 月 8 日至同年 10 月 28 日連載於《星島晚報・星晚》。連載資料完整。

58　徐訏：〈癡心井〉，1951 年 8 月 9 日脫稿於香港，1951 年 7 月 27 日至同年 9 月 8 日連載於《星島晚報・星晚》。從尾篇脫稿日期推算，此小說應該是徐訏一邊寫一邊連載的作品。連載資料基本完整，只是 1951 年 8 月 19 日和 28 日沒有報紙微縮。另外，個別回數錯誤標示，包括：1951 年 8 月 8 日錯印回數「十三」，實應為「十二」；8 月 15 日錯印回數「十九」，實應為「二十」，此後錯誤的回數一直順延。較明顯的錯誤是 1951 年 9 月 2 日，錯印回數為「二七」，實應為「三十七」。

59　徐訏：〈星期日〉，1951 年 3 月 20 日脫稿於香港，1951 年 4 月 28 日至同年 5 月 7 日連載於《星島晚報・星晚》。連載資料基本完整，只是 1951 年 4 月 29 至 30 沒有報紙微縮。

60　徐訏：〈殺妻者〉，1951 年 5 月 27 日脫稿於香港，1951 年 5 月 31 日至同年 6 月 11 日連載於《星島晚報・星晚》。連載資料完整。

徐訏作品中的角色像是離不開寂寞（〈爐火〉的葉卧佛、〈結局〉及〈鳥語〉的「我」）、得不到別人賞析（〈期待曲〉的許行霓）、無人了解（〈殺妻者〉的「我」）、無人接受（〈彼岸〉的「我」）等主題，最後總是孤寂一人。

　　讀者在「星晚」的作品中多少看到徐訏藉角色設計及故事場地背景流露出上述的心態。這正是徐訏在生活中的體驗，並把個人感受在創作過程中有意識地反映出來，值得我們細味及探索。

　　徐訏在 1950 年 5 月 15 日子然一身來港，將第二任妻子葛福燦和剛出生五十三天的女兒葛原留在大陸。妻子雖曾在該年年底及次年初到港探望徐訏，但返滬不久後，滬港兩地實行來往管制，未能一家團聚。[61] 徐訏在來港初期，尤其為「星晚」創作期間，都是孤獨一人，而且生活環境惡劣。從熟悉的城市到陌生的城市，從擁有一個完整家庭到孤身一人，徐訏都要獨自面對無可把握的前景，心情的茫然、孤寂，讀者不難想像。徐訏不喜歡向別人說自己的事情，卻願意在作品中透露情感，就如他所說的：「如果人家想知道我想甚麼，他應該看看我的書。因為我只有在作品裏才表達自己。」[62]

61　葛原：《殘月孤星：我和我的父親徐訏》（上海：上海文化出版社，2003年），頁 2。徐訏來港的日子據葛福燦及葛原所述。參考王璞於 2003 年 2 月 26 日訪問葛福燦及葛原，網址：http://commons.ln.edu.hk/oh_cca/21/。瀏覽日期：2013 年 9 月 10 日。

62　徐訏對好友布海歌說的話，見布海歌著、馮偉才譯：〈我所認識的徐訏〉（上）《新晚報・星海》，1981 年 4 月 7 日，版 12。

徐訏來香港之前已經是成名的文化人，到香港生活是不甘願的。他在來港不足一個月就在「星晚」連載作品，故事角色經歷與徐訏的實況相仿，角色表現出無奈、寂寞、鬱悶的心情實是徐訏創作時的心態折射。

三、小說〈傳統〉與電影的堅持

　　香港在五、六〇年代出現很多改編自文學作品的電影，在部分製作認真的電影公司及導演手下，不少電影成為出色的作品。[63] 徐訏在「星晚」的連載作品也有不少被改拍成電影，而〈傳統〉則是由他親自改編，值得研究者細讀。[64] 下文試對讀此作的文本與電影，探討徐訏在小說與改編電影所採用的主題，又如何藉電影鏡頭加強原角色所展現的堅持「傳統」的心態，再藉以看徐訏的心態。

63　例如中聯電影企業有限公司及由相關人物開設的電影公司統稱的「中聯小組」。中聯成立於 1952 年末，由一群台前幕後的精英分子組成，合共二十一人，包括：製片：劉芳、陳文、朱紫貴；編導：李晨風、吳回、李鐵、秦劍、王鏗、珠璣；演員：吳楚帆、張瑛、張活游、白燕、黃曼梨、紫羅蓮、小燕飛、李清、容小意、梅綺；再加上 1954 年才加入的伶人馬師曾和紅線女夫婦等。中聯在 1964 年開始停產，1967 年宣告結束，作品共有 44 部，包括：1953 年的《家》、《苦海明燈》、《千萬人家》、《危樓春曉》；1954 年的《父與子》、《秋》、《大雷雨》、《金蘭姊妹》；1955 年的《愛》（上下集）、《孤星血淚》、《父母心》、《天長地久》、《兒女債》、《春殘夢斷》；1956 年《西廂記》、《牆》、《寶蓮燈》、《艷屍還魂記》；1957 年《寶蓮燈續集》、《智取生辰綱》、《血染黃金》；1958 年的《奸情》、《寶蓮燈三集》、《香城兇影》、《紫薇園的秋天》、《借新娘》、《烽火佳人》；1959 年的《錢》、《路》、《毒丈夫》、《人倫》；1960 年的《人》、《毒手》、《雞鳴狗盜》、《我要活下去》；1961 年的《銀紙萬歲》；1962 年的《富貴神仙》、《吸血婦》；1963 年的《海》、《鬼屋疑雲》；及 1964 年的《血紙人》、《香港屋簷下》。

64　眾多徐訏的文學改編成電影的作品中，僅有〈傳統〉和〈盲戀〉由他親自改編，具一定的研究價值。請參考附表二：徐訏的文學作品改編電影列表。

（一）「傳統」的精神與禁忌：小說〈傳統〉與改編電影對讀

　　原著〈傳統〉以江湖黑幫的恩仇情義為主軸線，講述項成在洪九死後繼任幫會領袖，繼續幫中生意買賣，成為弟兄們敬佩的首領。洪九的兒子，項成的義弟洪全後來卻受到曹三小姐教唆，不但幫自己母親的賭窟（實際操控者是曹三）「抱檯腳」（給賭場當保鏢）[65]，還同意曹三的提議，利用張督察去掉項成，違背了幫中人禁開賭窟、女人議事、出賣兄弟等禁忌。項成為弟兄們報仇，到洪全賭窟親手殺死曹三及洪全，最後卻遭義妹曉開亂槍殺死。下表是原著及改編電影的情節對讀：

65　「抱檯腳」即是給賭場當保鏢。「抱檯腳」的人多屬黑社會：「近代職業賭場要維持、要獲利，總是依賴兩大社會勢力予以支撐，一是官方支持，主要是通過賄賂手段，以保證其不被取締；二是黑社會，賭場不斷向黑社會頭目進貢，由其出面『抱檯腳』，使賭博活動安全進行。」見黃建遠：《青·紅·黑——中國青紅幫與西方黑手黨》（南京：江蘇人民出版社，1998年），頁145。「抱檯腳」的職責是「負有維護賭場『秩序』的責任，所以經常在巡邏各個賭檯上有無搗亂分子，如果發現，必要時就請其退出場外。當然，這批『抱檯腳』者的生活費用，全由賭場無給」。見文芳編：《黑色記憶之賭場內幕》（北京：中國文史出版社，2004年），頁106。

比較 項目	小說	電影
主題	作者沒有明言，只是通過陸幫首任領袖項蓋三，為了替幫中弟兄報水幫出賣之仇，不惜身殉，以示範維繫兄弟情誼是「傳統」的精神。（1951 年 6 月 13 日）	• 電影起首標示：「本片以中國傳統的俠義精神為主題，此種精神可存在於任何社會階層；際茲奸詐詭譎罔顧信義，只求目的不擇手段之世，值得予以提倡。」電影末尾標示：「『……其言必信，其行必果，已諾必誠，不愛其軀……』此司馬遷推重之游俠精神也。」 • 加入中日戰爭的背景，洪九及項成同意不違反幫會規矩下幫國家做事。 • 保留原著中兄弟情誼的「傳統」精神。
禁忌	洪九說：「沒有一個頭子能完全逃出三種誘惑：酗酒、賭博與女人。」他和項蓋三都輕微犯上某一禁忌。（1951 年 6 月 17 日）	洪九沒有明言這三種誘惑。
	1.「禁女人議事」：洪九向兒子洪全暗示，即使喜歡女人，也不要讓女人在事業上出主意。（1951 年 6 月 17 日）	1. 曹三以「蛇蠍美人」形象出現。洪九不讓妻子沾手幫會事情，更不許曹三為幫中事情發表意見。
	2.「禁賭博」：項蓋三對「抱檯腳」立下兩個原則：一不自己開檯子做老闆；二不許弟兄到任何賭窟裏賭錢。洪九再定第三條原則：凡有作弊的賭場，不再為他們抱檯腳，還要求他們撤檯（關閉賭場）。（1951 年 6 月 20 日）	2. 通過項成對洪全發表的言論，明示幫會規矩：不得開檯子做老闆及幫會弟兄不得到任何賭窟裏賭錢。

（續上表）

比較項目	小說	電影
犯禁	在曹三策劃下，洪九奶奶要求自己開賭坊，並要求洪全抱檯腳。項成不贊成，從此分家。（1951年6月21日）	與小說一樣。
呼應主題	曹三與洪全合謀，借張督察殺掉項成。項成為報二人「出賣弟兄」的仇，槍殺他們，之後遭曉開槍殺，完成身殉。（1951年6月27至7月5日）	曹三向日偽張督察告密，欲殺項成，洪全不知情。項成為報二人「出賣弟兄」的仇，殺曹三及洪全，之後遭洪九奶奶槍殺，完成身殉。

　　上表從「主題」、「禁忌」（詳述「禁女人議事」和「禁賭博」）、「犯禁」和「呼應主題」四方面對讀小說與電影。

　　先論小說與電影對讀的主題。小說用項蓋三，演示「傳統」最核心的精神——重視兄弟情誼（即義氣）。小說文本不時強調新一輩如項成等角色堅守上一輩以來的「傳統」，但到底「傳統」的內容是甚麼，文本中沒有清晰交代。不過，可以歸納出來：通過項蓋三、洪九等兩位領袖身體力行（報仇身殉、禁女人議事）和言傳下來的規條（禁女人議事），無形中在幫會建立起一種代代相傳的「精神」，就是兄弟情誼，也就是「江湖義氣」，這便是小說中「傳統」的精神核心。

　　小說的「傳統」精神在電影中有頗大的拓展。徐訏身兼作者與電影編劇，怕電影觀眾不能領悟此「傳統」精神，於是在電影開首便以「中國傳統的俠義精神」揭示主題，為觀眾提供了一個解讀的角度。當中對「俠義」的解釋，電影末尾加以細述，指的正是《史記》中的游俠：「今游俠，其行

雖不軌於正義，然其言必信，其行必果，已諾必誠，不愛其軀，赴士之阨困，既已存亡死生矣，而不矜其能，羞伐其德，蓋亦有足多者焉。」[66] 電影的定調不但把原著較空泛的概念說得明白，更掙脫一幫的限制，把「義氣」與中國文化掛勾。電影為了擴闊原著短小的篇幅，以更充裕的時間和空間表現主題，於是加入了五〇年代電影界慣用的大時代背景：七七事變、八一二淞戰等日本侵華的歷史事件。[67] 一則迎合市場主流，吸引觀眾，二則結合民族主義，有利發揮俠義精神，對抗外敵。

再論小說與電影對讀的禁忌。原著基於「傳統」精神，才有禁忌一「酗酒」、禁忌二「賭博」、禁忌三「女人議事」。這種精神與禁忌在原著中並沒有以「幫會規條」的形式白紙黑字羅列出來，但幫中兄弟都能「感受」並且嚴格恪守。電影中洪九（王元龍飾演，1903-1956）沒有像小說般道出首領必定會面對三種誘惑，不過，電影與小說卻同樣加強闡釋「賭博」及「女人議事」的禁忌。從表中「禁女人議事」一項的比較可見，電影的曹三（劉琦飾演，1930-　　）的蛇

66　司馬遷撰、裴駰集解、司馬貞索隱、張守節正義：《史記‧游俠列傳》（第10冊）（北京：中華書局，1959年），頁3181。

67　電影《傳統》處理中日戰爭並不像《寒夜》（1955，李晨風編導）般，詮釋為戰爭影響個人愛情；也不是《人海孤鴻》（1960，吳楚帆改編，李晨風執導），述說戰爭是家破人亡的主因。有關《寒夜》的論述可參考沈海燕：〈李晨風電影作品與「五四傳統」的關係〉，嶺南大學哲學碩士學位論文，2004年，頁36-49。

蠍美人（femme fatale）[68] 形象比小說的文字有更好的闡釋，她玩弄男子，隨意掌摑洪全（許可飾演，1924-　），背地裏操控賭場等，具體演繹小說中的曹三。至於「禁賭博」一項，小說與電影皆以黑幫頭目發表「抱欖腳」的言論來表示，內容表現一致。

小說與電影對洪全先後「犯禁」（禁女人議事及賭博）的處理一致，由女人議事開始，逐步推動情節發展，最後是「呼應主題」。小說與電影的項成都為了報兄弟之仇與懲罰犯禁者而身殉，以此回應「兄弟情誼」的主題。唯獨出賣兄弟者，電影有意把責任推諉在曹三及日偽張督察（賀賓飾演，1917-1980）身上，改作洪全不知情，藉此加強民族主義情懷。電影中殺項成（王豪飾演，1917-　）的人，也由原著項成傾慕的曉開改為洪九奶奶（王萊飾演，1927-　），劇情變得更合理。

徐訏的小說及電影的主題不論是兄弟情誼或民族愛國情懷，其實都是希望以中國的傳統美德對治當下社會的弊

---

68 「蛇蠍美人」一直存在於西方的神話和文學，例如：莉莉絲（Lilith）、哈比（Harpies）、塞壬（Sirens）、戈耳戈（Gorgon）、斯庫拉（Scylla）、斯芬克司（Sphinx）的傳說，或荷馬式的詩歌等，當中女性的形象傲慢、兇殘。Mario Praz（1896-1982），*La Carne, La Morte e il Diavolo Nella Letteratura Romantic*, translated from the Italian by Angus Davidson, *The Romantic Agony* (London: Oxford University Press, 1970), chap. ix, "La Belle Dame Sans Merci," p. 199. 另一方面「蛇蠍美人」（或稱「致命女人」）與黑色電影（film noir）關係緊密，「黑色電影令『蛇蠍美人』成為核心人物，賦予她主動、智慧、強悍和說一不二的特權。」見［英］蘇珊・海沃德（Susan Hayward）著，鄒贊、孫柏、李玥陽譯：《電影研究關鍵詞》（北京：北京大學出版社，2013年），頁191。

病。美德必須通過「人」的實踐才能發揮效用，必須抱着堅持的態度才能有機會治好社會弊病。因此，電影男主角如何演繹項成變得很重要。

（二）項成的心態分析：堅持——猶豫——再堅持

以上是原著及改編電影的情節對讀，接下來再看「傳統」的堅持者項成。

故事強調兄弟情誼，出賣兄弟者必須償還血債，尤以新一輩領袖項成能承傳箇中精神。在小說敍述中，首任及次任領袖都犯上輕微的禁忌，但不致喪命。而項成卻是第一個抗拒「酗酒」、「賭博」、「女人議事」這三種誘惑的人。[69] 項成有勇有謀，重視兄弟感情，這從他單獨前往警局營救叔輩郭勝成一事可以看到。[70] 他眼見義弟洪全犯上禁忌「賭博」、「女人議事」，不但屢勸不聽，更做出出賣弟兄的事情，有違「傳統」精神核心，項成為了堅守上一代的「傳統」，槍殺曹三小姐及洪全，即使步上生父項蓋三身殉的不歸路也在所不惜。故事以「身殉」作為堅守「傳統」的最後防線，項成更是貫徹「傳統」的堅持者。在這方面，小說與電影改編都是一樣，而電影更能藉助鏡頭突出項成堅持的形象。

69　徐訏：〈傳統〉，《星島晚報・星晚》，1951 年 6 月 17 日，版 3。

70　徐訏：〈傳統〉，《星島晚報・星晚》，1951 年 6 月 15、16 日，版 3。

電影把故事措置在日本侵華的歷史背景之下，於是幫會性質轉變了。隨着戰事爆發，幫會不但應黃隊長要求調運物資到後方。項成解釋道：「我們〔幫會〕本來不是正經的行當，現在黃隊長要我們搶點物資。這是我們替國家做點事情的好機會。」洪九也願意在不違反幫會「規矩」（即「傳統」）[71] 的規條下，為國家做有利的事情。從二人的話語中，顯見幫會在「傳統」、「規矩」底下，與國家安危緊扣起來，守護「傳統」的人，正由不正當的江湖黑幫身份，提升為保家衛國的角色。

　　電影跟原著一樣，項成都是堅守傳統者。他曾經勸說洪全一起堅守傳統。他們對開賭窟一事意見分歧，電影鏡頭有精彩的敍述。洪全在曹三的催促下到項成房子商談開賭窟的事情，鏡頭拍攝項成與洪全二人的上半身，左右分半，各佔一邊，互相對望。二人持相反的意見藉鏡頭對開一半表達出來。鏡頭又安排洪全把半句話說在前頭，說後半句話時，畫面背景已換作洪九奶奶的房子。洪全像是向洪九奶奶等表達自己的意見，實際上，只是轉述項成的話語。電影通過剪接鏡頭，非常「經濟」地以洪全作為轉換場景的關鍵人物，把他視作為一個「傳聲筒」工具，向其他人表達項成對「傳統」的堅持。

　　電影與小說同以主角項成殺死師弟洪全與曹三作結，以表示他以「身殉」完成守護傳統的決心。原著與電影都交

71　文本中的「傳統」在電影中多說成「規矩」，兩詞的意思有差別。本人認為「傳統」意義更廣。

代了項成經過一番心理掙扎，不過，原著只在起首第一段平鋪直敍項成猶豫不決的心情，[72] 而電影的處理則不一樣。電影以項成受傷返家的「現在式」開始。當他送走義妹曉開（呂婷飾演），關門一刻，鏡頭轉移至從掛鐘內部向外拍攝。畫面上，前景的鐘擺左右不停擺動，佔去鏡頭約三分之一空間，中景見屋內陳設如木櫈桌子及桌面的碗筷，後景便是項成。畫面以屋內置於中間略右的掛燈為主要光源，正映照在左邊剛關上門、臉帶愁容的項成。他正以右手撫摸左手傷患處，抬頭望向掛鐘。電影鏡頭一轉，正面顯示鐘面時間為十時三十分。觀眾可以回想曉開走前說的話，推斷出幫會受襲，項成及一眾兄弟受傷到現在大約一個多小時；項成此刻正等待着十二時半洪成賭場打烊，然後有進一步行動——刺殺洪全與曹三。從鐘擺往外拍攝的鏡頭大約十秒時間，時間雖短，畫面的鐘擺共作了五次來回搖蕩，正好反映並象徵了項成心裏猶豫不決，難以決定是否真的要親自殺死洪全為幫會兄弟報仇的心情。

很明顯，上述的電影語言比文本更有效展示項成的心

72 原文：「今天，刀疤項成的心情同平時竟完全不同了，他已經決定，他不會改變；但是他的心竟有奇怪的不安與難過，十幾年來他曾經有過不少次重要的決定，決定了他不再計較成敗得失，他再沒有後悔，再不用考慮。無論什麼事要決定的時候他必須決定，決定了他就非常安詳，他可以很活潑，很正常的生活，他可以很安逸的就寢，一直到實行這個決定的時候。但是今天竟不同了，自從決定的一剎那起，他的頭腦沒有離開這個決定。説是他于這個決定有所徬徨，他想取銷這個決定，這是沒有的，他祇是感到一種渺茫而不清楚的感覺。」見徐訏：〈傳統〉，《星島晚報．星晚》，1951 年 6 月 13 日，版 3。

理鬥爭，以鐘擺象徵他心情搖搖不定，更形象化地表現出守護「傳統」者——項成的猶豫不決。殺死一起長大的義弟是一項困難的決定，他的猶豫與最後不可不殺的決定形成對比，也就更能突出項成為堅持傳統而大義滅親的形象了。對時鐘的運用，電影公司在往後的作品中有刻意的鑽研，手法更見成熟。[73]

電影《傳統》[74] 是亞洲影業有限公司（簡稱「亞洲」，1953-1958）[75] 的開山之作，於 1955 年上映，由唐煌（1916-

---

73　1957 年同屬亞洲影業公司的《半下流社會》，也有以時鐘寫人物等待的焦慮，以鬧鐘的滴答聲及時針不停轉動等進步的電影語言交代李曼躺在牀上等待王亮歸來。梁秉鈞的論文對《珠江淚》及《半下流社會》的原著及改編電影，以空間為切入點，非常深刻對讀文本電影的不同，文中尤其着重電影語言的分析，李曼與時鐘一段即為例子。見梁秉鈞：〈電影空間的政治——兩齣五〇年代香港電影中的理想空間〉，黃淑嫻、沈海燕、宋子江、鄭政恆合編：《也斯的五〇年代——香港文學與文化論集》（香港：中華書局［香港］有限公司，2013 年），頁 128-147。

74　電影《傳統》，香港首映日期為 1955 年 4 月 21 日，唐煌導演，徐訏親自改編同名作品，亞洲影業有限公司出品。片中歌曲《小奴奴》、《小小的船兒》均為徐訏填詞。此電影為 1954 年第一屆東南亞電影節參展作品。香港電影資料館所示此電影乃改編徐訏《遊俠傳》實為錯誤，見郭靜寧編：《香港影片大全》第四卷（1953-1959）（香港：香港電影資料館，2003 年），頁 89。本人在香港電影資料館觀看此片。

75　亞洲共拍片九齣：《傳統》（1955）、《楊娥》（1955）、《長巷》（1956）、《金縷衣》（1956）、《半下流社會》（1957）、《愛與罪》（1957）、《滿庭芳》（1957）、《三姊妹》（1957）以及《擦鞋童》（1959）。關於亞洲影業公司，可參考羅卡：〈傳統陰影下的左右分家——對「永華」、「亞洲」的一些觀察及其他〉及張國興：〈「亞洲」公司的製作方針〉，李焯桃編：《香港電影的中國脈絡》（香港：市政局，1997 年修訂本），頁 10-14；118-119。另參考鍾寶賢：《香港影視業百年》（香港：三聯書店［香港］有限公司，2004 年），頁 107-111；以及杜雲之：《中華民國電影史》（下）（台北：行政院文化建設委員會，1988 年），頁 525-529。

1976）執導，徐訏親自改編的同名作品。五〇年代初的國語片市場受政治影響，[76] 1955 年能上映的國語片數量極少，[77]較多作品甚至遭雪藏[78]。《傳統》是少數能上映的國語片，而且評價相當高，台灣《中央日報》影評謂：「這是一部上乘的作品，描繪江湖好漢，故事人物有突出的造型，因而也使各個演員有其單獨發揮的路線，互相陪襯的合作。」[79] 相較於小說，電影中的項成這個「江湖好漢」確實更「有突出的造型」。

76　自從 1952 年大陸關上大門後，國語片市場大受打擊，同時門派變得清晰：既有長城、鳳凰、新聯（簡稱「長鳳新」）聯為一線的左派核心；又有 1953年獲美國經濟支持而成立的「亞洲」，形成左右對壘局面。同年十月香港「祝壽勞軍團」訪台，一行十七人，由王元龍任團長，得見蔣介石，為國民黨政府遷台後首次接待海外電影團體。此行直接促進由新華拍攝的《碧血黃花》（1954），間接促進 1956 年「自由總會」成立。見左桂芳、姚立群合編：《童月娟：回憶錄暨圖文資料彙編》（台北：行政院文化建設委員會、財團法人國家電影資料館，2001 年），頁 103-105。「亞洲」創於意識形態分明的時期，也有作品（如《半下流社會》）以對抗左派為目的，政治立場鮮明。另一方面，也有娛樂為主的國際電影懋業有限公司（簡稱「電懋」，1956-1965）和邵氏兄弟（香港）有限公司（簡稱「邵氏」，1958- ），同來爭奪國語片市場。

77　據香港電影資料館統計，僅有 36 部，詳郭靜寧：〈編者的話〉註釋 3，郭靜寧編：《香港影片大全》第四卷（1953-1959），頁 xix。

78　刁理棠敍述當年的雪藏貨（拍妥後久未能上映者）計有五十部以上，形成國語片沉寂氣氛。箇中原因是國語片叫座力不及兩三年前，故頭輪西片院線給予的檔期不多，片商又多不願「降格」至二輪西片院或粵片院線，造成雪藏貨充斥景象。見刁理棠：〈國語片多被雪藏〉，《星島日報》，1955 年 8 月 30日，版 13。另有一文，周生敍述當年首輪西片院與八大公司的片權分配，得見國語片與粵劇等僅被安排在利舞台一線放映。見周生：〈片權的分配〉，《星島日報》，1955 年 9 月 1 日，版 13。

79　黃仁：〈徐訏小說改編電影的研究〉，（台北）《華岡藝術學報》第 7 期，2003 年 6 月，頁 153。

（三）相信傳統美德：〈傳統〉所透現的徐訏的心態

電影以游俠精神作主題思想，當中的「不愛其軀」與小說「身殉」相呼應。徐訏改編電影的「游俠」只保留了傳統游俠精神美好的一面，而刻意掩去韓非子《五蠹》所批評的「俠以武犯禁」的行為[80]。實際上，電影中的江湖俠士實沒有可能「犯禁」，因為幫會早被政府（以黃隊長為代表）收編，名正言順地保家衞國了。再回顧片首字幕：「本片以中國傳統的俠義精神為主題，此種精神可存在於任何社會階層；際茲奸詐詭譎罔顧信義，只求目的不擇手段之世，值得予以提倡。」徐訏實有意用游俠精神對治社會弊病，教化觀眾。至少，在這部電影中，徐訏明言了這種想法。

對於將小說改編成電影與戲劇，徐訏有這樣的意見：「一個劇本有它特有的主旨，情調與 Tempo；如果導演不了解或不贊成某劇主旨，最好不導演它。」文章中並未把「編劇」與「導演」的工作細分開來，而統一為導演的責任。[81] 現在由徐訏親自編劇，在不影響劇本主旨、情調與節奏（Tempo）的原則下，他選擇以「俠義」闡述「傳統」，文本的兄弟情義發展至電影已擴展為民族精神。

徐訏的電影改編比文學原著更強調中國傳統的俠義精

---

80 引文：「儒以文亂法，俠以武犯禁，而人主兼禮之，此所以亂也。」見韓非撰：《韓非子‧五蠹》（四部叢刊，據黃蕘圃校宋鈔本縮印）（上海：商務印書館，1936 年），頁 96-97。

81 徐訏：〈劇本與導演〉，《徐訏文集》（第 9 集），頁 191。

神，有意藉此糾正「奸詐詭譎罔顧信義，只求目的不擇手段」的社會歪風。徐訏曾在〈憶舊與懷新〉（1943）批評罔顧信義、變節的人：「他們一遇不適的環境，恨不得換自己的皮骨以求安全，於是碰見貓洞歡喜變貓，碰見狗洞歡喜變狗。」[82] 對賣國賣身以求苟存之徒，他給予嚴厲的鞭撻。其實，早在四〇年代中日戰爭社會混亂的時期，羅家倫已重新提倡俠義精神，以針砭國人缺乏同情心，致令中國社會墮落。羅家倫在〈俠出於偉大的同情〉（1942）一文提倡尚俠，鼓勵國人以豪俠任俠的精神「整飭內部、掃蕩外寇」。[83] 面對外憂內患，重省國民性格的真善美有其必要性。徐訏的改編電影正是演繹了羅家倫所重申的俠義精神，達到更廣及更有效的傳播目的。

徐訏很看重「誠信」。他年幼時受到「三國演義桃園結義及七俠五義一類江湖標準的影響」，認為友誼是不分彼此，長大後對交友的要求，仍強調「誠懇，尊敬對方」。[84] 朋友往還是需要信任和諒解的，「守約」便是最基本的信用。[85] 徐訏揚「言志」貶「載道」，[86] 認為文人的作品只要有

82　徐訏：〈憶舊與懷新〉（1943），《蛇衣集》，頁 133。

83　羅家倫：〈俠出於偉大的同情〉，《新人生觀》（台北：台灣華國出版社分社，1954 年），頁 45-52。羅家倫的《新人生觀》於 1942 年重慶商務印書館初版，後在上海、贛州等地重印；1951 年台北重印時作出修訂。本文以台北修訂版為據。

84　徐訏：〈談友情〉（1953），《傳薪集》，頁 24-25、30。

85　徐訏：〈談約會〉（1952），《傳薪集》，頁 39。

86　徐訏：〈談藝術與娛樂〉（1952），《傳薪集》，頁 5。

「誠」便是「言志」，否則寫甚麼還是「載道」。[87] 可見他對「誠」的重視。他又以懶惰為反語，讚美淡泊名利、素衣、素食的可取，藉此對比冷戰世界眾人貪得為勤、吝嗇為儉的做法。[88] 徐訏對傳統美德的堅持，是早已有之，從他的散文就可以見到。

徐訏相信「傳統美德能對治社會問題」。試以傳統美德中的「愛國」為例略作說明。徐訏的「愛國」情懷是很濃的。〈威尼斯之月〉（1936）一文每多比較國人各方面「揚西抑中」的看法，徐訏卻提出「中國第一要政治上軌道」，唯有如此才能從根本對治國民的看法。[89] 即使徐訏身處國外，關心的並不止故鄉的樹木，還有國人及國事。[90] 對國家的關懷，即使到六〇年代都沒有改變，他甚至批評張愛玲的作品在抗日時期淪陷的上海沒有深沉亡國之痛的主題。[91]

徐訏堅信傳統美德，已反映在小說〈傳統〉及電影改編，尤其集中在項成一角。徐訏早年在北大修讀哲學及心理學，深受弗洛伊德思潮影響，對人物心理的描寫特別感興趣，這一點在電影改編對角色心理加以鋪排上略見一斑。〈傳統〉是徐訏早期採用江湖黑幫題材的故事，稍後

87　徐訏：〈《山城之夢》序〉（1953），《傳薪集》，頁 87。

88　徐訏：〈談懶惰〉（1965），《思與感》，頁 104-105。

89　徐訏：〈威尼斯之月〉（1936），《西流集》，頁 133。

90　徐訏：〈魯文之秋〉（1936），《海外的鱗爪》，頁 14-15。

91　徐訏：〈談小說的一些偏見——於梨華《夢回青河》序〉（1963），《懷璧集》（香港：正文出版社，1963 年），頁 207。

1953 年連載在《今日世界》的〈責罰〉[92] 也採用同一題材：
主角必加以懲罰出賣伙伴的人。徐訏以江湖為題材的小
說，強調「兄弟情誼」、對自己兄弟要忠信等精神，早已在
五〇年代初出現，後來的〈江湖行〉（1955-1960）[93] 在題材
上有所繼承，唯更貫徹四處流落、無處是我家的主題。

92　〈責罰〉內容述及神偷張軍是一個愛讀七俠五義故事的少年，因痛恨「責」、
　　「罰」不公的毛老師而偷其金錶；受具有江湖背景的父親之命懲罰出賣伙伴
　　的老王，可謂江湖故事的延伸。徐訏：〈責罰〉，分期連載於《今日世界》第
　　22 期，1953 年 2 月 1 日，頁 14-15；第 23 期，1953 年 2 月 16 日，頁 26-
　　28。

93　徐訏〈江湖行〉第一部先連載於《今日世界》第 69 期至第 88 期（1955 年
　　1 月 16 日至 11 月 1 日）；然後連載於《祖國周刊》第 12 卷第 9 期至第 15
　　卷第 6 期（1955 年 11 月 28 日至 1956 年 8 月 6 日）；最後連載於《自由中
　　國》第 12 卷第 11 期至第 23 卷第 3 期（1959 年 6 月 1 日至 1960 年 8 月 5
　　日）。其後分上、中、下一、下二共四冊出版。《江湖行》上冊由香港友聯出
　　版社於 1956 年出版，中冊及下一冊由香港亞洲出版社於 1959 及 1960 年出
　　版，下二冊由香港上海印書館於 1961 年出版。

四、自矜的文化落難者：
徐訏在「日常生活中的自我表演」[94]

以「和平文人」來說，徐訏和歐陽天、劉以鬯不同之處，在於來香港之前的文學地位和知名度。徐訏在內地已是非常著名的小說家，歐陽天只是《掃蕩報》的編輯，劉以鬯是出版社的老闆、辛苦經營卻未成名的作家；三者相比，徐訏來到香港之後所受到的心理打擊更大。

（一）自矜心態

徐訏為甚麼會有自矜的心態？這得歸咎於他成名太早，還有不能調適上海和香港兩地的文化差異。

1. 成名過早

徐訏四〇年代已成名，內地時期的多部名著已為他建

94　「日常生活中的自我表演」是社會學家高夫曼（Erving Goffman）*The Presentation of Self in Everyday Life* 一書的中文譯名，原書由愛丁堡大學社會科學研究中心於 1956 年以專刊形式出版，1959 年由美國紐約雙日書店（Doubleday & Company）增訂再版。1989 年浙江人民出版社依據增訂版出版黃愛華與馮鋼的譯本，翻譯書名為《日常生活中的自我呈現》；同年雲南人民出版社同樣依據增訂版出版徐江敏的中譯本，翻譯書名為《日常生活中的自我表演》；1992 年苗栗桂冠圖書股份有限公司出版徐江敏譯、余伯泉校閱的中文版，中譯名稱《日常生活中的自我表演》。本文採用英文本增訂版，中譯則採用桂冠圖書股份有限公司版本。

立了一定的文學地位。他在巴黎讀書時創作的奇情小說〈鬼戀〉引起國人注目，七年內印行十九版。[95]1937年因中日戰爭爆發而回到國內，並居於孤島上海，陸續發表如〈阿剌伯海的女神〉等多篇名作為他取得名氣。1943年連載於《掃蕩報》的抗戰小說〈風蕭蕭〉被列為「全國暢銷書之首」。[96]即使對徐訏百般批評的李輝英，也不得不稱讚〈風蕭蕭〉最能體現作者「在寫作上付出不少的精力，而且也顯然的接受了某些外國文學的影響，譬如在故事的排佈上，情節的編織上，噱頭的點綴上，小風趣的渲染上，都煞費了苦心」[97]。司馬長風在《中國新文學史》（1978）更以專節論及此作，認為此書最大成就是「結構的嚴密和完整」、「具啟發的哲理境界」和「寫活了三個不同風格的人物」。[98]可見〈風蕭蕭〉的文學價值是備受肯定的，標示着徐訏南來香港前的文化人身份。然而，基於政治理由，他如其他文化人般無奈南下香港。

　　來到香港，就要面對困苦的生活。除了為「星晚」連

95　徐訏的《鬼戀》1940年由上海夜窗書屋初版（其後1947、1948兩度再版）；1943、1945年成都東方書社也有出版。香港則有較多重版：香港夜窗書屋（1951）、香港友聯（195-）、香港新生出版（1956），香港發行者上海印書館（1961）；台灣方面有台北長風出版社在1954及1959年出版，1966年收入台北正中書局出版《徐訏全集》（第2集）；2008年上海三聯書店《徐訏文集》。「七年印十九版」之說見於錢理群、溫儒敏、吳福輝：《中國現代文學三十年》（北京：北京大學出版社，1998年修訂版），頁518。

96　同上。

97　李輝英：《中國現代文學史》，頁270。

98　司馬長風：《中國新文學史》（下卷），頁95-96。

載小說，徐訏也為香港復刊的《幸福》（1946-1949；1950年在香港復刊）撰稿，[99] 在 1951 年末成為《星島週報》（創刊於 1951 年 11 月 15 日）的編輯委員，在創刊號發表〈寧靜落寞〉與〈淚痕〉兩首詩。[100] 1952 年徐訏獲新加坡《南洋商報》支持後，放棄新加坡《益世報》的工作，回港與曹聚仁創辦創墾出版社[101]、《幽默》半月刊（創刊於 1952 年 5 月），其理念與《論語》、《人間世》一脈相承，可是銷售情況並不理想。[102] 即使其後再辦《筆端》半月刊（創刊於 1968 年 1 月 1 日）、《七藝》（創刊於 1976 年 11 月），銷售仍是未如理想。雖然，他在 1957 年至 1969 年間，相繼在珠海書院、新加坡南洋大學和浸會學院中文系教書，但經濟情況不是太理想。[103] 與上海時期相比，徐訏又怎會滿意？

　　由內地到香港，不斷流浪的生活令徐訏的創作作風改變。小說〈結局〉中「我」從北平到香港的流浪經歷，與徐

99 沈寂給劉以鬯的信提及香港復刊的《幸福》作者群，除了他自己，還包括：劉以鬯、徐訏、施濟美、上官牧、董鼎山、馬兵（南宮搏）、李嘉圖等。見劉以鬯：〈五十年代初期的香港文學——一九八五年四月二十七日在「香港文學研討會」上的發言〉，《香港文學》第 6 期，1985 年 6 月 5 日，頁 14。

100 劉以鬯：〈憶徐訏〉，《明報月刊》總第 179 期，1980 年 11 月，頁 94。

101 參考璧華：〈曹聚仁年表〉，璧華編著：《曹聚仁作品評論集》（香港：香港文學評論出版社，2009 年），頁 291。

102 劉以鬯：〈五十年代初期的香港文學——一九八五年四月二十七日在「香港文學研討會」上的發言〉，《香港文學》第 6 期，1985 年 6 月 5 日，頁 15。

103 不少徐訏的朋友都提到這點，可參考張同：〈念伯訏兄〉，劉其偉：〈徐訏與我〉，見徐訏紀念文集籌委會編：《徐訏紀念文集》（香港：香港浸會學院中國語文學會，1981 年），頁 13-21。

訏真實經歷非常相似。故事中,「我」曾被友人司馬柄美批評在顛沛流離下轉變的創作作風:「我知道你的作風變了,你的人物在你的筆下將都是庸俗醜惡而良善,英雄不會是英雄,愛情不會是愛情。」[104] 即使「我」在末尾向讀者交代這小說是為着紀念一位友人而創作的「紀錄」,但實際上,這篇連載小說紀錄的並不是別人,正是徐訏自己。如果比較徐訏在內地的創作,例如名著〈風蕭蕭〉,男主角徐雖是一位作家,即使文靜仍有勇氣充當間諜──英雄仍是英雄;即使情人白蘋死去,梅瀛子、海倫等相繼離去,文末結尾處主角徐仍對愛情留有期盼。徐訏到香港後的創作,卻多了個人的經歷、折騰、無所適從,主角僅是大時代中的無力反抗的小人物,沒有參與政治、企圖改變政局的份兒,對一切事情只有無奈接受;愛情和家庭因貧窮而變成了生活的負擔,毫無幸福可言。正如司馬柄美對「我」的評價:「把人性寫得太挖苦一點。」[105] 故事主題的轉變、題材的運用、角色的結局等,都因為徐訏個人的經歷而有大幅度轉變。對於司馬柄美的批評,徐訏或許會這樣回應:「我就是要挖苦人性!」這無疑是一種憤忿。

104 徐訏:〈結局〉,《星島晚報‧星晚》,1950 年 12 月 14 日,版 3。
105 同上。

2. 文化差異

　　徐訏由文化重鎮北京、上海等移遷至小島香港，文化落差太大，難免有落難之感。上海與香港兩地本來是不平等的，[106] 即使同是被外國勢力統治的租界或殖民地，仍有南來人以「邊緣」的目光批評香港，[107] 並寫出不少鄙視香港的文章來。[108] 即使徐訏對上海並沒有對北平、重慶等地感情深厚，但是離開熟悉的大陸，孑然一身來到陌生的香港，

106 李歐梵説得很清楚，「從十九世紀末葉到廿世紀中期，香港似乎一直處於上海的陰影之下，它和上海形成了一種密切的姊妹城的關係，但上海仍處於主宰地位。同是租界口岸——也許因為香港割屬英國，成了真正的殖民地——香港卻變成了化外之地、邊緣的邊緣。」又提及，「香港永遠較上海『異端』，而上海在文化上的地位仍較香港正統，她畢竟有一段漫長的滄桑歷史（從清朝外交政策下的邊緣地位逐漸變成國民政府統治下的財經中心），而香港的歷史卻反而被『異化』了，似乎乏善可陳。總而言之，一百年來香港似乎一直『隸屬』於上海，而且在殖民主義主宰之下，無法建立一個文化上的自我認同。」見李歐梵：〈香港文化的「邊緣性」初探〉，（美國）《今天》總 28 期，1995 年，頁 76。

107 王宏志等不值部分南來文人歧視香港的態度，提出批評，「以邊緣去批判『邊緣的邊緣』，是邊緣對『邊緣的邊緣』的歧視」，又提及「而部分在三、四〇年代從上海來香港的文人或作家，卻毫不覺察自身的邊緣性，他們一方面認同於上海的殖民統治，以這種統治所帶來的繁榮和富強而感到驕傲，另一方面又去批判香港的殖民統治，實質上，他們忘記了自己所處的位置。」見王宏志、李小良、陳清僑：〈中國人説香港的故事〉，《否想香港——歷史·文化·未來》（台北：麥田出版股份有限公司，1997 年），頁 65-66。

108 易文也有批評香港的文章，見於楊彥岐：〈香港半年〉，（上海）《宇宙風》乙刊第 44 期，1941 年 5 月 1 日，頁 30-32；楊彥岐：〈論香港生活〉，（上海）《宇宙風》乙刊第 51 期，1941 年 9 月 1 日，頁 28-30。其他文章如陸丹林：〈上海人眼中的香港〉，（上海）《宇宙風》乙刊第 3 期，1939 年 4 月 1 日，頁 119-121；陸丹林：〈談香港〉，（上海）《宇宙風》乙刊第 11 期，1939 年 8 月 1 日，頁 502-504 等。

就自然會流露出複雜的心態。徐訏看輕香港，更看輕香港人。徐訏在〈人情味〉（1963）處處批評香港人：不理睬問路人、巴士電車的售票員沒有禮貌、人際之間互相提防彼此敵對，「香港是一個毫無温暖的世界」。[109] 他一直以為香港只是暫居之地：「住在香港的人，大家都是暫住性質，流動性很大，沒有人當他是永久居留地」，此地沒有「屬民」，難以產生文化。[110] 更何況這裏沒有精神生活，「沒有人提倡文藝活動，充其量有藝無文」[111]，因此，他的心態藉着「星晚」連載的角色折射出來：無奈、厭惡、寂寞與鬱悶，甚至出現〈彼岸〉的角色：一個徬徨無主的可憐的人類靈魂。徐訏到香港後的大部分作品的角色設計都是大陸移民，[112] 他透

109 徐訏：〈人情味〉（1963），《街邊文學》（香港：上海印書館，1972年），頁117。

110 陳乃欣專訪徐訏：〈徐訏二三事〉，（台北）《書評書目》第26期，1975年6月1日，頁15。

111 徐訏認為「香港是物質的天堂，沒有精神生活」，又批評「沒有人提倡文藝活動，充其量有藝無文」，在香港，文學、音樂、美術等都不能茁壯成長。見陳乃欣專訪徐訏：〈徐訏二三事〉，（台北）《書評書目》第26期，1975年6月1日，頁16。

112 黃康顯統計徐訏1950至1970年代的作品，把場景及角色背景列表，然後加以分析。表中見徐訏在此段時期的作品大多是大陸移民，但表中如何定義背景（場景）沒有清楚準則，例如表中沒有記錄〈結局〉司馬栩美夫妻前期的北平背景、也沒有記錄〈私奔〉翠玲夫婦後來到了上海謀生的背景。再者，該表並不包括徐訏所有作品，連載《星島晚報‧星晚》的〈癡心井〉便沒有提及；個別作品寫作日期也有出入，如〈舞女〉是1951年已連載副刊，並非1952或者1953年才脫稿等。見黃康顯：〈旅港作家的流放感——徐訏後期的短篇小說〉，《香港文學的發展與評價》，頁131-156，表格列於頁132-133。

過外來者的目光看香港，進而批評香港社會的種種弊病，所以他相信傳統的美德可以對治弊病，例如期望以俠義改正現實社會奸詐無情的實況。

他後來在〈文學的墮落〉（1965）中表明：「當文學成為商品的時候。它需要用廣告來推銷，廣告越大，推銷愈廣。文學的存在要依賴廣告。」他也相應地指出：「文學也就成為『人』的廣告。」[113] 在徐訏看來，文學一旦帶上了金錢利益，就會墮落。但他身處香港卻不得不依靠文學作品去換取金錢，換取生活所需。這就難怪徐訏在1953年重執奇情小說的筆桿創作〈盲戀〉[114]，雖然小說沒有政治色彩，卻交給美國新聞處支持的《今日世界》發表，以取得較高稿費。[115] 徐訏更參與電影《盲戀》的編劇、演出及電影宣傳

---

113 徐訏：〈文學的墮落〉（1965），《街邊文學》，頁 263-264。

114 徐訏：〈盲戀〉脫稿於 1953 年 3 月 10 日，1953 年 3 月 15 日至同年 9 月 15 日連載於《今日世界》第 25 至 37 期。1953 年由香港大公書局初版，同年三版其書，甚受歡迎。1954 年香港新生出版社、友聯書報發行公司，還有台北長風出版社爭相出版。1963 年李滿天創作的同名小說《盲戀》（香港：環球圖書雜誌出版社，1963 年 7 月 20 日），是一本「四毫子小說」，內容述及富有的男主角無故失明，惹來姑媽及表妹前來謀財害命，幸得聰明女警察假扮盲女偵破案件，更把自己的眼角膜捐贈予他，二人最終結婚。故事中也有藉助交響樂以發展男女主角的愛情，也有提及男主角愛好文學與音樂，相信李滿天曾閱徐訏的〈盲戀〉，唯二者內容有別。

115 徐訏發表在《今日世界》的小說頗多，包括：1952 年至 1953 年的〈手槍〉、〈責罰〉、〈盲戀〉；1957 年的〈失眠〉、〈女人與事〉、〈後門〉、〈神偷與大盜〉、〈客〉；1960 年的〈康悌同志的婚姻〉、〈不曾修飾的故事〉、〈下鄉〉；1963 至 1965 年的〈黃昏〉、〈仇恨〉、〈小人物的上進〉、〈花神〉；以及 1968 及 1969 年的〈蓋棺論定〉和〈新寡〉。

等生產過程，[116] 這實是很大程度的妥協，而妥協的代價就是
「文學的墮落」。徐訏對文藝有明確的理念，他知道「一個
劇本有它特有的主旨，情調與 Tempo；如果導演不了解或
不贊成某劇主旨，最好不導演它」，也知道「文學的墮落」
的原因。然而，他參與《盲戀》的妥協決定，無疑與他的文
藝思想相違背，不能不說是一種矛盾。

　　與上海這個文化重鎮相比，香港只是一個彈丸之地，
香港讀者的冷淡反應更讓徐訏自詡的文學成就相比較，以
為香港讀者與文化遠遠不及上海，因此，儘管徐訏的經濟
狀況與備受重視的程度大不如在上海之時，他仍然不肯放
下自己，始終抱持着看輕香港文化及香港讀者的心態。
即使暫居香港變成久居，表現於語言及行為方面的依然自
我，不願適應，依然留戀內地而不願面對香港的現實。

　　徐訏的作品中出現的種種形象，乃至對香港的評論，
說明他沒有遷就香港讀者；而香港讀者及外在的社會環境是
不會因徐訏而改變的，所以這種「格格不入」必然會出現及
持續下去。徐訏的不滿只會積累，強化自矜。自矜所展現
的具體行為是「我與你不同，我有別於你」！徐訏是非常自
覺的。

116 電影《盲戀》首映於 1956 年 9 月 1 日，易文導演，徐訏親自改編同名作
　　品，香港新華影業公司出品。當中歌曲〈盲戀〉由梅翁撰曲，易文填詞。本
　　人購得電影光碟。

（二）文化落難者

　　正如曹聚人所說「流亡在香港的文化人，大部分都很窮」[117]，徐訏在香港的地位與待遇當然不能與在上海時相比。徐訏不斷地受現實生活衝擊，只好煮字療飢。因為生活不安定，徐訏曾對他的朋友張同表示：如果真要賣文為生，他可以大量生產，稿分三等，按等級收費。[118] 徐訏的〈小說的濃度與密度〉（1965）很能道出他在香港靠寫作生活的苦況。他一矢中的地指出報紙連載方法與說書相仿，當中要訣「最要緊就是枝枝節節的拖」[119]。雖然，徐訏實際上對這種欠缺「濃度與密度」的連載作品持批評態度，但他也無奈指出「在這個幾塊錢一千字的稿費待遇的時代，每天在豆腐格子中填寫幾百字去發表的制度下」，對小說的嚴肅要求只會令連載作家餓肚子。[120] 更何況，徐訏明白在資本主義的社會中，文藝作品的稿費可能低於一段明星的緋聞。報社老闆看重的是報紙銷量，於文藝作品而言是沒有保證的。[121] 現實生活持續不斷地衝擊着徐訏，即使他對小說創作有一定要求，但連載小說〈結局〉的脈絡也只能隨着「我」的流浪碰見不同人物而發展，結構並不嚴密，表現出來的，正是

117 曹聚仁：《採訪新記》（香港：創墾出版社，1956 年），頁 75。

118 張同：〈念伯訏兄〉，徐訏紀念文集籌委會編：《徐訏紀念文集》，頁 13。

119 徐訏：〈小說的濃度與密度〉，《思與感》，頁 120。

120 同上，頁 121。

121 徐訏：〈稿費問題〉（1963），《街邊文學》，頁 113。

徐訏批評報刊連載的枝枝節節地「拖」的特色。[122] 對於小說的結局——司馬柄美中馬票以及「我」得到鉅額遺產，情節及角色命運的突然轉變，更反映真實人生的不可能的荒誕，似是徐訏在反諷小人物活在大事代下無力改變自己的命運。雖然他對小說創作有「濃度與密度」的追求，但爬格子生活的苦況卻消磨了他的文藝理想，在副刊寫作只是為了生活，副刊讀者難以接受有深度的作品。[123] 這就難怪連載於「星晚」的〈癡心井〉、〈有后〉、〈壞事〉、〈無題〉等作品，情節呈現曲折，略見奇情的元素，隱約見到他在內地的小說〈鬼戀〉、《荒謬的英法海峽》的特色——總是異於

122 〈結局〉中的人物互相關連，故事發展依隨不同人物為重心：先是「我」與司馬柄美、司馬柄美與卓啟文、卓啟文與范學成、范學成與沙米愛、沙米愛與高第含、然後是「我」回國後重遇司馬柄美夫婦，後來因南來香港而再遇。不難見到整篇小說結構較鬆散，內容發展具隨機性。事實上，不少作家繼承晚清多採用章回體的形式連載作品，創作時吸收話本敍述模式，既可在獨立的單元內構成故事，結集成書時又能連成一體。有關連載小說的結構，顏琳以讀者為主體的接受美學出發，指出敍述結構會採用讀者習慣的三段式模式：先講述目前已發生的事件，再切敍、倒敍、插敍事件的原因和過程，最後寫出結果。見顏琳：〈連載小說：與商業文化共生的「消費文學」〉，（武漢）《湖北廣播電視大學學報》第 17 卷第 2 期，2000 年 6 月，頁 58。對於連載小說的敍述策略，連載小說既吸收了章回小說的敍事模式，自然也有依靠中斷、連貫形成特殊的閱讀張力。顏琳認為「在連載中作者慣用的手法往往是切斷情節路線，造成內容連貫性阻滯。即正當讀者陶醉於某一情節路線的人物或情境時，突然節外生枝，推出新人物，或轉到另一人物、情節：『接下來會發生甚麼呢？』在敍事高潮處來個『策略性間斷』，更加延續對讀者好奇心的滿足，迫使讀者去尋找先前敍述的熟悉故事與新的未曾目睹的情節的聯繫，自己去補充所缺環節。」見顏琳：〈二十世紀初期連載小說興盛原因探析〉，（臨汾）《山西師大學報》（社會科學版）第 29 卷第 3 期，2002 年 7 月，頁 134。

123 陳乃欣專訪徐訏：〈徐訏二三事〉，（台北）《書評書目》第 26 期，1975 年 6 月 1 日，頁 16。

尋常的人（角色）遇上異於尋常的事件（情節）。[124]

　　徐訏來香港定居時，既有的文學地位跟香港當下的地位，如受讀者的重視程度、稿費待遇、出版商的重視等與內地有很大差別，作家因此受到很大的打擊：他在經濟上落難了，更難過的是，他在文化上也落難了。

（三）自我表演（presentation of self）

> 　　他是一個孤獨的人，不只在台北孤獨，在香港也孤獨。——隱地[125]

　　在不少人心中，孤獨與寂寞成了徐訏的身影，脫不了關係。報章專訪的標題把「孤獨」標示為寫作能力的來源，[126]

---

124 「奇情」的意思可參考《左傳・曹劌論戰》。魯莊公回答曹劌作戰憑藉之三：「小大之獄，雖不能察，必以情。」見 ［晉］杜預注、［唐］孔穎達疏：《左傳注疏》（第 8 卷第 3 冊），上海：中華書局，1936 年（四部備要本），頁 13 上。訟獄案件必以實情明察，「情」自有「實情」、「事實真相」的意思。以此引申，「奇情」故事實可指具「奇怪的事實或情節的故事」，而事件必定與人有關，兩者互為依存。故「奇情小說」可解說為以小說文體把異於尋常的人（角色）遇上異於尋常的事件（情節）敍述出來。然而，本人認為徐訏的奇情小說，實可以外加一個條件：筆下的奇人奇事儘管離奇，實有在人間發生的可能，與「魔幻」不同。

125 隱地：〈寂寞——悼徐訏〉，陳乃欣等著：《徐訏二三事》（台北：爾雅出版社，1980 年），頁 81。

126 《南華早報》訪問徐訏的專文，標題為〈孤獨激起了寫作能力〉。見於陳乃欣專訪徐訏：〈徐訏二三事〉，（台北）《書評書目》第 26 期，1975 年 6 月 1日，頁 11。

孤獨、寂寞更就美化成為「藝術家的胎胚」[127]。徐訏在朋友心中刻下「寂寞和苦味的笑容」，還有深沉的形象，言簡意賅。[128] 在不同的評論者、讀者觀眾眼中，徐訏是一位孤獨的、消極的、悲觀、可憐、可憫的「作家」——一位從內地到香港的「文化落難者」的形象。然而，這形象卻是徐訏有意為之的塑造。他的行為，或者就如高夫曼（Erving Goffman，1922-1982）所說的：「表演」（presentation）給觀眾看，而現實的生活場景就是他的劇場。[129] 在這個劇場裏，徐訏資取自己的南來經歷，為自己設計了一個「文化落難者」的角色，而且有意識地，也很自然地進入了角色。

　　徐訏自覺自己文藝修養高，自矜是一個高雅之士，所以他經常出入的咖啡廳、夜總會、大學辦公室，或者紅星、紅寶石、温莎等前身在上海的餐廳，[130] 即使住址選擇，也以仿似上海霞飛路為標準。[131] 這些行為都是他有意為之的自覺選擇；而這些地方就是他「表演」的「外部裝置」

127 心岱：〈台北過客〉，陳乃欣等著：《徐訏二三事》，頁 36。

128 司馬中原：〈春天的花環〉，《聯合報・聯合副刊》，1980 年 10 月 28 日，版 8。

129 「表演／自我表演」（presentation / presentation of self）是指個體在特定場合，於觀察者面前表現出的全部行為，對觀察者具有影響作用，使其對個體留下某些印象。Erving Goffman, *The Presentation of Self in Everyday Life*（New York: Doubleday Anchor Books Doubleday & Company, INC., 1959）. pp. 1-16, 22. 可參考高夫曼著、徐江敏等譯：《日常生活中的自我表演》（苗栗：桂冠圖書股份有限公司，1992 年），頁 1-16、24。

130 布海歌著、馮偉才譯：〈我所認識的徐訏〉（上及下），《新晚報・星海》，1981 年 4 月 7 及 14 日，版 12。

131 沈西城：〈霞飛路上的徐訏〉，《蘋果日報》，2013 年 11 月 14 日，副刊。

（setting）。要演好「文化落難者」這個角色，還需要有恰如其分的「外表」（appearance）及「舉止」（manner），也就是徐訏的「個人門面」（personal front），因此他見客只願以帶鄉音的普通話、上海話、英語等交談。「外部裝置」與「個人門面」搭建了一個「台前」（front），表演者徐訏可以專心地投入他的角色：在人前展現一個理想化的「作家」，以滿足觀眾心目中所期許的形象。[132]

董橋的〈滿抽屜的寂寞〉對徐訏的生命形態有以下的描述：「徐先生的寂寞是他給他的人生刻意安排的一個情節，一個佈局，結果弄假成真。」[133] 拒絕接受外界的結果雖是「寂寞」，但卻是徐訏的「刻意安排」。何以見得徐訏的生命形態是他自己的「刻意安排」？徐訏本來打算暫居香港，卻變成了久居，筆耕但求謀生，經常自嘲為「難民」，直至

---

132 「台前」（front）是指個體表演中能夠以一種普遍、固定的方式來對觀察者進行情景定義的部分，是個體在其表演中有意或無意使用的標準的表演裝置。表演裝置分為「外部裝置」（setting）和「個人門面」（personal front）：前者指表演設施中與景色有關的部分，包括舞台設計、舞台裝飾、舞台佈局以及其他背景道具；後者指表演設施中使觀察者能直接與表演者產生認同的其他成分，例如官職或地位的標誌、衣着、性別、年齡、種族特徵、身材及相貌、姿勢、談吐方式、面部表情、舉止等。「個人門面」底下，個體的「外表」（appearance）透露表演者的地位、禮儀狀況等；個體的「舉止」（manner）則透露表演者想扮演怎樣的互動角色，觀察者期望「外表」和「舉止」有一致性。Erving Goffman, *The Presentation of Self in Everyday Life*, pp. 22-25. 可參考高夫曼著、徐江敏等譯：《日常生活中的自我表演》，頁 24-27。

133 董橋：〈滿抽屜的寂寞〉，江迅選編：《董橋散文》（杭州：浙江文藝出版社，1996 年），頁 76。

七〇年代才不再提這個自嘲。[134] 他討厭香港，也討厭廣東話的音調，甚至不接受學生以廣東話演曹禺的話劇。[135] 這些行為都是他有意為之的自覺選擇。因為徐訏既有的文藝成就和名氣令他不願意放下身段，融入香港生活，並且用小覷及批評的態度，居高臨下地俯視香港的人和事。這完全是一種文化人自矜心態的表現。在他眼中：香港沒有精神生活、沒有文藝活動，更沒有文化。可以說，這些看法與他自覺選擇的行為全都出於他自矜的心態。這就不難理解何以他在「星晚」故事的角色呈現出無奈、厭惡、寂寞與鬱悶的心態。小說〈傳統〉及改編電影折射出他曾經相信傳統美德能對治社會弊病，但面對現實生活的壓力，即使徐訏自己，都不能不作出妥協，參與電影《盲戀》的生產，這在其自矜心態的映照下，既是一種協妥，同時也是一種矛盾。如此看來，無奈、厭惡、寂寞、鬱悶、相信傳統美德可以教化觀眾，懷着妥協參與電影《盲戀》的製作，這些心態全都源於他的自矜。滿抽屜的，又何止寂寞呢？

高雅之士也好，理想化的作家也好，都是徐訏有意為之的表演，他的表演第一位觀眾便是自己。當自己可以習

---

134 徐速記述與徐訏在 1957 年一起參加台灣的文化交流團，徐訏上台致辭時便自嘲「我只是個難民，在香港時常餓肚子的難民」，見徐速：〈在時代浪潮裏浮沉的一位中國作家——憶念徐訏〉，《明報月刊》總第 186 期，1981 年 6 月，頁 94。據布海歌的說法，徐訏到七〇年代才不再提「難民」這個自嘲。見布海歌著、馮偉才譯：〈我所認識的徐訏〉（下），《新晚報‧星海》，1981 年 4 月 14 日，版 12。

135 布海歌著、馮偉才譯：〈我所認識的徐訏〉（下），《新晚報‧星海》，1981 年 4 月 14 日，版 12。

慣成自然，如董橋所說般「弄假成真」之後，才外顯於他人。徐訏與他人溝通堅持用普通話、上海話，既是做給他人看，更是做給自己看的刻意行為。當不同類別的觀眾都看到一致的形象時，徐訏的角色形象便更鮮明和一貫了。徐訏持續的表演，對內是「自矜」心態，對外則表現為「文化落難者」。電影《傳統》的歌曲《小奴奴》是由徐訏填詞的，很能道出他落難的心聲：

> 小奴奴，家在北方。小奴奴，家有情郎。他為呀打仗流落他鄉。我為呀尋他一直到南方。啊喲！尋到了南方，流落在烟花巷。尋到了南方，流落在烟花巷。啊喲！小奴奴，家在北方。小奴奴，家有爹娘。他們為打仗死在家鄉。我為呀謀生跑到了南方。啊喲！跑到了南方，流落在烟花巷。跑到了南方，流落在烟花巷。啊喲！[136]

歌詞不斷重複婦人為尋丈夫，流落南方的煙花巷，悽涼委屈。徐訏藉着流落異鄉的歌女的歌聲抒發了他的自家心事。小奴奴在政治不穩、戰事連連的時勢離鄉南來尋「他」，卻有不好的遭遇，「流落在煙花巷」。歌詞正好道出徐訏來港初期，文人為落難而自悲自嘆、憐憫自身的遭遇！

136 電影《傳統》中的插曲由白郎撰曲、徐訏作詞。歌詞見於《傳統》電影特刊，出版資料不詳，無頁碼。此刊為香港電影資料館藏本。

第二章：作家的自畫像

197

五、結論

　　徐訏在 1950 年從大陸南來香港，為謀生而投入香港的筆耕市場，隨即在「星晚」發表連載作品。在接近一年半的時間內，徐訏是該副刊的主要作家之一。當中的連載作品反映徐訏在香港生活及創作的心態：角色四處流浪，最後流落在香港，與徐訏的現實際遇相仿；角色批評都市生活（香港和上海），厭惡都市人的庸俗，見作者崇尚鄉野簡樸生活；作品悲劇的結局，角色最後總是孤寂一人，更是作者寂寞與鬱悶的心態反映。徐訏堅信傳統美德，已反映在小說〈傳統〉及電影改編，主角項成展現出對「傳統」的堅持，表現了作者期望以俠義改正現實社會奸詐無情的實況。

　　徐訏由文化重鎮北京、上海等移遷至小島香港，文化落差太大，難免有落難之感。在他眼中，香港沒有精神生活、沒有文藝活動，更沒有文化，純粹的文藝作品不能生存於香港的商業空間。他以「文化落難者」的姿態寫作，種種複雜的心態就貫穿於他在「星晚」連載的作品中。在現實的生活裏，徐訏為自己塑造出一個寂寞文人的形象，董橋用「刻意安排」來描述徐訏的人生設計，應該是對他的心理的準確把握。至於「弄假成真」，就更是神來之筆：所謂「假」，意味着徐訏完全可以有其他的「情節」、「佈局」，不一定要逼迫自己寂寞；而所謂「真」，就是習慣成自然了。徐訏習慣了寂寞，進而相信自己注定寂寞。他成功了，就如他在〈原野的呼聲〉中所言：「人人都說我有顆寂寞的靈

魂。」他不但在人前描畫出自己一個寂寞的畫像，還把這個自畫像敷在臉上，自畫像化成了臉譜，蝕進了他的肌膚，經過一段居港歲月之後，就變成了他生命的一部分，「結果弄假成真」。

附表一：徐訏「星晚」連載小說列表（1950-1969）

	連載小説	連載日期（年月日）	備註
1.	期待曲	1950.6.9－1950.7.11	/
2.	爐火	1950.7.14－1950.10.7	1950 年 9 月 1 日因《星島晚報》週年紀念而停刊一天。1950 年 10 月 3 日沒有報紙微縮。
3.	筆名	1950.10.8－1950.10.28	/
4.	鳥語	1950.11.6－1950.11.29	/
5.	結局	1950.11.30－1950.12.22	1950 年 12 月 15 日至 12 月 18 日沒有報紙微縮。
6.	一九四〇級	1950.12.24－1951.1.4	/
7.	彼岸	1951.1.19－1951.3.27	1951 年 2 月 24 日至 25 日、3 月 11 和 28 日沒有微縮。1951 年 2 月 18 日小説停刊一天。
8.	刧賊	1951.3.30－1951.4.11	1951 年 3 月 30 日、4 月 3 日和 8 日沒有報紙微縮。
9.	私奔	1951.4.12－1951.4.27	1951 年 4 月 14 日、15 日和 23 日沒有報紙微縮。
10.	星期日	1951.4.28－1951.5.7	1951 年 4 月 29 和 30 日沒有報紙微縮。
11.	爸爸	1951.5.9－1951.5.17	/
12.	祕密	1951.5.18－1951.5.30	/
13.	殺妻者	1951.5.31－1951.6.11	/
14.	傳統	1951.6.13－1951.7.5	1951 年 7 月 5 日沒有報紙微縮。
15.	舞女	1951.7.7－1951.7.24	/
16.	癡心井	1951.7.27－1951.9.8	1951 年 8 月 19 日和 28 日沒有報紙微縮。
17.	有后	1951.9.10－1951.10.5	1951 年 9 月 19 日至 21 日、10 月 2 日沒有報紙微縮。

（續上表）

連載小説	連載日期（年月日）	備註
18. 壞事	1951.10.6 - 1951.10.17	/
19. 無題	1951.10.19 - 1951.11.10	/
20. 凶訊	1951.11.26 - 1951.12.7	/
21. 舞蹈家的拐杖	1960.1.2 - 1960.4.23	1960 年 1 月 20 日、25 日、28 日、29 日沒有報紙微縮。1960 年 1 月 27 日存有報紙微縮，但沒有副刊「星晚」版頁。1960 年 3 月 9 日和 4 月 4 日小説停刊一天。

附表二：徐訏的文學作品改編電影列表 *

電影片名	導演、編劇	電影公司	首映日期（年月日）	原著	原刊或備註
1. 鬼戀（又名《黑衣女郎》）	何兆璋編導	上海國華影業公司	1942	鬼戀	《宇宙風》連載。
2. 願郎重吻妾朱唇	李鐵編導	香港建華影業公司	1950.4.14	吉布賽的誘惑	李鐵在電影特刊處沒説明是改編哪一個原著，但是從特刊的內容簡介可得知此電影故事源自《吉布賽的誘惑》。
3. 風蕭蕭	屠光啟編導	香港邵氏父子有限公司	1954.5.21	風蕭蕭	《掃蕩報》連載。
4. 誘惑	陶秦編導	香港邵氏父子有限公司	1954	祕密	《星島晚報》連載。
5. 傳統	唐煌導演、徐訏編劇	香港亞洲影業有限公司	1954.5.10（台灣）1955.4.21（香港）	傳統	《星島晚報》連載。
6. 癡心井	唐煌導演、王植波編劇	香港邵氏父子有限公司	1955	癡心井	《星島晚報》連載。
7. 鬼戀	屠光啟編導	香港麗都影片公司	1956.7.19	鬼戀	《宇宙風》連載。
8. 盲戀	易文導演、徐訏編劇	香港新華影業公司	1956.9.1	盲戀	《今日世界》連載。
9. 春色惱人（又名《春去也》、《春風一度空遺恨》）	易文編導	香港電影懋業有限公司	1956.10.19	星期日	《星島晚報》連載。

（續上表）

電影片名	導演、編劇	電影公司	首映日期 （年月日）	原著	原刊或備註
10. 後門	李翰祥導演、王月汀編劇	邵氏兄弟（香港）有限公司	1960.5.27	後門	《今日世界》連載。
11. 手槍	高立導演、王月汀編劇	邵氏兄弟（香港）有限公司	1961.11.1	手槍	《今日世界》連載。
12. 江湖行	張曾澤導演、倪匡編劇	邵氏兄弟（香港）有限公司	1973.5.4	江湖行	分別連載於《今日世界》、《祖國周刊》、《自由中國》。
13. 人約黃昏	陳逸飛導演、吳思遠編劇	香港思遠影業公司	1996.1.18	鬼戀	《宇宙風》連載。

＊ **參考來源：**

一、 梁秉鈞、黃淑嫻編：《香港文學電影片目 1913-2000》（香港：嶺南大學人文學科研究中心，2005 年）。

二、 「中國現代文學研究網」徐訏的「電影及戲劇改編」，網址：http://www.modernchineseliterature.net/writers/XuXu/films-b5.jsp，瀏覽日期：2013 年 9 月 14 日。

三、 香港電影資料館，網址：http://www.lcsd.gov.hk/CE/CulturalService/HKFA/b5/index.php，瀏覽日期：2013 年 9 月 14 日。

E♭調 2/4　　**小奴奴**　　徐訏詞　　白郎曲

（《傳統》插曲之一）

稍慢

6·5 35 | 6 — | 5·3 23 12 | 3 — | 6·5 35 |

小　奴　　奴　　家在北　　方　　　小　奴
小　奴　　奴　　家在北　　方　　　小　奴

3 — | 2 3 5 17 | 6 — | 6 1 2 | 5 6 5 4 |

奴　　家有情　郎　　　他為呀打　　　仗
奴　　家有爹　娘　　　他們為打　　　仗

2·4 5 6 | 5 — | 2　4　5 1 | 1 | 2 4 5 4·6 |

流落他　鄉　　我為呀尋　他　一直到南
死在家　鄉　　我為呀謀　生　跑到了南

5　·　6 | 5· | 1 6 5 1 2 | 5 — | 6 5 3 3 5 |

方　　啊　喲　　尋到了南　方　　　流落在烟花
方　　啊　喲　　跑到了南　方　　　流落在烟花

2 — | 2 4 5 | 1 6 1 | 2 4 5 4 6 | 5·6 | 5 — ‖

巷　　尋到了南　方　流落在烟花　巷　啊　喲
巷　　跑到了南　方　流落在烟花　巷　啊　喲

電影《傳統》的插曲《小奴奴》，由徐訏填詞，藉着歌女抒發自家心事，悲嘆流落異鄉的飄泊遭遇。圖片見於《傳統》電影特刊，出版資料不詳，無頁碼。此刊為香港電影資料館藏本。

徐訏〈傳統〉於《星島晚報 · 星晚》1951 年 6 月 13 日首天連載。

電影《傳統》是一部由徐訏親自改編的作品。圖為 1955 年 4 月 23 日刊於《星島晚報》（版 8）的電影宣傳廣告。

徐訏原著及改編電影《盲戀》，更親身入鏡，滿足讀者及影迷好奇的心思。從
當年《盲戀》的電影特刊，可以看到編劇徐訏與「影壇女星」李麗華同時成為
電影的賣點。(〈徐訏名小說「盲戀」搬上銀幕〉，《盲戀》電影特刊，無頁碼，
作者及出版資料不詳) 圖為徐訏在影片中的造型。

電影《盲戀》的陣容，一眾著名影星列席。圖中後排右一為導演易文，右二及
左一三分別是演員賀賓、蔣光超、陳厚；前排由右至左為鍾情、威莉、李麗華、
徐訏、監製張善琨，左一為羅維。
(鳴謝徐尹白小姐提供照片)

劉以鬯認為徐訏的小說「即使驚詫於色彩的艷麗，也會產生霧裏看花的感覺。」（〈五十年代初期的香港文學〉）〈彼岸〉將哲理融入小說，有意歌頌宇宙的諧和，「霧裏看花」之感似乎更強烈了。

上圖為徐訏〈彼岸〉於《星島晚報》1951年1月19日首天連載，下圖為〈彼岸〉的手稿。（鳴謝徐尹白小姐提供手稿）

—————————— 第三章

文本的變顏：

文化產業視閾下劉以鬯〈酒徒〉的連載與結集單行比較 *

* 本章第一稿原刊於（彰化）《國立彰化師範大學文學學報》第 16 期，2017 年 9 月，頁 41-72。原題〈宣言力量的弱化——文化產業視閾下劉以鬯《酒徒》的連載與結集〉，收入本書時已作修訂。

一、引言：文本的原貌與新顏

　　劉以鬯與徐訏拒絕融入香港的態度截然不同，他為了適應本地生活施展了渾身解數。雖然劉以鬯為謀稻粱而寫下多篇通俗作品，但在「星晚」卻畫了一角給真正的自己，在〈酒徒〉裏，藉醉漢寫下了作家的文藝宣言。然而，到結集的時候，他卻又為〈酒徒〉塗上脂粉，讓變了顏的文本與後來的讀者相見。

　　1962 年末，〈酒徒〉連載於「星晚」，是當時一部另闢蹊徑的大膽之作。作者自稱〈酒徒〉是一部「娛己」不「娛人」的作品，小說中的醉漢所抒發的感想、所批評的事情、所表達的文藝觀，可視作劉以鬯面對當時香港商業與娛樂的現實生活的反映。

　　連載小說是一種文藝，同時也為讀者提供娛樂，說到底就是一項文化產業（cultural industry）。一九五、六〇年代的連載小說是一個重要的文化生產資源。報紙或雜誌的連載小說既可以在刊登後結集出版，同時可以成為電影的改編劇本，是出版業及電影業的前置文本。在報業與出版業中，連載小說的作家是「創意人才」，是整個文化產業網絡的核心。[1] 作家在作品中的「創意」，可視為個人文藝觀的

1　邱誌勇：〈文化創意產業的發展與政策概觀〉，李天鐸編著：《文化創意產業讀本：創意管理與文化經濟》（台北：遠流出版事業股份有限公司，2011年），頁50。

具體展現。當創意人才的文藝觀「超前」於身處的年代，即意味着當時一般受眾及由他們所構成的產業市場「滯後」，於是出現創意人才走得比「產業」快的情況。劉以鬯在〈酒徒〉中所展現的前衛文藝觀：批判中西方文學的觀點、反思五四文學的得失、捕捉當時文學的潮流等，便屬上述情況。〈酒徒〉的文藝意味濃厚，並不為一般讀者接受，更可能影響報刊與書籍銷量。劉以鬯在〈酒徒〉中批評報業、出版業和電影業的言論甚至會堵塞往後結集出版的道路。劉以鬯要面對小說連載之後出版沒着落的壓力，為了出版，難免要調節小說的情節、敍事，和人物設計等等，致使文本的面貌改變。本章要討論的正是這個文本的調整。

二、連載與結集：不同評論的根據

　　這部逾十萬字的連載小說刊登完畢後，1963 年由香港海濱圖書公司結集出版（後稱「海濱版」）[2]。海濱版出版之後相隔一段時間，便出現對《酒徒》的評論。其中一則相當重要的評論是吳振明於 1968 年在《中國學生周報》發表的〈解剖「酒徒」〉。他認為《酒徒》是「中國第一部意識小說」，專注討論結集《酒徒》中所運用的意識流、內心獨白的形式技巧。[3] 此論之後，評論者批評《酒徒》的角度大部分聚焦於寫作技巧。他們着眼於在現代主義思潮衝擊下，劉以鬯怎樣用《酒徒》示範內心獨白與意識流等寫作技巧來探討人的內心世界。

（一）結集的評論

　　1979 年 5 月《香港文學》雙月刊創刊號設劉以鬯專輯，唐大江着意引錄幾段意識流文句，並賦予小說「很高的評價」；[4] 蔡振興認為《酒徒》的「技巧和文字」是唯一能與流

2　劉以鬯：《酒徒》（香港：海濱圖書公司，1963 年）。後文註釋將稱為「《酒徒》海濱版」。

3　振明（吳振明）：〈解剖「酒徒」〉，《中國學生周報》第 841 期，1968 年 8 月 30 日，版 4。

4　唐大江：〈「酒徒」小介〉，《香港文學》雙月刊創刊號，1979 年 5 月，頁 6-8。

行小說區分之處，[5] 兩者的注意力不約而同地放在意識流。八〇年代香港與內地文藝界同樣捲起意識流的爭論潮。不論是鍾玲、葉娓娜與黃維樑等六人討論《酒徒》，或是姚永康的分析，仍關注小說的意識流技巧。[6] 陳雲根在 1987 年憑〈眾人皆醉我獨醒——評劉以鬯的《酒徒》中的先知角色及其他〉獲得了徵文比賽大專組亞軍，該文分析的焦點仍是意識流技巧。[7]《劉以鬯研究專集》（1987）[8] 是第一部劉以鬯作品研究專集，當中輯有十篇評論《酒徒》的文章；1995 年出版的《〈酒徒〉評論集》就在《劉以鬯研究專集》的基礎上增加了很多學者的論文，論題中不乏「小說技巧」、「致力創新」、「現代小說」、「藝術上的探求與創新」、「意識流小說」等字眼，可見評論者所關注的焦點多集中在技巧方面。[9] 劉以鬯的作品逐步得到各界肯定，文學地位也得以奠定。1991 年香

5　蔡振興：〈兩隻手寫作的小說家〉，《香港文學》雙月刊創刊號，1979 年 5 月，頁 17。

6　鍾玲等討論，黎海華整理：〈「文藝座談會」：香港小說初探〉，《文藝雜誌》第 6 期，1983 年 6 月，頁 12-32；姚永康：〈別具新意的小說——《酒徒》藝術芻議〉，《讀者良友》第 1 卷第 5 期，1984 年 11 月，頁 72-75。

7　陳雲根：〈眾人皆醉我獨醒——評劉以鬯的《酒徒》中的先知角色及其他〉，《讀者良友》第 6 卷第 6 期，1987 年 6 月，頁 58-62。

8　梅子、易明善編：《劉以鬯研究專集》（成都：四川大學出版社，1987 年）。

9　例如：胡菊人的〈甚麼是現代小說？（節錄）〉（頁 56）、許翼心的〈論劉以鬯在小說藝術上的探求與創新（節錄）〉（頁 76-79）、姚永康的〈別具新意的小說——《酒徒》藝術芻議〉（頁 80-86）、黃傲雲的〈意識流的剖切面——劉以鬯的《酒徒》〉（頁 96-100）、吳尚華的〈《酒徒》：中國第一部意識流小說——劉以鬯小說創作一瞥〉（頁 121-122）、易明善的〈劉以鬯小說的創新特色（節錄）〉（頁 140-145）、楊升橋的〈「前衛」的文學觀與技巧——

港三聯書店出版《劉以鬯卷》[10] 後，劉以鬯的研究進一步興盛。香港大專學院的學者對劉以鬯的重視，甚至影響大學生的畢業論文以劉以鬯為題。[11] 1997 年易明善的專書《劉以鬯傳》[12] 和周偉民、唐玲玲的《論東方詩化意識流小說》[13]，論述方向都與《〈酒徒〉評論集》一致，仍然專注於寫作技巧。2009 年香港首次舉辦以劉以鬯為研究對象的學術會議「劉以鬯與香港現代主義」，會後所輯成的《劉以鬯與香港現代主義》（2010）[14]，「現代性」仍是學者關注的焦點。嶺南大學人文學科研究中心於 2010 年出版《現代中文文學學報》第 10.1 期「中心與邊緣」專號，[15] 2012 年出版的《劉以鬯作品評論集》等都不能脫離現代主義意識流的窠臼。

社會・作家・文本：南來文人的香港書寫

評劉以鬯的《酒徒》〉（頁 152-157）、李今的〈劉以鬯的實驗小說（節錄）〉（頁 192-197）、楊義的〈劉以鬯小說藝術綜論（節錄）〉（頁 237-240）等篇的題目已可見評論者重視《酒徒》的藝術手法。見獲益編輯部編：《〈酒徒〉評論選集》（香港：獲益出版事業有限公司，1995 年）。

10　劉以鬯編：《劉以鬯卷》（香港：三聯書店［香港］有限公司，1991 年）。

11　梁秉鈞、黃勁輝：〈《劉以鬯作品評論集》序〉，梁秉鈞、黃勁輝編：《劉以鬯作品評論集》（香港：香港文學評論出版社有限公司，2012 年），頁 iii。

12　易明善：《劉以鬯傳》（香港：明報出版社有限公司，1997 年）。

13　周偉民、唐玲玲：《論東方詩化意識流小說：香港作家劉以鬯研究》（北京：中國社會科學出版社，1997 年）。

14　梁秉鈞、譚國根、黃勁輝、黃淑嫻編：《劉以鬯與香港現代主義》（香港：香港公開大學出版社，2010 年）。

15　論文包括羅貴祥：〈劉以鬯與資本主義的時間性〉、許旭筠：〈從現代中國文學的邊緣看香港文學研究：以劉以鬯研究為例〉等，見《現代中文文學學報》第 10.1 期「中心與邊緣」專號，2010 年，頁 162-176；177-186。專號更作出一個較完備的「劉以鬯作品年表」、「劉以鬯作品外譯」資料，頁 187-192；226-229。

上述的《酒徒》研究熱潮，都集中於小說的寫作技巧，必須鄭重指出的是：這些評論都是以《酒徒》海濱版為根據，無一例外。

（二）連載的評論

相對多如繁星的結集評論，連載期間及稍後的評論文章就顯得寥若晨星，不過討論的方向卻截然不同。在〈酒徒〉連載期間，倪匡直言此作「其實並不是甚麼新得離奇的新派小說，它仍然極現實，是極為優秀的寫實主義的小說」[16]。此評語明顯是就醉漢在文化產業中的困境而言。

十三妹（原名方式文）在 1963 年 1 月兩度評價〈酒徒〉。她洞悉劉以鬯藉〈酒徒〉角色麥荷門自喻，想辦文藝雜誌，卻無能為力；她更明白小說所批評的武俠與色情小說當道是文壇實況。對於自己無力改變文壇歪風，她唯有嘲諷香港的稿匠，更自嘲庸俗，未能為時下學生提供精神食糧。[17] 十三妹對當時文壇看不過眼，可恨自己也身處其中，像〈酒徒〉的「我」一樣。

同年，呂壽琨發表了〈讀《酒徒》後〉，是〈酒徒〉連載後的第一篇評論文章。他與十三妹一樣，着重小說所描繪的文學生產語境的真實性：

16　衣其（倪匡）：〈一片牢騷話〉，《真報》，1962 年 12 月 31 日。

17　十三妹：〈讀李普曼並告大學生們〉，《新生晚報・新趣》，1963 年 1 月 20 日，版 5。

劉以鬯不是「酒徒」，但若非酒徒不敢揭穿戳破這血淋淋的現實。

　　我之歡喜「酒徒」，因它揭示了眾生真實，肆無忌憚的胡亂寫成（亂了一切章規，）讀完後，深覺得酒徒還沒有完，這感覺似乎不限定是來自書中，而是更為真確的來自現實，現實得連自己也像包括在內。[18]

　　不論是倪匡、十三妹，還是呂壽琨，他們的評論，都是以〈酒徒〉的內容所呈現仿真度極高的文學生產語境為焦點。仍需鄭重指出的是：他們評論的根據是〈酒徒〉的連載版，而非海濱版。

　　以上兩種截然不同的評論方向，其實是根據兩種不同的文本。在眾多評論者中，梁秉鈞是少數察覺〈酒徒〉連載版與結集版存有差異的學者。他含蓄地指出：「《酒徒》在晚報連載，意識流的技巧似是要顯示它對商品形式的抗拒。此書收入的連載則以較溫和和易讀的姿態出現。」[19] 他所說的「溫和」、「易讀」實在是可圈可點。若是仔細比較連載版和海濱版，就可以看到海濱版是作者作了二千多項修訂而成的，並非連載原刊面貌，變顏後的作品，即使到1979 年劉以鬯為台北遠景出版事業公司（後稱「遠景版」）[20]

18　舒奈（呂壽琨）：〈讀「酒徒」後〉（上、下），《香港時報・快活谷》，1963年 4 月 13 日，版 10；4 月 15 日，版 10。

19　也斯：〈劉以鬯的創作娛己也娛人〉，《信報財經新聞》，1997 年 11 月 29 日。

20　劉以鬯：《酒徒》（台北：遠景出版事業公司，1979 年）。後文註釋稱為「《酒徒》遠景版」。

重新修訂小說時，也沒有恢復過來。可以說，〈酒徒〉的連載版與海濱版的差異，直接影響後來的文評家對作品的研究方向和評論焦點。

基於上述的認識，本文擬討論下列兩個問題：

第一，劉以鬯《酒徒》的海濱版作了哪些修訂？

第二，從文化產業的角度看，劉以鬯作出修訂的目的是甚麼？

情節、人物塑造、敘事觀點與角度和作品主旨是小說作為敘事文學的四個重要的構成元素。[21] 敘事文學主要通過角色演繹故事情節，進而帶出主旨。本章將會集中處理情節和文字敘述，從「情節處理」、「敘述效果」兩方面比較〈酒徒〉的連載版本與海濱版本的分別，進而探討兩個文本在主旨表達上的差距。有關的解讀結果將措置於文化產業的層面上，藉以討論作者修訂連載文本以適應出版市場時的考慮。〈酒徒〉連載至今已有五十多年，受到很多學者關注和討論，文學成就已有定論。本章將從文化產業的視閾切入，以小說的原刊面貌為依據，追本溯源，討論連載小說與結集版的差異。

21　李獻隆：〈中國敘事文學的不遷之祧——淺析《左傳》的敘事技巧〉，見網址：http://ocw.aca.ntu.edu.tw/ocw_files/101S122/101S122_AA12L01.pdf，瀏覽日期：2015 年 7 月 31 日。原刊於《錢穆先生紀念館館刊》第 5 期，1997 年 12 月，頁 23-46。

三、「敢說人之不敢說」的弱化：
從連載到結集單行的四種修訂方式

　　劉以鬯是一個多產的作家，自言曾一天寫作十二個連載小說。[22] 值得注意的是，他在「星晚」的連載小說，並非全是謀稻粱的作品。劉以鬯的〈酒徒〉由 1962 年 10 月 18 日至 1963 年 3 月 30 日連載於《星島晚報》副刊「星晚」，首兩天為序言。[23] 敘述者「我」是一個「酒徒」，更是一個愛好文藝、對中西方文學持精闢見解的文藝工作者。「我」為多份副刊撰寫連載小說，賣文為生，卻因多次斷稿而遭報館腰斬作品，導致經濟拮据、生活困難，經常被業主追討租金。「我」轉而撰寫較受讀者歡迎的武俠小說和黃色小說（色情小說），雖然賺錢，卻有違本意，受到內心責備。「我」本來有意為角色麥荷門經營的文藝雜誌《前衛文學》當編輯，卻因薪金僅能糊口、怕雜誌虧本後無力維生等問題而放棄。不論是面對生存難題、文藝問題或是愛情問題，「我」總是藉酒澆愁、嗜酒成性，稿費所得難以應付開支。「我」一度自殺，因受到雷老太太的幫助而感動，遂答

22　東瑞整理：〈在酒樓與劉以鬯夫婦傾偈〉，劉以鬯：《熱帶風雨》（香港：獲益出版事業有限公司，2010 年），頁 328-329。

23　〈酒徒〉連載後，於 1963 年香港海濱圖書公司初版；1979 年台北遠景出版事業公司重新排版印行，後者已抽走連載版的序言，直至 2003 年由香港獲益出版事業有限公司出版時，重新加入連載版的序言。

社會・作家・文本：南來文人的香港書寫

218

允她戒酒。可惜「我」違背了戒酒諾言，更因為醉後瘋言而
戳破雷老太太兒子未死的謊言，迫使她自殺身亡。

這部小說的故事情節並不複雜，主題卻發人深省。敍
述者「我」本來是一個愛好嚴肅文學的文藝工作者，為了生
存，被迫撰寫武俠和黃色小說，充滿了矛盾和自嘲。麥荷
門雖有文藝理想，可是其經營的嚴肅文藝雜誌預計虧本、
雜誌編輯薪金低卻賠上很多時間、難以徵得香港及海外的
佳稿等都是當時的文學語境實況。「我」並不甘於接受現
實，同時對商業市場看不過眼，常向其他角色（如麥荷門、
張麗麗、楊露等）藉醉吐真言，批評當時的文學生產語境及
關鍵對象：報紙連載小說尚武俠和色情、四毫子小說的流
行；報紙副刊編輯和社長的冷漠與短見，只會向讀者市場靠
攏而忽視好作品；還有出版者以利為先，欠缺遠見；代理商
勾結盜版商，合謀盜印文人作品等。然而，連載版〈酒徒〉
中「我」的針對性批評，修訂海濱版時被模糊或刪除了。

〈酒徒〉的內容重點是通過敍述者「我」在報紙副刊
寫連載小說、為影人寫電影劇本，暴露當時文人在畸形的
香港文學及電影生產場域所遇到的困境。作品中所描繪的
當時的文化生產語境仿真度極高，「我」所批評的對象（編
輯、社長、讀者、出版社、盜版商、電影觀眾）敏感，容
易使讀者對號入座，因此，劉以鬯不諱言：「如果有人讀了
這篇小說而感到不安，那也不是出乎我意料之外的事情。」[24]

24　劉以鬯：〈酒徒·序（下）〉，《星島晚報·星晚》，1962 年 10 月 19 日，版 9。

劉以鬯生產〈酒徒〉，並不旨在討好一般讀者：「這些年來，爲了生活，我一直在『娛樂別人』；如今也想『娛樂自己』了。」[25] 說得清楚一點，劉以鬯現在所面向的讀者，是自己及具有相似經驗的文人（具文藝理想，礙於生計，多年來被迫寫武俠小說甚至黃色小說），藉作品表達個人對六〇年代報界、電影界、出版界的不滿。〈酒徒〉是劉以鬯宣洩不滿的不平之鳴，爲自己及同行發聲，是一個「敢說人之不敢說」的「宣言」！

異於當時流行的連載小說，〈酒徒〉並不是具有商業價值的作品。劉以鬯對小說能否結集本來不抱希望，不過，〈酒徒〉在 1963 年 3 月刊完後，海濱圖書公司的馮先生便前來商談出版事宜，同年 10 月初版。[26] 細閱〈酒徒〉的連載版和結集海濱版，可發現劉以鬯以「增、刪、調、換」四種方式修訂單行本。以下即細述兩個版本的差異。

（一）四種修訂：增、刪、調、換

海濱版《酒徒》的修訂可分為「增、刪、調、換」四個

25　同上。

26　劉以鬯：〈新版前記〉，《酒徒》遠景版，頁 1。

類別。[27] 本文接下來會從「情節差異」、「敍述效果」兩方面比較兩個版本在主旨表達上的差距。[28]

1. 增補例說

第一個修訂類別是「增」。「增」即連載版沒有，而海濱版增補的，包括：標點、符號（如「★」和「（　）」）、字詞和文句。基於「增」的修訂內容多屬改正連載的手民之誤，沒有牽涉情節，故此未能納入討論。較具爭議性的例子如：連載版為「有辦法，祇好作了這樣的回答」（1962年11月2日，版11），海濱版修訂為「沒有辦法，祇好作了這樣的回答」（海濱版頁27）。雖然兩個版本的文意相反，可是，若根據上文下理推斷，海濱版的修訂合乎文意，只是補上連載時的漏字，故不能算作情節改動，沒有造成情節的差異問題。

又如下列增補例子：

27　除了正文中所列的四種修訂類別的例子外，其他較具代表性的例子可見於附表二：四種修訂的額外例子列表。下分四個細表，分別是「附表2.1：增補例子列表」、「附表2.2：刪除例子列表」、「附表2.3：調動例子列表」和「附表2.4：更換例子列表」。在例子數目方面，由於兩個版本的「調動例子」只有三處，所以除正文列舉的例子之外，附表2.3 僅列出餘下的兩個例子；附表2.1、附表2.2 和附表2.4 均會提供額外五個例子。

28　海濱版除了全數刪除連載版每天文末標示的回數外，同時沿用連載版使用的部分異體字，如「凉」、「决」、「凑」、「脚」、「却」、「塲」（有時用「場」）、「儍」、「舘」、「欵」（即「款」）、「强」、「鷄」、「册」、「爲」、「眞」、「愼」，以及部分段落之間表示分隔的「★」、「X」符號。礙於篇幅考慮，本文不會詳細處理兩個版本的異文（異體字）和排版時的手民之誤。

例	連載版	海濱版
1	我欲乘坐太空船去到很遠的地方翹起大拇指嘲笑天梯的笨拙 （1962 年 11 月 4 日，版 11）	我欲乘坐太空船去到很遠**很遠**的地方翹起大拇指嘲笑天梯的笨拙 （海濱版頁 32）
2	（走路的姿勢像鴿子，我想。） 護士也走了。 （走路的姿勢在跳倫擺，我想。） （1962 年 11 月 11 日，版 11）	（走路的姿勢像鴿子，我想。） 護士也走了。 （走路的姿勢**像**在跳倫擺，我想。） （海濱版頁 44）
3	所有藍波肯敏斯阿保里奈爾波特萊爾龐德艾略特的詩作全部違禁品 （1963 年 1 月 14 日，版 11）	所有藍波肯敏斯阿保里奈爾波特萊爾龐德艾略特的詩作全部**變成**違禁品 （海濱版頁 155）

　　從敍述效果看例 1。海濱版把原來連載的「很遠」改為疊詞「很遠很遠」，此修訂統一了後面十四句的句式，貫徹用「我欲乘坐太空船去到很遠很遠的地方」為起首的寫法，做成句式間的形似。[29] 海濱版如此修訂，使用同一片語，連續重複十四次，而且都在句子開首的位置，達至句式統一、文句連貫的效果。敍述上能夠產生強調的效果，角色的語氣也因此而增強。句式形似的增補做法又見於例 2：「（走路的姿勢在跳倫擺，我想。）」增加「像」字；例 3：「所有藍波肯敏斯阿保里奈爾波特萊爾龐德艾略特的詩作全部違禁品」增加「變成」。海濱版的修訂，造成了句式相似、緊扣、連貫的效果。

29　見劉以鬯：《酒徒》海濱版，頁 32-33。

例子 1 至 3 中連續運用重複相同句式的寫法，就像《詩經》的疊章法，《國風》中多首作品都是如此，如《衛風・木瓜》的「投我以木瓜」和《魏風・碩鼠》的「碩鼠碩鼠」。[30] 劉以鬯曾藉「我」在〈酒徒〉中表示小說與詩有聯盟的可能，此處指的並非是史詩與故事詩或是含有詩意的小說，而是「小說的組織加上詩句」。[31] 上述例子可算是這種看法的實驗。〈酒徒〉中小說和詩的結合只是劉以鬯的小型嘗試，1964 年連載於「星晚」的〈寺內〉才是他「企圖解答這個問題所作的一次實驗」。[32] 從〈酒徒〉的發聲至〈寺內〉的詩與小說結合，此兩部不同性質的實驗作品，愈見到他晚年時非常重視的「與眾不同」的特點。[33]

30　見程俊英、蔣見元：《詩經注析》（上冊）（北京：中華書局，1991 年），頁 191-193、303-305。

31　劉以鬯：〈酒徒〉，《星島晚報・星晚》，1962 年 11 月 2 日，版 11。

32　劉以鬯：〈寺內〉，1964 年 1 月 23 日至 3 月 2 日連載於《星島晚報・星晚》。首兩天為序言。劉以鬯在〈寺內・序（下）〉及稍後的《蕉風》刊登〈寺內〉修訂版時，重提這個問題：「史詩與故事詩都保有詩的形式，祇有散文詩才擺脫了詩形式的束縛。那末，根據散文詩的原理，能不能產生一種新的小說形態？」見劉以鬯：〈寺內・序（下）〉，《星島晚報・星晚》，1964 年 1 月 24 日，版 11；劉以鬯：〈寺內・前記〉，（吉隆坡）《蕉風》第 153 期，1965 年 7 月，頁 4。

33　劉以鬯多次提及寫作要「與眾不同」。他榮獲「2014 香港藝術發展獎：終身成就獎」時重申此觀點，網址：https://www.youtube.com/watch?v=78rdCweI5Z4&index=2&list=PLkiWFdW0BBzmqTzfTGWwfb3t7qCCj-s0f，瀏覽日期：2015 年 7 月 30 日。

2. 刪除例說

　　第二個修訂類別是「刪」。「刪」即連載版原有，但海濱版刪除了。當中可分為兩小類，第一小類是刪去標點、符號、字詞和文句；第二小類是刪去大篇幅的段落，牽涉複雜的內容。

　　第一小類的修訂可視為作者在結集時，作了去蕪存菁的檢視，藉刪除無關重要的字詞或文句等，使整部作品更濃縮和精煉。以下就情節差異與敍事效果各舉一列說明。例如：「狄更斯與莎士比亞無疑是世界文學史的兩個巨匠；但是他們的時代已過去，一本題名『前衛』的文學雜誌應該多介紹一些最新的作品與思潮。」（1963 年 3 月 2 日，版11）海濱版刪去了引起歧義的「他們的時代已過去」一句。根據當天的連載內容，「我」對麥荷門編輯的第二期《前衛文學》大感失望，認為他在譯文方面錯誤地選了一些陳舊的東西，有違該雜誌「前衛」的宗旨。「他們的時代已過去」一句或會被解讀為「狄更斯與莎士比亞被尊崇的年代已過去」，可是，劉以鬯並非想推翻狄更斯與莎士比亞的文學地位，只是以他們身處的時代的「舊」（作品和寫作手法）對比六〇年代的「新」（作品和寫作手法）。刪去此句，文意不及連載版完足。如此做法，只想避免引起讀者不必要的誤會和過多的詮釋（甚至是論戰），更可突出後半句「最新的作品與思潮」。

　　又例如：「我聳聳肩，兩手一攤，表示沒有錢。這是一個商業社會，女人也變成一種貨品了。」（1963 年 3 月 18

日，版 11）海濱版改為：「我聳聳肩，兩手一攤。這是一個商業社會，女人也變成貨品。」（海濱版頁 265-266）既刪去「一種」、「了」等字詞，同時刪去了說明部分的「，表示沒有錢」。句子的語氣與節奏變得更接近人的心理思維狀態，小說中「我」的擬真性更強，更能表現醉漢的意識流動，有助小說塑造醉漢的形象。

第二小類修訂內容，牽涉較多當時的文化產業，包括報業的人和事、電影業的狀況和出版業的黑暗面，可視為作者在結集時有意隱沒的內容。以下即列舉一個代表性例子討論情節處理與敘事效果。

連載版	海濱版
剛走到門口，麥荷門來了。麥荷門臉色不大好看，據我的猜想，一定是昨晚喝多了酒。 ——有什麼事？我問。 ——你打算到什麼地方去？ ——送稿。 ——你看過今天的報紙嗎？ ——還沒有。 ——你不妨看一看。 ——為甚麼？ ——你不妨看一看。 報紙已經拿進房內。我拉着荷門重新走入臥房。翻開報紙，副刊裏找不到我的武俠小說。 ——腰斬了？我問。 ——早晨醒來，讀報，就發現這件事，立刻打電話給老鄧：才証實了我的猜想。老鄧把責任推在社長身上，說這是報舘當局的意思。 ——但是，這樣做法未免太不禮貌了。 ——老鄧說你斷稿次數太多，觸怒了社長。 （1962 年 11 月 8-9 日，同版 11）	麥荷門來了。麥荷門臉色不大好看。 ——有甚麼事？我問。 —— 老鄧説你斷稿次數太多，觸怒了社長。 （海濱版頁 39-40）

從情節處理看這個修訂，此例刪除了一個批評：「我」和荷門責備報館未通知（或未警告）便腰斬連載小說「未免太不禮貌」的做法，和副刊編輯推諉責任予社長。海濱版的修訂刪去了一個敏感的話題。

從敍述效果看此修訂，無疑情節推進快了，不過，敍述的焦點由原來對編輯和社長的責備，轉為「我」失去園地是自招的：「老鄧說你斷稿次數太多，觸怒了社長。」六〇年代的大報小報不乏爭取喜愛閱讀武俠小說的讀者，此段批評的編輯、社長，便屬此類報紙的高層，故批評的對象非常敏感。海濱版的修訂刪去原刊所「暴露」的報館腰斬文稿的無禮手法和批評對象，即減弱了「敢言」的力量和主旨表達的力度。

值得注意的是，刪除對話的處理，並非只此一例，相反，在海濱版多處出現。對話的基本功能有三：第一，推進情節發展；第二，交代情節的前因後果關係；第三，塑造人物形象，包括性格和心理狀態。

海濱版刪去了多處雷老太太和「我」的對話，減少了二人通過對話交流增進感情的場面，同時刪去「我」因雷老太太的照顧愛護而發自心底的感動。例如「我」被張麗麗丈夫打傷，雷老太太細心照顧「我」的起居飲食，多次勸喻「我」傷勢未復元不要寫作，還送上價值二三千塊錢的鑽戒；雷老太太每逢「我」臉色不佳（發酒癮），便燉些補品等細節；在醫院對「我」百般安慰，甚至奉上大疊鈔票等舉動。[34] 海

34 劉以鬯：〈酒徒〉，《星島晚報・星晚》，1963 年 3 月 13 至 15 日、20 日，同版 11。

濱版刪去了二人的多段對話和相處細節，沒有了雷老太太多次對「我」的嘮嘮叨叨、絮絮不休，也沒有了「我」發自心底對雷老太太的感激，如此修訂，即隱去二人建立母子般感情的經過，直接減弱了二人的感情基礎。因此，海濱版小說結尾時，便大大減弱了「我」得知自己迫使雷老太太自殺後的打擊。海濱版這樣的修訂刪去角色間的互動交流，結果是「我」和雷老太太的角色塑造弱化了。

修訂前，連載版的「我」較有血有肉、充滿感情；修訂後，海濱版的「我」變得抽象。「我」的角色塑造弱化，減少了個人感情，令海濱版的讀者更集中於「我」的「其他方面」，例如個人意識流動、對文藝控訴等。

3. 調動例說

第三個修訂類別是「調」。「調」是位置上的調動，即海濱版本把部分內容從連載版本的原來位置調前或調後。全文僅有三處，是佔量最少的修訂方式，其中兩則為短句調動，一則為大篇幅內容調動。下文將以後者為例子。

海濱版把 1962 年 10 月 29 日和 30 日的連載內容通篇對調。[35] 原載小說於 1962 年 10 月 28 日敍述中日戰爭的事情，涉衡陽守軍苦戰、湘桂大撤退、盟軍登陸諾曼第、聯合國憲章與波茨坦宣言、投擲原子彈等戰況，以及國共內

---

35 請參考劉以鬯：〈酒徒〉，《星島晚報・星晚》，1962 年 10 月 28 至 30 日，版 13、版 9、版 4；劉以鬯：《酒徒》海濱版，頁 19-22。

戰。句式上通篇用「輪子不停地轉」為段落開首句，既表達時間流逝，同時表達空間轉移。至 10 月 29 日，連載內容卻突然轉至「我」和售票員在電車中，聽「穿唐裝的瘦子」講述足球運動員姚卓然的球技；隨後走進香港某報館交稿，繼而與麥荷門討論五四文學等事情。10 月 30 日的連載內容卻重新回到「我」的四處流轉：經過香港、新加坡、吉隆坡、再到香港，文末交代「我」離開百德新街後想送文稿到報館：「我是常常搭乘三等電車的。我不斷用一毫子去購買『上等人』的身份。」

　　從情節差異和敘述效果觀察，海濱版的修訂更為合理。從內容而論，10 月 30 日的內文更能接上 10 月 28 日的內文。這從當中事件發生的時序，更接近劉以鬯本人真實情況便可得知。再者，10 月 30 日文末「我是常常搭乘三等電車的」一句更能接上 10 月 29 日連載起首的電車情況。故此，從情節的連接而言，海濱版的修訂表達的文意更清晰，脈絡暢通，同時接近劉以鬯的生平狀況，可謂更接近小說原來該有的面貌。從敘述效果而言，10 月 28 日和 10 月 30 日通篇的段落起首句是「輪子不停地轉」，海濱版的修訂把 10 月 30 日的連載內容緊接 10 月 28 日的內容，使此部分的句式相似、緊扣而連貫，出現疊章法的效果。「我」在文中的意識流狀態模擬得更神似，所展現的敘述效果比原刊連載更理想，有助表達全文的主旨。

4. 更換例說

第四個修訂類別是「換」。「換」即更換，可謂先「刪」與後「增」的結合，即海濱版本更換了連載版本的部分內容，包括：標點、符號、字詞和文句。

連載版	海濱版
面前有兩條路可走：一條是下最大的決心去編輯**「前衛雜誌」**；另一條是不理麥荷門的勸告**從事黃色毒素的散布。**	面前有兩條路可走：一條是下最大的決心去編輯『前衛雜誌』；另一條是不理麥荷門的勸告，**繼續撰寫通俗文字。**
（1963 年 1 月 20 日，版 13）	（海濱版頁 167）

海濱版的修訂除了改正標點和全文劃一使用「衞」字外，把連載的「從事黃色毒素的散布」改為「繼續撰寫通俗文字」。「黃色毒素」即「黃色小說」，即是當時的色情小說，內容多描寫男女性愛行為；「通俗小說」泛指「嚴肅小說」以外的小說，例如鴛鴦蝴蝶派的小說，所包含的內容較「黃色小說」廣闊。兩詞的意思和層面有差異，屬不同範疇。連載版稱撰寫黃色小說為「散布毒素」的寫法明顯帶有貶意，海濱版的寫法則變得中性。從情節處理看這個修訂，海濱版以「通俗小說」代替「黃色小說」，文意上模糊了批評的對象。兩詞的調換，隱藏了「我」有意批評當時泛濫於副刊連載的黃色小說。即使小說的批評對象似是擴闊了，實際上卻失去焦點，減低針對性，有違〈酒徒〉的大膽「敢言」的本意。

5. 四種修訂的重要性排序

　　四種修訂類別的重要性可依數量、情節和敘事的影響性而列出不同的排序。海濱版全文共計 2031 項修訂，各類修訂數字如下表。[36]

修訂類別	修訂數量	修訂類別佔百分比（％）	修訂數量總計
增	243	12%	
刪	635	31%	
調	3	少於 1%	2031
換	1150	57%	

　　若以修訂數量統計，則四種修訂的重要性依次為「換」、「刪」、「增」、「調」。不過，若以情節和敘述效果對主旨的影響為判斷根據，則有不一樣的排序。「換」的修訂多是標點符號和字詞（多為異體字），其餘是句子。除了上述「通俗文字」的例子，其他例子主要是敘述上的調整，為了修訂後達到更好的敘述效果，較少涉及情節及主題。「增」的內容與「換」相似，多是標點符號和字詞的增補，但影響性不及「換」，更沒有涉及情節的例子，只有敘述效

36　詳細的統計數據，請參考附表三：〈酒徒〉連載版與海濱版四種修訂的數據列表。另外，因 1962 年 12 月 3 日報紙微縮闕如，故該天內容無從比較，只能以海濱版為據，不設連載與結集的修訂數目。該天內文可參考劉以鬯：《酒徒》海濱版，頁 80。另一方面，《星島晚報》於 1963 年 1 月 1 日、25 日和 26 日，因西曆新年和農曆初一初二而停刊，故此，附表中將不會列出上述日期的數據。

果的修訂。「調」的修訂僅有三處，除了上述調換兩天內容的例子外，其餘兩處的短句調動並不涉及情節，也不屬句子實驗，對敍述效果沒有重要的影響。所以，「調」的影響性比「增」更低。反觀，「刪」的修訂內容較廣泛，有標點符號、字詞短句和段落，多處更為整天（甚至兩天）的篇幅。「刪」的修訂對情節和敍述的影響相對較大，其重要性實居四種修訂類別之首。故此，四種修訂類別的重要性排序依次應為「刪」、「換」、「增」、「調」。若從內容情節（寫甚麼）和主旨（為何寫）上觀察「刪」的修訂和「換」的代表性修訂，則當時文化產業的不同界別的弊病就很清晰地呈現出來。下文將從文字市場和電影市場兩方面加以論述。

（二）抽掉了控訴：刪除與更換

> 這本「酒徒」，寫一個因處於這個苦悶時代而心智不十分平衡的智識份子怎樣用自我虐待的方式求取繼續生存。
>
> ——〈酒徒・序（下）〉（1962 年 10 月 19 日，版 9）

這是劉以鬯對〈酒徒〉的介紹。「苦悶時代」的其中一個面向，是惡劣的文學生產環境。敍事者「我」提到：

> （一）作家生活不安定。（二）一般讀者的欣賞水平不夠高。（三）當局拿不出辦法保障作家的權益。（四）奸商盜印的風氣不減，使作家們不肯從事艱辛的工作。

（五）有遠見的出版家太少。（六）客觀情勢的缺乏鼓勵性。（七）沒有真正的書評家。（八）稿費與版稅太低。[37]

這段引文是「我」向麥荷門解釋這時代沒有產生像《戰爭與和平》（Leo Tolstoy, *War and Peace*）的理由——知識分子生產文學作品的具體限制。「我」早在評價五四新文學時對讀者與出版商提出控訴，[38] 可是「我」此際面對的香港文學生產及流傳的環境比五四時期更惡劣。這正是當時文人如劉以鬯般所面對的真實的文學生產語境。

不論作者以內心獨白或是意識流的手法，文中醉漢不時抒發的內心感受、批評文藝界的不公事情，都可視為一個二重性的聲音——既是劇中人的，也是劉以鬯的。無論是原刊連載或是海濱版的修訂，小說的其中一個目的是藉機會說出自己——劉以鬯的心聲、宣洩個人的不滿！然而，海濱版刪去了不少相關內容，直接減弱甚至滅了作者的聲音。現試分項列舉如下。

1. 文字市場

（1）報館高層：社長和編輯

報紙副刊是五、六〇年代文學生產的主要園地，作家

37　劉以鬯：〈酒徒〉，《星島晚報・星晚》，1962年11月2日，版11。

38　劉以鬯：〈酒徒〉，《星島晚報・星晚》，1962年10月31日，版9。

的連載小說能否刊登其上，編輯和社長等報館高層具有重要影響力。海濱版的修訂刪去了報館高層無情的嘴臉。

正如前文「刪除」一例所見，海濱版刪去了「我」和荷門批評編輯和社長的內容，突出了編輯的無禮和社長的無知。社長因排版工人向總編輯的投訴而腰斬「我」的武俠小說，副刊編輯不但沒有向社長進言，拖以援手，更沒有事前或事後通知「我」，直把責任推諉予社長。作者藉麥荷門之口加以批評：「這樣做法未免太不禮貌了。」[39] 連載小說稱社長對報紙刊登的連載小說「一無所知」，海濱版更換為「一無認識」。文意上，前者的「無知」與後來的「不識」並不相同。海濱版的修訂對原刊連載批評社長「手下留情」了。連載版編輯傲慢無禮和社長的無知行為躍然紙上。

僅是因排版不順利便如此對待撰稿人，若然遇到斷稿情況，報館負責人更是無情對待。以下是海濱版刪去的一段內容：敍事者「我」因被紗廠老闆手下打破頭入醫院，對張麗麗表示因不能寫作而恐懼生活問題。

　　——有一家報館，由於我斷稿次數太多，已經將我的武俠小說腰斬了。現在祇賸下一個地盤，如果在醫院躭的時日太久，勢必要斷稿的，到那時，恐怕連這僅有的地盤也要失去了。

　　——我不相信一個寫文章的人，連病的權利都沒

39　劉以鬯：〈酒徒〉，《星島晚報・星晚》，1962 年 11 月 9 日，版 11。

有。[40]

「我」已藉張麗麗道出了寫稿人沒有生病的權利。海濱版刪去的另一段內容：即使「我」生無可戀飲清潔劑「滴露」自殺，身體與精神受到極大打擊，可是報刊編輯和社長也不會容許撰稿人斷稿：

> 在床上躺了一個星期，斷了一個星期的稿。兩家報館的編輯一再打電話來追問，但是雷老太太不許我接聽。現在，我已經可以起床走動了。第一件事，打電話給兩家報館的編輯，說明自己不能執筆的理由。兩位編輯的態度幾乎是一樣的，說是社方對此次斷稿的事情，極表不滿。我百般解釋，完全沒有用處。[……]
>
> 報館裡的編輯一再打電話來追稿，我唯有以「病體未復」為理由，希望編輯再補幾天稿。編輯不置可否，掛斷電話。[41]

小說交代過了四天，兩份報紙相繼刊登了別人的作品。儘管「我」不能續稿的原因多麼合理，小說反以編輯和社長的無情襯托，他們總是施以「腰斬連載」為最後手段，沒有半點人情味。

40　劉以鬯：〈酒徒〉，《星島晚報・星晚》，1962 年 11 月 14 日，版 11。

41　劉以鬯：〈酒徒〉，《星島晚報・星晚》，1963 年 3 月 14 至 15 日，版 11。

即使面對具生產能力、能為報館賺錢的黃色小說作家，報館高層仍然麻木無情。海濱版便刪去了某天連載的半篇篇幅，內容敘述某報經過兩年掙扎，主持人養成吝嗇的作風：「同寅借支薪水及作者借支稿費之類，倘無充份理由，決不批准」，儘管「我」的連載已登了二十多篇，同時以「二房東催繳房租」為理由，甚至要脅就此斷稿，那位主持人仍然不願借支一百五十元稿費，不施援手，非常冷血。[42] 報館高層鄙視撰稿人，視他們為「寫稿機器」，其文章是「有錢買得到的商品」，絕非「稀世之寶」。[43] 海濱版刪去連載版某報館主持人對寫稿人「見死不救」的行為、鄙視他們的言論，模糊了報館高層無情的一面。

海濱版刪去、更換了連載版批評報紙編輯、社長、主持人的內容，如此修訂，無疑隱沒了他們無情無禮的嘴臉，模糊了原來以利為先的臉孔，減弱了連載版「敢言」的聲音。作為仍然需要在報紙撰寫連載小說的作家，劉以鬯這種變相退讓的做法，對他日後開發其他的連載園地應該不無幫助。

（2）報紙讀者（市場）

海濱版刪去了「我」批評「讀者」及由他們組成的報業市場：

42　劉以鬯：〈酒徒〉，《星島晚報・星晚》，1963年2月21日，版11。

43　劉以鬯：〈酒徒〉，《星島晚報・星晚》，1963年2月27日，頁11。

——讀者是不會了解作者的痛苦的，尤其是武俠小
　說，遽爾中斷，必定會引起讀者的不滿。讀者是報館的
　「顧客」，而外國人有一個俗話：顧客永遠是對的！[44]

報紙依靠副刊連載小說吸引讀者追讀，這是當時不爭的事
實。對於供稿者因何事斷稿，讀者是「不會」更「不必」理
解，他們所關心的只是眼前的作品。連載小說的讀者，以
及由此組成的報業市場，並不會接受或同情不能「生產」的
作家。正因為報館依重讀者的市場反應，知道連載小說「遽
爾中斷」，便等同失去買家、失去市場競爭力，所以才會對
寫稿人作出再三催稿，甚至出現腰斬稿件的事情。

　　連載市場既以讀者喜好為首要考慮，當時最受讀者歡
迎的黃色小說自然成為劉以鬯的批評對象之一。上文「更
換」的修訂例子提及海濱版把原來連載帶有貶意的「黃色
毒素的散布」，改為中性的「通俗小說」。無獨有偶，海濱
版在多處作出相同改法，或把連載的「黃色小說」改為「通
俗小說」（1963 年 2 月 8 日，版 11；海濱版頁 198）；或把
「黃色文字者」改為「通俗文字者」（1963 年 2 月 6 日，版
11；海濱版頁 195）；或把「黃色文字」改為「通俗文字」
（1963 年 3 月 15 日，版 11；海濱版頁 261）等。原刊連載
並不隱藏「我」鄙視黃色小說的看法，處處顯示「我」為生
活而撰寫的黃色小說並非真心有意為之。海濱版出現多處

44　劉以鬯：〈酒徒〉，《星島晚報・星晚》，1962 年 11 月 14 日，版 11。

相同的修訂，把「黃色」改為「通俗」，明顯是作者有意識及全面的做法。劉以鬯表現於連載的銳利詞鋒，至海濱版時已收斂起來。

　　讀者對連載小說的反應會直接影響報刊銷量。活躍於五、六〇年代香港報界的編輯及通俗小說家高雄，提及連載小說兩大的特點：每天加情節的小波折、結尾處必須有小小的「高潮」，目的是為了引起讀者好奇心翌日繼續追看。[45] 讀者或因為作者名氣，或因為個別作品素質而追看連載小說。徐訏因 1943 年連載於重慶《掃蕩報》的〈風蕭蕭〉風行一時，故取得「徐訏年」的美名便是例子。自五〇年代中期開始，因拳道盛行，武俠小說便如雨後春筍，應運而生。金庸連載於《新晚報》的〈書劍恩仇錄〉（1955-1956）、連載於《香港商報》的〈射鵰英雄傳〉（1957-1959）引起讀者追捧，其後又以精闢的社評和多部武俠連載小說如〈神鵰俠侶〉（1959-1961）、〈倚天屠龍記〉（1961-1963），為自己創辦的《明報》贏得大量讀者，報刊銷量藉此高企。由此可見，報刊重視讀者反應是合情合理的。海濱版刪去批評讀者及報業市場的內容，雖未必能為《酒徒》即時爭取更多讀者，卻可盡量避免令太多讀者未看就先討厭此書，甚或討厭往後以「劉以鬯」署名的連載小說。若能爭取到連載小說、結集的讀者，文人便能增加日後與報社討價還價的籌碼。

45　史得（高雄）：〈給青年寫作者：關於長篇連載〉，《文匯報・文藝與青年》，1961 年 8 月 2 日，版 10。

（3）小說代理商

海濱版刪去了「南洋代理商」的「南洋」二字，模糊了批評的對象：

> 所謂「文藝創作」，如果高出了「學生園地」的水準，連南洋的代理商也必拒絕發行。於是有才氣，有修養，甚至有抱負的作家們，為了生活，無不競寫通俗小說了。縱然如此，稍為具有商業價格的通俗小說，也往往會遭受無恥的盜印商侵奪作者的權益。此間盜印商皆與南洋代理商暗中聯成一氣。南洋代理商要求什麼，這裡的盜印商就偷什麼。[46]

根據該天的連載內容，「我」正批評南洋代理商與香港盜版商勾結，導致寫稿謀生的文人因連載小說被盜版出書，生活百上加斤，間接令香港文學的創作環境變得惡劣，使文學界沒有人願意做嚴肅文學工作。這種指控非常嚴重。海濱版刪去引文中的「南洋」二字，不再指明代理商的區域，作者所批評的「代理商」在空間上擴闊了，可解讀為同時包含香港總代理和所有的分區代理商，但卻隱去了對「南洋」代理商的針對性指責。如此修訂，便可避免代理商因被指摘而不為《酒徒》外銷。效果與前述「黃色小說」更換為「通俗小說」異曲同工。

46　劉以鬯：〈酒徒〉，《星島晚報・星晚》，1963 年 1 月 17 日，版 11。

文本（text）有其自身意義，在不同的時代脈絡（context）中又可被解讀出不同的意義，這便是脈絡化（contextualization），若把作品的解讀結果重置於作者身處的歷史脈絡，就更能讓讀者加深理解文本的深層意義。[47]「黃色小說」與「南洋出版商」在當時的文學歷史語境下有特定的指向對象，帶有貶義。十三妹便曾建議劉以鬯同時辦兩份雜誌，「一份上流的一份下流的，用下流的黃色的來賠文藝的好了。」雖是戲言，也帶出文人鄙視黃色小說，但無奈文藝作品在市場上卻不能與之匹敵。[48]「南洋出版商」亦然，在文壇中必與盜印書刊的事掛鈎。讀者見到「黃色小說」、「南洋代理商」等詞，便把相應的人物或對象加以配對，當時人甚至會對號入座。〈酒徒〉連載版標示這些詞語時，等同把相應的人物標舉出來，帶有尖銳的批判性；海濱版的修訂，卻把相關人物隱藏起來。後者所批評的對象似是擴闊了，實際上失卻了指控的焦點，批評對象反而變得模糊；打擊面表面擴大了，實際上打擊的力度卻因具體對象的隱沒而減弱。作者批判現實的界線放寬了，小說與當時的文學歷史語境的距離由此拉遠了。

47　巴里（Peter Barry）闡釋脈絡可從三種不同類型的語境切入：社會政治語境（socio-political）、文學歷史語境（literary-historical）和個人語境（autobiographical）。請參考 ［英］Peter Barry, *Beginning Theory: An Introduction to Literary and Cultural Theory*（Manchester: New York: Manchester University Press, 2009），p. 17.

48　十三妹：〈釋兎年之所以夾雜在虎與龍之間〉，《新生晚報・新趣》，1963年1月26日，版5。

五、六〇年代的香港文壇，文人首先要爭取在多份報紙副刊的園地刊登連載小說，這樣才能維生。通過受歡迎的連載小說，爭取一定數量的讀者，穩佔讀者市場，文人才能藉此向報館討價還價，爭取更佳的千字薪酬，過上較寬裕的生活。連載小說刊登後，文人以爭取出版單行結集為目標。出版社將同時請代理商安排作品行銷海外：台灣、新加坡、馬來西亞等地，以爭取海外華僑的讀者群。劉以鬯很清楚海外行銷的重要性，他曾設想把瀕臨倒閉的懷正文化社從上海遷往香港，為的便是爭取繼續經營的條件，建立海外發行網，把香港出版的書籍推銷海外。[49] 海外行銷對刊物的影響，甚至還成為他的連載小說的素材。[50]《酒徒》的出版商海濱圖書公司也有一起合作的海外經銷商，例如《天堂與地獄》（1951）便經世界出版社、世界書局、大成書局售往新加坡、吉隆坡、檳城、椰城等地。[51] 出版社在香港南洋兩地分設辦事處也是常有的事，桐業書屋便是例子。[52] 外銷對文人而言非常重要，不但可以爭取更多讀者，還可以提升名氣，有助往後的事業發展。報刊、讀

49　劉以鬯：〈自序〉，劉以鬯編：《劉以鬯卷》，頁 2。

50　劉以鬯的連載小說〈香港人家〉，角色楊道益工作的《現代雜誌》便因選材嚴僅而令怡保的銷量下跌。見劉以鬯：〈香港人家〉，《星島晚報・星晚》，1957 年 11 月 23 日，版 9。

51　海濱圖書公司前稱「海濱書屋」，設有海外經銷商。見劉以鬯：《天堂與地獄》（香港：海濱書屋，1956 年），版權頁。

52　劉以鬯的《第二春》於 1952 年由香港桐業書屋出版；同年《龍女》和《雪晴》則由新加坡桐業書屋出版。

者市場與南洋代理商三者，是直接影響連載小說的關鍵，對文人從「維生」到「事業發展」都有影響。海濱版刪除和更換上述的內容，無疑是作者出於為將來發展的考慮。

〈酒徒〉中的敘述者「我」，正是因為沒有順應報館高層的要求、妄顧報紙讀者興趣，連基本的「維生」也做不到，更別說出版書籍外銷海外了。因此文中才會出現文人的困境。下文再加論述。

（4）文人的困境

面對讀者市場主導，報紙編輯和社長等無情、勢利的臉孔，以及代理商的無恥手段，當時的連載小說生產市場必然是艱難的。「我」是文藝工作者，卻身處如此的生產環境，必須具備健康的身體、自欺欺人的矛盾精神。

「我」深明市場的冷酷無情，故文中多處表達撰稿人不能病、在醫院也要續稿的苦況。除了刪去張麗麗坦言寫稿人的狀況外，同時刪去「我」被醫生拒絕臥牀寫稿的請求。[53] 「我」作為撰寫連載小說的作家，為求生活，必須擁有健康的身體，這在「我」自殺不遂，在家休養而不斷受編輯追稿時更為明顯。海濱版刪去多段報刊編輯或社長追稿的內容，無疑減弱小說對他們的控訴。

「我」的文藝理想與寫通俗小說的做法相違背，文中不時表現「我」的矛盾心態。在刪去編輯社長沒有警告便腰斬

53　劉以鬯：〈酒徒〉，《星島晚報・星晚》，1962 年 11 月 20 日，頁 11。

醉漢的武俠小說的同時，也刪去我與麥荷門的對話，藉此隱去「我」作為嚴肅文人，在畸形的連載市場的矛盾心態。刪去的文字如下：

> 荷門勸我不要難過，說是香港報紙多，只要肯寫，不會找不到地盤。我不能同意荷門的看法，因為要一個專攻文學的人去寫商品實在不是一件容易的事。
>
> ——賺錢本來就不容易，荷門說。
>
> ——所以祇有像你這樣的人，才有資格研究文學。
>
> ——文學是誰都可以親近的。
>
> ——然而總不能餓着肚子去研究。
>
> ——為甚麼不另外找一份比較固定的工作？
>
> ——假使工作如你想像中的容易獲得，我也不會浪費這麼多的精力與時間去撰寫武俠小說了。[54]

「我」的現實生活壓迫與個人的文學修養及愛好互相抵觸，然而「我」未完全向市場屈服：「我願意寫的稿，人家不要，人家要的稿，我又不願意寫。」[55]「我」作為具有文藝理想和修養的人，早已失去自尊，在如此商業社會下，自嘲地位是「比街市的賣菜佬還不如。」[56]

54　劉以鬯：〈酒徒〉，《星島晚報‧星晚》，1962 年 11 月 9 日，版 11。

55　劉以鬯：〈酒徒〉，《星島晚報‧星晚》，1962 年 11 月 23 日，版 11。

56　劉以鬯：〈酒徒〉，《星島晚報‧星晚》，1962 年 11 月 14 日，版 11。

「我」最終屈服於生計，屈服於「肚子」，被迫為多份副刊撰寫武俠小說甚至是下流的黃色小說。海濱版刪去了「我」為屈服肚子咒罵自己：

> ——我不是一個勇敢的人，我答。為了生存，我抹殺了自己的藝術良知，浪費不少精力與時間去寫作有害於社會基礎的武俠小說。為了生存，我竟接受了一個婦人的施捨，包括感情上的，以及物質上的。如果一個人連良知與自尊都可以不要，繼續生存就失去任何意義了。荷門，我不是一個勇敢的人！[57]

「我」每在做錯事之後反省，卻又再次犯錯。作者通過角色「我」直面自己的過失，在犯錯與反省之間不斷循環，企圖批評自己退讓文化失地的行為。「我」的矛盾在於個人的文藝創作理想，不容於惡劣的連載小說生產市場。文人必須先解決衣食問題，才可以自由創作。這正是五、六〇年代南來文人的悲哀，海濱版的修訂卻刪去了文人掙扎的內容。

　　文人為生計被迫生產通俗小說的行為，在嚴肅文藝者的眼中變得不能原諒。荷門不贊成「我」用寫〈潘金蓮做包租婆〉的筆名為《前衛文學》發表文藝創作便是一例。「我」卻認為應重視作品本身，而非那人曾寫過甚麼小說，因此狠批：「如果嚴肅的文藝工作者一定要將文學佔為己有，關

57　劉以鬯：〈酒徒〉，《星島晚報・星晚》，1962 年 12 月 19 日，版 11。

上文學大門，不讓那些曾經寫過通俗文字的作者走進來共同耕耘，那是一個絕大的錯誤！」[58] 文中的荷門是空有文藝理想而沒有多少文藝內涵的理想主義者，他的眼光尚且如此，「我」所批評的「嚴肅文藝工作者」的排外立場（通俗小說）就更堅持了！

面對香港的商業社會，1949 年前後南來香港的文化人的生活是慘淡的。正如曹聚仁所說：「流亡在香港的文化人，大部份都很窮。」[59] 即使在內地聲名大噪的徐訏，在1950 年到香港後也要連載小說賣文為生，甚至親自改編小說為電影，親身上陣，讓讀者（觀眾）一睹他的容貌來爭取電影票房。雖然煮字可以療飢，卻必須大量生產，越寫越多，也越寫越濫，南來文化人為求生存，必須放棄對文學理想的堅持。海濱版卻刪去上述內容，減弱了「我」背後的另一個聲音——劉以鬯對當時文壇的批評。

2. 電影市場

海濱版刪去了連載中「我」與電影界人物莫雨的多段對話，當中多處表現「我」對電影界的批評。「我」被莫雨欺騙，盜去文學劇本的著作權，追討劇本酬金不果，更是對電影圈充滿欺詐的最有力批評。

58　劉以鬯：〈酒徒〉，《星島晚報・星晚》，1963 年 2 月 20 日，頁 11。

59　曹聚仁：《採訪新記》（香港：創墾出版社，1956 年），頁 75。

（1）編劇和老闆（製片家）

海濱版刪去了「我」批評影人的傲慢。電影圈中人物恃才傲物，「我」平常甚少接觸，更不會到影人常去的「銀色茶座」，為的是怕見他們所展露的「銀色的傲氣」。[60]

莫雨是文中一個被醜化的角色。他是電影界的導演和編劇，道出「目前電影圈內最缺乏的是編劇人才」，又以「一個劇本可以換三千元，比寫稿省力得多」為由引誘「我」為他撰寫文學劇本。[61] 結果，當「我」交上劇本後，不但沒有收到酬金，不久更發覺被莫雨盜去著作權。對於莫雨的真人藍本，海濱版仍保留外型、娛樂傳聞、背景[62]，僅是刪去了能讓讀者揣測身份的細微處：例如二人是「二十年的老朋友」、以往經常一起「打牌」等。[63] 單是這兩則資料，很容易令讀者誤會：莫雨即是劉以鬯相識於四〇年代《掃蕩報》的易文。實際不然，劉以鬯在受訪時透露被盜劇本一事是自己在新加坡的遭遇，莫雨更不是易文。[64] 盜人劇本的行為，實可等同於南洋代理商勾結盜版商對文人所作的行為。

海濱版又刪去了以下一段批評電影老闆對劇本只有商

60 劉以鬯：〈酒徒〉，《星島晚報·星晚》，1962 年 12 月 16 日，頁 13。

61 劉以鬯：〈酒徒〉，《星島晚報·星晚》，1962 年 12 月 1 日，頁 11。

62 劉以鬯：〈酒徒〉，《星島晚報·星晚》，1962 年 12 月 4 日、1963 年 1 月 15 日，同版 11。

63 劉以鬯：〈酒徒〉，《星島晚報·星晚》，1962 年 12 月 1 日，頁 11。

64 見鄧依韻：〈劉以鬯的《酒徒》，《酒徒》裏的劉以鬯——從文本中尋找作家的個人身影〉註釋 9，《文學世紀》總第 28 期，2003 年 7 月，頁 63。

業的衡量：

> 他又噴了一陣子烟靄，牽牽咀角，笑得更加尷尬：
>
> ——不過，老闆的眼光總跟我們不同。
>
> ——你的意思是：我的劇本缺乏商業價格？
>
> ——老闆的意思是：你的劇本祇有藝術價值。
>
> ——換一句話說，公司不願意採用我的劇本？
>
> 莫雨笑得比哭都難看，隔了很久很久，先把長長的烟蒂掀熄在烟灰碟裡，然後嘮嘮叨叨地說了一大篇：[65]

正因為市場主導，即使「我」為莫雨編的電影文學劇本被評為「不落陳舊，實屬不可多得的佳構」，可是，如果劇本只有「藝術價值」而沒有電影老闆眼中的「商業價值」，仍然不會被電影公司採用。商業社會的市場導向並不限於報業副刊，更見於文化產業底下重視經濟效益的電影業。海濱版刪去上述內容，隱去了電影老闆的勢利，隱去了文人作為編劇家在電影界不受重視。

（2）電影觀眾（市場）

與批評副刊讀者一樣，「我」亦批評香港的電影市場，批評觀眾。海濱版刪去以下一段：觀眾對電影題材要求不高和只懂傳統民間故事：

65　劉以鬯：〈酒徒〉，《星島晚報‧星晚》，1962 年 12 月 17 日，頁 11。

——聽別人說：劇本是一部電影的靈魂？

——理論上，這個說法當然是不錯。不過，我們的觀眾對電影藝術的要求並不高，像「梁山伯與祝英台」這樣的故，事別說是拍四次，即使拍四十次，祇要主角不同，照樣有人會搶着去排長龍的。所以，在製片家的心目中，一部電影的靈魂是：民間故事，日本攝影師，新藝綜合體，黃梅調，林黛或尤敏。至於編劇人，依照他們的看法，絕對不會比那些「幕後代唱人」更重要。[66]

電影製片家基於觀眾的市場導向，便調製出具備五大元素，堪稱「電影的靈魂」的作品。舊題材，配以容易上口的黃梅曲調，加上當時著名的日本攝影師（如西本正，又稱賀蘭山），還有弧形闊銀幕系統，最後是著名明星，這五項元素實際是電影的「賣座指標」，製成的是沒有深度（叫好），卻有賣座保證的配方（叫座）。就如邵氏兄弟（香港）有限公司和國泰電影製片公司同期開拍黃梅調電影《梁山伯與祝英台》，即使同一故事鬧雙胞，觀眾仍樂此不疲。[67] 雙胞電影的出現，即說明哪一家電影公司先搶得首映，便會

---

66 劉以鬯：〈酒徒〉，《星島晚報・星晚》，1962 年 12 月 2 日，頁 11。

67 邵氏兄弟（香港）有限公司和國泰電影製片公司同期開拍黃梅調電影《梁山伯與祝英台》。邵氏的《梁山伯與祝英台》早於 1963 年 4 月 4 日首映，李翰祥編導、胡金銓執導、西本正攝影，主角是凌波和樂蒂，日本取景。此片是伊士曼七彩綜藝體弧形闊銀幕影片，除主角外，正吻合〈酒徒〉所述的各項元素。國泰的《梁山伯與祝英台》首映於 1964 年 12 月 25 日，嚴俊導演、陳一新編劇，主角是李麗華和尤敏，屬闊銀幕電影，並非日本人掌鏡。

得到商機；電影製片家首要考慮是「時間」而非電影素質。因此，編劇家撰寫劇本的優劣根本不在賣座的元素「配方」中。海濱版刪去上述批評，隱藏電影界的負面競賽，隱藏了劉以鬯對普遍電影觀眾欣賞水平不足的不滿。

（3）電影人（文人、演員）的困境

電影觀眾品味低下，優秀的演員遭到埋沒，電影界難以生產藝術作品。角色莫雨曾交代演員洪波、唐若青等為了生活，弄得非拍粵語片不可，更以他們的遭遇比作文藝工作者被迫寫武俠或黃色小說的情況。[68] 海濱版刪去角色楊露與「我」的一段對話：楊露因洪波常飾演壞人而不喜歡他，更不知道「演技精湛的演員」唐若青為誰，只愛大明星，甚至是狗明星「愛樂小姐」。[69] 劉以鬯藉楊露表現觀眾的喜好和趣味，顯示演員和文人一樣，得不到賞析，電影界跟文學界一樣，沒有真正的藝術環境，難以生產藝術作品。

兼任電影編劇的文人，同樣難以生存。「我」在文中以「準編劇」身份撰寫的文學劇本，最終沒得到酬金，更被盜名的遭遇，既是劉以鬯在新加坡的真實經歷，同時表現文人在香港市場主導的報業或電影業，同樣遭遇挫折。劉以鬯在香港沒有正式當過編劇。他曾為電影公司編寫《龍女》

68　劉以鬯：〈酒徒〉，《星島晚報・星晚》，1962 年 12 月 2 日，頁 11。

69　劉以鬯：〈酒徒〉，《星島晚報・星晚》，1963 年 1 月 23 日，頁 11。

劇本，不過電影公司沒有拍出來。[70] 另一次是 1959 年因歐陽天投資拍攝電影，向他提供馬來亞少女的電影故事，可惜最後因資金不足而棄用。[71] 那故事便是後來連載於「星晚」的〈馬來姑娘〉（1959）。不論在新加坡或在香港，劉以鬯與「電影編劇」總是擦身而過。

五、六〇年代，報界與電影界關係密切，連載小說不乏被改編為電影上映。劉以鬯藉「我」對電影界的不良景象提出批評，海濱版卻多處刪除，甚至刪去「我」的總結：「總之，香港電影的問題多得很，不想也罷。」[72] 劉以鬯雖然沒有正式參與電影界，僅是他的單行本小說《失去的愛情》（1948）和連載小說〈私戀〉（1958）曾被改編為電影。[73] 然而，當時很多文人、朋友都會在報業和電影業跨界工作，例如徐訏便為電影《盲戀》（1956）擔任編劇及敘述者，首次現身於銀幕。劉以鬯對電影界的批評可算是不平之鳴，為朋友發聲，甚至忍不住藉「我」提出改善國語電影的建議。[74] 與當時相比，現在劉以鬯的作品非常受歡迎，在 2000

70　見本書附錄一：〈我們的年代、報紙連載與出版——劉以鬯夫婦訪問記〉，頁 296。

71　見歐陽天：〈我為什麼要拍「樑上佳人」〉，《樑上佳人》電影特刊，出版資料不詳，沒頁碼。此特刊資料見於香港電影資料館。

72　劉以鬯：〈酒徒〉，《星島晚報・星晚》，1963 年 2 月 14 日，版 11。

73　電影《失去的愛情》由湯曉丹導演，1949 年首映，上海國泰影業公司出品；電影《私戀》由上官牧編劇，王天林執導，於 1960 年 5 月 12 日首映，香港新華影業公司出品。

74　劉以鬯：〈酒徒〉，《星島晚報・星晚》，1963 年 2 月 10 日，版 11。

年後被王家衛、黃國兆等作不同程度的取材或改編，拍成《2046》（2004）、《酒徒》（2010），甚至作者本人也成為了導演黃勁輝拍攝紀錄片的對象，譜出《1918》（2015）。

3. 抽掉後的結果：批評對象隱晦且模糊

劉以鬯並不否認〈酒徒〉有自傳成分：「將自己完全關在作品外邊，是極難做到的事。寫小說的人，不論有意或無意，總會將自己的一部分借給書中人物。」[75] 小說中的荷門是他對文學理想的化身，敍述者「我」則是矛盾與妥協的化身。劉以鬯更強調小說該注意的重點：「拙作『酒徒』主要寫一些現象。這些現象雖然是我熟悉的，卻不一定是我的經歷。」[76] 所謂的「一些現象」，實指原刊連載對社會文化產業、對報業電影業出版業的批評。眾多敏感的事情，對仍然身處文化產業的範疇，仍然身處於報業工作的劉以鬯，並不可能坦白表述出來。如此，才會出現《酒徒》海濱版的修訂。

劉以鬯在 1979 年出版遠景版《酒徒》時，抽起原刊連

---

75 〈劉以鬯答客問〉，《香港文學》雙月刊創刊號，1979 年 5 月，頁 5-6。訪問者不詳。

76 同上。另外，劉以鬯自稱沒有寫過武俠小說，並補充寫連載小說時，「祇寫通俗小說，不寫庸俗小說；祇寫輕鬆小說，不寫輕薄小說；祇寫趣味小說，不寫低俗小說。」以此解釋引文「卻不一定是我的經歷」，便得知箇中指涉了。見劉以鬯：〈我怎樣學習寫小說〉，《香江文壇》第 4 期，2002 年 4 月，頁 6。

載的〈序〉，理由是當中「作了一些不必要的說明」。[77] 該序在原刊連載首兩天刊登，後來海濱版出版時仍然沿用。劉以鬯在〈序〉中清楚道出〈酒徒〉的內容重點：一方面交代現實主義已過時，應該以現代主義取而代之，主張創作小說時利用內心獨白和意識流的寫作技巧，探討人的內心世界；另一方面簡述此小說的內容：「寫一個因處於這個苦悶時代而心智不十分平衡的智識份子怎樣用自我虐待的方式求取繼續生存。」[78] 對於小說中「我」對這「苦悶時代」的多項批評和不滿，以至內容上的真偽，作者一概沒有交代。然而，劉以鬯在遠景版中卻向讀者揭示小說想交代的內容到底是甚麼。遠景版以〈新版前記〉取代原來的〈序〉，文中劉以鬯藉休斯（Richard Hughes）在《喧嘩與憤怒》（William Faulkner, *The Sound and Fury,* 1929）寫的〈緒言〉，交代自己的看法：「作品的隱晦性，除了從作品中尋找解釋外，任何說明都不會完全。」[79] 所謂「隱晦性」並非指通篇小說中無處不用的內心獨白或意識流寫作技巧，而是指〈酒徒〉指涉的批評內容。劉以鬯隨即引李英豪的〈論小說　小說批評〉（1963）加以說明：

> 劉以鬯的「酒徒」，雖在一些假惺惺的批評家看

77　劉以鬯：〈新版前記〉，《酒徒》遠景版，頁2。

78　劉以鬯：〈酒徒・序（下）〉，《星島晚報・星晚》，1962年10月19日，版9。

79　劉以鬯：〈新版前記〉，《酒徒》遠景版，頁2。

來，屬於「雕蟲小技」，唯有現實平面幅度上的擴張和將生命之疎態流動直接轉位方面，無疑在中國今日的小說中，已屬難能可貴。小說家的筆每是一根探針，探進這病態的瘋狂世紀；進而向現實開刀、解剖。[80]

不論是藉休斯交代的個人觀點或是用李英豪的引文，劉以鬯只是希望為讀者明示小說〈酒徒〉該看的重點——他所說的「一些現象」，即原刊連載批評文化產業的內容。李英豪是現代主義的支持者，他在第 6 期的《好望角》發表了〈小說技巧芻論〉（1963 年 5 月 20 日），當中便用了〈酒徒〉為例討論意識流技巧。可是劉以鬯在〈新版前記〉卻沒有用上專論寫作技巧的文章，反而用了另一篇更強調對現實深度進行挖掘工作的評論文章，這已經顯示了作者的態度：重視小說隱晦的內容。

　　劉以鬯〈酒徒〉在副刊連載時，着意對三方面作出直接的批評：報館社長和編輯固然以利為先，視撰稿人及連載小說為爭取報刊銷量的工具，迫使他們即使生病也要續稿，沒有一點人情味；賣文者的矛盾也藉自我批評表達出來；然而，作者最終的指控實是欠缺文化水平的市民大眾，包括報刊讀者及電影觀眾的水平、連載及出版市場的低俗取向等。

　　以上的連載內容本來有助讀者了解撰寫連載小說的文

80　李英豪：〈論小說　小說批評〉，原刊《好望角》第 5 號，1963 年 5 月 5 日，版 3；劉以鬯：〈新版序言〉，《酒徒》遠景版，頁 2。

人，及文中所展現的當時的香港文化的生產環境，可是海濱版刪去或更換與文化產業相關的內容，就減弱了劉以鬯批評報業、電影業、出版業的控訴力度。從連載版至海濱修訂版，雖然作者仍然保留文人在報業、電影業、出版業底下的困境，但對原刊批評的對象、事情卻有變化：修改前的連載版盡現劉以鬯的「敢言」本色，修改後的海濱版卻模糊了批評對象，或是減去銳利的詞鋒，或是點到即止，減弱批評的力度。原刊連載小說對文化產業滿是批評，但海濱版卻刪去重要的批評內容、對象。這對海濱版及之後版本的讀者去理解文本的「隱晦性」時，便難以準確了。

四、擠進文學市場

　　劉以鬯大量修訂連載小說的內容，作出如此大篇幅的刪改、更換的工作，是因為從報紙副刊園地到出版，作品面對的讀者已不盡相同。〈酒徒〉的主題是劉以鬯對報業、電影業、出版業的不滿，暴露各產業的不公平現象，其主要的讀者群是文人（像醉者「我」般受屈的文人），其次是批評的對象。然而，作為出版物，海濱版的《酒徒》將會面對的是由普遍讀者組成的流行文學市場，況且，還要先通過出版界持份者的關卡（例如代理商），這兩種讀者群都是小說中曾批評的對象。從連載作品所面向的知音，轉為現實市場的讀者，劉以鬯作出修訂是有其必要的。

（一）〈酒徒〉的摸擬讀者與真實讀者

　　吉布森（Walker Gibson）在 1950 年提出了「摸擬讀者」（mock reader）概念。[81] 模擬讀者的概念漸次打破文學作品生產者和消費者的界線。文學作品的研究不再以生產

---

81 「摸擬讀者」的資料可參考：Walker Gibson, "Authors, Speakers, Readers, and Mock Readers," *College English*, Vol. 11, No. 5（Feb., 1950）, pp. 265-269；Jane P. Tompkins ed., *Reader-Response Criticism*（Baltimore: The Johns Hopkins University Press, 1984）；朱剛：〈論沃・伊瑟爾的「隱含的讀者」〉,（南京）《當代外國文學》1998 年第 3 期，頁 152-157。

者（作者）為始點，也不再以消費者（讀者）為終點，而是以作者、作品和讀者作為整體的觀察對象，循環不息。[82] 模擬讀者並非「真實」的讀者，不過，需要真實讀者在閱讀小說過程中參與其中，吉布森以文本第一人稱異於作者本身的概念作類比，說明模擬讀者和真實讀者的分別。[83] 模擬讀者是建基於文本的。吉布森認為這概念可以探聽到敍述者（speaker）[84] 和讀者之間的對話，由此顯示作者創作時對讀者的定位。他認為作者在文本中灌注個人的價值觀和預設，期望真實讀者接受或拒絕此價值觀。[85] 若以吉布森的模擬讀者理論看〈酒徒〉，那文本所預設的讀者群便很明顯了。劉以鬯在〈酒徒〉的價值觀相當清晰，文本的模擬對象既有受讚揚、同情的對象，也有受批評的對象。故此，若真實讀者在閱讀〈酒徒〉時參與其中，產生接受和拒絕的心理反應，就合乎模擬讀者這概念的預設邏輯。下文便加以論述〈酒徒〉的模擬讀者、真實讀者中的「接受者」和「拒絕者」。

82 Jane P. Tompkins, "An Introduction to Reader-Response Criticism," *Reader-Response Criticism,* pp. x-xi.

83 Walker Gibson, "Authors, Speakers, Readers, and Mock Readers," *College English*, Vol. 11, No. 5（Feb, 1950）, pp. 265-266.

84 *Ibid.*, pp. 267-268. 吉布森援引《大亨小傳》（*The Great Gatsby*）為例時，解釋模擬讀者需要投入角色的經驗和態度，方可讀懂 "speaker"（Nick Carraway）的自白。換言之 "speaker" 即是敍述者。

85 Jane P. Tompkins, "An Introduction to Reader-Response Criticism," *Reader-Response Criticism*, p. xi.

〈酒徒〉的模擬讀者有兩種人。第一種是充斥於作品中，受到讚揚和同情的文藝家（行內人）。他們具有文藝理想，深厚的文藝修養，卻鬱鬱不得志，甚至因商業社會所限，被迫做出妥協的事情。小說中的「我」便是代表人物，而麥荷門是「我」的「理想」分身。其他例子如文中提及的真實人物：具革命性卻不受注目的國畫家呂壽琨和趙無極；[86] 還有原來極有希望的作家、有過表現的文藝工作者，為了生活，被迫改就他業的人物，例如文中提及的演員唐若青、洪波；將紀德（Andre Gide, 1869-1951）的〈德秀斯〉譯成中文的詩人楊際光（筆名貝娜苔、羅謬）等。[87]

　　十三妹是真實讀者中的接受者，她的反應表現了她的接受態度。她閱讀〈酒徒〉後，忍不住致電劉以鬯問他為甚麼不辦文藝雜誌？得到的回覆正是小說中提及的難處：辦文藝雜誌的資本、文藝雜誌的銷售處，還有徵召文稿的問題。十三妹因而藉題批評勢利的出版商，與文中的「我」同鼻子出氣：「香港要有文藝雜誌出現，大概要等到有『出版家』出現那一天。必先有這一奇蹟，才會有文藝。因為靠編與寫過活的文化人們，怎賠得起？」[88] 劉以鬯的〈酒徒〉為十三妹帶來一個衝擊、一個反思的機會。十三妹筆下所等待的「出版家」，要到 1985 年劉以鬯主編的《香港文學》

86　劉以鬯：〈酒徒〉，《星島晚報‧星晚》，1962 年 12 月 29 日，版 11。

87　劉以鬯：〈酒徒〉，《星島晚報‧星晚》，1963 年 2 月 5 日，版 11。

88　十三妹：〈釋兔年之所以夾雜在虎與龍之間〉，《新生晚報‧新趣》，1963 年 1 月 26 日，版 5。

雜誌創刊時才出現。

除了不得志的文藝家，〈酒徒〉的模擬讀者還包括愛好文學的年輕文人。此類讀者有基本的文學根底，能從他人的作品中汲取養分，即文中我和麥荷門所辦的理想雜誌《前衛文學》的讀者群：

> 我無意爭取那些專看武俠小說或性博士信箱的讀者，荷門說。如果這本雜誌出版後祇有一個讀者，而那一個讀者也的確從這本雜誌中獲得了豐富的營養素，那末我們的精力與錢財也就不能算是白花了。[……]
>
> 我們的篇幅有限，必須多登些有價值的文字，像你提出的「第一人稱」的問題，祇要是有些閱讀經驗的人，不會不了解。你的那位同事一定是看慣了章回體小說或武俠小說的，所以才會有這種錯誤看法。我們不必爭取這樣的讀者。如果他連這一點都弄不清楚的話，怎麼能夠希望他來接受我們所提倡的新銳文學？[89]

這群讀者的特質是：具有一定程度的文學修養，能夠「從這本雜誌中獲得了豐富的營養素」，甚至稍具鑑賞文學作品的能力。小說中的麥荷門便是代表人物。〈酒徒〉中「我」曾品評麥荷門的創作：「寫得不壞，比時下一般學生園地的

89　劉以鬯：〈酒徒〉，《星島晚報・星晚》，1962 年 12 月 26 日、28 日，同版 11。

『文藝創作』實在高明多了；然而表現手法太陳舊，不是進步的。」[90] 代表人物麥荷門正指向現實中喜愛文學的年輕文人。

李英豪也是真實讀者的接受者的例子。他是現代主義的支持者，受過馬朗創辦和主編的《文藝新潮》（1956-1959）的熏陶。他開始為《香港時報》寫稿時年僅二十。[91] 1963年，他在《好望角》高度評價〈酒徒〉，讚賞作品挖掘現實的深度和對文藝界的批評。他在〈小說技巧芻論〉中，便討論了意識流寫作技巧：

> 劉以鬯「酒徒」中對此種流動的運用（現實之誇張與隱喻），同樣最能將失去焦點之現實，在割切與想像間躍出。
>
> 此種自由聯想之方法與乖張，無非藉個人在這醉生夢死的社會的醉態，（可能就是內在的醒覺；有如小說中那個神經失常的雷老太，可能就是失去均衡人類社會中仁愛的象徵，這個社會仁愛不能容許永存，固雷老太在假象破滅時也得自殺。）顯現生存中雙重現實的失諧，劉以鬯束束精細閃露的心象聯結之技巧，展示的雙

90　劉以鬯：〈酒徒〉，《星島晚報・星晚》，1962年12月6日，版11。

91　劉以鬯：〈三十年來香港與台灣在文學上的相互聯繫——一九八四年八月二日在深圳《台港文學講習班》的發言〉（上），《星島晚報・大會堂》，1984年8月22日，版16。

重情境是屬冗贅平凡，輪迴往復和沒有始終的。[92]

　　李英豪對〈酒徒〉的理解、分析和接受，便是真實讀者的接受者的代表例子。這一類的讀者需要具文學前瞻的文藝者帶領，願意接受《文藝新潮》的洗禮、願意閱讀嚴肅文學作品（如劉以鬯編的《香港時報・淺水灣》）、願意不計較稿酬多寡而撰寫嚴肅文學作品。〈酒徒〉是一部具時代性獨創的小說，劉以鬯以作品向這些讀者「示範」內心獨白和意識流技巧，希望他們藉此汲取養分學習寫作。

　　除了接受者，〈酒徒〉的第二種摸擬讀者還有文中「我」批評貶低的對象，即上述的文字市場的報館高層（社長和編輯）、報紙讀者（市場）、小說代理商；電影市場的老闆、電影觀眾（市場）等。

　　真實讀者的拒絕者可以以倪匡為例子。倪匡在〈一片牢騷話〉（1962）中，自稱當時已投身撰寫通俗小說行列，也算是〈酒徒〉中那種被稱為「寫稿機器」的順民，他的措辭具酸溜溜之感：「這全是牢騷了，但我相信，《酒徒》中那年輕的傻瓜，一定是會以垂頭喪氣終場的。」[93]當時〈酒徒〉連載尚未完結，倪匡預視的怕不止是故事情節的發展，即「那年輕的傻瓜」荷門堅持辦文藝雜誌失敗的結局，倪匡看扁的更是小說作者劉以鬯在商業限制下，那文字表達的、

92　李英豪：〈小說技巧芻論〉，《好望角》第 6 號，1963 年 5 月 20 日，版 3。

93　衣其（倪匡）：〈一片牢騷話〉，《真報》，1962 年 12 月 31 日。

無聲而有力的宣言。

　　作為當時通俗小說作家的倪匡尚且如此，文中所批評的報館高層、代理商和電影老闆等的想法便可想而知了。〈酒徒〉所面對的出版阻力，在倪匡負面的評論中已可見端倪。連載中的小說代理商，明顯變成了出版書籍的阻力。出版社與代理商的關係密切，當時大部分香港出版的書籍（和電影製作）都會外銷到南洋市場。小說〈酒徒〉中的批評言論既揭破代理商的惡行，自然受到相關代理商的排擠。海濱圖書公司必然受到代理商的壓力。劉以鬯欲出版此書，必先解決代理商的出版阻力。

　　流行文學市場的讀者和電影市場的觀眾（及老闆），將變成《酒徒》海濱版的普遍讀者。為免影響讀者購買書籍的意欲，連載版中的批評言論，實有需要加以刪改。香港當時的連載小說與出版關係密切，報館高層的編輯、社長，對出版商有頗大影響力，小說〈酒徒〉批評報業的言論，也成為出版的一種阻力。結集單行本因刪去不公平現象的批評，原來受批評的對象模糊了，因此弱化了批評的力度。

（二）編輯的技藝：把嚴肅文學「擠」進文學市場

　　〈酒徒〉是一部嚴肅文學，對於怎樣將它「擠」[94] 進流

---

94 「擠」是劉以鬯自己的説法。見劉以鬯：〈香港文學的市場空間——一九九九年十二月三日在中文文學週研討會上的發言〉（1999），《暢談香港文學》，頁 145。

行小說的空間，劉以鬯自有一套應對方法：先把握連載此小說的機會，然後才有出版的機會。從劉以鬯怎樣編輯副刊的技藝，便可得悉他如何將嚴肅文學作品「擠」進市場。

劉以鬯早在三、四〇年代便開始編輯副刊。劉以鬯在抗戰時期曾於重慶為《掃蕩報》和《國民公報》編副刊，又於抗戰結束後在上海《掃蕩報》（曾短暫改名為《和平日報》）編副刊。過往編輯副刊的經驗和曾工作於國民黨軍報的關係，令他在 1948 年冬來到香港後，翌年便得到《香港時報》請他編輯副刊「淺水灣」的機會。[95]

劉以鬯重視副刊的內容，同時也重視形式。他編輯副刊時非常重視劃版樣，而且引以為傲。[96] 他在五〇年代編《香港時報‧淺水灣》時很有自己的看法和做法，他喜歡現代文學，不喜把舊文學與新文學放在同一個副刊中，卻最終因為不刊登馬五的舊詩而被辭退。[97] 得到了這次經驗，劉以鬯在 1957 年從新加坡回香港後，再度當上《香港時報》編輯，即使依然堅持編文學性強的副刊，但編輯的態度變

95　何杏楓、張詠梅訪問，鄧依韻整理：〈訪問劉以鬯先生〉，《文學世紀》總第 34 期，2004 年 1 月，頁 12；劉以鬯：〈從《淺水灣》到《大會堂》——一九九一年六月一日在香港嶺南學院「雅與俗座談會」上的發言〉（1991），《暢談香港文學》，頁 248。

96　見劉以鬯：〈從《淺水灣》到《大會堂》——一九九一年六月一日在香港嶺南學院「雅與俗座談會」上的發言〉、〈跟羅孚閑聊〉（2002），《暢談香港文學》，頁 253、220。

97　何杏楓、張詠梅訪問，鄧依韻整理：〈訪問劉以鬯先生〉，《文學世紀》總第 34 期，2004 年 1 月，頁 12-13。

得更靈活，以「擠」的藝術把嚴肅文學放置進入通俗文學市場。《香港時報‧淺水灣》（1960 年 2 月 15 日至 1962 年 6 月 30 日）是一個見其成效值得討論的例子。

　　劉以鬯編副刊時面對兩大難題：第一是《香港時報‧淺水灣》銷量不高，第二是報館的老闆、老總以至副老總等並不是嚴肅文學的支持者。為了紓緩讀者和老闆的壓力，劉以鬯會刊登某些討論舊文學的文章；又應報館的要求，把張列宿那充滿強烈政治意識的專欄放在副刊的顯著位置；後來更開設由老總李秋生撰寫的「天竺零簡」專欄，這些舉措都是一種妥協的表現。待讀者和老闆的壓力得以紓緩後，劉以鬯便把握時機，把嚴肅文學作品「擠」入副刊。

　　《香港時報‧淺水灣》本身是右派的報紙，有政治定位；五元一千字的稿費又比其他報章如《星島晚報》（二十元千字）為低。為了解決報章本身的局限，劉以鬯除了自己參與寫作外，更起用香港和台灣一些有見地、年輕的文人，例如約十三妹寫專欄、用呂壽琨的文評、採其學生王無邪的現代文學的文章和插畫等；台灣方面，採用葉泥的翻譯文章、魏子雲的文論、紀弦的詩作、秦松的畫作等，無不藉機為副刊灌注現代文學的養分。[98] 劉以鬯便是如此這般的把嚴肅文學作品一點一滴地「擠」進通俗文學的市場，把《香港時報‧淺水灣》打造成現代文學的版圖。這種編輯副刊的「擠」的技藝，從他 1963 年開始至八〇年代編輯《快報‧快活林》

98　同上，頁 15-17。

和《快報‧快趣》，以及編《星島晚報‧大會堂》（1981-
1991）的時候運用得更純熟。[99] 即使早期編輯時遇到某些商業
味較重的雜誌也是這樣，例如 1951 年主編復刊版《西點》
（上海創刊，1951 年 12 月 25 日香港復刊）時，劉以鬯嘗試
以一半篇幅的短篇創作，「擠」進這本以譯文為主的趣味性
雜誌；編綜合性雜誌《星島週報》（1951 年 11 月 15 日創刊）
時，劉以鬯「擠」進孫伏園的〈魯迅先生的小說〉。[100] 由此
可見，儘管劉以鬯知道「擠」的空間不大，也會找機會嘗試。

　　從〈酒徒〉的連載至結集出版，無不見到劉以鬯把握
「擠」的機會。〈酒徒〉的故事內容揭露了當時文化產業下
的報業、電影業、出版業的某些不公平現象，內容極為敏
感。當中狠批報館高層及讀者文化水平低俗的內容，必定
令相關人士不快，不願意提供連載版園。這當然是劉以鬯
預料之內，所以才會在〈酒徒〉的〈序〉提及：「如果有人
讀了這篇小說而感到不安，那也不是出乎我意料之外的事
情。」[101] 歐陽天是一位善良的文化產業生產者，他為好友提
供了連載此小說的版園——「星晚」。「星晚」正是〈酒徒〉
所謂：「大部分雜誌報章的選稿尺度固然着重作品本身的商
業價格；但是真正具有藝術價值的作品，也還是有地 X 可

99　張煥聘、黃子程訪問：〈訪問劉以鬯先生〉，《博益月刊》第 9 期，1988 年 5
　　月 15 日，頁 163-167。

100　劉以鬯：〈五十年代初期的香港文學——一九八五年四月二十七日在「香港
　　文學研討會」上的發言〉，《香港文學》第 6 期，1985 年 6 月 5 日，頁 15。

101　劉以鬯：〈酒徒‧序（下）〉，《星島晚報‧星晚》，1962 年 10 月 19 日，版 9。

以刊登的。」[102]〈酒徒〉自然是「有藝術價值的作品」，值得刊登，「星晚」便是當時少見的較有創作空間的副刊園地，該報的高層屬於劉以鬯曾提及的：「少數報刊的負責人與編輯是不干擾或『指導』作者的」，他會在這一類的報刊上寫「娛樂自己」的東西。[103] 以五、六〇年代的產業流程來說，小說必先在副刊連載，面向讀者，才有機會結集出版，甚至改編為電影。劉以鬯把握了這次連載的機會，等同製造將來出版書籍的機會。

對於小說刊完後能否結集單行本出版，劉以鬯實在沒有信心。他在小說連載時已用「代郵」方式，向讀者洪浩坦言：

> 像「酒徒」這樣的小說，不可能找到肯蝕本的出版商，如果我自己有能力負擔印刷費的話，我一定會將它印成單行本的。[104]

劉以鬯不能預計的是，海濱圖書公司的馮先生竟然向自己提供了出版小說的機會。雖然馮先生是一位出版商，不過，卻屬於模擬讀者的接受者。海濱圖書公司的前身是

---

102 劉以鬯：〈酒徒〉，《星島晚報・星晚》，1962 年 12 月 13 日，版 11。本章引述〈酒徒〉之正文，以《星島晚報・星晚》微縮連載版本為據。若遇上個別字詞模糊，則據《酒徒》海濱版補回內文，並在該填補文字外加方框表示。

103 劉以鬯：〈自序〉，劉以鬯編：《劉以鬯卷》，頁 3。

104 劉以鬯回應讀者洪浩先生的回信。見劉以鬯：〈酒徒・代郵〉，《星島晚報・星晚》，1963 年 3 月 9 日，版 11。

海濱書屋，是純商業機構，卻願意為香港文學做一些工作，曾在五〇年代初期出版「海濱文藝叢書」，既不要求作家撰寫媚俗的作品，也不要求作家在作品中宣傳政治主張。[105] 這次馮先生願意出版《酒徒》，劉以鬯自是高興和感激。

劉以鬯提及馮先生為了出版事宜「費了很大的氣力」，[106] 箇中應該存在來自報界、出版界（包括海外行銷的代理商）、電影界的阻力。當時馮先生向劉以鬯提問「出版條件」，他回應：「祇要能夠出版，我已心滿意足。」[107] 說得清楚一點，這根本不是劉以鬯的條件，而是他當時的「目標」。劉以鬯為了把握出版機會，唯有積極配合，修訂原刊小說：消除連載小說中種種有礙出版、海外行銷的阻力；更換、刪除批評文化產業的內容。唯其如此，〈酒徒〉才能以最基本、有利的形態——「書籍」繼續留傳後世。海濱版的修訂，實際上是劉以鬯巧用了「挤」的技藝，把握了出版的機會。

《酒徒》海濱版的出現證明劉以鬯的目的已達，為何作者於 1979 年《酒徒》遠景版重排新版時沒有回復連載版的內容？五〇至七〇年代，港台文學聯繫緊密，不少香港作家如也斯、西西等向台灣尋求出版作品的機會，劉以鬯的《寺內》在 1977 年得到台灣幼獅文化公司出版便是箇中例

---

105 劉以鬯：〈五十年代的香港小説——一九九七年一月五日在第一屆香港文學節研討會上的發言〉（1997），《暢談香港文學》，頁 130。

106 見劉以鬯：〈新版前記〉，《酒徒》遠景版，頁 1。

107 同上。

子。[108] 然而，劉以鬯在《酒徒》遠景版僅是修改錯別字，甚至抽起舊版序文，卻沒有以原貌示人，到底理由是甚麼？

讀者市場反應的轉變及劉以鬯作家地位的提升或是當中的理由。如前所述，自從吳振明發表〈解剖「酒徒」〉後，評論者對劉以鬯作品的研究焦點偏向意識流寫作技巧。受眾的正面回饋無異強化劉以鬯的藝術取向，鼓勵他持續創作文藝作品，使他更堅定向着小說貴在創新的道路前進。詩化小說的〈寺內〉、平行對位並置的〈對倒〉（1972）、故事新編的〈蛇〉和〈蜘蛛精〉（1978）、實驗性的〈打錯了〉（1983）等，皆見到劉以鬯在小說技巧和結構方面的不斷探求嘗試，引起不少讀者討論。從初刊到遠景版《酒徒》，事隔十多年，劉以鬯的思考焦點已從〈酒徒〉的批判現實轉為作品的寫作技巧琢磨及結構形式的實驗了。再者，七〇年代末開始，劉以鬯作品的出版情況隨着個人地位提升而更為理想，《陶瓷》（1980）、《一九九七》（1984）、《春雨》（1985）、《天堂與地獄》（2007）等創作集陸續出版，1980年的《劉以鬯選集》和1991年的《劉以鬯卷》相繼選入的作品引起兩岸三地的注意，引發更多的學術評論。在文學創作前景較明朗的情況下，劉以鬯寧願選擇繼續修訂新作，如〈猶豫〉（1980，原題〈躊躇〉）、〈黑

108 五〇至七〇年代，港台文學聯繫緊密。詳情請參考劉以鬯：〈三十年來香港與台灣在文學上的相互聯繫——一九八四年八月二日在深圳《台港文學講習班》的發言〉（上及下），《星島晚報‧大會堂》，1984年8月22日、29日。

妹〉（1981）、〈1997〉（1982，原題〈前途〉）等，卻未曾
再回復〈酒徒〉的連載版內容，也是可以理解。

五、結論

　　劉以鬯連載〈酒徒〉後，依「增」、「刪」、「調」、「換」四種修訂方法作了二千多項修訂，出版結集單行本。若從小說的內容情節和主旨作觀察，「刪」和「換」的代表性修訂能清楚呈現當時文化產業的文字市場和電影市場的弊病。《酒徒》海濱版刪去或更換與文化產業相關的內容，減弱了劉以鬯批評報業、電影業、出版業的控訴力度，失去了連載時「敢言」的本色，模糊了批評的對象。

　　劉以鬯連載〈酒徒〉時，真實讀者中有接受者和拒絕者，他們所關注的重點是作品內容，是文中所批評的惡劣的生產語境。1968 年吳振明宣稱《酒徒》是「中國第一部意識小說」[109]，小說自此定性，後來的評論者遂聚焦於寫作技巧，卻較少措意原刊連載所揭露的業界黑暗內幕。連載小說〈酒徒〉的際遇變化極大，海濱版的修訂直接影響後來文評家的觀點。

　　多年來《酒徒》的寫作技巧不斷受到熱捧，劉以鬯往後的創作越發朝着大家讚賞的「與眾不同」的方向走：重視小說的寫作技巧和文本結構實驗。連載初刊的〈酒徒〉雖然採用了內心獨白、意識流等技巧實驗，確實在當時的文學語

---

109 振明（吳振明）：〈解剖「酒徒」〉，《中國學生周報》第 841 期，1968 年 8 月 30 日，版 4。

境中予人鶴立雞群之感，而作家在文本中卻流露出更多不平之鳴，批評和暴露文藝界不公的事情。連載〈酒徒〉中所揭示的「一些現象」，文人為當時發聲的宣言，隨着文評家的焦點轉移，不再為劉以鬯所重視。文學評論引導創作，於此可見一斑。

　　劉以鬯修訂〈酒徒〉的目的，正如他編輯副刊時「擠」入嚴肅小說一樣，是為了《酒徒》可以出版，擠進通俗小說的市場，留傳後世。

　　「連載小說」（serialized fiction）的歷史發展由來已久，自維多利亞時期開始盛行，依據刊物性質而有其特點。[110] 香港五、六〇年代的連載小說受到商業限制，讀者或因為作者名氣，或因為個別作品素質而追看連載小說。故此，連載小說比專欄雜文更能吸引讀者，直接影響當時刊物的銷量。從高雄所述的連載小說「應有」的特點看，劉以鬯的〈酒徒〉實在不是一篇合乎「標準」的連載小說。[111]

　　對於香港文學的生產語境，高雄於 1969 年受訪時有

---

110 Graham Law, *Serializing Fiction in the Victorian Press*（UK: Antony Rowe Ltd. 2000）, p. 3, J. Don Vann, *Victorian Novels in Serial*（New York: The Modern Language Association of America, 1994）, p. 1.

111 高雄提到在報紙副刊連載的兩大特色：（一）每天在有限的字數內，主要交代故事的進展變化，其次加插情節上的小波折。（二）連載結尾處必須有小小的「高潮」，例如突如其來的情節變化、新人物出現、緊張關鍵、一句吸引人的對話等，目的是引起讀者好奇心，翌日繼續追看。讀者或因為作家名氣，或因為個別作品質素而追看連載小說。因此，連載小說比專欄雜文更能吸引讀者，直接影響當時報紙的銷量。詳見史得（高雄）：〈給青年寫作者：關於長篇連載〉，《文匯報·文藝與青年》，1961 年 8 月 2 日，版 10。

如此看法:「這裏居住的人,整日忙來忙去,需要的只是通俗小說,於是這個地方便只能有通俗小說的市場而不可能有文學作品的市場了。」[112] 高雄的看法背後隱藏了「生產鏈」,點出作家、出版商和讀者之間的關係:香港職業作家只能服從出版商,迎合讀者口味,一切由讀者主導。如果生產鏈只是一個運作模式,作家、出版商和讀者間的關係不能改變,作品必須在這生產鏈的運行生產,此即人皆熟知的常識:順應它而行才能謀生,逆行者將不能生存。可是,面對此常識,劉以鬯怎樣做?他不苟同。如前所述,生產模式不變,讀者主導一切,那讀者水平便是生產鏈素質高下的關鍵。只要讀者水平上升,作者將不但「服從/迎合」,而且更會「擁護」此生產鏈。劉以鬯就藉敍事者「我」的論述,不只一次提及五四文學、世界文學主流,藉此「教育」、「提升」讀者的水平。[113]

　　高雄的觀點強調了讀者喜好直接影響商業市場,正好印證了劉以鬯〈酒徒〉所描述的文學生產語境:文人生活困頓、欠缺具文藝水平的讀者、出版市場傾向通俗小說爭取一般讀者的商業做法等,嚴重阻礙香港嚴肅文學發展。劉以鬯曾在多篇散文中批評香港五、六〇年代惡劣的文學

112 劉紹銘策劃、王敬羲列席、陸離紀錄:〈高雄訪問記〉,《純文學》第 30 期,1969 年 9 月,頁 204。

113 劉以鬯:〈酒徒〉,《星島晚報·星晚》,1962 年 12 月 6 日,版 11;1963 年 3 月 4 日,版 11。

生產環境，[114] 但他曾說過：「少數報刊的負責人與編輯是不干擾或『指導』作者的」。[115]「星晚」的歐陽天和報館高層便屬這一類人。當時的副刊是影響報紙銷量的主要版面，《星島晚報》的高層願意在銷量以外，容許副刊連載較具文藝性的創作，實在是難得的園地。「星晚」的連載小說的風格不一，當時有不少著名文人在此發表作品，例如徐訏〈彼岸〉（1951）、易文〈閨怨〉（1952）、歐陽天〈人海孤鴻〉（1956）、南宮搏連載多個歷史故事（如李後主［1956］）之外，還有熊式一的〈天橋〉（1960），郭良蕙的〈路迢迢〉（1961），張愛玲發表〈怨女〉（1966，根據《金鎖記》改編）等。除〈酒徒〉外，劉以鬯多篇極具水準的小說如〈寺內〉、〈離亂〉（1963，即後來的〈過去的日子〉）、〈對倒〉和〈打錯了〉都是在這裏發表的。各報館有自己的方向，副刊雅俗不一，各有自設的讀者群。劉以鬯能因應各報刊的特性，靈活安排文稿，將文藝性較高的「娛樂自己」的稿件樂於投

114 可參考劉以鬯：〈五十年代初期的香港文學——一九八五年四月二十七日在「香港文學研討會」上的發言〉，《香港文學》第 6 期，1985 年 6 月 5 日，頁 13-18；劉以鬯：〈五十年代的香港小説——一九九七年一月五日在第一屆香港文學節研討會上的發言〉、〈香港文學的市場空間——一九九九年十二月三日在中文文學週研討會上的發言〉，《暢談香港文學》，頁 124-131；142-150。

115 劉以鬯：〈自序〉，劉以鬯編：《劉以鬯卷》，頁 3。

向「星晚」。[116]

〈酒徒〉的連載至結集出版需要調整內容，做成「宣言力量的弱化」，然而，這只是以退為進的策略，目的僅為了出版著作，易於留存後世，如此，當中的「教育」才可推廣／保存下去。

〈酒徒〉開始連載不久，即藉「我」對五四新文學的看法，提出讀者和出版商支持文學作品的重要性，相同的敍述在小說尾聲再度出現。[117] 當中「我」對讀者及出版商的控訴，同時適用於香港五、六〇年代的社會語境：嚴肅的文學作品只能在報紙副刊中掙扎求存，與大量的武俠小說、黃色小說、都市傳奇，以及為政治宣傳的作品拚得你死我活。如果小說開頭對五四新文學的論述是為了鋪排香港文學面對相似甚至更惡劣的環境，那麼，相似的論述「再現」於小說結尾便是作者對讀者的教育，期望某天能突破困局。梁秉鈞意味深長地稱讚劉以鬯是真正的「現代」小說家：「這『現代』的意義尤未完全為大眾理解。這現代不在

116 梁秉鈞以劉以鬯刊登作品在不同的報刊雜誌為例，道出五、六〇的報紙所代表的各種立場和取向，代表了香港多元文化的複雜面貌：「《成報》、《新生晚報》、《快報》等則以大眾市民為對象，劉以鬯在上面發表的作品，多貼近社會現實，用的是比較平易的寫實手法，其中也有作品後來從中選取出版，如〈蟑螂〉、〈亞財與細女〉以及〈吧女〉。《越華報》、《超然報》水準比較低俗，《銀燈》、《明燈》、《新燈》則以明星八卦為主的小報，但劉先生在《銀燈》通俗的連載中，亦有故事新編的嘗試。」見也斯：〈《吧女》的脈絡〉，劉以鬯：《吧女》（香港：獲益出版事業有限公司，2011 年），頁 5-6。

117 見劉以鬯：〈酒徒〉，《星島晚報・星晚》，1963 年 3 月 4 日，版 11。

技巧的實驗，而在那種透視現實的精神。」[118] 他一再提醒評論者：〈酒徒〉是劉以鬯實踐個人文藝觀的作品，不能忽視小說的主題，以及當時文藝界的關注和不公平現象的批評。

〈緒論〉曾提出：連載小說與文化產業的互動情況具體是怎樣的？可以這樣看：劉以鬯因為得到歐陽天的支持，所以在連載期間仍可以暢所欲言，但到了出版階段，已非歐陽天所能左右，劉以鬯還須服從文化生產鏈各個環節的邏輯；不過，在他服從的同時，又盡量把他的文學理念「擠」到讀者面前。

結集單行的《酒徒》是一個變了顏的文本，就如梁秉鈞所說：「以較溫和和易讀的姿態出現。」[119] 這個文本一版再版，而且逐漸受到好評，變顏文本與好評成了一個循環，導引着研究者朝藝術手法一方前進；然而回首當日的連載，才驚覺文本有如此不同的原貌，以及原貌背後有如此有力的宣言，又豈是一般評論者所能料到的？比對文本的原貌與新顏，也不妨說是一種有意義的嘗試。

118 梁秉鈞：〈現代小說家劉以鬯先生〉，（台北）《文訊》總第 84 期，1992 年 10 月，頁 110。

119 也斯：〈劉以鬯的創作娛己也娛人〉，《信報財經新聞》，1997 年 11 月 29 日。

附表二：四種修訂的額外例子列表

	連載版	海濱版
1	——我們處在這樣一個大時代，爲什麼還沒有產生像「戰爭與和平」那樣的作品？ （1962 年 11 月 2 日，版 11）	——我們處在這樣一個大時代，爲什麼還不能產生像「戰爭與和平」那樣**偉大**的作品？ （海濱版頁 27）
2	我的親戚是個十分鎮定的中年人，逢事絕對不亂，每一次逃警報，必抓一把西瓜子，坐在長凳上，磕呀磕的，不欣賞風景，也不跟任何人攀談。 （1962 年 11 月 19 日，版 11）	我的親戚是個十分鎮定的中年人，逢事絕對不亂，每一次逃警報，必抓一把西瓜子，**安詳地**坐在長凳上，磕呀磕的，不欣賞風景，也不跟任何人攀談。 （海濱版頁 56）
3	出乎我意料之外，這部電影完全照我的劇本拍攝的，所有分場分鏡，包括對白在內，都一樣。 （1963 年 1 月 15 日，版 11）	出乎我意料之外，這部電影完全照我的劇本拍攝的，所有分場分鏡，包括對白在內，都**跟我寫的**一樣。 （海濱版頁 158）
4	一本題名「前衛」的文學雜誌應該多介紹一些最新的作品與思潮。 （1963 年 3 月 2 日，版 11）	一本題名「前衛」的文學雜誌應該**在其有限的篇幅中**多介紹一些最新的作品與思潮。 （海濱版頁 239）
5	我希望他能給我一個編輯工作，他扁扁嘴，將頭偏過一邊。 （1963 年 3 月 28 日，版 11）	我希望他能給我一個編輯工作，他扁扁嘴，將頭偏過一邊，**表示不能考慮**。 （海濱版頁 280）

附表 2.1：增補例子列表

附表 2.2：刪除例子列表

	連載版	海濱版
1	蘆焚的「谷」，雖然獲得**「大公報文學獎」**；然而並不是他的最佳作品。 （1962 年 11 月 1 日，版 11）	蘆焚的「谷」，雖然獲得了文學獎；然而並不是他的最佳作品。 （海濱版頁 26）
2	——不，絕對不能。**酒是刺激品，不能喝了甚至連香烟都應該戒除。你要知道，藥物祇能幫助你一部分，主要還要靠你自己。你必須幫助醫生；同時幫助你自己。接受醫生的忠告，並克服自己的慾望與恐懼。** 説着，又露了一個不很真實的笑容，走了。 （1962 年 11 月 20 日，版 11）	——不，絕對不能。 説着，又露了一個不很真實的笑容，走了。 （海濱版頁 58）
3	那是一個精神病**患**者的施捨，卻使我有了重獲失物的感覺。 **接着，雷老太太將日報送了進來。我覺得對不起她。因爲，她將我視作兒子，而我沒有勇氣將她當作母親。** 翻開報紙，才知道這是賽馬的日子，我是非常需要一點刺激的，然而刺激在香港也是一種奢侈品。 （1963 年 1 月 4 日，版 11）	那是一個精神病者的施捨，卻使我有了重獲失物的感覺。 翻開報紙，才知道這是賽馬的日子，我是非常需要一點刺激的，然而刺激在香港也是一種奢侈品。 （海濱版頁 139）

（續上表）

	連載版	海濱版
4	如果楊露企圖將我當作報復的對象，我應該讓她發洩一下。**事實上，我自己也希望找些新的刺激。這些日子，現實像一副千斤重担，早已將我壓得透不過氣來。我需要她；而她也需要我。）**於是我舉杯，邀她一口呷盡。她閃閃黑而亮的眸子，昂起脖子，比我喝得更快。 一杯。兩杯。三杯。 （1963 年 1 月 8 日，版 11）	如果楊露企圖將我當作報復的對象，我應該讓她發洩一下。 一杯。兩杯。三杯。 （海濱版頁 143）
5	我憤然走出報舘，第一件想到的事便是飲酒。 **現在，我祇寫兩間報紙的連載小說了。論收入，每月尚有六七百元，如果肯省吃儉用，日子也還可以應付過去的。** **由于楊露的嫁人，我的感情受了難復的創傷。** **由于麥荷門反對我寫通俗文字，彼此間忽然多了一個感情上的鐵絲網，我的情緒低落到極點。** **由于自己的固執，先後停了兩家報舘的稿子，收入減少一半，心裡難免不感到恐慌。** 我要喝酒，我要喝酒，我要喝更多的酒。 （1963 年 2 月 27 日，版 11）	我憤然走出報舘，第一件想到的事便是飲酒。 我要喝酒，我要喝酒，我要喝更多的酒。 （海濱版頁 234）

附表 2.3：調動例子列表

	連載版	海濱版
1	**爲了生活**，他雖然是個半盲人，也迫得去教書，迫得去做書記工作，可是他從來沒有中斷過自己願意的事情。 （1962 年 12 月 12 日，版 11）	他是個半盲人，**爲了生活**，迫得去教書，迫得去做書記工作，可是他從來沒有中斷過自己願意做的事情。 （海濱版頁 97）
2	**感情打了個死結。** 稍過些時，我發現自己站在怡和街口。 （1963 年 1 月 5 日，版 11）	稍過些時，我發現**感情打了個死結。**自己站在怡和街口。 （海濱版頁 140）

附表 2.4：更換例子列表

	連載版	海濱版
1	社長對小說是一無**所知**的，對於他，小說與電影並無分別，動作多，就是好小說，至於氣氛，結構，懸疑，人物刻畫等等都不重要。 （1962 年 11 月 9 日，版 11）	社長對小說一無**認識**的，對於他，小說與電影並無分別，動作多，就是好小說，至於氣氛、結構、懸疑、人物刻畫等等都不重要。 （海濱版頁 40）
2	當她的柔唇忽然變成一個大特寫時，我止不住內心的怔忡。**我吻了她，**立刻從蒙昧中驚醒。 （1962 年 11 月 26 日，版 11）	當她的柔唇忽然變成一個大特寫時，我止不住內心的怔忡。**一個可怕意念產生了，但**立刻從蒙昧中驚醒。 （海濱版頁 69）
3	長篇小說方面，巴金的「激流」字數雖多，但不能算是了不起的作品，倒是李劼人的三部曲，注意的人不多，**却是相當優秀的。** （1963 年 1 月 9 日，版 11）	長篇小說方面，巴金的「激流」字數雖多，但不能算是了不起的作品，倒是李劼人的三部曲，注意的人不多，**倒還有些東西可以看看。** （海濱版頁 145）
4	這是**人吃鬼**的社會。這是**鬼吃人**的社會。 （1963 年 1 月 28 日，版 11）	這是**鬼吃人**的社會。這是**鬼吃鬼**的社會。 （海濱版頁 177）
5	──**你說**，四毫小說的對象是那一階層？ ──就是那些專看**小孩**電影的觀眾。 （1963 年 2 月 10 日，版 11）	──**你倒說說看**，四毫小說的對象是那一階層？ ──就是那些專看**低級趣味**電影的觀眾。 （海濱版頁 202）

附表三：〈酒徒〉連載版與海濱版四種修訂的數據列表

連載日期（年月日）	增加	刪除	調動	更換	小計
1962.10.18	0	4	0	7	11
1962.10.19	1	0	0	0	1
1962.10.20	0	0	0	5	5
1962.10.21	1	1	0	3	5
1962.10.22	2	3	0	9	14
1962.10.23	2	2	0	1	5
1962.10.24	1	1	0	3	5
1962.10.25	4	1	0	4	9
1962.10.26	2	1	0	3	6
1962.10.27	0	0	0	4	4
1962.10.28	0	0	0	2	2
1962.10.29	2	0	0	4	6
1962.10.30	1	5	1	11	18
1962.10.31	0	3	0	4	7
1962.11.1	1	3	0	4	8
1962.11.2	3	4	0	18	25
1962.11.3	1	1	0	9	11
1962.11.4	1	2	0	5	8
1962.11.5	0	2	0	3	5
1962.11.6	2	0	0	2	4
1962.11.7	0	2	0	5	7
1962.11.8	3	13	0	5	21
1962.11.9	0	3	0	5	8
1962.11.10	0	0	0	5	5
1962.11.11	3	1	0	7	11
1962.11.12	1	5	0	4	10
1962.11.13	4	2	0	7	13
1962.11.14	2	3	0	3	8
1962.11.15	2	2	0	2	6
1962.11.16	0	5	0	6	11

（續上表）

連載日期（年月日）	增加	刪除	調動	更換	小計
1962.11.17	1	4	0	4	9
1962.11.18	0	0	0	3	3
1962.11.19	1	2	0	5	8
1962.11.20	4	3	0	5	12
1962.11.21	1	10	0	12	23
1962.11.22	0	7	0	5	12
1962.11.23	1	2	0	10	13
1962.11.24	1	2	0	6	9
1962.11.25	1	3	0	13	17
1962.11.26	2	3	0	7	12
1962.11.27	1	8	0	6	15
1962.11.28	1	2	0	11	14
1962.11.29	1	2	0	8	11
1962.11.30	2	9	0	4	15
1962.12.1	2	7	0	5	14
1962.12.2	7	8	0	6	21
1962.12.4	4	4	0	7	15
1962.12.5	3	5	0	10	18
1962.12.6	4	6	0	9	19
1962.12.7	3	2	0	8	13
1962.12.8	1	9	0	6	16
1962.12.9	1	3	0	3	7
1962.12.10	1	5	0	3	9
1962.12.11	0	3	0	12	15
1962.12.12	5	6	1	11	23
1962.12.13	1	1	0	8	10
1962.12.14	6	5	0	10	21
1962.12.15	7	5	0	4	16
1962.12.16	1	8	0	7	16
1962.12.17	2	7	0	0	9

（續上表）

連載日期（年月日）	增加	刪除	調動	更換	小計
1962.12.18	0	12	0	4	16
1962.12.19	0	2	0	5	7
1962.12.20	2	6	0	16	24
1962.12.21	1	0	0	9	10
1962.12.22	1	8	0	7	16
1962.12.23	0	6	0	7	13
1962.12.24	1	3	0	8	12
1962.12.25	1	7	0	13	21
1962.12.26	1	1	0	2	4
1962.12.27	1	6	0	8	15
1962.12.28	0	3	0	14	17
1962.12.29	3	6	0	3	12
1962.12.30	1	4	0	4	9
1962.12.31	3	4	0	6	13
1963.1.2	2	4	0	9	15
1963.1.3	4	1	0	5	10
1963.1.4	1	5	0	6	12
1963.1.5	1	7	1	3	12
1963.1.6	0	4	0	0	4
1963.1.7	1	3	0	9	13
1963.1.8	2	1	0	9	12
1963.1.9	3	2	0	5	10
1963.1.10	1	2	0	9	12
1963.1.11	2	7	0	22	31
1963.1.12	1	8	0	9	18
1963.1.13	0	3	0	17	20
1963.1.14	1	3	0	6	10
1963.1.15	1	7	0	6	14
1963.1.16	1	9	0	1	11
1963.1.17	2	10	0	18	30

（續上表）

連載日期（年月日）	增加	刪除	調動	更換	小計
1963.1.18	1	7	0	11	19
1963.1.19	0	2	0	9	11
1963.1.20	0	3	0	12	15
1963.1.21	2	4	0	3	9
1963.1.22	1	5	0	4	10
1963.1.23	1	2	0	4	7
1963.1.24	0	3	0	9	12
1963.1.27	0	2	0	10	12
1963.1.28	1	2	0	11	14
1963.1.29	1	3	0	0	4
1963.1.30	1	3	0	14	18
1963.1.31	3	1	0	9	13
1963.2.1	2	2	0	5	9
1963.2.2	1	2	0	5	8
1963.2.3	0	1	0	11	12
1963.2.4	0	2	0	11	13
1963.2.5	3	3	0	8	14
1963.2.6	2	0	0	14	16
1963.2.7	0	5	0	6	11
1963.2.8	1	3	0	11	15
1963.2.9	2	5	0	10	17
1963.2.10	6	1	0	6	13
1963.2.11	2	3	0	2	7
1963.2.12	1	2	0	7	10
1963.2.13	2	3	0	13	18
1963.2.14	1	1	0	6	8
1963.2.15	2	1	0	6	9
1963.2.16	2	5	0	5	12
1963.2.17	2	9	0	13	24
1963.2.18	1	7	0	4	12

（續上表）

連載日期（年月日）	增加	刪除	調動	更換	小計
1963.2.19	0	3	0	9	12
1963.2.20	1	6	0	11	18
1963.2.21	0	2	0	2	4
1963.2.22	1	4	0	5	10
1963.2.23	2	0	0	4	6
1963.2.24	2	3	0	5	10
1963.2.25	0	3	0	9	12
1963.2.26	1	8	0	5	14
1963.2.27	2	7	0	10	19
1963.2.28	2	5	0	6	13
1963.3.1	0	8	0	8	16
1963.3.2	3	4	0	12	19
1963.3.3	0	2	0	15	17
1963.3.4	2	2	0	25	29
1963.3.5	4	4	0	16	24
1963.3.6	2	5	0	3	10
1963.3.7	2	9	0	18	29
1963.3.8	0	5	0	13	18
1963.3.9	0	4	0	12	16
1963.3.10	1	6	0	5	12
1963.3.11	4	5	0	2	11
1963.3.12	3	6	0	14	23
1963.3.13	0	4	0	1	5
1963.3.14	0	1	0	0	1
1963.3.15	0	9	0	8	17
1963.3.16	0	2	0	5	7
1963.3.17	0	6	0	6	12
1963.3.18	1	9	0	3	13
1963.3.19	3	7	0	8	18
1963.3.20	1	3	0	2	6

（續上表）

連載日期（年月日）	增加	刪除	調動	更換	小計
1963.3.21	0	3	0	2	5
1963.3.22	2	5	0	8	15
1963.3.23	1	6	0	6	13
1963.3.24	2	4	0	12	18
1963.3.25	3	6	0	5	14
1963.3.26	2	4	0	9	15
1963.3.27	2	5	0	9	16
1963.3.28	2	0	0	10	12
1963.3.29	2	7	0	3	12
1963.3.30	7	7	0	7	21
總計	243（增）	635（刪）	3（調）	1150（換）	2031（合計）

年輕的劉以鬯。

晚年的劉以鬯。

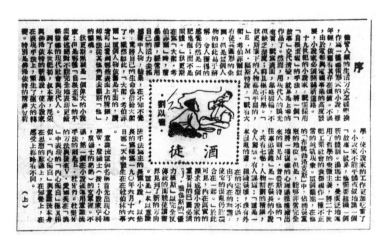

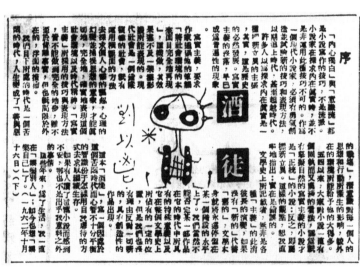

劉以鬯創作了極具寫實性的〈酒徒〉，暴露了報界、電影界和出版界不為人知的黑暗面。小說的序言坦承創作此小說是為了「娛樂自己」，有人讀了此小說會感到不安。圖為劉以鬯〈酒徒〉於《星島晚報・星晚》1962 年 10 月 18 至 19 日的〈序〉。

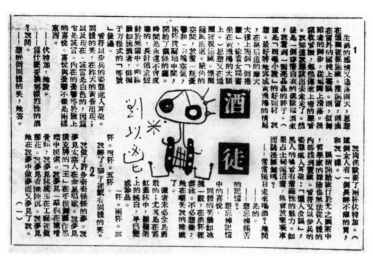

上圖為劉以鬯〈酒徒〉於《星島晚報・星晚》1962年10月20日首天連載。

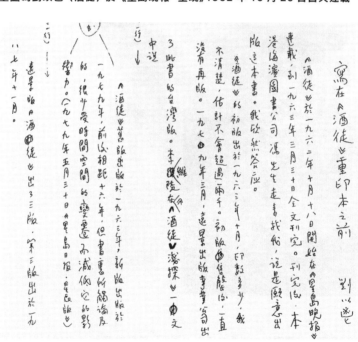

1963年香港海濱圖書公司初版及1979年台北遠景出版事業公司重新排版的《酒徒》，已抽走連載版的〈序〉，直至2003年由香港獲益出版事業有限公司出版時，再重新加入連載版的〈序〉。
（鳴謝劉太太提供劉先生手稿）

1963年，呂壽琨受劉以鬯之邀為《酒徒》設計封面。（上右圖）劉以鬯讚賞其「酒徒」二字「挺拔不群，蘊蓄豐富，具有顯明的醉意」（《暢談香港文學》）。香港海濱圖書公司卻設定為扉頁設計，封面另作他選。（上左圖）1993年金石圖書貿易有限公司重印《酒徒》，呂壽琨的設計最終成為封面的重要元素。（下圖）

總結

　　本書劃定了一個特定的時空，就是一九五、六〇年代的香港；劃出了一個特定的園地，就是《星島晚報》副刊「星晚」；而重點則研究歐陽天、徐訏和劉以鬯的連載小說，進而描畫出三張臉：當時的香港社會面貌、一位作家的面貌、一個文本的面貌。

　　五、六〇年代，和平文人在副刊「星晚」的連載小說，或多或少呈現了香港的不同側面。當中以歐陽天的連載小說所呈現的香港社會面貌比較全面，敍述角度具普羅大眾的色彩，用寫實主義作為分析手法，是非常具代表性的，也是可作為與其他作家比較的基點人物。

　　相較而言，徐訏的連載小說較少直接描述香港社會的面貌，只是通過小部分小說角色，折射作家對香港的看法。他對香港的直觀看法，較多見於他的散文中，而更多體現於他平日的行事態度。不過，我們又看到他的連載小說中的角色和他的真實為人，有一定的對應性。小說角色

總結

289

與作家真人可以通過作家的散文聯繫起來。其實，徐訏對香港的看法是很清楚的，只是集中在他的散文而非小說。徐訏和歐陽天的不同之處是：徐訏視香港為一個可比較的「文化體」，他以中原文化的標準批評香港沒有文化，處處滲透着外來的文化落難者的目光；歐陽天則視香港為「社會」，關心的是當下的社會民生，無一不表現他是社會一員的仁慈目光。兩者站立的層面不一樣，關心的層面也不一樣。這便導致他們的小說迥然不同：徐訏多着眼內地文人南來的辛酸、不融於香港的苦楚、屈居此地的不得志；歐陽天卻是着眼於香港小城，一個市井型的社會、普羅大眾型的社會。至於劉以鬯的小說，則是敍述他在香港出版界、報界的掙扎，微觀地揭示了商業運作的黑暗一面。三位作家，在不同層面反映了香港的面貌，互相補足，可以說，在不同程度上呈現了五、六〇年代香港面貌的豐富性。

作家勾勒了社會的面貌，個別人物的面貌也可以由小說的角色作代表。那麼作家自己呢？

徐訏拒絕融入香港生活，而劉以鬯就經歷了一段從不適應過渡至非常適應的過程，至於歐陽天則早已是香港普羅大眾中的一員。三位作家的不同態度，折射出南來作家在香港的生活情況，更可以看到他們對香港生活的取向：是拒絕還是融入？正因為徐訏那種鮮明的拒絕態度吸引了筆者的注意，所以筆者闢出專章來討論徐訏，藉着研究他的小說來透視他這種拒絕態度背後的複雜心態，進而描畫出他獨特的文化落難者的形象。在本書裏，徐訏這張文化落難者的臉是相當突出的。至於像劉以鬯那樣的由不適應

到完全融入香港生活，自然是另一個值得研究的個案。

　　劉以鬯固然是一位非常值得研究的作家，但在本書裏，筆者換了一個討論角度，討論的既不是小說如何展現社會問題，也不是南來文人的優越心態，而是要突顯出劉以鬯一個文本的獨特性。這種獨特性在香港的當代文學的生產而言是一個異數：名著《酒徒》的連載面貌與出版面貌出現很大程度的不一樣，而修訂後的版本卻是後來研究者評論家的研究根據。研究者忽略研究文本的修訂是不應該的，因為這種修訂痕跡非常明顯。但凡由作家自主修訂的文本，必有作者動機。如果研究者忽略文本的修訂，即忽略作家動機的研究和對作家的認識，那麼，研究者對作家及其作品的研究便不完整了。本書不單止要指出這種忽略，更要指出這種修訂前後的差異，從而透視作品反映劉以鬯的觀點及心路歷程的變異。這不僅是研究上的補足，更藉此提醒研究者文本修訂不能忽略。劉以鬯見縫插針的編輯技藝，更見個人的靈活變化，融不屈於妥協，以有限的空間表現文藝。

　　從本書可以看到，「和平文人」的連載作品是當時小說結集與電影改編的前置文本，報業因此與出版業和電影業組成了緊密的生產線。劉以鬯《酒徒》的故事內容，現實世界中小說從連載版到修訂出版，都反映出這條生產線的關係。歐陽天和徐訏不少小說都被改編為電影。在電影《人海孤鴻》中，李小龍代表的青少年不羈的形象已經深入民心，加上歐陽天多部婦女和孤兒小說被搬上銀幕，無不顯示小說作為電影的前置文本的重要性。至於徐訏，他不但改編

自己的小說成電影，成為了後人研究的重點文本之一；而且，他更以原著作者、著名文人的身份登上電影銀幕，成為電影賣座的資源之一。徐訏的做法與他小覷香港文化的批評並不一致，然而，卻更能體現出報業、電影業、出版業等文化產業的錯綜複雜與密不可分的關係。作家處身其間，涉足這條生產線上的不同環節，他們的所思所感與所為，又是一個值得研究的課題。

就如〈緒論〉所言，本書試發嚆矢，而書中的三張臉可說是鳴鏑的箭哨。五、六〇年代的「星晚」與「和平文人」及其作品值得研究的問題仍未充分開拓與深化，例如前文所提到的：劉以鬯是如何適應香港生活的？他們在參與文化產業的過程中究竟有何感受與作為？這些經驗對他們的創作又有何影響？等等。三張臉很引人注目，卻只是整個研究領域的三道風景而已，這段文學史的圖像應如何繪畫，仍有待研究者的努力。

附錄一

我們的年代、報紙連載與出版
──劉以鬯夫婦訪問記 *

　　劉以鬯先生於 2018 年以百歲高齡逝世，對香港文學界是巨大的損失。他的代表作〈酒徒〉（1962-1963）不僅奠定他在香港文學界殿堂級的地位，更令「香港文學」引來地區以外的研究者關注。他對香港文學的貢獻和影響是有目共睹的。

　　我的博士論文研究的是香港一九五、六〇年代《星島晚報》副刊「星晚」的連載小説，〈酒徒〉更是其中的重要

---

* 　這篇訪問是 2017 年 2 月 15 日進行的，由沈海燕訪問，劉以鬯太太羅佩雲女士受訪，吳煦斌列席，地點是劉氏夫婦的住宅。當時劉以鬯先生的身體尚算壯健，還能自己行走，只是記憶不太好。這篇訪問作為此書附錄，因為種種原因，書籍出版的日期延後，訪問稿今天才現世。（因照顧議題，不按採訪前後錄文）

作品。劉以鬯是當時研究對象中唯一在世的作家,訪問劉氏夫婦變得無比重要。眾所周知,劉氏夫婦與也斯(梁秉鈞,1949-2013)、吳煦斌無比熟絡。這一次吳煦斌帶着我,走過太古城中心,踏上我的博士論文的通關之路,讓劉氏夫婦為我的論文添上最後一筆。我總覺得她的身側跟着一個無比熟悉的身影——戴着小帽掛着微笑,步履輕鬆,一起來到劉氏夫婦的家。聽聞劉先生愛吃西式甜點,我特意買上一些,作為小小的見面禮。

　　劉先生與妻子羅佩雲相識於新加坡,是一對羨煞旁人的夫婦。二人攜手出席大小不同的場合、晚宴、頒獎禮,劉太太如影隨形站立在劉先生旁邊,不但默默支持劉先生的事業,在劉先生「返老還童」時期,更成為他的代言人。劉太太對劉先生的熟悉並不限於二人1956年相識至今的事情,即使是丈夫早期三、四〇年代上海的事跡,劉太太也是如數家珍。誠如劉太太所說:「結婚六十年,有甚麼沒有談過?」

　　這天天氣不冷,下午20度的陽光照在身上並不灼熱,卻帶點溫暖。劉先生不時傳出一聲兩聲咳嗽,更多的卻是小孩似的純真笑聲,為不冷的天氣增添了溫度。劉太太一邊細說種種,一邊放上早已準備好的茶點——同樣是西式甜點,向我們娓娓道來舊日的故事。(我帶來的那些甜點只能留待翌日給劉先生做茶點了)

一、報紙連載與改編電影

要描畫五、六○年代的香港文壇面貌，不能不論及報紙連載。雖然左中右派系報章壁壘分明，但是作家筆名層出不窮，大號小號一新視聽，嚴肅通俗、武俠黃色、生活日常與浪漫愛情，不同類型的作品穿梭於大小不同報章。不少大報有固定的作家班底，長期服務；但作家為求謀生，無奈到處留下墨跡，好比彩蝶撲飛百花，飽肚後再說。佳作受到青睞，不但贏取讀者，提高報紙銷售量，更可結集出版，繼而賣出版權，改拍為電影；也有人逆流而行，為電影鋪橋塔路，先連載小說，以贏取一批讀者關注。報人身兼編劇、導演，甚至投資者並非奇聞，現身熒幕參演更能讓讀者一睹文人墨客真貌，以解讀者的好奇之思。徐訏改編電影《盲戀》（1956）時，便是擔任了敍述者的角色，親身入鏡。一條龍的「文化產業」（cultural industry）隨處可見，讀者市場的力量不能小覷。這是當時的一道文化風景，以下就來重訪這道風景。

我們從五、六○年代的連載小說與改編電影談起。

劉先生曾在「星晚」連載〈馬來姑娘〉（1959）和〈私戀〉（1958）。劉太太說到〈馬來姑娘〉是歐陽天有意拍成電影，所以先請劉以鬯把故事寫出來，等掀起市場反應後，便順利成章拍成電影了。可惜最後因外景拍攝費用昂貴，資金不足，所以沒有成事。至於〈私戀〉就與〈馬來姑娘〉相反，連載的時候並沒有拍成電影的打算，卻因為市場反應非常好，童月娟便經上官牧介紹，上門向劉先生購買版權，拍

成電影。當時的影星鍾情是當紅花旦，專為童月娟公司拍電影，只可惜，電影上映時，鍾情已經不紅了，一定程度上影響了賣座情況。劉太太笑說早幾年受羅卡邀請，前往香港電影資料館觀看這部電影，發覺電影節奏非常慢，有點悶。

我想起年輕的劉先生濃眉大目，笑問有沒有電影公司邀請劉先生上鏡？童月娟拍攝《私戀》（1960）時有嗎？劉太太笑說徐訏在電影《盲戀》入鏡的行為並不普遍；即使是作品很多的依達，雖長得俊俏，也沒有入鏡。劉太太更笑談劉先生剛從新加坡回到香港的時候，有人戲言：「如果劉以鬯不寫稿，可以拍電影。」劉太太卻非常肯定劉先生是不會去的，因為拍電影是很麻煩的事情，電影公司洽談的時候說得天花亂墜，但最後甚麼下文也沒有。劉先生曾為電影公司寫《龍女》劇本，不過電影公司沒有拍出來，這就可見一斑。

電影界與報紙連載相比，涉及更多不穩定因素。從作家動筆，到結集成書，再到搬上銀幕，看似是一條生產線，但其實至少已有三種不同的文化產品：報紙連載、書商出品、電影商的出品。每樣產品都是多個不同的生產環節配合的成果。連載改編電影所涉及的生產環節就更多更複雜，成本也更高，電影最後拍不成，也不是奇事，不過就白費了作家的心血。

「文化產業」是觀察現當代文藝事業的一個值得採用的視角。經濟考慮往往制約着作家的創作，不過，如果得到經濟以外的力量支持，將經濟的制約降低，則作家就可以儘量擴大自己的創作空間。這是可遇不可求的因緣，而劉以鬯就遇到。

二、《掃蕩報》與《星島晚報》——劉以鬯與歐陽天的因緣

報紙連載小說以市場為主導，武俠黃色充斥版面，甚至泛濫成災。劉以鬯能在「星晚」刊登〈酒徒〉、〈寺內〉（1964）等實驗小說，着實得力於好友兼副刊編輯歐陽天。

> 沈：劉先生與歐陽天、易文、徐訏等人是甚麼關係？

> 劉太太：他們是好朋友。除了歐陽天，其他人在上海、重慶相識已久。易文最早到香港，在《香港時報》做了一段時間，便轉至電影行業，因為不同行的關係，便少了來往。雖然慢慢疏遠，但交情仍在。劉以鬯與周綠雲等都是很熟的。我當時未跟劉以鬯在一起，反而跟他們不熟。徐訏較遲到香港，依然在文化圈活動，他們不時會聯絡，例如徐訏創辦《七藝》，便來找劉以鬯。劉以鬯在香港投稿時認識歐陽天，二人關係很好。歐陽天逢「星晚」改版，便會請擅長畫版樣的劉以鬯幫忙；辦《星島週報》時，也是相當依賴他；待歐陽天成為《快報》老總，劉以鬯便去幫他編副刊。因為歐陽天編「星晚」時，較喜歡用南來文人的創作，所以與徐訏、南宮搏等相熟。

根據曹聚仁及劉以鬯的憶述，眾人相識於重慶、上海、桂林的《掃蕩報》（曾改名《和平日報》），可稱為「和平文

人」，共計十位。[1] 五〇年代初，易文、徐訏都是「星晚」的作家，南宮搏更是產量豐富，擅寫歷史小說，長期為「星晚」寫作。劉以鬯和易文是上海聖約翰大學同學。易文於 1949 至 1952 年在「星晚」共連載了六部小說，作品不算多，僅留下他投入電影界前的點滴筆跡。他從影後，既編且導，發展頗為順利。他的小說〈一丈紅〉（1949）被改編為電影，另一部〈閨怨〉（1952）則由他親自改編。他後來成為電影懋業有限公司的著名導演。與友人相比，劉以鬯在五〇年代初的「星晚」只刊登一日完的散文短篇，稱為「走行」，即在報紙中見縫插針刊登文章。劉以鬯曾提及〈天堂與地獄〉（1951）就是在這種情況下寫出來的。[2] 1952 至 1957 年他在新加坡打拚，回來後才開始在「星晚」連載長篇小說，成為了歐陽天得力的作家班底之一。

　　　　沈：劉先生在「星晚」連載的小說，尤其是後期的作品，比起其他報紙的作品水準是高出很多的。為甚麼會有這樣的情況？是刻意的嗎？

　　　　劉太太：當時的報紙差不多全部是廣東派的，如怡紅生等屬舊派，寫作時不分行。劉以鬯是比較新派的作家，寫作時會分行。第一個寫作分行的是南宮搏，在《成報》寫作；第二個便是劉以鬯。當時他在《星島晚報》

1　十位「和平文人」包括：歐陽天、徐訏、劉以鬯、易文、南宮搏、易君左、李金石、周綠雲、鍾文苓和張文達。請參考本書〈緒論〉註 25。

2　江少川：〈走近大師〉，《香港文學》總第 421 期，2020 年 1 月，頁 11。

寫作很受歡迎，然後《成報》才去找他的。歐陽天也是比較新派的作家。因為歐陽天曾在桂林的《掃蕩報》工作，跟徐訏、南宮搏、劉以鬯等都是《掃蕩報》報人，所以他喜愛用南來文人，編的副刊是比較新派的。徐訏的連載作品稿費較緊張，每一篇的價錢很清楚，今天的稿費與明天的稿費也可能不一樣。劉以鬯在其他報紙的稿費全部一樣，《星島晚報》和《成報》的稿費較高，十元一千字。這個價錢在五○年代屬於高稿費的。當時的工資大概是三百元一個月。報紙的售價加至貳毫的時候，他的稿費才調整，加了一倍，月薪大約是六百元。當時一層樓的租金大約是三百元，所以他的工資已經是不錯。《成報》的老闆不錯，稿費很準時，每個月兩次，不用通知，年尾有雙糧，每年會加稿費；《星島晚報》的稿費卻是要等報刊的啟示，文友才會去收取，一般報刊都會這樣做。《華僑日報》的稿費，每個月的月尾可以收取。劉以鬯在其他報章刊登的作品，稿費都是很準時的。《成報》和《星島晚報》的作家很多都是固定的，例如怡紅生、王香琴、高雄等。劉以鬯在《成報》也寫了十幾廿年，《星島晚報》也是如此。不過，歐陽天有很多朋友，有時候朋友的稿件積聚下來，他或會讓劉以鬯停一天兩天，騰出位置先登散稿。基本上他的作品是一直刊登下去的。後期，是劉以鬯自己不再為《成報》和《星島晚報》寫稿。

　　沈：劉先生在《星島晚報》的小說是不是每天寫每天刊登？或是已寫了一部分才開始刊登？

劉太太：不。他在《星島晚報》連載的故事，都是每天寫每天交稿的，沒有一個構思限定自己會寫甚麼。就像這篇故事就快完結，便會思考下一個題目寫甚麼。故事是一邊寫一邊登的，並不能先有完整的構思。所以說一個職業作家並不容易，尤其是一天要寫十篇八篇的故事，是很難的。他很厲害的，沒有把人物混淆。他寫故事的時候，每一篇都留了提示上文寫了甚麼，不用我提醒他。我們食飯的時候，便會討論故事發展，尤其是關於女人的事情，我會提供意見。

****

沈：歐陽天編輯「星晚」的時候，對於劉以鬯寫甚麼，會不會干涉？例如〈酒徒〉的內容對同行和電影業有影射。歐陽天會不會干涉？

劉太太：歐陽天編輯「星晚」的時候，對於劉以鬯寫甚麼，他是不會干涉的。〈酒徒〉在同行——文化界，覺得很好，但報館並不讚賞。歐陽天並沒有出聲（干涉）。劉以鬯交出的文稿，歐陽天都會接受，都會刊登。劉以鬯編輯《快報》的時候，歐陽天會有意見，這是因為他做了老總。歐陽天並不是《星島晚報》的老闆，他只是編輯副刊。劉以鬯的稿子，歐陽天從未有過意見。

沈：歐陽天編輯「星晚」時，對劉以鬯的文稿處理很彈性很包容，甚至比其他報刊更彈性。對嗎？

劉太太：對。這種情形在《成報》便不行了。例如《成報》是沒有辦法接受〈酒徒〉的。《成報》會提供寫作主題，例如要寫「香港職業女性」，有一段時期寫「民間故事」。劉以鬯在「星晚」的作品，例如〈酒徒〉、〈對倒〉（1972）等，歐陽天沒有出聲干涉，這是事實。

沈：歐陽天真的很包容，讓劉先生想寫甚麼就寫甚麼。

劉太太：因為歐陽天並不傳統。

　　自古千里馬都希望遇上伯樂——實驗作家遇上包容的編輯，應該是同一回事。劉以鬯在「星晚」的流行小說很受讀者歡迎，同時他的文藝小說則受文化界讚賞。這是因為歐陽天願意為他提供一個固定版園，並在許可的情況下讓他進行創作實驗，於是就造就了一位既「叫座」，又「叫好」的作家。

沈：1957 年劉先生回香港後，是不是歐陽天叫他寫作的？

劉太太：對，是歐陽天叫他寫的。第一篇小說是〈夢街〉。

沈：歐陽天很照顧這個老朋友？

劉太太：因為劉以鬯未去新加坡之前，在香港擁有很多讀者。他的那些短篇小說，尤其是《星島週報》的〈第二春〉（1951），已經擁有很多讀者。因為讀者反應好，編輯才會叫你繼續寫作，如果沒有讀者觀看，編輯怎會叫你？

沈：那麼，歐陽天是從朋友角度出發，同時間照顧

讀者喜好，所以請劉先生再次寫作？

劉太太：對。當時劉以鬯和徐訏都很受讀者歡迎。但是，徐訏有很多單行本，劉以鬯卻並沒有太多單行本。徐訏在重慶時候開始便是靠寫稿出單行本來賺錢的，但是，劉以鬯並不是。他在上海是大少爺，不需要依靠錢。他拿錢辦出版社出書，是別人求他出書。他出版很多名人的書籍，都是他幫別人的。他出版徐訏初版《風蕭蕭》，賺錢的；他出版很多書籍是不賺錢的，例如姚雪垠、歐外歐、李輝英等文藝作家。他不喜歡流行文學。

劉太太把歐陽天對劉先生的包容和支持歸功於歐陽天的新派思想。我想到的卻是他們自大陸《掃蕩報》的情誼。二者並不矛盾。歐陽天是伯樂，也是鮑叔牙；劉以鬯是千里馬，也是管仲。千里馬幸遇伯樂，而鮑叔牙就成就了管仲，兩段佳話，合而為一。

三、獨步天下一枝筆：編輯

劉以鬯於 1952 年和「和平文人」之一的鍾文苓一起去新加坡辦報紙，二人在上海時期已經是很好的朋友。劉以鬯在獅城的際遇不及鍾文苓，未能進入《南洋商報》和《星洲日報》兩大巨頭報紙工作。他編過《中興報》，編過六七份小型的報紙，可是，或因為報紙沒有後台而倒閉，或因資金不足而虧本關門。基於工作不穩定，同時面對中文報章的發展不及英文報章，1957 年劉以鬯和太太決定回港。其後，劉

以鬯再次回到《香港時報》編副刊，並在歐陽天編輯的「星晚」寫稿。後來歐陽天創辦《快報》時，劉以鬯便為他編副刊。

沈：劉先生回香港後再度進入《香港時報》工作。這次是不是較穩定？

劉太太：劉以鬯最喜歡是編報紙和寫作。他經常說：他只有一枝筆！除了一枝筆，他找不到另一碗飯吃！

沈：他這枝筆非常屬害，非常著名。他在《香港時報》工作開心嗎？

劉太太：他在《香港時報》的工作並不開心，但卻是一份穩定的工作。因為人事很複雜，總編輯跟主筆、跟其他人不對盤……如果你是屬於那一派的，那其他人便會連你也會一起鬥爭。

沈：劉先生有一套聰明的編輯副刊的方法，總可以把一些文藝的作品見縫插針地擠在一些其他作品中。

劉太太：這是他在編輯《快報》的做法，《香港時報》沒有。他在《香港時報》最滿意的是編輯副刊「淺水灣」。後來報館上層又說文藝不可以，叫他去編娛樂版。他不開心。比較下，《快報》好多了。《快報》屬「星島」報系，報館與《星島晚報》只隔兩個店鋪。《快報》主要是賺錢，因為是歐陽天主事，大家是朋友，可以商量，例如這篇不太好，甚麼甚麼的……曾經試過，鍾玲的小說寫得悶，沒有人要看，歐陽天要他腰斬。歐陽天以讀者為中心，沒有讀者，沒人看，他會有意見。但是，很多時劉以鬯可以作主的，可以跟歐陽天商量。

劉以鬯的一枝筆獨步天下，既編且寫，能俗能雅，更難得的是有老朋友歐陽天的支持。

　　人的際遇是很奇妙的，彷彿冥冥中自有安排。只要人有真本領，有鍥而不捨的精神，不去作太多的利害計算，將要遇到的伯樂，又豈止一個？劉以鬯《酒徒》（1963）的出版就是香港文壇的一個實例。

四、海濱圖書出版的《酒徒》

　　海濱圖書公司的馮若行獨具慧眼，1963 年出版了《酒徒》，為香港文學界留下一本巨著。馮先生眼中的劉以鬯一直都很出色。1976 年馮先生把劉以鬯介紹給下屬梅子認識，並説道：「那是《快報》副刊主編，香港當今最好的小説家。」[3] 相識十三年，馮先生眼中的劉以鬯更具實力和地位。

> 　　沈：有甚麼原因令劉先生大膽寫〈酒徒〉？好像突然有很多東西想説出來？
>
> 　　劉太太：他説過要娛樂自己。他在〈酒徒〉中想説很多東西，〈對倒〉等都是他想寫出來的。其中有一些作品都是好的，好像最近出版的〈香港居〉（1960），本來並不是太好，但是現在看起來，能看到五、六○年代住屋找房子的艱難。

3　梅子：〈《陶瓷》，這鮮活有趣的話題——為劉以鬯先生一週年祭而作〉，《香港文學》第 414 期，2019 年 6 月，頁 51。

社會・作家・文本：南來文人的香港書寫

３０４

沈：對對，能寫出香港當時的實況。

劉太太：好像〈島與半島〉（1973-1975），當時的實況便是這樣的；又好像〈美麗的周圍〉（1960），便是「搵飯食」的，並不是太好。

沈：〈酒徒〉之後的〈離亂〉（1963，結集出版時改名〈過去的日子〉），故事中有很多劉先生早期在上海的影子。

劉太太：對，〈離亂〉寫得很好。王家衛很想拍〈過去的日子〉，跟劉以鬯談了幾次便沒有了下文。我們沒有從王家衛手中取過一毫子。我覺得很奇怪，他用很多錢拍《花樣年華》（2000），版稅只是佔很少錢。王家衛跟我們說，他並不是要取版權，只是要取意念。意念也是很重要的，「蘋果」手機的開發也是從一個意念開始出來的。別人總以為王家衛拍了《花樣年華》，付給劉以鬯很多版權費，實際上並沒有。劉以鬯對錢方面是沒有所謂的。王家衛很想拍《酒徒》的。在黃國兆之前，他已經很想拍攝的了。《花樣年華》在康城影展得獎，很受歡迎，王家衛已經在記者招待會提及之後他想拍攝《酒徒》。黃國兆也在康城影展。回香港後，黃國兆先取得改編電影版權。我們向王家衛提議，他可以向黃國兆購買版權，或者跟他合作拍攝。他們兩人是有洽談過的，後來不知怎樣沒有達成共悉，便沒有了下文。

沈：很多作家的小說，內容方面或多或少都會有自己曾經歷的事情。劉先生在〈酒徒〉之後，願意寫更多自己以往的經歷，以及多了實驗的作品，例如〈離亂〉、

〈寺內〉。〈酒徒〉是否壯大了他的膽子？

劉太太：不，不是。〈酒徒〉連載之後，沒有太大反應。

沈：對，〈酒徒〉連載之後，即時是沒有太大反應的。直至六〇年代末，才開始有人提及〈酒徒〉獨特的地方，慢慢多了讀者的聲音。

劉太太：當年文化界朋友在文章中會提及，但是並沒有人積極討論。劉以鬯對自己的文藝作品要求「與眾不同」，所以一直嘗試不同的創作實驗。

沈：海濱圖書出版社的馮若行先生，當時怎樣跟劉先生談及〈酒徒〉的出版？

劉太太：馮先生是海濱圖書出版社的編輯，我們不認識他。當時電影懋業公司的宣傳主任黃也白（1917-1999），他的太太蘭子也是寫文章的。她很欣賞〈酒徒〉，馮先生是她的朋友，於是介紹馮先生找劉以鬯出版〈酒徒〉。

沈：馮先生看過〈酒徒〉這部作品，應當看到當中很多較敏感的內容。他依然願意為劉先生出版這本書？

劉太太：馮先生的為人很好，很老實。我們一直有來往。《端木蕻良論》（1977）都是他出版的。梅子當時在馮先生底下做編輯。當時有人願意為我們出書已經很好，沒有收取版稅。出版社願意出這類書，已經很好的了。

沈：在出版的過程中，有沒有遇到一些阻礙？

劉太太：當時馮先生是可以「話事」的，否則，《端木蕻良論》是沒有人願出版的。當時，端木蕻良是誰

大家都不認識，連大陸人都以為他是日本人。

沈：即是說那時候出版很順利？出版了多少本？

劉太太：出版順利，不知道出版了多少本。

劉以鬯能雅能俗，在「和平文人」中最能適應香港的生活。他能在讀者市場主導的報界「揾一口飯吃」，更能見縫插針地表現自己對文藝的獨特看法，不論是上海時期成立的懷正文化社，或是香港的長短篇實驗小說，甚至是他編輯報章副刊的作風等，都見出他的文藝觀，《星島晚報》連載的〈酒徒〉就是最為人熟知的例子。

五、從連載到出版：改寫

文化產業下的報紙連載、結集出版、改編電影，三者關係密切，都以市場為主導，都以讀者反應為依歸。作家在報紙連載後結集出版前，有時會作出幅度不一的修訂。隨着時間的流逝，劉以鬯對小說的結集出版，自「選材」至改寫，都愈發嚴謹。1995 年由香港作家出版社初版的《劉以鬯中篇小說選》，當中五個中篇的其中四個都是劉以鬯在六、七〇年代的報紙長篇連載，未曾出過單行本或結過集。它們的共通處，都是被作者大篇幅既「刪」且「改」，修訂為中篇，由原長十五至二十萬統一修訂為大約五萬字（《明報晚報》連載的〈郵票〉[1971—1973] 更長達五十七萬），《星島晚報》連載的〈離亂〉便是其中一篇。

沈：〈私戀〉連載後，讀者反應非常好。劉先生有沒有嘗試寫同一類的作品？

劉太太：他沒有特別為市場來寫作，他認為最重要是適應讀者的口味。報館要賺錢，所以他說他寫的作品全是垃圾。〈酒徒〉、〈對倒〉、〈寺內〉是他新的嘗試，是娛樂自己的作品。

沈：〈離亂〉也是剖白內心的作品。

劉太太：〈離亂〉是較為用心寫的。〈酒徒〉結集時刪去了很多東西的。他寫連載的時候，拖着，就像飲茶的時候，談天可以談很久。

沈：劉先生對〈酒徒〉結集出版時，所刪除的內容，是否根據某一項原則作處理？結集中刪去了較多控訴電影界、報界的事情。有沒有可能，是為了避開衝突、市場出版的阻力？

劉太太：〈酒徒〉結集，他保留了電影的一部分內容，他只是刪去了冗長累贅的內容。批評電影公司內容，他有保留；另外批評筆會、文化界，他也有保留。

沈：所以劉先生是以藝術為原則去修訂結集版本？

劉太太：對。他不會因為怕得罪某些人，而刪去全部內容。〈酒徒〉他得罪了很多人，像高雄。

沈：〈酒徒〉寫了很多電影公司的事情，是否劉先生親身經歷？

劉太太：是他親身經歷，他和電影界很熟悉。他寫過電影評論，多是西片。當時並不多人看國語片，通常看西片。我們沒看粵語片。當時比較有文化的人，都會

喜歡看西片，較少看國語片和粵語片。

****

沈：劉先生曾嘗試把報刊中某幾篇小說作品修訂。如〈離亂〉出版時刪去很多。在《劉以鬯中篇小說選》收了《成報》、《明報晚報》、《星島晚報》的改寫連載作品，或大幅度刪除，或只選開頭一段改寫。如果從經濟效益的角度出發，重新再寫一篇小說，可能更快更方便，甚至更容易為讀者接受。為甚麼劉先生會有這樣的想法，把報紙連載的故事重新改寫？

劉太太：一般連載的故事，他都不喜歡出版。但是，一個故事，尤其是開首的部分，他都是很用功去寫的。只是因為報紙連載的關係，一個故事需要拖長，到他想把小說出版的時候，他認為小說的題材很好，或是中間可以抽取的某個片段，他便加以改寫。他認為重新再寫一個故事並沒有必要。

沈：劉太太，您是非常熟悉劉先生的作品的。您認為如果劉先生想選一篇作品出來再改寫，或把某一篇作品改得更加精煉，您認為他會選擇哪一個時期的作品或哪一部作品？

劉太太：我認為他曾經出版的作品，不會覺得還需要改寫。如果還要改寫，他是不會出版的，他應該覺得很滿意才會出版。我們手上還有幾十本剪報的作品，但是不會拿出來出版。

沈：為甚麼那些作品不會拿去出版？

劉太太：因為那些作品是當時流行的小說。當時看小說的很多是女性。小說迎合了她們的口味，現在再改寫也是沒有必要。除非某些有歷史價值的，可能當時的流行小說，現在變成了歷史小說，就像〈香港居〉，能讓人知道當年香港的情況，讓他們覺得新鮮，那便值得出版。

劉以鬯的連載原來是這樣：為了結集出版才修訂；修訂後的，從藝術的角度看，都是滿意之作。值得思考的是：如果把劉以鬯所有結集出版前的連載與修訂後的定本對讀，將會有怎樣的發現呢？再與那些放棄結集的「棄稿」比較，對劉以鬯的創作又能增進哪些未為人所注意的了解呢？對香港文學研究者而言，都是極具吸引力的課題。

六、提攜後輩與寄望

劉以鬯從朋友那裏得到不少幫助，待他成功之後，他就回過頭來，接引後進。香港的文藝工作者，就是如此這般的一代接一代，薪火相傳。

沈：劉先生對提攜後輩是不遺餘力的。不論是在《快報》時期認識的也斯、現在的 Mary 黃淑嫻和 Ben 黃勁輝，劉先生都很扶持他們。有甚麼理由或動力令劉先生和劉太太願意這樣做呢？

劉太太：不能說是提攜，只能說是給他們機會。若是其他編輯，未必能給予機會，尤其是報紙。雜誌會較好，香港有很多文學雜誌，報紙是不歡迎這些文藝作品的。

****

沈：劉先生在不同報章上刊登的小說，劉太太都已經集齊？

劉太太：我每天要剪十份八份報紙，要剪好儲存好。

吳煦斌：劉太太剪報的，一本一本都放在樓上閣樓。

劉太太：有很多小說是不值得保留的，但卻是一個歷史的紀錄，將來可以放在資料館甚麼的。好壞都是經過我們的年代。

沈：劉先生的作品中，部分是流行作品，部分是重要的文藝作品。五、六〇年代他連載了很多小說，那些作品對香港文學的發展有一定的推動力。劉太太您怎樣看？

劉太太：這部分應該留待讀者或是其他人去批評的，我們不會說，留待做文化工作的評論者去批評。他自己最滿意的是〈酒徒〉、〈對倒〉。他對自己已經出版的短篇小說很滿意的。大致上他的短篇小說，是很受歡迎的，例如〈打錯了〉（1983）。

沈：對，很精煉，而且結構很好玩，具實驗式嘗試。相同的內容，再重複出現的時候，具備了另一層的意思。

劉太太：他的短篇小說，每一篇的結尾，他都認為應該有驚奇的結尾。〈項鏈〉的作者莫泊桑（1850-1893，

Guy de Maupassant），對他有很多啟發。

****

沈：劉先生和劉太太對香港文學的將來有甚麼寄望？

劉太太：我是不敢說甚麼的。劉以鬯以前尚在編輯《香港文學》的時候，會有意見。最近幾年他是不會提及這些事情了。第一，新一批的人他不熟悉，他真的不能胡亂批評，因為最近他退休後，新一批的作者和作品他沒有多看。而他熟悉的那一批作者，他們都慢慢退休了，好像崑南。崑南仍然在「星座」寫作。劉以鬯熟悉的是舊人，新一批的人他沒有可能去批評，因為他沒有看他們的作品。當然他是希望他們走正途的。

沈：是希望他們對香港文學有正面的發展嗎？

劉太太：對。現在他們認為「正」的，他（劉以鬯）不一定認為是正的。因為時代不同了。

沈：係，可能混雜了很多其他的元素，例如政治或是其他的。

劉太太：對。現在很多作品都在內容上加了政治的元素。他是不喜歡政治的，全部作品不要政治，純文學的。

一枝文藝健筆退下來了，留待後人評說。劉以鬯早年提攜過的後輩，如今已經獨當一面。他的貢獻，又豈止是文字創作呢？

七、「童心、童趣」

　　劉先生在小憩後走到客廳，對我們的話題很感興趣。我們告訴他正討論他的連載小說，尤其是〈龍女〉等「星晚」的連載。劉先生聽着我們說話，很開心地笑了起來。他還想說點甚麼……像是想「幫我們」，希望想起點滴，卻又不知如何入手。

　　記憶是潮濕的，黏糊在過去的時光裏，翻箱倒籠也不能掀起完整片段。

　　劉太太看着劉先生，洞悉一切地對他說：「不去街！」劉先生又笑了起來，一派天真無邪！他說「有點冷」，還打了一個噴嚏，身體抖一抖，差點跌倒。劉太太很冷靜，一邊向我們說着劉先生不聽話不穿衣服，一邊又笑說着要向他說明白一件事其實並不困難。面對着劉先生的童心、童趣，劉太太盡現風趣幽默和溫柔的一面。

　　劉太太雖是八十多歲的高齡，卻仍是風姿綽約，記性出奇地好。下午的陽光明媚、溫暖，照在身上暖暖的，我帶着數本劉先生親筆簽名的書籍，心滿意足地辭別。只是不知道，此一別，竟成了永別。感謝劉以鬯先生在大去之前給我加了一把勁，讓我的論文可以順利闖關。謹此向劉先生和劉太太致謝、致敬。

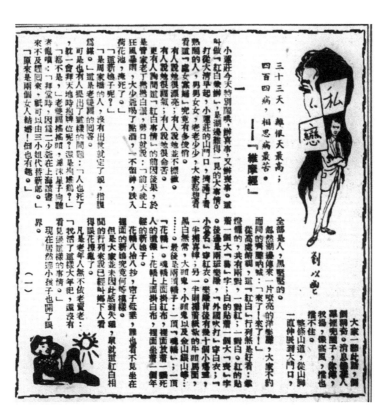

劉以鬯的〈私戀〉連載後獲童月娟購得版權改拍為電影。上圖為劉以鬯〈私戀〉於《星島晚報・星晚》1958年5月13日首天連載。下圖為小說《私戀》單行本封面。

〈離亂〉是劉以鬯繼〈酒徒〉後，另一部剖白內心之作，充滿上海時期的個人身影。圖片為劉以鬯〈離亂〉於《星島晚報‧星晚》1963 年 3 月 31 日首天連載。

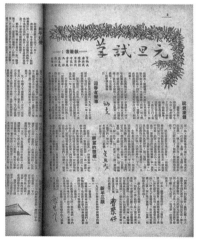

綜合雜誌《星島週報》創刊於 1951 年 11 月 15 日，劉以鬯和歐陽天（鄺蔭泉）都是主編之一，尤其在劉以鬯去新加坡前，實際的編輯工作落在他身上。劉以鬯曾在〈五十年代初期的香港文學〉提及因刊登了孫伏園的《魯迅先生的小說》而受責。
（圖片來源：香港文化資料庫，https://hongkongcultures.blogspot.com/2015/07/blog-post_29.html）

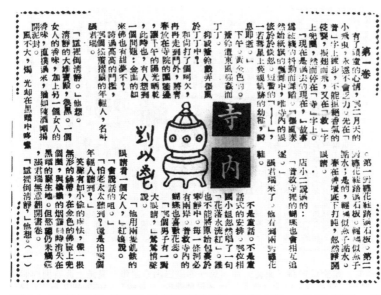

〈寺內〉是劉以鬯繼〈酒徒〉後所寫的第二部「實驗小說」。他在〈寺內‧序（下）〉坦言創作此小說的目的是為了解答「小說與詩結合的可能性」，後來在《蕉風》刊登〈寺內〉修訂版時，重提一遍。

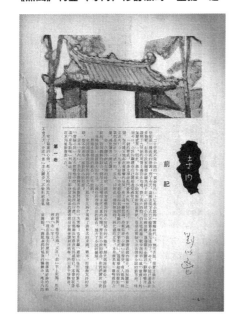

上圖為劉以鬯〈寺內〉於《星島晚報》1964年1月25日首天連載；下圖為劉以鬯〈寺內‧前記〉，吉隆坡《蕉風》第153期刊載，1965年7月，頁4。

〈龍女〉是劉以鬯第一篇「星晚」的連載小說，想來特別有感情。他雖為電影公司寫過此小說的劇本，可惜電影公司沒有拍出來。圖片為劉以鬯〈龍女〉於《星島晚報・星晚》1952年3月28日第二天連載。

歐陽天有意把劉以鬯的〈馬來姑娘〉拍成電影，可惜因外景拍攝費用昂貴，資金不足，所以沒有成事。圖片為劉以鬯〈馬來姑娘〉於《星島晚報・星晚》1959年5月18日首天連載。

附錄二
「和平文人」的文評摘選

曹聚仁：〈海外文壇〉，《南方晚報》副刊版，1955 年 1 月。

　　大陸解放，把一大批文人都吸引回去了，接替這一文壇的防務的，乃是「和平文藝」。這是我個人杜撰的名詞，並不是「和平主義的文藝」，而是「和平日報的文藝」。

　　留在香港的文人，如易君左、徐訏、劉以鬯、楊彥岐、馬彬都是和平日報的舊人。

劉以鬯：〈香港文學中的「和平文藝」——一九八八年十二月八日在《香港文學國際研究會》上總結發言〉(1988)，《星島晚報》，1989 年 1 月 2 日，版 5。

研討會的論題是：〈一九四九年後的香港文學〉，卻沒有人討論四九年後對香港文學產生顯著影響的「和平文藝」。

《和平日報》舊人從內地來到香港從事文藝工作的，據我所知：除曹聚仁提到的五個外，至少還有五位。其中，桂林《掃蕩報》舊人廓蔭泉，筆名歐陽天，來港後在《星島晚報》與《快報》工作。另一位寫過不少通俗小說的李金石則是重慶《掃蕩報》的舊人。至於最近獲得「香港藝術獎一九八八」的畫家周綠雲和五十年代曾在《香港時報》做過編輯的鍾文苓（筆名李嘉圖）都是上海《和平日報》的舊人。此外，一九八〇年來港的張文達（原名張孝權）也在上海《和平日報》當過記者。

「和平文藝」成為一九四九年後香港文壇的文學現象，是相當偶然的。它不是流派；也不是文學組織，在寫作上各走各的路，沒有共同的理想與目標，要不是曹聚仁杜撰了「和平文藝」這個名詞，即使與這個文學現象有直接關係的人也不一定會察覺此種情況的存在。曹聚仁是作家，也是新聞記者，觀察力敏銳，看人看事，總比別人看得清楚些。他說「和平文藝」接替香港文壇的防務，因為他看清了別人忽略的事實。一九四九年後的香港文學與一九四九年前的香港文學有很大的差別，「和平文藝」產生的影響，不論好壞，都是值得注意的，因為它確是帶來了影響。

劉以鬯:〈憶徐訏〉,《明報月刊》總第 179 期,1980 年 11 月,頁 93、95。

到了重慶,楊彥岐(易文)介紹我與徐訏認識。我說出這件事之後,徐訏與我一下子就熟得像多年老友了。從那時起,我與徐訏是常常見面的,有時在心心咖啡館喝茶,有時到新民報館去找姚蘇鳳談天,有時到國泰戲院去看話劇;逢到聖誕前夕之類的節日,還在兩路口鈕家開派對。

徐訏從美國回到上海了。我將計劃告訴他,請他將《風蕭蕭》交給我出版,他一口答應。他還建議將「懷正出版社」改為「懷正文化社」,使業務範圍廣大些。

徐訏曾寫信給我,要我為《筆端》寫稿,我寫了一篇《鏈》,刊在第三期。《筆端》編得相當好,只是銷數不多。

兩個月前,《快報》鄺老總[歐陽天]打電話給我,說徐訏病了,住律敦治療養院。我立即偕同董橋前去探望。

徐訏：〈革命作家姚雪垠〉，《知識分子》第 35 期，
1969 年 8 月 16 日，頁 15。

　　一九四六年，劉同縝與同繹〔劉以鬯〕昆仲約我一
起辦懷正出版社，並出版我的書。劉氏昆仲有兩所很漂
亮的房子，他們把一所撥作出版社之用。樓上作職員的
宿舍，我也佔了一間，我的一批寄存在上海的書也存放
在裏面，原先以為有編輯部之設，可供作參考之用。

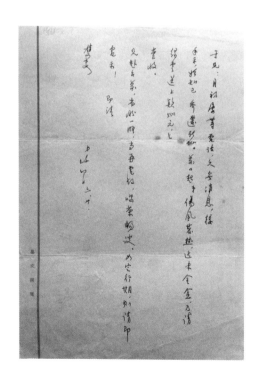

徐訏抗日時期曾為《掃
蕩報》記者，與易文、
周綠雲等是好友，不
時互通書信及相聚。
圖為易文寫給徐訏的
信函。
（鳴謝徐尹白小姐提供
手稿）

徐訏：〈漫談報紙副刊〉，《門邊文學》（台北：釀出版，2019年），頁290。

我一直沒有在報上寫過小說。到珍珠港事件後，我到重慶寫《風蕭蕭》，才在重慶《掃蕩報》上發表。以後就是一九五零年後我到香港，為廓任［蔭］泉（歐陽天）先生編的《星島晚報副刊》寫小說。

編者［歐陽天］：〈送徐訏兄南遊〉，《星島晚報·星晚》，1951年12月19日，版3。

徐訏的小說，是新鮮的空氣，是和煦的陽光。
徐訏的詩歌，是清脆的鳥語，是馥郁的花香。
在污俗的文化氣流中，兩年來，他不斷的使我們的靈魂接近大自然，使我們的肉身獲得淨化的沐浴。

1951年，徐訏準備前往新加坡為劉益之《益世報》工作之際，歐陽天撰文〈送徐訏兄南遊〉，感謝他兩年來為《星島晚報·星晚》提供小說和詩歌的稿子。

歐陽天：〈太平山下的悲歌〉，《星島晚報 · 星晚》，1955 年 8 月 7 日，版 7。

　　因此我閒來的時候就獨個兒坐在房裡看書報，我第一次看到歐陽天的作品「歸來」，看到南宮搏的「王昭君」，看到諸葛郎〔易文〕的版頭詩，看到劉以鬯和上官牧的風情小說，看到百木的散文。我很着迷，每天都非看完「星晚」不可，我把剩餘的精力完全在看書報上。

歐陽天：〈觀燈海樓詩草〉，《星島晚報 · 星晚》，1955 年 12 月 8 日，版 7。

　　「觀燈海樓詩草」是南宮搏兄最近出版的詩詞集，作者的小說近年風靡各地，已有定評；但詩詞集之刊行，這卻是第一本。我和南宮搏兄相識十餘年，讀到「觀燈海樓詩草」，有着欣悅的感覺。

劉以鬯：〈人性的探求——「難為了媽媽」改編電影有感〉，電影《難為了媽媽》電影特刊（香港：林瑞英印務局承印，1951年），頁4。

連圖小說在形式上是很通俗的一種，但是臨到歐陽天先生，通俗還嫌不夠，劍拔弩張的啟示連篇都是，「孤雛淚」如此，「落花流水」亦復如此，而「難為了媽媽」則更多。

「難為了媽媽」的作者並不頹廢，事實上他却積極地在尋索人性的核心。他有一枝靈活的筆，通過了這一種為廣大讀者群所接受的形式，選擇了一批精練的文字，用冷眼去攝取世故現實，寫來生動有力，猶如空谷足音，聲聲皆叩人心絃。

歐陽天：〈我為什麼要拍「樑上佳人」〉(1959)，《樑上佳人》電影特刊，出版資料不詳，沒頁碼。

易文是電影圈裡素有才氣縱橫的盛譽，他所寫的劇本是被認為第一流的，把「樑上佳人」交給他編寫，我自然絕對放心。

劉以鬯：〈五十年代初期的香港文學——一九八五年四月二十七日在「香港文學研討會」上的發言〉，《香港文學》第 6 期，1985 年 6 月 5 日，頁 16。

讀徐訏的小說，即使驚詫於色彩的豔麗，也會產生霧裏看花的感覺。霧裏的花，模模糊糊，失去應有的真實感，令人難於肯定是真花抑或紙花。

徐訏：〈題周綠雲畫〉，《當代文藝》第 38 期，1969 年
1 月 1 日，頁 142。

> 一個畫家的誕生，
> 正如一顆星辰的出現，
> 它積聚多年的熱與光，
> 要在宇宙的動盪中，
> 吐露它滿心的蘊藏。
>
> 一個畫家的誕生，
> 正如一朵花的長成，
> 它接受雨露與陽光，
> 在泥土的培養中，
> 表現它生命的醞釀。
>
> 一個畫家的運用，
> 色澤與線條，抒寫他
> 靈魂的歡樂與悲傷，
> 正如風雨雷電，
> 啓示大自然的激盪。
>
> 但當時社會在苦難中發展，
> 人間忍受着——
> 生老病死的滄桑，
> 偉大的畫家應是時代的脈搏，
> 他寫的是人類的信仰與希望。

圖中左二為徐訏，正中為周綠雲。
（鳴謝徐尹白小姐提供照片）

參考資料

書籍

中文

丁新豹：《善與人同：與香港同步成長的東華三院（1897-1997)》，香港：三聯書店（香港）有限公司，2010 年。

丁新豹主編：《香港歷史散步》，香港：商務印書館（香港）有限公司，2008 年。

戈公振：《中國報學史》，香港：太平書局，1964 年。

也斯（梁秉鈞）：《香港文化》，香港：香港藝術中心，1995 年。

也斯：《香港文化空間與文學》，香港：青文書屋，1996 年。

也斯編：《香港短篇小說選（六十年代)》，香港：天地圖書有限公司，1998 年。

六十周年紀念特刊編輯委員會編：《星島日報創刊六十周年紀念特刊》，香港：香港星島有限公司，1998 年。

王介安、焦雄屏等主編：《電影辭典》，台北：財團法人國家電影資料館，1996 年。

王宏志：《歷史的偶然：從香港看中國現代文學史》，香港：牛津大學出版社，1997 年。

王宏志、李小良、陳清僑：《否想香港——歷史‧文化‧未來》，台北：麥田出版股份有限公司，1997 年。

王國儀：《調景嶺滄桑五十年》，香港：中華救助總會，2008 年。

王皖強和黃亞紅譯（Frank Welsh 原著）：《香港史》，北京：中央編譯出版社，2007 年。

王敬羲：《偶感錄》，香港：文藝書屋，1971 年；1977 年增訂本。

王瑤編著：《中國新文學史稿》（上下冊），香港：波文書局，1972 年增訂本。

王德威：《茅盾，老舍，沈從文：寫實主義與現代中國小說》，台北：麥田出版、城邦文化事業股份有限公司，2009 年。

王德威、陳思和、許子東主編：《一九四九以後》，香港：牛津大學出版社，2010 年。

王劍叢：《香港文學史》，南昌：百花洲文藝出版社，1995 年。

王璞：《一個孤獨的講故事人——徐訏小說研究》，香港：里波出版社，2003 年。

王璞、廖文傑編：《念人憶事：徐訏佚文選》，香港：嶺南大學人文學科研究中心，2003 年。

王賡武主編：《香港史新編》（上下冊），香港：三聯書店（香港）有限公司，1997 年。

文芳編：《黑色記憶之賭場內幕》，北京：中國文史出版社，

2004 年。

中國電影資料館編：《香港電影圖誌》，杭州：浙江攝影出版社，1998 年。

毛澤東：《毛澤東選集》，北京：人民出版社，1966 年。

中華文化基金會編：《掃蕩二十年——掃蕩報的歷史紀錄》，台北：中華文化基金會，1978 年。

世界知識出版社編：《外國報紙、期刊、通訊社和廣播電台背景教材》，北京：世界知識出版社，1959 年。

司馬長風：《中國新文學史》（上、中、下卷），香港：昭明出版社有限公司，1975 年；1976 年；1978 年。

司馬長風：《新文學史話——中國新文學史續編》，香港：南山書屋，1980 年。

左桂芳、姚立群合編：《童月娟：回憶錄暨圖文資料彙編》，台北：行政院文化建設委員會、財團法人國家電影資料館，2001 年。

朱白水：《親情深似海》，香港：中廣周刊社，1959 年。

朱剛、谷婷婷、潘玉莎合譯（Wolfgang Iser 原著）：《怎樣做理論》，南京：南京大學出版社，2008 年。

任畢明：《閒花集》，香港：正文出版社，1967 年。

任畢明：《閒花二集》，香港：正文出版社，1967 年。

作者不詳：《〈丈夫日記〉電影小說》，香港：世界出版社，1952 年 8 月。此刊物藏於香港電影資料館。

作者不詳：《〈名女人別傳〉電影小說》，香港：英雲出版社，年份不詳。此刊物藏於香港電影資料館。

作者不詳：《〈新紅樓夢〉電影小說》，香港：電影畫報社，1951 年 4 月。此刊物藏於香港電影資料館。

作者不詳:《〈新娘萬歲〉劇本》,出版資料不詳。此刊物藏於香港電影資料館。

作者不詳:《〈新娘萬歲〉電影小說》,星洲・吉隆・檳城:世界書局;香港:世界出版社;椰加達:大成書局,年份不詳。此刊物藏於香港電影資料館。

作者不詳:《〈舞女一丈紅〉劇本》,出版資料不詳。此刊物藏於香港電影資料館。

作者不詳:《〈閨怨〉電影小說》,香港:世界出版社,1952 年 3 月。此刊物藏於香港電影資料館。

作者不詳:《〈閨怨〉劇本》,出版資料不詳。此刊物藏於香港電影資料館。

沈本瑛、馬漢生主編:《世界出版業》(港澳卷),北京:世界圖書出版公司北京公司,1998 年。

杜預注、孔穎達疏:《左傳注疏》(卷 8)(第 3 冊),上海:中華書局,1936 年(四部備要本)。

杜雲之:《中國電影史》,台北:台灣商務印書館股份有限公司,1972 年。

杜雲之:《中華民國電影史》,台北:行政院文化建設委員會,1988 年。

李天鐸編著:《文化創意產業讀本:創意管理與文化經濟》,台北:遠流出版事業股份有限公司,2011 年。

李志剛:《香港教會掌故》,香港:三聯書店(香港)有限公司,1992 年。

李焯桃編:《粵語文藝片回顧念 (1950-1969)》,香港:市政局,1986 年;1997 年修訂本。

李焯桃編:《粵語戲曲片回顧》,香港:香港電影資料館,1987 年;2003 年修訂本。

李焯桃編：《香港電影的中國脈絡》，香港：市政局，1990 年；1997 年修訂本。

李偉峰譯（Dudley Andrew 原著）：《經典電影理論導論》，北京：世界圖書出版公司北京公司，2013 年。

李維陵：《荊棘集》，香港：華英出版社，1968 年。

李輝英：《中國現代文學史》，香港：東亞書局，1970 年。

李歐梵：《睇〈色，戒〉：文學・電影・歷史》，香港：牛津大學出版社（中國）有限公司，2008 年。

李歐梵：《文學改編電影》，香港：三聯書店（香港）有限公司，2010 年。

李魯克編：《〈碧血黃花〉電影特刊》（海天電影叢書 8），香港：海天出版社，年份不詳。此刊物藏於香港電影資料館。

李瞻主編：《中國新聞史》，台北：台灣學生書局，1986 年。

李顯立等譯（Bruce F. Kawin 原著）：《解讀電影》，桂林：廣西師範大學出版社，2003 年。

何杏楓、張詠梅、黃念欣、楊鍾基主編：《〈華僑日報〉副刊研究 (1925.6.5-1995.1.12) 資料冊》，香港：香港中文大學中國語言及文學系「《華僑日報》副刊研究」計劃，2006 年。

吳昊：《打拼歲月》，香港：南華早報，2002 年。

吳昊：《老香港・爐峰述異》，香港：次文化有限公司，2003 年。

吳昊：《老香港・太平山下》，香港：次文化有限公司，2005 年。

吳昊：《老香港・天堂春夢》，香港：次文化有限公司，2005 年。

吳昊：《老香港・人海微瀾》，香港：次文化有限公司，2007 年。

吳昊：《老香港・我城碎影》，香港：次文化有限公司，2012 年。

辛梵：《秋夜書》，重慶：新生書局，1942 年。

余繩武、劉存寬編：《十九世紀的香港》，香港：麒麟書業有限
　　公司，1997 年。

余繩武、劉蜀永編：《二十世紀的香港》，香港：麒麟書業有限
　　公司，1998 年。

吳義勤：《漂泊的都市之魂──徐訏論》，蘇州：蘇州大學出版
　　社，1993 年。

吳叡人譯（Benedict Anderson 原著）：《想像的共同體：民族主
　　義的起源與散布》。台北：時報文化出版企業股份有限公
　　司，1999 年。

吳灞陵主編：《香港年鑑》，香港：華僑日報，1951 年至 1960
　　年。

易文：《金縷曲》，台北：大陸出版社出版，年份不詳。

易文：《幽夢影》，台北：大陸出版社出版，年份不詳。

易文：《笑淚集》，高雄：建業書社，年份不詳。

易文：《彗星》，香港：大公書局，年份不詳。

易文：《深閨恨》，台南：南一書局，年份不詳。

易文：《金縷曲》，香港：海濱圖書公司，1951 年。

易文：《幽夢影》，香港：世界出版社 1953 年。

易文：《恩人》，香港：亞洲出版社有限公司，1954 年。

易文：《凶戀》，檳城：檳城文滙圖書公司發行，1955 年。

易文：《銀壇秘史》，香港：宇宙書店，1958 年。

易文：《雨夜花》，香港：長江出版社，1964 年。

易文譯：《好萊塢工作實錄》，香港：亞洲出版社，1954 年。

易文著、藍天雲編：《有生之年——易文年記》，香港：香港電影資料館，2009 年。

易君左：《香港心影》，香港：大公書局，1954 年。

林友蘭編著：《香港史話》，香港：香港上海印書館，1978 年增訂本。

林以亮（宋淇）等著：《五個訪問》，香港：文藝書屋，1972 年。

林年同編：《五十年代粵語電影回顧（1950-1959)》，香港：市政局，1978 年。

林淇瀁：《書寫與拼圖——台灣文學傳播現象研究》，台北：麥田出版，2001 年。

怡心、怡婕：《丹青寵兒——周綠雲傳》，Capalaba: Bridge U & Co. Pty. Ltd., 2001 年。

冼玉儀編：《香港文化與社會》，香港：香港大學亞洲研究中心，1995 年。

卓伯棠主編：《全球華語影視產業與管理》，香港：天地圖書有限公司，2008 年。

長城圖書公司編輯部編輯：《新紅樓夢專集》，香港：長城圖書公司，1951 年。此刊物藏於香港電影資料館。

金惠敏、張雲鵬、張穎、易曉明合譯（Wolfgang Iser 原著）：《閱讀行為》，長沙：湖南文藝出版社，1991 年。

周佳榮、鍾寶賢、黃文江編撰、鍾文略攝影：《戰後香港軌迹——社會掠影》，香港：商務印書館（香港）有限公司，1997 年。

周偉民、唐玲玲：《論東方詩化意識流小說：香港作家劉以鬯研究》，北京：中國社會科學出版社，1997 年。

周寧、金元浦譯（Hans Robert Jauss 原著）：《接受美學與接受理論》，瀋陽：遼寧人民出版社，1987 年。

俞兆平：《寫實與浪漫：科學主義視野中的「五四」文學思潮》，上海：上海三聯書店，2001 年。

侶倫：《向手屋筆語》，香港：三聯書店香港分店，1985 年。

星島日報金禧報慶特刊編輯委員會編：《香港報業五十年——星島日報金禧報慶特刊》，香港：星島日報，1988 年。

香港大學文化政策研究中心：《香港創意產業基線研究》，香港：香港特別行政區政府中央政策組，2003 年。

香港中央圖書館特藏文獻系列編輯委員會編輯：《香港中央圖書館特藏文獻系列——劉以鬯文庫目錄》，香港：香港公共圖書館，2003 年。

香港星系報業有限公司編：《星島日報創刊廿五周年紀念論文集》，香港：香港星系報業有限公司，1966 年。

香港報業公會金禧紀念特刊編輯委員會編：《香港報業 50 載印記》，香港：明報報業有限公司，2004 年。

香港電台電視部策劃、陳天權撰寫：《香港歷史系列：穿梭今昔重拾記憶》，香港：明報出版社有限公司，2010 年。

香港電影資料館節目組編輯：《七彩都會新潮：五、六十年代流行文化與香港電影》，香港：香港電影資料館，2002 年。

香港博物館編：《香港歷史資料文集》，香港：市政局，1990 年。

南國有限公司編：《〈痴心結〉電影小說》，星加坡：中國出版有限公司，年份不詳。此刊物藏於香港電影資料館。

紅線女：《紅線女自傳（1927-1956)》，香港：星辰出版社，1986 年。

姜濤譯（Marston Anderson 原著）：《現實主義的限制：革命時代的中國小說》，南京：江蘇人民出版社，2001 年。

徐訏：《蛇衣集》，香港：夜窗書屋，港一版，年份不詳。

徐訏：《西流集》，上海：夜窗書屋，1940 年。

徐訏：《海外的鱗爪》，上海：夜窗書屋，1941 年。

徐訏：《風蕭蕭》，上海：懷正文化社出版，1946 年。

徐訏：《風蕭蕭》，香港：夜窗書屋，1946 年。

徐訏：《傳薪集》，香港：創墾出版社，1953 年。

徐訏：《風蕭蕭》，香港：亞洲出版社，1956 年。

徐訏：《江湖行》（上冊），香港：友聯出版社，1956 年。

徐訏：《江湖行》（中冊），香港：亞洲出版社，1959 年。

徐訏：《江湖行》（下一冊），香港：亞洲出版社，1960 年。

徐訏：《江湖行》（下二冊），香港：上海印書館，1961 年。

徐訏：《懷璧集》，香港：正文出版社，1963 年。

徐訏：《風蕭蕭》，香港：吳興記書報社，1964 年。

徐訏：《思與感》，台北：文星書店，1965 年。

徐訏：《徐訏全集》（第 1 至 15 集），台北：正中書局出版，
　　1966 年至 1970 年。

徐訏：《徐訏選集》，香港：香港文學研究社，1972 年。

徐訏：《門邊文學》，香港：南天書業公司，1972 年。

徐訏：《街邊文學》，香港：上海印書館，1972 年。

徐訏：《原野的呼聲》，台北：黎明文化事業股份有限公司，
　　1977 年。

徐訏：《徐訏文集》（第 1 至 16 集），上海：上海三聯書店，
　　2008 年。

徐訏原著、四平改：《〈盲戀〉電影小說》（中南電影小說叢刊

第 65 種），香港：中南影業公司，年份不詳。此刊物藏於香港電影資料館。

徐訏紀念文集籌委會編輯：《徐訏紀念文集》，香港：香港浸會學院中國語文學會，1981 年。

晏文都（易文）：《蠱惑記》，香港：海濱書屋，1953 年。

袁良駿：《香港小說史》，深圳：海天出版社，1999 年。

袁良駿：《香港小說流派史》，福州：福建人民出版社，2008 年。

祖國頌主編：《敘事學的中國之路：全國首屆敘事學學術研討會論文集》，北京：中國社會科學出版社，2006 年。

特級校對（陳夢因）：《記者故事》，香港：永翔印務有限公司，1993 年。

高添強：《香港今昔》，香港：三聯書店（香港）有限公司，1994 年；2005 年新版。

馬博良：《半世紀掠影：馬博良小說集》，香港：中華書局（香港）有限公司，2013 年。

孫慰川：《當代台灣電影：1949-2007》，北京：中國廣播電視出版社，2008 年。

梁秉鈞等著：《香港文化多面睇》，香港：香港藝術中心，1997 年。

梁秉鈞等著：《香港文學研討會》，香港：嶺南學院中文系及文學與翻譯研究中心，1998 年。

梁秉鈞編：《香港的流行文化》，香港：香港三聯（香港）有限公司，1993 年。

梁秉鈞主編：《現代中文文學學報》8.2 及 9.1 期「香港文學的定位、論題及發展」專號，香港：嶺南大學人文學科研究中心，2008 年。

梁秉鈞主編：《現代中文文學學報》9.2 期「五〇年代的文學想像與政治變化：香港、臺灣、中國大陸」專號，香港：嶺南大學人文學科研究中心，2009 年。

梁秉鈞主編：《劉以鬯與香港現代主義》，香港：香港公開大學出版社，2010 年。

梁秉鈞、陳智德、鄭政恆編：《香港文學的傳承與轉化》，香港：匯智出版有限公司，2011 年。

梁秉鈞、黃志華、劉靖之等著：《痛苦中有歡樂的時代：五〇年代香港文化》，香港：中華書局（香港）有限公司，2013 年。

梁秉鈞、黃勁輝編：《劉以鬯作品評論集》，香港：香港文學評論出版社，2012 年。

梁秉鈞、黃淑嫻合編：《香港文學電影片目，1913-2000》，香港：嶺南大學人文學科研究中心，2005 年。

梁秉鈞、黃淑嫻、沈海燕、鄭政恆合編：《香港文學與電影》，香港：香港公開大學出版社、香港大學出版社，2012 年。

梁秉鈞、鄭政恆合編：《長夜以後的故事：力匡短篇小說選》，香港：中華書局（香港）有限公司，2013 年。

梁家麟：《福音與麵包——基督教在五十年代的調景嶺》，香港：建道神學院基督教與中國文化研究中心，2000 年。

梁鳳儀、舒非、林洵（張文達）合著：《二水集》，香港：勤十緣出版社，1992 年。

許子東：《當代小說閱讀筆記》，上海：華東師範大學出版社，1997 年。

許子東：《香港短篇小說初探》，香港：天地圖書有限公司，2005 年。

許子東：《許子東講稿 2：張愛玲．郁達夫．香港文學》，北

京：人民文學出版社，2011 年。

陳平原：《二十年世紀中國小說史》（第 1 卷），北京：北京大學出版社，1989 年。

陳平原：《中國小說敘事模式的轉變》，北京：北京大學出版社，2003 年。

陳平原：《中國現代小說的起點——清末民初小說研究》，北京：北京大學出版社，2005 年。

陳智德：《解體我城：香港文學 1950-2005》，香港：花千樹出版有限公司，2009 年。

梅子：《香港文學識小》，香港：香江出版有限公司，1996 年。

梅子、易明善編：《劉以鬯研究專集》，成都：四川大學出版社，1987 年。

張文達：《張文達的歲月情懷》，香港：皇冠出版社（香港）有限公司，1993 年。

張文達：《香江夢痕》，香港：香江出版有限公司，1996 年。

張文達編：《香港名家小品精選》，香港：新亞洲文化基金會有限公司，1991 年。

張京媛編：《後殖民理論與文化認同》，台北：麥田出版有限公司，2007 年。

張宗偉：《中外文學名著的影視改編》，北京：廣播電視出版社，2002 年。

張徹著、黃愛玲編：《張徹——回憶錄‧影評集》，香港：香港電影資料館，2002 年。

張曉輝：《香港華商史》，香港：明報出版社，1998 年。

張麗燕整理：《〈星島日報‧文藝氣象〉目錄（1992.6.1-1993.8.31）》，自資印刷及訂裝，1997 年。

張麗燕、鄧敏華整理：《〈星島日報〉之〈詩之頁〉、〈讀書〉、〈文學周刊〉目錄（1988-1991）》，自資印刷及訂裝，1996年。

郭靜寧編：《南來香港》，香港：康樂及文化事務署香港電影資料館，2000年。

郭靜寧編：《理想年代——長城、鳳凰的日子》，香港：香港電影資料館，2001年。

郭靜寧編：《香港影片大全》第四卷（1953-1959），香港：香港電影資料館，2003年。

郭靜寧編：《香港影片大全》第五卷（1960-1964），香港：香港電影資料館，2005年。

郭靜寧編：《香港影片大全》第六卷（1965-1969），香港：香港電影資料館，2007年。

郭靜寧編：《摩登色彩——邁進1960年代》，香港：香港電影資料館，2008年。

麥梅生編：《反對蓄婢史略》，香港：福興中西印務局，1933年。

曹惠東等譯（Jurgen Habermas原著）：《公共領域的結構轉型》，上海：學林出版社，1999年。

曹聚仁：《採訪新記》，香港：創墾出版社，1956年。

許秦蓁：《摩登‧上海‧新感覺——劉吶鷗（1905-1940)》，台北：秀威資訊科技股份有限公司，2008年。

區志堅、彭淑敏、蔡思行合著：《改變香港歷史的六十篇文獻》，香港：中華書局（香港）有限公司，2011年。

寒山碧編著：《徐訏作品評論集》，香港：香港文學研究出版社有限公司，2009年。

黃仁：《國片電影史話：跨世紀華語電影創意的先行者》，台北：台灣商務印書館股份有限公司，2010年。

黃仲鳴：《香港三及第文體流變史》，香港：香港作家協會，
　　2002 年。

黃卓漢：《電影人生：黃卓漢回憶錄》，台北：萬象圖書股份有
　　限公司，1994 年。

黃淑嫻：《女性書寫：電影與文學》，香港：青文書屋，1997 年。

黃淑嫻：《香港影像書寫：作家、電影與改編》，香港：香港公
　　開大學出版社、香港大學出版社，2013 年。

黃淑嫻編：《真實的謊話：易文的都市小故事》，香港：中華書
　　局（香港）有限公司，2013 年。

黃淑嫻、沈海燕、宋子江、鄭政恆合編：《也斯的五〇年代：香
　　港文學與文化論集》，香港：中華書局（香港）有限公司，
　　2013 年。

黃愛玲編：《國泰故事》，香港：香港電影資料館，2002 年；
　　2009 年增訂本。

黃愛玲編：《邵氏電影初探》，香港：香港電影資料館，2003 年。

黃愛玲編：《李晨風——評論‧導演筆記》，香港：香港電影資
　　料館，2004 年。

黃愛玲編：《粵港電影因緣》，香港：香港電影資料館，2005 年。

須文蔚：《臺灣文學傳播論》，台北：二魚文化事業有限公司，
　　2009 年。

集思編：《梁秉鈞卷》，香港：三聯書店（香港）有限公司，
　　1989 年。

舒巷城：《鯉魚門的霧》，香港：花千樹出版有限公司，2000 年。

程俊英、蔣見元：《詩經注析》（上冊），北京：中華書局，
　　1991 年。

曾虛白主編：《中國新聞史》，台北：國立政治大學新聞研究

所，1966 年。

舒琪編：《六十年代粵語電影回顧（1960-1969）》，香港：市政局，1982 年；1996 年修訂本。

喬國强主編：《敍事學研究：第二屆全國敍事學研討會暨中國中外文藝理論學會敍事學分會成立大會論文集》，武漢：武漢出版社，2006 年。

單世聯：《現代性與文化工業》，廣州：廣東人民出版社，2001 年。

單德興譯（Joseph Stern 原著）：《寫實主義論》，台北：成文出版社有限公司，1979 年。

傅慧儀編：《香港影片大全》第三卷（1950-1952），香港：香港電影資料館，2000 年。

傅慧儀編：《百年光影覓香江》，香港：香港電影資料館，2012 年。

温儒敏：《新文學現實主義的流變》，北京：北京大學出版社，1988 年。

楊建國譯（Peter Barry 原著）：《理論入門：文學與文化理論導論》，南京：南京大學出版社，2014 年。

楊際光：《雨天集》，香港：華英出版社，年份不詳。

葛原：《殘月孤星——我和我的父親徐訏》，上海：上海文化出版社，2003 年。

鄒贊、孫柏、李玥陽譯（Susan Hayward 原著）：《電影研究關鍵詞》，北京：北京大學出版社，2013 年。

熊志琴編：《異鄉猛步——司明專欄選》，香港：天地圖書有限公司，2011 年。

熊志琴編：《經紀眼界——經紀拉系列選》，香港：天地圖書有限公司，2011 年。

廖文傑：《無題的問句——徐訏先生新詩·歌劇補遺》，香港：夜窗出版社，1993 年。

廖炳惠：《關鍵詞 200：文學與批評研究的通用辭彙編》，台北：麥田出版，2003 年。

趙滋蕃：《半下流社會》，香港：亞洲出版社，1953 年。

趙衛防：《香港電影產業流變》，北京：中國電影出版社，2008 年。

編輯不詳：《〈母子淚〉電影特刊》，出版資料不詳。此刊物藏於香港電影資料館。

編輯不詳：《〈孤雛淚〉電影特刊》，出版資料不詳。此刊物藏於香港電影資料館。

編輯不詳：《〈盲戀〉電影特刊》，出版資料不詳。此刊物藏於香港電影資料館。

編輯不詳：《〈春色惱人〉電影特刊》，香港：國際電影畫報社出版，年份不詳。此刊物藏於香港電影資料館。

編輯不詳：《〈富貴花〉特輯》，香港：藝華電影公司，1952 年 12 月。此刊物藏於香港電影資料館。

編輯不詳：《〈舞女一丈紅〉電影特刊》，出版資料不詳。此刊物藏於香港電影資料館。

編輯不詳：《〈難為了媽媽〉電影特刊》（一、二），出版資料不詳。此刊物藏於香港電影資料館。

編輯不詳：《今日香港：星島日報創刊卅十六周年紀念》，香港：星島報業有限公司，1974 年。

編輯不詳：《抗戰三周年暨星島日報創刊二周年紀念特刊》，香港：星島日報，1940 年。

編輯不詳：《國際電影》第 1-50 期，1955 年 10 月至 1959 年 12 月，香港：國際電影出版有公司。

編輯不詳：《有關〈香港時報・淺水灣〉評論篇章》，香港：劉以鬯主編《香港時報・淺水灣》（1960.2.15-1962.6.30）時期研究計劃，2004 年。

編輯不詳：《李英豪〈香港時報・淺水灣〉著、譯作目錄及作品》，香港：劉以鬯主編《香港時報・淺水灣》（1960.2.15-1962.6.30）時期研究計劃，2004 年。

編輯不詳：《馬朗〈香港時報・淺水灣〉著、譯作目錄及作品》，香港：劉以鬯主編《香港時報・淺水灣》（1960.2.15-1962.6.30）時期研究計劃，2004 年。

編輯不詳：《崑南〈香港時報・淺水灣〉著、譯作目錄及作品》，香港：劉以鬯主編《香港時報・淺水灣》（1960.2.15-1962.6.30）時期研究計劃，2004 年。

編輯不詳：《劉以鬯主編時期〈香港時報・淺水灣〉（1960.2.15-1962.6.30）時期研究資料冊》，香港：劉以鬯主編《香港時報・淺水灣》（1960.2.15-1962.6.30）時期研究計劃，2004 年。

編輯不詳：《劉以鬯主編時期〈香港時報・淺水灣〉（1960.2.15-1962.6.30）總目錄》，香港：劉以鬯主編《香港時報・淺水灣》（1960.2.15-1962.6.30）時期研究計劃，2004 年。

編輯不詳：《劉以鬯〈香港時報・淺水灣〉著、譯作目錄及作品》，香港：劉以鬯主編《香港時報・淺水灣》（1960.2.15-1962.6.30）時期研究計劃，2004 年。

編輯不詳：《盧因〈香港時報・淺水灣〉著、譯作目錄及作品》，香港：劉以鬯主編《香港時報・淺水灣》（1960.2.15-1962.6.30）時期研究計劃，2004 年。

魯言：《香港掌故》（第 1-3 集），香港：廣角鏡出版社，1977 年；1979 年；1981 年。

魯言等著：《香港掌故》（第 4-10 集），香港：廣角鏡出版社，

1981 年至 1985 年。

魯言等著：《香港掌故》（第 11-13 集），香港：廣角鏡出版社
　　有限公司，1987 年；1989 年；1991 年。

歐陽天：《心疚》（正集、續集），新加坡：星洲世界出版社出
　　版，年份不詳。

歐陽天：《茶杯裏的愛情》，香港：海濱圖書公司，年份不詳。

歐陽天：《死吻》，台北：文友書局，年份不詳。

歐陽天：《情與債》，台北：大方書局，年份不詳。

歐陽天：《歐陽天隨筆》，香港：三達出版公司，年份不詳。

歐陽天：《親情深似海》，香港：海濱圖書公司，1958 年。

歐陽天：《茶與同情》，台南：華南書局，1959 年。

歐陽天：《七情六慾》，台南：華南書局，1959 年。

歐陽天：《情囚》，台南：華南書局，1959 年。

歐陽天：《人海孤鴻》，台北：中行書局，1961 年。

歐陽天：《歸宿》，香港：海濱圖書公司出版，1963 年。

劉以鬯：《天堂與地獄》，香港：海濱書屋，1951 年。

劉以鬯：《酒徒》，香港：海濱圖書公司，1963 年。

劉以鬯：《酒徒》，台北：遠景出版事業公司，1979 年、1980
　　年、1987 年。

劉以鬯：《酒徒》，北京：中國文聯出版公司，1985 年。

劉以鬯：《酒徒》，香港：金石圖書貿易有限公司，1993 年、
　　2000 年。

劉以鬯：《酒徒》，北京：解放軍文藝出版社，2000 年。

劉以鬯：《酒徒》，香港：獲益出版事業有限公司，2003 年。

劉以鬯：《寺內》，台北：幼獅文化公司，1977 年。

劉以鬯：《劉以鬯選集》，香港：香港文學研究社，1980 年。

劉以鬯：《看樹看林》，香港：書畫屋圖書公司，1982 年。

劉以鬯：《一九九七》，台北：遠景出版事業公司，1984 年。

劉以鬯：《春雨》，香港：華漢文化事業公司，1985 年。

劉以鬯：《島與半島》，香港：獲益出版事業有羅限公司，1993
　　年。

劉以鬯：《黑色裏的白色　白色裏的黑色》，香港：獲益出版事
　　業有限公司，1994 年；2012 年。

劉以鬯：《他有一把鋒利的小刀》，香港：獲益出版事業有限公
　　司，1995 年。

劉以鬯：《劉以鬯中篇小説選》，香港：香港作家出版社，1995
　　年。

劉以鬯：《劉以鬯小説自選集》，天津：百花文藝出版社，2001
　　年。

劉以鬯：《暢談香港文學》，香港：獲益出版事業有限公司，
　　2002 年。

劉以鬯：《他的夢和他的夢》，香港：明報出版社有限公司、《明
　　報月刊》聯合出版，2003 年。

劉以鬯：《舊文新編》，香港：天地圖書有限公司，2007 年。

劉以鬯：《劉以鬯小説選》，香港：明報月刊出版社、新加坡：
　　青年書局，2009 年。

劉以鬯：《熱帶風雨》，香港：獲益出版事業有限公司，2010 年。

劉以鬯：《吧女》，香港：獲益出版事業有限公司，2011 年。

劉以鬯編：《劉以鬯卷》，香港：三聯書店（香港）有限公司，

1991 年。

劉以鬯編：《香港短篇小説選（五十年代）》，香港：天地圖書有
　　限公司，1997 年。

劉以鬯編：《香港短篇小説百年精華》，香港：三聯書店（香港）
　　有限公司，2006 年。

劉以鬯主編：《香港文學作家傳略》，香港：市政局公共同書
　　館，1996 年。

劉蜀永：《簡明香港史》，香港：三聯書店（香港）有限公司，
　　1999 年。

劉智鵬、劉蜀永編：《〈新安縣志〉香港史料選》，香港：和平
　　圖書有限公司，2007 年。

劉燕萍：《女性與命運：粵劇 · 粵語戲曲電影論集》，香港：香
　　港公開大學出版社、香港大學出版社，2010 年。

劉靖之編：《〈星島晚報 · 大會堂〉目錄》，香港：嶺南學院文
　　學與翻譯研究中心，1997 年。

劉登翰主編：《香港文學史》，香港：香港作家出版社，1997
　　年；北京：人民文學出版社，1999 年。

劉紹銘等譯（Chih-tsing Hsia 原著）：《中國現代小説史》，香
　　港：友聯出版社有限公司，1979 年。

鄭樹森、黃繼持、盧瑋鑾編：《香港文學大事年表（1948-
　　1969)》，香港：香港中文大學人文學科研究所香港文化研
　　究計劃，1996 年。

鄭樹森、黃繼持、盧瑋鑾編：《香港文學資料冊（1948-
　　1969)》，香港：天地圖書有限公司，1996 年。

鄭樹森、黃繼持、盧瑋鑾編：《香港小説選（1948-1969)》，
　　香港：香港中文大學人文學科研究所香港文化研究計劃，
　　1997 年。

鄭樹森、黃繼持、盧瑋鑾編：《香港散文選（1948-1969)》，
　　香港：香港中文大學人文學科研究所香港文化研究計劃，
　　1997 年。

鄭樹森、黃繼持、盧瑋鑾編：《香港新詩選（1948-1969)》，
　　香港：香港中文大學人文學科研究所香港文化研究計劃，
　　1998 年。

鄭樹森、黃繼持、盧瑋鑾編：《早期香港新文學資料選：1927-
　　1941》，香港：天地圖書有限公司，1998 年。

鄭樹森、黃繼持、盧瑋鑾編：《國共內戰時期香港本地與南來文
　　人作品選：1945-1949》（上下冊），香港：天地圖書有限
　　公司，1999 年。

鄭樹森、黃繼持、盧瑋鑾編：《國共內戰時期香港文學資料選：
　　1945-1949》，香港：天地圖書有限公司，1999 年。

鄭樹森、黃繼持、盧瑋鑾編：《香港新文學年表（1950-
　　1969)》，香港：天地圖書有限公司，2000 年。

鄭樹森、盧瑋鑾主編，熊志琴編校：《淪陷時期香港文學作品
　　選──葉靈鳳、戴望舒合集》，香港：天地圖書有限公司，
　　2013 年。

鄭政恆編：《五〇年代香港詩選》，香港：中華書局（香港）有
　　限公司，2013 年。

鄭寶鴻：《默默向上游──香港五十年代社會影像》，香港：商
　　務印書館（香港）有限公司，2014 年。

諸葛郎（易文）：《真實的謊話》，香港：海濱書屋，1951 年。

諸葛郎原著、湘子改：《〈舞女一丈紅〉電影小說》（電影小說叢
　　書第 67 輯），星加坡：遠東文化公司，年份不詳。此刊物
　　藏於香港電影資料館。

樊善標編：《犀利女筆──十三妹專欄選》，香港：天地圖書有

限公司，2011 年。

樊善標、危令敦、黃念欣編：《墨痕深處：文學、歷史、記憶論集》，香港：牛津大學出版社，2008 年。

樊善標、熊志琴、何杏楓編：《〈新生晚報‧新趣版〉(1945-1976) 資料冊》，香港：香港中文大學香港文學研究中心，2008 年。

樊善標、葉嘉詠編：《陌生天堂──五十年代都市故事選》，香港：天地圖書有限公司，2011 年。

蒲安迪（Andrew H. Plaks）演講：《中國敘事學》，北京：北京大學出版社，1995 年。

盧瑋鑾：《香港文縱：內地作家南來及其文化活動》，香港：華漢文化事業公司，1987 年。

盧瑋鑾：《香港故事：個人回憶與文學思考》，香港：牛津大學出版社，1996 年。

盧瑋鑾編：《香港的憂鬱：文人筆下的香港（1925-1941)》，香港：華風書局，1983 年。

盧瑋鑾編：《〈新晚報‧星海〉目錄 (1979-1991)》，香港：香港現代文學研究，1998 年。

盧瑋鑾編：《〈星島晚報‧大會堂〉目錄及資料選輯》，香港：香港文學資料蒐集及整理計畫，1996 年。

盧瑋鑾、黃繼持編：《茅盾香港文輯 (1938-1941)》，香港：廣角鏡出版社，1984 年。

盧瑋鑾、熊志琴編著：《香港文化眾聲道》，香港：三聯書店（香港）有限公司，2014 年。

錢理群、溫儒敏、吳福輝著：《中國現代文學三十年》，北京：北京大學出版社，1998 年修訂本。

蔡思行：《香港史 100 件大事》（上下集），香港：中華書局（香港）有限公司，2012-2013 年。

蔡榮芳：《香港人之香港史 1841-1945》，香港：牛津大學出版社，2001 年。

蔡國榮：《中國近代文藝電影研究》，台北：中華民國電影圖書館出版部，1985 年。

隱地編：《徐訏二三事》，台北：爾雅出版社，1980 年。

謝永光：《香港抗日風雲錄》，香港：天地圖書有限公司，1995 年。

謝永光：《香港戰後風雲錄》，香港：明報出版社，1996 年。

謝常青：《香港新文學簡史》，廣州：暨南大學出版社，1990 年。

臨時市政局公共圖書館編：《第二屆香港文學節研討會講稿彙編》，香港：臨時市政局公共圖書館，1998 年。

璧華：《香港文學論稿》，香港：高意設計製作公司，2001 年。

璧華編著：《曹聚仁作品評論集》，香港：香港文學評論出版社，2009 年。

鍾寶賢：《香港影視業百年》，香港：三聯書店（香港）有限公司，2004 年；2007 年修訂本。

魏邊實、伍菡卿、黃定語等譯（Sergei M. Eisenstein 原著）：《愛森斯坦論文選集》，北京：中國電影出版社，1982 年。

蕭國建：《香港歷史與社會》，香港：香港教育圖書公司，1994 年。

羅卡編：《早期香港中國影象》，香港：市政局，1995 年。

羅卡編：《躁動的一代：六十年代粵片新星》，香港：市政局，1996 年。

羅卡編：《光影繽紛五十年》，香港：市政局，1997 年。

羅卡編：《跨界的香港電影》，香港：康樂及文化事務署，2000
年。

羅卡主編：《60 風尚　中國學生周報影評十年》，香港：香港電
影評論學會，2012 年。

羅卡、吳昊、卓伯棠合著：《香港電影類型論》，香港：牛津大
學出版社，1997 年。

羅孚：《南斗文星高：香港作家剪影》，香港：天地圖書有限公
司，1993 年。

羅放偉：《巨變》，台北：羅芳工作室，2011 年。

羅家倫：《新人生觀》，台北：台灣華國出版社分社，1954 年。

羅鋼：《敍事學導論》，昆明：雲南人民出版社，1994 年。

譚君強譯（Mieke Bal 原著）：《敍述學：敍事理論導論》（第 2
版），北京：中國社會科學出版社，2003 年。

藍天雲編：《我為人人：中聯時代印記》，香港：香港電影資料
館，2011 年。

英文

ADORNO, Theodor W. and Horkheimer, Max authored.
CUMMING, John translated. *Dialectic of Enlightenment.*
London: Verso, 1979.

ANDERSON, Benedict. *Imagined Communities: Reflections on
the Origin and Spread of Nationalism.* New York: Verso,
1991.

ANDERSON, Marston. *The Limits of Realism: Chinese Fiction in
the Revolutionary Period.* Berkeley: University of California

Press, 1990.

ANDREW, Dudley. *The Major Film Theories: An Introduction.* New York: Oxford University Press, 1976.

BAL, Mieke. *Narratology: Introduction to the Theory of Narrative.* (Second Edition) Toronto: University of Toronto Press, 1997.

BARRY, Peter. *Beginning Theory: An Introduction to Literary and Cultural Theory.* (Third Edition) Manchester: New York: Manchester University Press, 2009.

BERMARD Miège. *The Capitalization of Cultural Production.* New York: International General, 1989.

BILTON Chris. *Management and Creativity: From Creative Industries to Creative Management.* Oxford: Blackwell, 2007.

CURRAN, James (and others) eds. *Mass Communication and Society.* London: Edward Arnold, 1977.

ENDACOTT, G. B. *A History of Hong Kong.* Hong Kong: Oxford University Press, 1964.

EISENSTEIN, Sergei M. authored. LEYDA, Jay edited and translated. *Film Form: Essays in Film Theory.* New York: Harcourt, Brace and World, Inc., 1949.

FAURE, David. *Colonialism and the Hong Kong Mentality.* Hong Kong: Hong Kong University Press, 2003.

FAURE, David ed. *Hong Kong: A Reader in Social History.* Hong Kong: Oxford University Press (China) Ltd., 2003.

FOK, K. C. *Lectures on Hong Kong History: Hong Kong's Role in Modern Chinese History.* Hong Kong: The Commercial Press (Hong Kong) Ltd., 1990.

GRANTHAM, Alexander. *Via Ports: From Hong Kong to Hong Kong.* Hong Kong: Hong Kong University Press, 1965 and 2012.

HABERMAS, Jurgen. *The Structural Transformation of the Public*

社會・作家・文本：南來文人的香港書寫

    Sphere: An Inquiry into a Category of Bourgeois Society. Cambridge: Polity Press, 1989.

HAYES, James. *Friends & Teachers: Hong Kong and its people 1953-87.* Hong Kong: Hong Kong University Press, 1996.

HESMONDHALGH, David. *The Cultural Industries.* Los Angeles ; London : SAGE, 2007.

HOROWITZ, Maryanne Cline ed. *New Dictionary of the History of Ideas.* Farmington Hills, MI: Charles Scribner's Sons, 2005.

HSIA, Chih-tsing. *A History of Modern Chinese Fiction, 1917-1957.* New Haven and London: Yale University Press, 1961.

HUGHES, Richard. *Hong Kong: Borrowed Place - Borrowed Time.* London: André Deutsch Limited, 1968; Second Revised Edition 1976.

ISER, Wolfgang. *How to do Theory.* Malden, MA: Blackwell Publishers, 2006.

ISER, Wolfgang. *The Act of Reading: A Theory of Aesthetic Response.* Britain: Routledge & Kegan Paul Ltd., 1978.

JORDAN, O. John ed. *The Cambridge Companion to Charles Dickens.* Cambridge: Cambridge University Press, 2001.

LAW, Graham. *Serializing Fiction in the Victorian Press.* UK: Antony Rowe Ltd., 2000.

STERN, Joseph. *On Realism.* London: Routledge and Kegan Paul, 1973.

TOMPKINS, Jane P. ed. *Reader-Response Criticism.* Baltimore: The Johns Hopkins University Press, 1984.

VANN, J. Don. *Victorian Novels in Serial.* New York: The Modern Language Association of America, 1994.

WELLEK, René. *Concepts of Criticism.* New Haven: Yale University Press, 1963.

WELSH, Frank. *A History of Hong Kong.* London: Harper Collins Publishers, 1993. WRIGHT, Arnold. *20th Century*

Impressions of Hong Kong: History, People, Commerce, Industries and Resources. Singapore: Graham Brash, 1990.

單篇文章

中文

十三妹：〈讀李普曼並告大學生們〉，《新生晚報・新趣》，1963 年 1 月 20 日，版 5。

十三妹：〈釋兔年之所以夾雜在虎與龍之間〉，《新生晚報・新趣》，1963 年 1 月 26 日，版 5。

力匡：〈五十年代的香港「副刊文學」〉，《香港文學》第 25 期，1987 年 1 月 5 日，頁 92-93。

刁理棠：〈國語片多被雪藏〉，《星島日報》，1955 年 8 月 30 日，版 13。

也斯（梁秉鈞）：〈《吧女》脈絡〉，劉以鬯：《吧女》，香港：獲益出版事業有限公司，2011 年，頁 3-9。

也斯：〈現代小説家劉以鬯先生〉，（台北）《文訊》總第 84 期，1992 年 10 月 1 日，頁 108-110。

也斯：〈香港小説與西方現代文學的關係〉（上下），《星島晚報・大會堂》，1984 年 2 月 8 日，版 12；2 月 15 日，版 12。

也斯：〈劉以鬯的創作娛己也娛人〉，《信報財經新聞》，1997 年 11 月 29 日。

也斯：〈後九七電影〉，傅慧儀編：《百年光影覓香江》，香港：香港電影資料館，2012 年，頁 150-158。

王良和訪問馬博良:〈從《焚琴的浪子》到《江山夢雨》——與馬博良談他的詩〉,《香港文學》總第 280 期,2008 年 4 月 1 日,頁 4-12。

王宏志:〈「借來的土地,借來的時間」:香港為南來的文化人所提供的特殊文化空間(上篇)〉,梁元生、王宏志編:《雙龍吐艷:滬港之文化交流與互動》,香港:滬港發展聯合研究所、香港中文大學香港亞太研究所,2005 年,頁 109-144。

王德威:〈寫實主義是甚麼?〉,(台北)《聯合文學》第 9 卷第 3 期,1993 年 1 月,頁 215。

方寬烈:〈掌故家高貞白傳奇的一生〉,《作家》第 13 期,2001 年 12 月,頁 159-165。

方寬烈:〈高貞白的家世和書畫造詣〉,《城市文藝》總第 29 期,2008 年 6 月 15 日,頁 97-98。

江迅:〈王家衛為什麼特別鳴謝劉以鬯?〉,《明報》,2000 年 12 月 28 日,版 E6。

史得(高雄):〈給青年寫作者:關於長篇連載〉,《文匯報·文藝與青年》,1961 年 8 月 2 日,版 10。

以鬯(劉以鬯):〈關于喬也斯的「優力栖斯」——簡覆「讀者」先生〉,《香港時報·淺水灣》,1961 年 3 月 13 日,版 10。

衣其(倪匡):〈一片牢騷話〉,《真報》,1962 年 12 月 31 日。

作者不詳:〈一九四〇年之理論建設〉,《南華日報·半週文藝》第 60 期,1941 年 1 月 9 日,版 7。

作者不詳:〈中國各報存佚表〉,(橫濱)《清議報》第 100 冊,1901 年,沒頁碼。

作者不詳:〈劉以鬯答客問〉,《香港文學》雙月刊創刊號,

1979 年 5 月，頁 5-6。

芸：〈與劉以鬯的一席話〉，《香港文學》雙月刊創刊號，1979
年 5 月，頁 13-16。

李天鐸：〈文化創意產業的媒體經濟觀〉，李天鐸編著：《文化創
意產業讀本：創意管理與文化經濟》，台北：遠流出版事
業股份有限公司，2011 年，頁 81-106。

李英豪：〈論小說　小說批評〉，《好望角》第 5 號，1963 年 5
月 5 日，版 3。

李英豪：〈小說技巧芻論〉，《好望角》第 6 號，1963 年 5 月
20 日，版 3。

李培德：〈略論 1940 年代寓居香港的上海人〉，梁元生、王宏
志編：《雙龍吐艷：滬港之文化交流與互動》，香港：滬港
發展聯合研究所、香港中文大學香港亞太研究所，2005
年，頁 59-70。

李漢人：〈和平文藝之新啟蒙意義〉，《南華日報》，1940 年 7
月 13 日，版 8。

李漢人：〈香港文藝作家加強聯絡〉，《南華日報・半週文藝》第
38 期，1940 年 10 月 21 日，版 7。

李漢人：〈從「抗戰文藝」到和平文藝〉，《南華日報》，1941
年 1 月 1 日，版 5。

李維陵：〈懷楊際光〉，《香港文學》第 41 期，1988 年 5 月 5
日，頁 78-80。

李維陵：〈劉以鬯的「寺內」〉，《星島日報・星辰》，1977 年 6
月 15 日，版 30。

李維陵：〈「酒徒」淺探〉，《星島日報・星辰》，1979 年 5 月
30 日，版 9。

李維陵：〈迎馬朗〉，《星島晚報・星象》，1981 年 8 月 12 日，

版 10。

李歐梵：〈香港文化的「邊緣性」初探〉，（美國）《今天》總
　　28 期，1995 年，頁 75-80。

李獻隆：〈中國敍事文學的不遷之祧——淺析左傳的敍事技
　　巧〉，（台北）《錢穆先生紀念館館刊》第 5 期，1997 年
　　12 月，頁 23-46。

何杏楓、張詠梅訪問，鄧依韻整理：〈訪問劉以鬯先生〉，《文學
　　世紀》總第 34 期，2004 年 1 月，頁 12-17。

何慧：〈香港學院派小説中的道德意識〉，《香港文學》第 104
　　期，1993 年 8 月，頁 4-11。

何慧：〈艱苦歲月的浪漫情懷——略論五十年代的香港小説〉，
　　《香港文學》第 119 期，1994 年 11 月，頁 20-30。

何慧：〈現實主義小説的本土化——侶倫和舒巷城的小説創
　　作〉，《香港文學》第 132 期，1995 年 12 月，頁 4-8。

何慧：〈五六十年代香港的現實主義小説〉，《香港文學》第 136
　　期，1996 年 4 月，頁 13-18。

何慧：〈劉以鬯的實驗小説〉，《文學研究》第 7 期，2007 年 9
　　月 30 日，頁 65-75。

何慧：〈徐訏小説的唯美主義傾向〉，《文學評論》創刊號，
　　2009 年 2 月，頁 124-143。

何觀（張徹）：〈論易文〉，《新生晚報·生趣》，1962 年 5 月 7
　　日，版 6。

岑逸飛：〈五十年代香港報紙的副刊專欄〉，市政局公共圖書館
　　編：《香港文學節研討會講稿滙編》，香港：市政局公共圖
　　書館，1997 年，頁 96-110。

吳福輝：〈都市鄉間的永久徘徊——徐訏香港時期小説論〉，《現
　　代中文文學評論》第 2 期，1994 年 12 月，頁 67-82。

邵德懷：〈懷念《大會堂》〉，《香港文學》第 103 期，1993 年
　　7 月日，頁 90-91。

邱誌勇：〈文化創意產業的發展與政策概觀〉，李天鐸編著：《文
　　化創意產業本：創意管理與文化經濟》，台北：遠流出版
　　事業股份有限公司，2011 年，頁 31-56。

冼玉儀：〈社會組織與社會轉變〉，王賡武編：《香港史新編》
　　（上冊），香港：三聯書店（香港）有限公司，1997 年，
　　頁 157-210。

周生：〈片權的分配〉，《星島日報》，1955 年 9 月 1 日，版
　　13。

門外客：〈談社會對作家的責任〉，《香港文學》雙月刊創刊號，
　　1979 年 5 月，頁 24-25。

易明善：〈「大」家聚「會」一「堂」——《劉以鬯傳》片斷〉，《香
　　港作家報》總第 95 期，1996 年 9 月 1 日，版 5。

林年同：〈五十年代粵語電影研究中的幾個問題〉，林年同編：
　　《五十年代粵語電影研究》，香港：市政局，1978 年，頁
　　11-16。

林淇瀁：〈「副」刊大「業」：台灣報紙副刊的文學傳播模式初
　　探〉，瘂弦、陳義芝編：《世界中文報紙副刊學綜論》，台
　　北：行政院文建會，頁 117-135。

林淇瀁：〈副刊學的理論建構基礎以台灣報紙副刊的文學傳播現
　　象為場域〉，《書寫與拼圖——台灣文學傳播現象研究》，
　　台北：麥田出版，2001 年，頁 23-51。

科大衛：〈回顧六十年代〉，歷史與文化：香港史研究公開講座
　　文集編輯委員會編：《歷史與文化：香港史研究公開講座文
　　集》，香港：香港公共圖書館，2005 年，頁 185-198。

姚永康：〈別具新意的小說——《酒徒》藝術芻議〉，《讀者良友》
　　第 1 卷第 5 期，1984 年 11 月，頁 72-75。

計紅芳：〈回憶是為了忘卻——徐訏香港小說的懷鄉情結和身份建構〉，（桂林）《廣西師範大學學報》（哲學社會科學版）第 46 卷第 1 期，2010 年 2 月，頁 35-38。

計紅芳：〈情傷碧海明月——論徐訏的香港小說〉，（江蘇常熟）《常熟理工學院學報》（哲學社會科學）第 5 期，2010 年 5 月，頁 72-74。

侶倫：〈不算自傳——致答四川大學一講師〉，《大公報》，1983 年 1 月 22 日，版 16。

紀德作、羅繆譯：〈德秀斯〉，《文藝新潮》第 1 卷第 4 期，1956 年 8 月 1 日，頁 17-33。

唐大江：〈「酒徒」小介〉，《香港文學》雙月刊創刊號，1979 年 5 月，頁 6-8。

袁良駿：〈劉以鬯和他的《酒徒》〉，《香港小說史》，深圳：海天出版社，1999 年，頁 342-359。

袁良駿：〈劉以鬯的《天堂與地獄》〉，《作家》第 4 期，1999 年 6 月，頁 20-25。

袁良駿：〈香港小說史上的徐訏〉，（北京）《新文學史料》，2009 年 01 期，頁 73-79。

振明：〈解剖「酒徒」〉，《中國學生周報》第 841 期，1968 年 8 月 30 日，版 4。

徐訏：〈《風蕭蕭》後記〉，（上海）《上海文化》第 9 期，1946 年 10 月 1 日，頁 59-61。

娜馬：〈論和平文藝的創作方法〉，《南華日報》，1940 年 7 月 29 日，版 7。

娜馬：〈寄小朋友——讀小文藝書後〉，《南華日報・半週文藝》第 80 期，1941 年 3 月 24 日，版 7。

特級校對（陳夢因）：〈由「擁躉」說到星島晚報〉，《大成》第

188 期，1989 年 7 月 1 日，頁 44-45。

特級校對：〈星島日報『蒙塵』記〉，《大成》第 190 期，1989
　　年 9 月 1 日，頁 42-44。

特級校對：〈星島報眉林森書〉，《大成》第 191 期，1989 年
　　10 月 1 日，頁 38-39。

特級校對：〈報館『拉扯』登台亮相〉，《大成》第 193 期，
　　1989 年 12 月 1 日，頁 36-38。

秦賢次：〈五四時期的《學燈》與《晨報副刊》〉，瘂弦、陳義
　　芝編：《世界中文報紙副刊學綜論》，台北：行政院文化建
　　設委員會，1997 年，頁 1-24。

梁秉鈞：〈香港小說與西方現代文學的關係〉（上下），《星島晚
　　報・大會堂》，1984 年 2 月 8 日，版 12；2 月 15 日，
　　版 2。

梁秉鈞：〈在雅俗之間思考香港的文化身份——以攝影為例談通
　　俗文化與藝術的關係〉，冼玉儀編：《香港文化與社會》，
　　香港：香港大學亞洲研究中心，1995 年，頁 117-132。

梁秉鈞：〈六十年代的香港文化與香港小說〉，梁秉鈞等著：《香
　　港文學研討會》，嶺南大學中文系及文學翻譯研究中心，
　　1998 年，頁 1-9。

梁秉鈞：〈都市文學的形成——以六〇年代的香港文化與香港小
　　說為例〉，臨時市政局公共圖書館編：《第二屆香港文學節
　　研討會講稿彙編》，香港：臨時市政局公共圖書館，1998
　　年，頁 93-106。

梁秉鈞：〈從國族到私情——華語通俗情節劇的變化：《藍與黑》
　　的例子〉，廖金鳳等編：《邵氏影視帝國：文化中國的影
　　像》，台北：麥田出版，2003 年，頁 296-307。

梁秉鈞：〈「改編」的文化身份：以五十年代香港文學為例〉，
　　《文學世紀》總 47 期，2005 年 2 月，頁 53-64。

梁秉鈞：〈民族電影與香港文化身分——從《霸王別姬》、《棋王》、《阮玲玉》看文化定位〉，張京媛編：《後殖民理論與文化認同》，台北：麥田出版有限公司，2007 年，頁355-373。

梁秉鈞：〈一九五〇年代香港文化的意義〉，梁秉鈞等著：《痛苦中有歡樂的時代：五〇年代香港文化》，2013 年，頁3-11。

梁秉鈞：〈電影空間的政治——兩齣五〇年代香港電影中的理想空間〉，梁秉鈞、黃淑嫻、沈海燕、鄭政恆合編：《香港文學與電影》，香港：香港公開大學出版社、香港大學出版社，2012 年，頁 45-57。

梁煥釗：〈一本充滿個性的「小說」酒徒〉，（台北）《大學文藝》第 6 期，1967 年 1 月 1 日，頁 9-11。

陳子善：〈大陸三、四十年代文學副刊試論〉，瘂弦、陳義芝編：《世界中文報紙副刊學綜論》，台北：行政院文化建設委員會，1997 年，頁 57-67。

陳乃欣專訪徐訏：〈徐訏二三事〉，（台北）《書評書目》第 26 期，1975 年 6 月 1 日，頁 6-17。

陳平原：〈文學視野中的「報刊研究」——近二十年北大中文系有關「大眾傳媒」的博士及碩士學位論文〉，陳平原主編：《現代中國》（第 11 輯），北京：北京大學出版社，2008 年 9 月，頁 152-169。

陳炳良：〈編者、作者、讀者——談談香港的專欄寫作〉，梁秉鈞編：《香港的流行文化》，香港：香港三聯（香港）有限公司，1993 年，頁 115-119。

陳映容、黃仁藝譯（Andy C. Pratt 原著）：〈文化創意產業的經濟地理觀〉，李天鐸編著：《文化創意產業讀本：創意管理與文化經濟》，台北：遠流出版事業股份有限公司，2011 年，頁 57-80。

陳雲根：〈眾人皆醉我獨醒——評劉以鬯的《酒徒》中的先知角色及其他〉，《讀者良友》第 6 卷第 6 期，1987 年 6 月，頁 58-62。

陳智德：〈懷鄉與否定的依歸：徐訏和力匡〉，《作家》第 13 期，2001 年 12 月，頁 112-128。

陳智德：〈失落的鳥語徐訏來港初期小說〉，（台北）《文訊》第 278 期，2008 年 12 月，頁 25-30。

陳智德：〈失語的孤高：徐訏來港初期小說〉，《小說風》第 2 期，2008 年 4 月 15 日，頁 110-113。

陳智德：〈與馬來西亞學者談楊際光〉，《文匯報‧采風》，2010 年 12 月 7 日，版 C3。

陳智德：〈新民主主義文藝與戰後香港的文化轉折——從小說《人海淚痕》到電影《危樓春曉》〉，梁秉鈞、黃淑嫻、沈海燕、鄭政恆合編：《香港文學與電影》，香港：香港公開大學出版社、香港大學出版社，2012 年，頁 104-120。

陳智德：〈左翼共名與青年文藝——1947 至 1951 年的《華僑日報》「學生週刊」〉，（台北）《政大中文學報》，2013 年 12 月，頁 243-266。

陳煦堂：〈雜論兩則〉，《香港文學》雙月刊創刊號，1979 年 5 月，頁 21。

陳碩文：〈以傳奇志現代——論徐訏上海曼司的文學特質與文化意涵〉，（北京）《勵耘學刊》（文學卷）2012 年 02 期，頁 120-140。

陳嘉玲：〈論專欄〉，《香港文化研究》第 1 期，1994 年 12 月，頁 38-39。

陳嘉玲：〈脫節專欄〉，《香港文化研究》第 2 期，1995 年 4 月，頁 48-49。

陳德錦:〈關於《大會堂》〉,《快報》,1991 年 4 月 13 日,版 21。

陳婉雯:〈《星島日報》「文藝」週刊（1947-1953）研究〉,《文學論衡》總第 2 期,2002 年 12 月,頁 54-72。

梅子:〈過了百期的《星島晚報‧大會堂》〉,《文藝》第 7 期,1983 年 9 月,頁 43-44。

區志堅、彭淑敏、蔡思行合著:〈廢除妹仔制度——《家庭女役則例》〉,《改變香港歷史的六十篇文獻》,香港:中華書局（香港）有限公司,2011 年,頁 134-142。

張灼祥:〈說專欄,道專欄〉,梁秉鈞編:《香港的流行文化》,香港:香港三聯（香港）有限公司,1993 年,頁 133-136。

張煥聘、黃子程訪問:〈訪問劉以鬯先生〉,《博益月刊》第 9 期,1988 年 5 月 15 日,頁 163-167。

張詠梅:〈論香港《文匯報‧文藝》副刊所載小說中的「香港」〉,（台北）《中外文學》總 334 期「香港文學專號」,2000 年 3 月,頁 142-161。

張詠梅:〈香港淪陷時期文藝副刊研究——試論《華僑日報‧文藝週刊》〉,何杏楓、張詠梅、黃念欣、楊鍾基編:《〈華僑日報〉副刊研究（1925.6.5-1995.1.12）資料冊》,香港:香港中文大學中國語言及文學系「《華僑日報》副刊研究」計劃,2006 年,頁 63-74。

張詠梅:〈試論報章連載小說的本土意識——以三蘇《經紀日記》及夢中人《懵人日記》為例〉,香港藝術發展局辦事處編:《第六屆香港文學節研討會論稿匯編》,香港:香港藝術發展局,2006 年,頁 79-94。

張詠梅:〈從文化生產模式分析夢中人《懵人日記》〉,張詠梅編:《醒世懵言——懵人日記選》,香港:天地圖書有限公

司，2011 年，頁 304-325。

張詠梅：〈試以夢中人《懵人日記》為例討論香港左翼報章連載通俗小說如何「與世俗溝通」〉，張詠梅編：《醒世懵言——懵人日記選》，香港：天地圖書有限公司，2011 年，頁 326-348。

閆海田：〈當代「重寫文學史」後徐訏「座次」問題〉，（成都）《當代文壇》2013 年 02 期，頁 15-19。

閆海田：〈港台及海外漢學界評價徐訏的幾個問題新考〉，（長春）《文藝爭鳴》2013 年 03 期，頁 52-57。

閆海田：〈徐訏小說的影視改編研究〉，（北京）《電影藝術》2013 年第 5 期，頁 138-144。

許定銘：〈歐陽天〉，《大公報》，2012 年 2 月 4 日，版 B13。

許定銘：〈以鬯先生與我〉，《文學評論》第 20 期，2012 年 6 月 15 日，頁 102-104。

許旭筠：〈從現代中國文學的邊緣看香港文學研究：以劉以鬯研究為例〉，梁秉鈞主編：《現代中文文學學報》第 10.1 期「中心與邊緣」專號，2010 年，頁 177-186。

馬幼垣：〈香港星島日報俗文學副刊全目——附解題〉，黎樹添等編：《馮平山圖書館金禧紀念論文集》，香港：香港大學馮平山圖書館，1982 年，頁 99-108。

黃仁：〈徐訏小說改編電影的研究〉，（台北）《華岡藝術學報》第 7 期，2003 年 6 月，頁 147-159。

黃少谷：〈掃蕩報的時代背景與奮鬥歷程〉，中華文化基金會編：《掃蕩二十年——掃蕩報的歷史紀錄》，台北：中華文化基金會，1978 年，頁 1-14。

黃志：〈劉以鬯印象〉，《明報》，1987 年 6 月 13 日，版 18。

黃仲鳴：〈既艷且謔而不淫——林瀋與高雄筆下的男女色相〉，

《文學研究》第 3 期，2006 年 9 月 30 日，頁 115-125。

黃南翔：〈記三位已故的文藝界前輩：朱旭華、易文、潘柳黛〉，《香江文壇》第 9 期，2002 年 9 月，頁 59-63。

黃勁輝：〈劉以鬯在島嶼寫作——從劉以鬯榮獲藝發局終身成就獎談起〉，《明報‧明藝》，2015 年 6 月 20 日，版 D6。

黃勁輝：〈結構與意義：《對倒》與《花樣年華》的關係〉，梁秉鈞、黃淑嫻、沈海燕、鄭政恆合編：《香港文學與電影》，香港：香港公開大學出版社、香港大學出版社，2012 年，頁 180-191。

黃康顯：〈旅港作家的流放感——徐訏後期的短期小說〉，《香港文學的發展與評價》，香港：秋海棠文化企業，1996 年，頁 131-156。

黃淑嫻：〈從流行文學的改編看邵氏和電懋——杜寧和瓊瑤的例子〉，黃愛玲編：《邵氏電影初探》，香港：香港電影資料館，2003 年，頁 174-182。

黃淑嫻：〈重繪五十年代南來文人的塑像：易文的文學與電影初探〉，《香港文學》總第 295 期，2009 年 7 月，頁 86-91。

黃淑嫻：〈與眾不同：從易文的前期作品探討 1950 年代香港電影中「個人」的形成〉，香港電影資料館編：《通訊》第 49 期，2009 年 8 月，頁 11-14。

黃愛玲：〈時代的標誌——張徹與易文〉，《信報財經新聞》，2002 年 11 月 8 日，版 P30。

黃愛玲：〈回憶的小盒〉，易文著、藍天雲編：《有生之年——易文年記》，香港：香港電影資料館，2009 年，頁 28-32。

黃萬華：〈1950 年代文學「懸置」中的突圍：歷史轉折和作家身份的變動〉，《戰後二十年中國文學研究》，北京：人民文學出版社，2008 年，頁 48-57。

黃靜：〈流行文化王國之崛起——環球出版社創辦人羅斌的傳奇故事〉，香港電影資料館節目組編輯：《七彩都會新潮：五、六十年代流行文化與香港電影》，香港：香港電影資料館，2002 年，頁 15-16。

舒奈（呂壽琨）：〈讀「酒徒」後〉（上中下），《香港時報‧快活谷》，1963 年 4 月 13 日至 15 日，版 10。

舒琪：〈香港都市文學與城市電影：《對倒》VS《花樣年華》〉，梁秉鈞等、許旭筠、李凱琳編：《香港都市文化與都市文學》，香港：香港故事協會，2009 年，頁 180-189。

溫儒敏：〈劉以鬯小說的形式感〉，黃維樑主編：《活潑紛繁的香港文學：一九九九年香港文學國際研討會論文集》（下冊），香港：香港中文大學新亞書院、中文大學出版社，2000 年，頁 520-524。

莊宜文：〈從歷史記憶到懷舊想像——論劉以鬯小說與王家衛電影的互文轉換〉，（台北）《中央大學人文學報》，2008 年 1 月，頁 23-58。

莊若江：〈論善變「鬼才」徐訏的小說——兼比較香港時期與大陸時期的創作異同〉，（江蘇常州）《常州工學院學報》（社科版）第 26 卷 12 期，2008 年 4 月，頁 27-31。

楊彥岐（易文）：〈談人生在世〉，（上海）《宇宙風》（乙刊）第 12 期，1939 年 9 月 1 日，頁 530-534。

楊彥岐：〈二十散記〉，（上海）《宇宙風》（乙刊）第 21 期，1940 年 2 月，頁 150-152。

楊彥岐：〈沒有樂器的樂隊〉，（上海）《宇宙風》（乙刊）第 28 期，1940 年 9 月 1 日，頁 46-48。

楊彥岐：〈香港半年〉，（上海）《宇宙風》（乙刊）第 44 期，1941 年 5 月 1 日，頁 30-32。

楊彥岐：〈論香港生活〉，（上海）《宇宙風》（乙刊）第 51 期，
　　1941 年 9 月 1 日，頁 28-30。

楊彥岐：〈談幾本愛讀的西洋雜誌〉，（上海）《宇宙風》（乙刊）
　　第 52 期，1941 年 10 月 1 日，頁 39-40。

楊彥岐：〈上海──人人為報報為人人〉，中華文化基金會編：
　　《掃蕩二十年──掃蕩報的歷史紀錄》，台北：中華文化基
　　金會，1978 年，頁 128-133。

楊彥岐：〈從嘉陵江邊到黃埔灘頭〉，中華文化基金會編：《掃蕩
　　二十年──掃蕩報的歷史紀錄》，台北：中華文化基金會，
　　1978 年，頁 218-233。

楊彥岐譯：〈弗蘭哥的飛行員〉，（上海）《宇宙風》（乙刊）第 3
　　期，1939 年 4 月 1 日，頁 136-137。

楊彥岐譯：〈逃出了納粹的魔掌〉，（上海）《宇宙風》（乙刊）
　　第 6 期，1939 年 5 月 16 日，頁 285-287。

楊見平：〈易文的兒子如是說〉，香港電影資料館編：《通訊》第
　　47 期，2009 年 2 月，頁 6-8。

楊見安：〈易文女兒說「兒女情長」〉，香港電影資料館編：《通
　　訊》第 48 期，2009 年 5 月，頁 10-12。

楊國雄：〈香港「賣身史」──兩本有關蓄婢的專書〉，魯言
　　等著：《香港掌故》（第 10 集），香港：廣角鏡出版社，
　　1985 年，頁 52-65。

鄒建林：〈「期待視野」與接受美學〉，（北京）《中國音樂學》
　　2007 年第 3 期，頁 135-139。

熊志琴：〈到底是上海人？──讀司明五六十年代香港《新生晚
　　報》專欄〉，《香港文學》總第 333 期，2012 年 9 月 1
　　日，頁 28-39。

趙令揚：〈從《香港文學》創刊談起　也談香港文學前途〉，《香

港文學》創刊號，1985 年 1 月，頁 23-24。

劉以鬯：〈海敏威與戰爭〉，《香港時報·淺水灣》，1960 年 3 月 14 日，版 10。

劉以鬯：〈巴斯特納克的詩·短篇·自傳〉，《香港時報·淺水灣》，1960 年 3 月 22 日，版 10。

劉以鬯：〈副刊編輯的白日夢〉，《香港時報·淺水灣》，1960 年 5 月 1 日，版 10。

劉以鬯：〈桂冠詩人約翰·麥斯菲爾〉，《香港時報·淺水灣》，1960 年 5 月 6 日，版 10。

劉以鬯：〈現代小說必須棄「直」從「橫」——替「意識流」寫一個註解〉，《香港時報·淺水灣》，1960 年 5 月 12 日，版 10。

劉以鬯：〈本世紀廿部最佳長篇小說〉，《香港時報·淺水灣》，1960 年 8 月 20 日，版 10。

劉以鬯：〈詩〉，《香港時報·淺水灣》，1960 年 10 月 13 日，版 10。

劉以鬯：〈赴宴·盜書·借箭——千行長詩「戰爭」之一〉，《香港時報·淺水灣》，1960 年 10 月 27 日，版 10。

劉以鬯：〈第四種時間〉，《香港時報·淺水灣》，1960 年 12 月 24 日，版 10。

劉以鬯：〈憶徐訏〉，《明報月刊》總第 179 期，1980 年 11 月，頁 93-95。

劉以鬯：〈三十年來香港與台灣在文學上的相互聯繫〉，《星島晚報·大會堂》，1984 年 8 月 22 日，版 16；8 月 29 日，版 10。

劉以鬯：〈五十年代初期的香港文學——一九八五年四月二十七

日在「香港文學研討會」上的發言〉，《香港文學》第 6 期，
　　1985 年 6 月 5 日，頁 13-18。

劉以鬯：〈香港文學中的「和平文藝」——一九八八年十二月八
　　日在《香港文學國際研究會》上總結發言〉，《星島晚報》，
　　1989 年 1 月 2 日，版 5。

劉以鬯：〈從《淺水灣》到《大會堂》〉，《香港文學》第 79 期，
　　1991 年 7 月 5 日，頁 11-14。

劉以鬯：〈我怎樣學習寫小說〉，《香江文壇》第 4 期，2002 年
　　4 月，頁 4-11。

劉紹銘：〈高雄訪問記——經紀拉的世界〉，《純文學》第 30
　　期，1969 年 9 月，頁 187-196。

劉紹銘策劃、陸離紀錄：〈高雄訪問記〉，《純文學》第 30 期，
　　1969 年 9 月，頁 197-210。

魯言：〈香港娼門滄桑〉，《香港掌故》（第 2 集），香港：廣角
　　鏡出版社，1979 年，頁 103-115。

魯言：〈香港跳舞制度發展史話〉，魯言等著：《香港掌故》（第
　　9 集），香港：廣角鏡出版社，1985 年，頁 1-17。

魯迅：〈俄文譯本阿 Q 正傳序及著者自敘傳略〉，（北京）《語絲》
　　第 31 期，1925 年 6 月 15 日，頁 83-84。

魯迅：〈我怎麼做起小說來〉，《魯迅全集》（第 4 卷），北京：
　　人民文學出版社，1956 年，頁 392-395。

鄭樹森：〈遺亡的歷史，歷史的遺亡——五、六十年代的香港文
　　學〉，《素葉文學》第 61 期，1996 年 9 月，頁 30-33。

鄭宏泰、黃紹倫：〈創立保良局到廢除妹仔制度的過程〉，《婦女
　　遺囑藏着的秘密：人生、家庭與社會》，香港：三聯書店
　　（香港）有限公司，2010 年，頁 265-279。

樊善標：〈「香港意識」的生產和傳播——以香港《新生晚報》副刊短篇小説為例〉，《現代中國》（第 9 輯），北京：北京大學出版社，2007 年 7 月，頁 218-243。

樊善標：〈案例與例外——十三妹作為香港專欄作家〉，樊善標編：《犀利女筆——十三妹專欄選》，香港：天地圖書有限公司，2011 年，頁 336-372。

樊善標：〈當胡蘭成遇（不）上十三妹〉，樊善標編：《犀利女筆——十三妹專欄選》，香港：天地圖書有限公司，2011 年，頁 373-399。

樊善標：〈閱讀香港《新生晚報‧新趣》1951 年的短篇故事——管窺「香港意識」的生產和傳播〉，樊善標、葉嘉詠編：《陌生天堂——五十年代都市故事選》，香港：天地圖書有限公司，2011 年，頁 337-379。

樊善標：〈學生的園地還是園地的學生——香港《星島日報‧學生園地》初探〉，《現代中國》（第 11 輯），北京：北京大學出版社，2008 年 9 月，頁 243-256。

樊善標、葉嘉詠：〈陌生的天堂——重讀五十年代初《新生晚報》都市故事〉，《百家》第 14 期，2011 年 6 月 15 日，頁 77-79。

鄧依韻：〈劉以鬯的《酒徒》，《酒徒》裏的劉以鬯——從文本中尋找作家的個人身影〉，《文學世紀》總第 28 期，2003 年 7 月，頁 59-63。

歐陽天：〈我為什麼要拍「樑上佳人」〉，《樑上佳人》電影特刊，出版資料不詳，沒頁碼。

穆思林：〈寺內——劉以鬯的技巧和內容〉，《香港文學》雙月刊創刊號，1979 年 5 月，頁 9-12。

盧瑋鑾：〈香港文學發展的一環——談半世紀以來星島副刊的興革〉，《星島日報》，1987 年 8 月 1 日，版 28。

盧瑋鑾：〈高度分工——略談《星島日報》戰後的幾個副刊〉，《香港報業五十年——星島日報金禧報慶特刊》，香港：星島日報，1988 年，頁 82、85。

盧瑋鑾：〈「南來作家」淺說〉，邵玉銘、張寶琴、瘂弦主編：《四十年來中國文學》，台北：聯合文學出版社有限公司，1995 年，頁 397-410。

應紅：〈一位「終生文化人」的執著藝術追求：香港著名作家劉以鬯作品討論會在京舉行〉，《香港作家報》總第 86 期，1995 年 12 月，版 12。

蔡楚生：〈關於粵語電影〉，《大公報》，1949 年 1 月 28 日。

蔡振興：〈兩隻手寫作的小說家〉，《香港文學》雙月刊創刊號，1979 年 5 月，頁 16-20。

蔡國榮：〈易文敘事敦厚平和〉，《中國近代文藝電影研究》，台北：中華民國電影圖書館出版部，1985 年，頁 241-247。

蔡嘉蘋：〈我與專欄〉，梁秉鈞編：《香港的流行文化》，香港：香港三聯（香港）有限公司，1993 年，頁 129-132。

龍炳頤：〈香港的城市發展和建築〉，王賡武主編：《香港史新編》（上冊），香港：三聯書店（香港）有限公司，1997 年，頁 211-280。

謝錫偉：〈書寫與記錄之間：論報紙副刊內的專欄〉，《香港文化研究》第 2 期，1995 年 4 月，頁 50-51。

鍾文苓：〈評貝娜苔的詩〉，《香港時報》，1951 年 6 月 8 日，版 6。

鍾文苓：〈獅城漫筆〉，《香港文學》創刊號，1985 年 1 月 5 日，頁 63-64。

鍾玲等討論，黎海華整理：〈「文藝座談會」：香港小說初探〉，《文藝雜誌》第 6 期，1983 年 6 月，頁 12-32。

鍾寶賢：〈星馬實業家和他的電影夢：陸運濤及國際電影懋業有限公司〉，黃愛玲編：《國泰故事》，香港：香港電影資料館，2009年增訂本，頁30-41。

蕭明：〈評路易士之《不朽的肖像》〉，《南華日報》，1940年7月20日，版8。

顏琳：〈連載小說：與商業文化共生的「消費文學」〉，（武漢）《湖北廣播電視大學學報》第17卷第2期，2000年6月，頁56-59。

顏琳：〈二十世紀初期連載小說興盛原因探析〉，（臨汾）《山西師大學報》（社會科學版）第29卷第3期，2002年7月，頁131-135。

鄺蔭泉（歐陽天）：〈苦難的女人〉，（廣州）《廣東婦女》第2卷第9-10期，1941年5月15日，頁45-48。

關秀瓊：〈談《香港時報‧淺水灣》對六十年代初期香港文化現象的討論（1960.2.15-1962.6.30）〉，《八方文藝叢刊》第8輯，1988年3月，頁286-301。

關秀瓊、溫綺媚：〈筆談會：香港文藝期刊在文壇扮演的角色——細談「淺水灣」——劉以鬯訪問記〉，《文藝》第7期，1983年9月，頁26-28。

羅展鳳：〈「花樣年華」前傳　劉以鬯的對倒人生〉，《香港經濟日報》，2001年3月30日，版C4。

羅貴祥：〈劉以鬯與資本主義的時間性〉，梁秉鈞主編：《現代中文文學學報》第10.1期「中心與邊緣」專號，2010年，頁162-176。

蘇偉貞：〈夜總會裡的感官人生：香港南來文人易文電影探討〉，（台南）《成大中文學報》第30期，2010年10月，頁173-204。

蘇偉貞：〈夜總會裡的感官人生：香港南來文人易文電影探討〉，（成都）《四川大學學報》（哲學社會科學版），第 176 期，2011 年 9 月，頁 87-96。

蘇偉貞：〈不安、厭世與自我退隱：南來文人的香港書寫——以一九五〇年代為考現場〉，（台北）《中國現代文學》第 19 期，2011 年 6 月，頁 25-54。

蘇偉貞：〈不安、厭世與自我退隱：南來文人的香港書寫——從 1950 年代出發〉，（成都）《四川大學學報》（哲學社會科學版）總第 176 期，2011 年，頁 87-96。

英文

ADORNO, Theodor W. and HORKHEIMER, Max authored. CUMMING, John translated. "The Cultural Industry: Enlightenment as Mass Deception," *Dialectic of Enlightenment*. London: Verso, 1979, pp.120-167.

BRADBURY, Nicola authored. JORDAN, O. John. ed. "Dickens and the Form of the Novel," *The Cambridge Companion to Charles Dickens*. Cambridge: Cambridge University Press, 2001, pp.152-166.

GARNHAM, Nicholas. "From Cultural to Creative Industries: An Analysis of the Implications of the 'Creative Industries' Approach to Arts and Media Policy Making in the United Kingdom," *International Journal of Cultural Policy,* Vol. 11, issue1, 2005, pp.15-29.

GIBSON, Walker, "Authors, Speakers, Readers, and Mock Readers," *College English*, Vol. 11, No. 5 (Feb, 1950), pp.265-269.

JAUSS, Hans Robert. "Literary History as a Challenge to Literary Theory," *New Literary History*, Vol. 2, No. 1, A Symposium on Literary History (Autumn, 1970), pp.7-37.

PATTEN, L. Robert authored. JORDAN, O. John. ed. "From Sketches to Nickleby," *The Cambridge Companion to Charles Dickens*. Cambridge: Cambridge University Press, 2001, pp.16-33.

WELLEK, René. "The Concept of Realism in Literary Scholarship," *Concepts of Criticism*. New Haven: Yale University Press, 1963, pp. 222-255.

碩士及博士論文

中文

王林生：〈姚斯的「期待視野」說〉，呼和浩特：內蒙古師範大學碩士學位論文，2009 年。

王暉：〈徐訏創作的審美距離探幽〉，廣州：暨南大學博士學位論文，2011 年。

吳兆剛：〈五十年代《中國學生周報》文藝版研究〉，香港：嶺南大學哲學碩士學位論文，2007 年。

李紅：〈唐代閨怨詩研究〉，廣州：暨南大學碩士學位論文，2002 年。

李蓉：〈中國現代文學的身體闡釋〉，武漢：華中師範大學博士學位論文，2006 年。

佟金丹：〈徐訏小說創作的文化心理〉，濟南：山東大學博士學位論文，2008 年。

沈海燕：〈李晨風電影作品與「五四傳統」的關係〉，香港：嶺南大學哲學碩士學位論文，2004 年。

余禮鳳：〈論《風蕭蕭》的主題內涵敍事藝術〉，華中科技大學碩士學位論文，2006 年。

余禮鳳：〈雅俗之間：徐訏小説論〉，武漢：華中師範大學博士
　　學位論文，2011 年。

邵平：〈論徐訏在港的文學選擇〉，南京：南京大學碩士學位論
　　文，2011 年。

侯桂新：〈從香港想像中國——香港南來作家研究（1937-
　　1949)〉，香港：嶺南大學哲學博士學位論文，2009 年。

祝元賽：〈清末民初報刊言情小説研究——兼論古代言情小説傳
　　統的創造性轉化〉，上海：復旦大學碩士學位論文，2011
　　年。

袁堅：〈論徐訏 30-40 年代的小説創作〉，上海：復旦大學博士
　　學位論文，2008 年。

郭千綾：〈劉以鬯小説中的「現代性」與「香港性」研究〉，台
　　北：國立政治大學中國文學研究所碩士學位論文，2010
　　年。

陳同：〈文化的疏離與文化的融合——徐訏、劉以鬯論〉，香
　　港：香港中文大學哲學碩士學位論文，2001 年。

陳素雯：〈金庸武俠小説連載本（1962-1972）與文化大革命〉，
　　香港：香港科技大學哲學碩士學位論文，2007 年。

陳智德：〈論香港新詩 1925-1949〉，香港：嶺南大學哲學博士
　　學位論文，2004 年。

張嘉俊：〈三蘇小説研究（1950 年代）〉，香港：嶺南大學哲學
　　碩士學位論文，2009 年。

黃仲鳴：〈香港三及第文體的流變及其語言學研究〉，廣州：暨
　　南大學博士學位論文，2001 年。

黃勁輝：〈劉以鬯與現代主義：從上海到香港〉，濟南：山東大
　　學博士學位論文，2012 年。

楊傑銘：〈冷戰時期魯迅思想的台、港傳播與演繹〉，香港：嶺

南大學哲學博士學位論文，2014 年。

廖英珊：〈從俗世香港到神話香港：從張愛玲，劉以鬯，施叔青及其作品看四十到九十年代的香港文化想像〉（"From Vulgar Hong Kong to Mythical Hong Kong：The Cultural Imagination of Hong Kong in Half a Century of Three Writers"），香港：香港科技大學哲學碩士學位論文，2000 年。

魯嘉恩：〈香港文學的上海因緣（1930-1960)〉，香港：嶺南大學哲學碩士學位論文，2005 年。

鄭蕾：〈香港現代主義文學與思潮——以「香港現代文學美術協會」為視點〉，香港：嶺南大學哲學博士學位論文，2012 年。

盧瑋鑾：〈中國作家在香港的文藝活動（1937-1941）〉，香港：香港大學哲學碩士學位論文，1981 年。

鍾蘊晴：〈《大公報》的《文藝副刊》和《文藝》(1933 年 -1949 年)〉，香港：嶺南大學哲學博士學位論文，2008 年。

謝伯盛：〈香港文學的現代主義：六、七〇年代歐洲電影與香港文學的關係〉，香港：嶺南大學哲學碩士學位論文，2011 年。

英文

SHENG, Hung, "The Art of Irene Chow (Zhou Luyun, 1924-2011): A Case Study of Ink Painting"，香港：嶺南大學哲學碩士學位論文，2013 年。

報刊

《工商日報》微縮資料（1925 年 7 月 8 日 -1984 年 12 月），香港：工商日報有限公司。此資料藏於香港大學圖書館。

《文匯報》微縮資料（1948 年 9 月 9 日 -1970 年 12 月 31 日），
　　香港：文匯報有限公司。此資料藏於香港大學圖書館。

《星島晚報》微縮資料（1939 年 1 月 14 日 -1953 年 10 月 22
　　日），《星島晚報》微縮資料（1946 年 1 月 1 日 -1996 年
　　12 月 18 日），香港：星島報業縮影檔案中心。此資料藏
　　於香港大學圖書館和嶺南大學圖書館。

《星島日報》微縮資料（1938 年 8 月 1 日 -1970 年 12 月 31
　　日），香港：香港星島日報有限公司。此資料藏於香港大
　　學圖書館和嶺南大學圖書館。

《香港時報》微縮資料（1949 年 8 月 4 日 -1993 年 2 月 17
　　日），香港：香港時報。此資料藏於香港大學圖書館。

《華僑日報》微縮資料（1925 年 6 月 5 日 -1970 年 12 月 31
　　日），香港：華僑日報有限公司。此資料藏於香港大學圖
　　書館。

《華商報》（1941 年 4 月 -1949 年 10 月），廣州：廣東人民出
　　版社，1984-1985 年重印本（原出版：香港華商報）。此
　　資料藏於香港大學圖書館。

《新生晚報》微縮資料（1945 年 12 月 22 日 -1976 年 1 月），
　　香港：新生晚報有限公司。此資料藏於香港大學圖書館和
　　香港中文大學圖書館。

《新晚報》微縮資料（1952 年 1 月 -1970 年 12 月 31 日），香
　　港：新晚報有限公司。此資料藏於香港大學圖書館。

電影

《一丈紅》（又稱《舞女一丈紅》），李鐵執導、韓碧改編，香港
　　瑛業影片公司出品，1952 年 10 月 24 日首映。此電影瀏
　　覽於 youtube 網頁。

《人海孤鴻》，李晨風導演、吳楚帆編劇，香港華聯影業公司出品，1960 年 3 月 3 日首映。此電影藏於香港電影資料館。

《半下流社會》，屠光啟導演，易文編劇，亞洲影業有限公司出品，1957 年 3 月 8 日首映。此電影藏於香港電影資料館。

《盲戀》，易文導演，徐訏編劇，香港新華影業公司出品，1956 年 9 月 1 日首映。本人購得影碟。

《酒徒》，黃國兆編導，香港：享樂者製作出品，2010 年 11 月 25 日。本人購得影碟。

《落花流水》，史舒編劇，關文清導演，香港新大陸影業公司出品，1954 年 10 月 7 日首映。此電影藏於香港電影資料館。

《黑妞》，易文編導，香港新華影業公司出品，1956 年 11 月 30 日首映。

《傳統》，徐訏編劇，唐煌執導，香港亞洲影業有限公司出品，1955 年 4 月 21 日公映；台灣首映日期為 1954 年 5 月 10 日。此電影藏於香港電影資料館。

《閨怨》，易文編劇，嚴幼祥執導，香港藝華電影企業公司出品，1952 年 5 月 30 日首映。此電影藏於香港電影資料館。

《樑上佳人》，易文編劇，王天林導演，歐陽天監製，金泉影業公司出品，1959 年 11 月 26 日。此電影藏於香港電影資料館。

《蝴蝶夫人》，狄薏（即陳蝶衣）編劇，易文執導，香港新華影業公司出品，1956 年 10 月 5 日首映。

《難為了媽媽》，關文清導演、趙偉編劇，香港新大陸影業公司出品，1951 年 11 月 15 日首映。此電影藏於香港電影資料館。

網站

中國現代文學研究網，網站：http://www.modernchineselitera
　　ture.net/

世界華文作家網，網站：http://www.worldchinesewriters.
　　com/

亞洲電影資料館，網站：http://www.asianfilmar chive.org/

香港文學資料庫，網站：http://hklit.lib.cuhk.edu.hk/

香港文學研究中心「文學隨筆」，網站：http://hklit.chi.cuhk.
　　edu.hk/collection.html

香港電影資料館，網站：http://www.lcsd.gov.hk/ce/Cultural
　　Service/HKFA/

財團法人國家電影中心，網站：http://www.ctfa.org.tw/

香港電台，網站：http://rthk.hk/index.htm

蘇州大學海外漢學（中國文學）研究中心，網站：http://www.
　　zwwhgx.com/

鳴謝

感謝所有曾幫助我的人。

感謝梁秉鈞教授在得知大病的情況下，仍引領我走上學術之路。

感謝劉燕萍教授在梁教授離世後，願意接收我這位孤兒。無言感激。

感謝我的啟蒙老師姚道生博士。您餘生的巧克力，我全包了。

感謝家人的支持。
老公，我再不會因寫論文而通宵不睡覺。兒子們，我會減少發脾氣。
父親母親，對不起，令您們擔心了。

感謝我的研究助理：廖綺雯、廖逸麟、盛虹。你們是我的親密戰友，更是最可靠的伙伴。

香港藝術發展局資助

香港藝術發展局全力支持藝術表達自由，本計劃內容並不反映本局意見。

社會・作家・文本：
南來文人的香港書寫

沈海燕　著

責任編輯　沈海龍　　　裝幀設計　霍明志
排　版　時潔　　　　印　務　劉漢舉

出版
中華書局（香港）有限公司
香港北角英皇道四九九號北角工業大廈一樓 B
電話：（852）2137 2338　傳真：（852）2713 8202
電子郵件：info@chunghwabook.com.hk
網址：http://www.chunghwabook.com.hk

發行
香港聯合書刊物流有限公司
香港新界荃灣德士古道 220-248 號
荃灣工業中心 16 樓
電話：（852）2150 2100　傳真：（852）2407 3062
電子郵件：info@suplogistics.com.hk

印刷
美雅印刷製本有限公司
香港觀塘榮業街六號海濱工業大廈四樓 A 室

版次
2020 年 10 月初版
©2020 中華書局（香港）有限公司

規格
16 開（210mm×153mm）

ISBN
978-988-8674-79-4